IL GIALLO MONDADORI

SE VOLETE SCRIVERCI:
giallomondadori@mondadori.it

Barbara Rogan

CHE FINE HA FATTO ANGEL?

Traduzione di Giampaolo Casati

MONDADORI

Copertina:
Art Director: Giacomo Callo
Image Editor: Giacomo Spazio Mojetta
Realizzazione: Studio Echo

Titolo originale:
Hindsight
© 2003 by Barbara Rogan
© 2004 Arnoldo Mondadori Editore S.p.A., Milano
Prima edizione Il Giallo Mondadori giugno 2004

www.librimondadori.it

Per abbonamenti:
www.abbonamentionline.com

Finito di stampare nel mese di maggio 2004
presso Mondadori Printing S.p.A.
via Bianca di Savoia 12 - Milano
Stabilimento NSM
viale De Gasperi 120 - Cles (TN)
Stampato in Italia - Printed in Italy

CHE FINE HA FATTO ANGEL?

*Questo libro è per i miei amici di Westerby,
e in memoria di Harvey Oxenhorn e Jay Goldman.
È dedicato anche al dottor Ari Ezratty,
brillante cardiologo e uomo d'onore,
e ai suoi colleghi, gli scrupolosi
professionisti dell'ospedale St. Francis.*

— È al futuro che dobbiamo guardare — disse
Constance. — Non ha senso continuare a occuparsi
del passato.
— Diciamo che è inutile — ribatté Audrey.
— Sarà lui a occuparsi di noi.

Ivy Compton-Burnett
Un padre e il suo destino

Personaggi principali

CALEB RHYS
JEREMIAH WRIGHT
JOHN SHAKER, "SHAKE"
VINCENT DELGAUDIO, "VINNY"
NANCY WESTON
PATRICK MULLHAVEN, "PATCH"
WILLA SCOTT
ANGELICA BUSKY, "ANGEL"
TRAVIS FLETCH
i ragazzi di Beacon Hill

JOVAN LUISI
investigatore privato

SERGENTE HARRY MEYERHOFF
capo della sezione Casi irrisolti di Westchester

CHLOE DURRELL
figlia di Willa Scott

ROY BLISS
amico di Chloe

Prologo

Giugno 1972

Iniziò tutto con il vestito, ed era un bellissimo vestito, un'abbagliante combinazione di nero e argento, aderente e senza spalline. Era l'abito più sexy che Willa Scott avesse mai posseduto in tutti i suoi diciassette anni, e lo aveva avuto grazie ad Angel. Aveva dovuto portarlo fuori casa di nascosto e cambiarsi nell'auto, ma ne era valsa la pena, anche solo per il modo in cui i ragazzi l'avevano guardata. C'erano Patrick e Angel, e Vinny, Travis, Shake e Nancy. Ne mancavano due: Jeremiah, che non doveva esserci, e Caleb, che invece avrebbe dovuto trovarsi lì. Patrick si era staccato da Angel e si era alzato in piedi, osservandola da capo a piedi. — Caspita, ragazza mia, hai proprio deciso di spezzarmi il cuore? — Lei era scoppiata a ridere e gli aveva offerto una guancia. Le labbra di lui invece le sfiorarono il collo, per poi scendere sulla sua spalla nuda, finché lei non lo spinse via gentilmente. Il fiato di Patrick sapeva di birra, ma non era ancora ubriaco.

Era un pomeriggio torrido di fine giugno, e il sole dardeggiava su Beacon Hill. Deserta e priva di strade di accesso, con la sommità raggiungibile solo attraverso un sentiero che si inoltrava in mezzo a una folta e fragrante macchia di ginepri, la collina era il loro territorio, il luogo in cui si recavano dopo, e spesso anche durante, la scuola. Anche gli altri ragazzi sapevano di Beacon Hill ma, se non erano stati invitati, si guardavano bene dall'andarci.

Sotto di loro, sul prato, Willa vide i genitori e gli insegnanti che si radunavano. — Dov'è Caleb? — chiese.

— Cosa ti importa? — Le braccia di Patrick la circondarono. — Ci sono io, ci sei tu...

— E ci sono anch'io, o te ne sei dimenticato? — si udì. Angelica Busky, loro la chiamavano Angel, gli pinzò l'orecchio con due dita dalle unghie scarlatte. — Giù, ragazzo — ordinò. Patrick obbedì docilmente, e Angel si rivolse a Willa. — Donna fatale! — Prese la macchina fotografica che portava appesa al polso e scattò una foto a Willa.

— Senti chi parla — replicò l'amica, dato che l'altra aveva ficcato le sue forme prosperose in un vestito da flamenco rosso rubino, svasato verso l'alto e tagliato in modo da mettere in evidenza il suo celebre petto.

Angel si dimenò, e i ragazzi seduti sulle rocce emisero un gemito collettivo. Lei passò la macchina a Patrick. — Prendici tutt'e due.

Lui vacillò, portandosi una mano al cuore. — Tu non sai da quanto tempo aspettavo di sentire queste parole.

— Intendevo dire di prenderci in una foto, sapientone. Come se tu poi potessi cavartela con noi due!

Angel appoggiò il braccio sulle spalle di Willa. Lei indugiò un istante prima di cingere la vita dell'amica, ma poi decise che era venuto il momento di mettere una pietra sul passato. Si misero voluttuosamente in posa per la fotografia e per i ragazzi, consce del bel contrasto che facevano: Angel con i selvaggi capelli fulvi, gli occhi verdi e il corpo procace; Willa alta e snella, gli occhi blu e i capelli dorati che le scendevano come una cascata di miele sulle spalle.

Anche gli altri si erano vestiti per l'occasione. Shake, cioè John Shaker, e Nancy Weston indossavano dei completi bianchi con pantaloni a zampa d'elefante. Travis Fleck, con una giacca sportiva e la cravatta, ma senza camicia, si arrampicò come una scimmia sulle rocce e, con la scusa di un abbraccio di congratulazioni, si strusciò contro Willa. Lei lo spinse via. Non era una puritana, a dispetto di quanto potesse pensare Angel, e non dava peso a qualche abbraccio amichevole, ma Travis lo faceva sempre in maniera sordida. Vinny, che come al solito curava gli interessi di Caleb, si avvicinò di soppiatto e trascinò via Travis afferrandolo per la coda di cavallo, poi offrì una canna a Willa.

— E questo sarebbe il tuo abito di gala per il giorno del diploma? — chiese lei, accettando un tiro. Vinny indossava dei jeans e una T-shirt dei *Grateful Dead* con la manica sinistra arrotolata per avvolgervi il pacchetto di Camel e mostrare un bicipite decisamente sviluppato.

— Ehi — si difese lui. — È una maglietta nuova. Dove diavolo è Caleb?

— Non lo so. Pensavo di trovarlo qui.

— Stanno incominciando — li chiamò Patrick. Gli altri lo raggiunsero sulle rocce per osservare la loro classe che si diplomava, senza di loro. In fila per due, la classe del '72 marciò sul campus, preceduta dalla banda della scuola. La musica giungeva fino a loro. Willa osservò Shake, che di solito era il primo sax. Lui stava fissando la banda con un'espressione imbronciata che scomparve quando si accorse di essere osservato. — Accidenti — esclamò — guardate quei tacchini. La cosa migliore dell'essere stati sbattuti fuori è che non sarò più costretto a indossare quella cazzo di uniforme della banda.

— Hai dannatamente ragione — proruppe Nancy, la sua fedele accolita. Angel e Willa si scambiarono uno sguardo di intesa, che continuò anche quando si voltarono verso Nancy. Le fidanzate andavano e venivano, ma Angel e Willa erano le uniche ragazze che appartenevano a loro stesse: una differenza fondamentale, ai loro occhi.

— No — affermò Patrick. — La cosa migliore è non avere più nulla a che fare con quello stronzo di Grievely. — Donald Grievely era il preside del liceo Millbrook. Era stato lui a bandire Patrick dalla cerimonia dei diplomi, ufficialmente per lo scherzetto con il proiettore, una sequenza di *Gola profonda* inserita in un documentario sull'educazione sessuale. Naturalmente, una volta che Patrick era stato escluso, i suoi amici si erano sentiti obbligati a disertare la cerimonia. Tutti o nessuno, era questa la regola, con la solita eccezione di Jeremiah.

— Be', al diavolo, — disse Vinny — anche se a dire il vero mia madre c'è rimasta male. Lei ci teneva a vedermi prendere il diploma.

Patrick lo fissò. — Ma che stai dicendo, uomo? Non te l'avrebbero mai dato.

— Be', lei non lo sapeva.

Travis scoppiò a ridere, spruzzando della birra dalla fessura che aveva tra i due incisivi. — Tua madre non si era mai accorta che facevi schifo in tutte le materie?

— Vaffanculo. — Vinny indietreggiò per sottrarsi agli schizzi. — Credi che sia facile cannare tutte le materie?

— Smettila di darti delle arie — disse Angel. — Laboratorio l'hai passato.

— E che ci posso fare? È che sono troppo bravo con le mani.

Si avvicinò ad Angel, che lo evitò andando a sedersi vicino a Patrick. Willa guardava giù, verso le pendici della collina. Dov'era Caleb?

— Dovrebbero darti un riconoscimento speciale — disse Travis — per aver preso i voti più bassi nella storia della scuola. Avrebbero dovuto lasciar tenere un discorso di fine anno anche a te. — Scherzava, ma si tenne a distanza. Era per via di Vinny che nessuno attaccava briga con loro o invadeva la collina. Era il loro ombrello protettivo, un ombrello che però copriva a stento Travis Fleck, che fungeva da tirapiedi e da fornitore di sostanze essenziali.

— Il contro-oratore — propose Willa. — Avresti potuto fare un discorso come Jeremiah, solo che avresti dovuto dire tutto il contrario di quello che dice lui.

Vinny assunse una posa da declamatore. — Signore e signori, insegnanti, genitori e studenti, andate tutti a farvi fottere per essere venuti.

Sotto di lui, sul campus, Jeremiah Wright aveva as-

10

sunto una posa simile. Quando Patrick era stato bandito dalla cerimonia, Jeremiah aveva cercato di intercedere per lui con il preside e, quando non era riuscito nel suo intento, si era coraggiosamente offerto di partecipare al boicottaggio. Naturalmente sapeva che non gliel'avrebbero lasciato fare, e loro sapevano che lui ne era consapevole, ma proponendolo aveva fatto la cosa giusta, e loro l'avevano accettato, così come accettavano e gli perdonavano molte altre cose. Era lui l'oratore che doveva tenere il discorso di fine anno della loro classe; si era guadagnato il diritto di parlare per tutti loro, per i ragazzi cattivi della collina e per quelli buoni di sotto.

Si strinsero tra i massi e, confusi in mezzo alle piante selvatiche, assaporarono il nettare della libertà sulle loro labbra. La brezza che trasportava il profumo dei ginepri giù dalla collina disperdeva però le parole di Jeremiah come semi di soffione. Dall'alto riuscirono a captarne solo qualcuna. *"Futuro. Promessa. Non dimenticare mai."* Alla fine del discorso si voltò dalla loro parte e alzò il braccio in segno di saluto con il pugno chiuso, un gesto di estrema sfida. Patrick si alzò in piedi e rispose al saluto, seguito dagli altri. I diplomandi seduti, notando quello scambio, si accorsero solo allora delle sagome che si stagliavano contro il sole al tramonto. Tra i ranghi si sparse un mormorio, pochi coraggiosi sorrisero, mentre il preside, appollaiato sul suo seggio, fumava di rabbia. Willa inviò baci, Angel scattò delle foto, e i ragazzi salutarono i loro compagni agitando le lattine di birra.

Era un momento unico, con qualcosa di magico; persino mentre lo stava vivendo, Willa si rendeva conto che se lo sarebbe portato dentro per sempre. Mancava solo Caleb, e improvvisamente lui fu lì, dopo aver scavalcato agilmente la cresta della collina, alto e snello, con una camicia bianca e i riccioli ambrati. Andò dritto da Willa e la baciò sulle labbra, un lungo bacio appassionato. Adesso la sua felicità era completa. Mentre era tra le braccia di Caleb scoccò un'occhiata ad Angel, e quando i loro occhi si incontrarono, fece un sorriso di trionfo.

All'arrivo del ragazzo gli altri reagirono come al solito, raggruppandoglisi tutti attorno. Se Jeremiah era la stella sulla punta del loro albero di natale, Caleb era il tronco che li teneva insieme. Era arrivato portando dei regali: due bottiglie di champagne e una borsa di bicchieri di plastica. Vinny stappò la prima con un botto che si udì fin sul campus. Poi brindarono, ai vecchi tempi e alla loro eterna amicizia, al passato e al futuro. Finirono la bottiglia e aprirono l'altra, bevvero e furono subito più allegri, mentre sotto di loro i discorsi della cerimonia si avviavano verso la conclusione. Patrick accese la sua radiolina e ne uscirono le note di *Sympathy for the Devil*. Incominciarono a ballare. Willa danzò con ognuno dei ragazzi, e ogni ballo era un addio, dato che il giorno dopo sarebbe dovuta partire per la Francia, dove avrebbe passato l'estate. I ragazzi invece sarebbero partiti per un viaggio con la Chevy del '57 che Vinny e Patrick avevano ricostruito in due anni di lavoro. Willa aveva implorato i suoi genitori di lasciarla andare con loro, ma naturalmente loro morivano dalla voglia di strapparla a quella compagnia, come se la separazione fisica potesse modificare quello che provavano gli uni per gli altri. La sua unica consolazione era che non ci sarebbe andata neppure Angel.

Al crepuscolo arrivò anche Jeremiah, con un'altra bottiglia di champagne. La collina era illuminata dalla luna piena e dal tenue chiarore delle lucciole. Willa cercò di conservare l'ultimo lento per Caleb, ma Patrick lo reclamò per sé e non ci fu verso di negarglielo. Patrick era snello e vigoroso, non molto più alto di Willa. La teneva stretta e non lasciava dubbi su quello che provava.

— Willa — disse, farfugliando. — Ho commesso un grosso errore, Willa.

— Che errore?

— L'unica cosa che mi ero ripromesso di fare al liceo, la cosa che volevo di più, non sono riuscito ad averla.

— Oh, davvero? Cos'era? — Avevano sempre flirtato un po', lei e Patrick, solo che questa volta lui non scherzava.

Lui la strinse tra le braccia, e iniziò a farle scorre le mani sulla schiena. La baciò nella cavità dietro l'orecchio, incautamente. — Penso che tu lo sappia.

Angel stava ballando con Jeremiah. Lui le parlava tutto serio, ma lei non lo stava a sentire; guardava Willa, che avvertiva il calore di quello sguardo. Se Patrick voleva fare lo scemo quella sera, Angel gliel'avrebbe fatta pagare. — Andiamo, Patch — sussurrò lei, spostando la mano di lui che le stava palpando il sedere. — Pensavo che le avessimo superate queste cose.

— Come facciamo ad averle superate se non le abbiamo mai provate? — Non era un ragionamento stupido per un ubriaco.

— Ti sei scordato di Caleb e Angel? — chiese Willa.

— Questa è una cosa più grande di tutti noi — ribatté lui. Era lui che se lo sentiva più grande, pensò lei, nascondendo un risolino. Angel diceva che l'aveva grosso come un cavallo, e lei doveva ben saperlo. La mano di Patrick aveva ripreso a scendere, quando all'improvviso arrivò Caleb, con Angel al suo fianco. — Hai sbagliato ragazza, vecchio mio — gli fece notare gentilmente l'amico, portandogli via Willa dalle braccia. Con l'abilità che le veniva da una lunga pratica, Angel agganciò Patrick e lo trascinò via.

Quando non furono più in grado di ballare, si lasciarono cadere sui massi per riprendere fiato. Jeremiah stappò l'ultima bottiglia e la versò cerimoniosamente, servendo per prime le ragazze. — Per le tre donne più belle del liceo Millbrook. Signore, è stato un privilegio.

A quel punto Angel si alzò in piedi. Era uno spettacolo, una fiamma in cima alla collina, con i suoi capelli fiammanti e il viso pallido alla luce della luna. — Voglio proporre un brindisi — disse con un vago sorriso, guardandoli in faccia uno a uno. — Brindiamo al fare la cosa giusta.

Ci fu un momento di silenzio. Willa si stupì molto nel

13

sentire Angel fare una proposta del genere. La sua amica si era sempre vantata di non farle mai, le cose giuste. Provò a guardare Caleb, ma lui era voltato.

Jeremiah fu il primo a replicare. — Tutto sta nel sapere quale sia la cosa giusta — disse, e le loro risate dissiparono la tensione che si era formata. Angel tornò a sedersi accanto a Patrick, che la cinse con il braccio. Shake tirò fuori la sua armonica e incominciò a suonare un motivo blues, dolce e melanconico. Angel riconobbe il brano e prese a cantare.

Frankie e Johnny erano amanti
Oh, Signore, si amavano quanto è possibile amarsi
Avevano giurato di rimanere fedeli per sempre
Finché ci fossero state le stelle sopra di loro
Lui era il suo uomo, ma le fece un torto.

Angel aveva una voce roca e intonata, che ricordava quella del suo idolo Janis Joplin. Anche l'armonica di Shake era piacevole, molti dei momenti più belli di Willa erano stati scanditi dalla sua musica; accompagnata però dalla voce di Angel, la classica ballata folk dell'amante infedele le fece venire le lacrime agli occhi. In seguito non avrebbe mai potuto riascoltare quella canzone senza ripensare a quella notte. Quando l'ultima nota svanì, si fece silenzio, e nel silenzio tutti si resero conto che era finito qualcosa, perché qualcosa doveva finire: il loro tempo insieme. Le notti di giugno erano fredde sulle colline del Westchester settentrionale. C'erano altre feste a cui avrebbero dovuto partecipare, altra gente da incontrare, e tra di loro c'erano delle coppie che anelavano a un po' d'intimità.

— Tutte le cose belle, prima o poi finiscono — disse Jeremiah. — Così si dice, e sto incominciando ad accorgermi che è vero.

— Questa non è la fine — ribatté Angel. — È l'inizio.

— È la fine della prima fase e l'inizio della seconda — affermò Caleb. — E la costruiremo su questa. Quello che abbiamo fatto insieme, nessuno potrà toglⁱercelo.

14

Stiamo fondando qualcosa. — Alzò il bicchiere. — A tutti noi, finché morte non ci separi.

— A noi — fecero eco tutti. Era il segnale che stavano aspettando. Un ultimo giro di abbracci e di saluti e, mentre raccattavano la loro roba, qualcuno, più tardi nessuno si sarebbe ricordato chi, propose: — Facciamo un giuramento: a vent'anni da ora, dovunque siamo, qualsiasi cosa stiamo facendo, ci ritroveremo proprio qui, su Beacon Hill.

Dato che quasi tutti erano caduti nella malinconia per via dell'alcol, quella proposta non mancò di fare presa. L'accordo venne quindi solennemente stabilito e giurato. Vinny propose di fare un patto di sangue, ma ne fu distolto da Jeremiah, che non aveva nessuna voglia di scambiare il suo sangue con quello dell'amico. In qualsiasi modo fossero andate le cose, fosse giunto l'inferno o il paradiso, dopo vent'anni si sarebbero rincontrati tutti.

1

Gennaio 1992

Le avevano proposto di mandarle un'automobile, ma lei aveva rifiutato. Non le piaceva avere degli autisti. La gente che andava a prenderla, inevitabilmente si assumeva pure l'incarico di intrattenerla chiacchierando, cosa che la obbligava a ricambiare proprio quando lei ne aveva meno voglia. Molto meglio andare da sola, in pace. Quel pomeriggio guidò fino alla stazione e prese la linea nord della metropolitana da Chappaqua fino alla Grand Central. A metà dicembre nevicava già, ragione in più per essere contenta di non guidare. C'erano dei ritardi, e il viaggio durò cinquanta minuti; lei impiegò quel tempo per lavorare sul discorso. A ogni nuova lettura era sempre più disperata. Era lo stesso che aveva tenuto l'anno prima, quando il suo libro era uscito in hardcover, ma adesso ogni frase suonava ironica.

Willa sapeva che non avrebbe dovuto farlo. Non era pronta, era troppo presto. Ma Judy Trumpledore aveva deciso di prendere in mano la faccenda: "Vedrai che ti farà bene; è ora che tu muova un po' il culo", ed era inutile discutere. Non che Judy ignorasse il significato della parola "no", ma era pur sempre un editore, e quindi tendeva a far finta di non averlo sentito.

Si appoggiò allo schienale e prese in mano il suo discorso, tagliando e snellendolo. Peccato che non potesse eliminarlo del tutto. Calma, si ordinò, facendo qualche ampio respiro. Posando la fronte contro il vetro freddo, ripeté le parole di Judy come un mantra: "Non sottovalutare mai le capacità umane di non interessarsi ai fatti degli altri". La storia di Willa risaliva a quattro mesi prima, ormai, più di quanto la memoria di un newyorkese medio potesse coprire.

A Grand Central prese la metropolitana 4 per Union Square. Quando emerse, fu avvolta da una raffica d'aria gelata e da un bagliore candido. Union Square era coperta da un sottile strato di neve, e ne stava cadendo dell'altra. Con un tempo del genere non verrà nessuno, pensò, e si sentì più sollevata.

La presentazione era in una piccola libreria indipendente che si chiamava Illuminations, un posto molto frequentato dagli abitanti del Village e dagli studenti della New York University, i quali, secondo Judy, avevano una vera e propria venerazione per la Compton-Burnett. Svoltando nella Quattordicesima Est, Willa si trovò di fronte a una vetrina piena di suoi libri, non solo l'ultimo ma anche le due biografie precedenti, dozzine di copie tra hardcover e tascabili, insieme all'ingrandimento della copertina della sua ultima opera: *Segreti di famiglia: i romanzi della penna avvelenata di Ivy Compton-Burnett*. A fianco c'era un grande ritratto dell'autrice.

Willa si tirò indietro imbarazzata, abbassando la tesa del cappello per coprirsi il volto. Quella tremenda fotografia. Gliel'aveva fatta fare Judy. L'unica cosa buona era che non le assomigliava per nulla, e quindi nessuno avrebbe potuto riconoscerla. L'avevano messa in posa come l'eroina di un romanzetto rosa: in piedi, scalza, su di un molo battuto dal vento, con un vestito lungo ondeggiante, i capelli svolazzanti e nient'altro che il mare alle sue spalle. A Simon era piaciuta, o almeno così diceva.

Judy era proprio dietro la porta, che guardava fuori con aria preoccupata. Quando scorse Willa si rasserenò e le rivolse un gesto di saluto. Lei entrò dalla porta girevole. Appena dentro, udì dei mormorii e vide una folla brulicante con bicchieri di vino in mano. Fu presa dal panico, riprese la porta e uscì sul marciapiedi.

Judy la seguì. — Che ti prende? Sei matta? Si gela qua fuori.

— Non ce la faccio, Judy.

Judith Trumpledore, editrice della Trumpledore Books, una delle associate della HarperCollins, era una donna piccola, che indossava abiti costosi, con un fisico che, alla sua età, denunciava sforzi considerevoli. Aveva i capelli scuri e ondulati, lineamenti affilati, occhi grigi intelligenti e dei modi da bambinaia. — Sì che ce la fai — disse, afferrandola con una presa d'acciaio. — È come andare in bicicletta. Da dove vieni, poi? Non ho visto nessun taxi.

— Ho preso la metropolitana a Union Square. Ma tu non capisci. Il discorso è un disastro.

— La metropolitana? Accidenti, Willa, ti avevo detto che ti mandavo a prendere in macchina.

— E che c'è di strano? Lo facevamo sempre. — Un tempo, quando erano compagne di stanza, intendeva dire, prima che lei si sposasse e Judy facesse carriera, quando tutt'e due erano redattrici alla Harrow Books.

— E Nathan's era il nostro ristorante preferito. Ma adesso i tempi sono cambiati. — Judy continuava a tenerla per il braccio, come se avesse paura che potesse scappare.

Willa osservò dalla vetrina la folla all'interno. Ci dovevano essere almeno cinquanta persone dentro, era incredibile. Per puro caso la pubblicazione di *Segreti di famiglia* aveva coinciso con quella di diversi romanzi della Compton-Burnett esauriti da tempo, e di conseguenza il suo nuovo libro era stato ampiamente e generosamente recensito. Ciò nonostante, le biografie letterarie erano difficilmente libri che attiravano le folle. Probabilmente a New York non c'era nemmeno così tanta gente che aveva letto la Compton-Burnett, figuriamoci poi un libro su di lei. — Chi sono? — chiese.

— Amici, appassionati, un bel gruppo di studenti della New York University. Te l'ho detto, la Compton-Burnett va fortissimo.

— Hai fatto molta pubblicità?

Judy scoppiò a ridere di fronte al suo tono accusatorio. — Colpevole. Abbiamo fatto un trafiletto sul "Times" e abbiamo mandato degli inviti a qualche tuo amico. Non vorrei sorprenderti, mia cara, ma alla maggior parte degli scrittori la pubblicità piace. Si sono fatti l'idea strampalata che serva a vendere libri.

— Non è che non ti sia grata. È solo che…

— Lascia stare, Willa. Andiamo. Testa alta, petto in fuori, march.

Dentro, qualcuno le prese il cappotto e qualcun altro le portò un bicchiere di vino. Judy le rimaneva vicina, ma non ce n'era più bisogno, Willa era entrata nel suo ruolo. Molti visi erano familiari: c'erano colleghi di Simon, c'era gente della Harrow Book, dove aveva lavorato, e della HarperCollins, che pubblicava i suoi libri. Alcuni di loro erano stati ai funerali e da allora non li aveva più visti. — Come stai? — le chiedevano tutti. C'era interesse, ma senza dubbio anche curiosità. Willa si nascondeva dietro un sorriso di plastica e si spostava rapidamente dall'uno all'altro.

Manny Shultz, il suo agente, sbucò dalla folla per stringerla in un abbraccio da orso. Sapeva di lana, neve e tabacco da pipa. Willa era stupita di vederlo. La pubblicità spettava all'editore, e Manny si era sempre impo-

18

sto di rimanere lontano dalle apparizioni in pubblico dei suoi autori.

— Che ci fai qui? — chiese lei.

— Se Maometto non va alla montagna, la montagna deve andare incontro a Maometto. Tu mi devi far avere un libro, mia cara, e io lo avrò. Stai lavorando?

— Certo. — Lei guardò oltre le spalle dell'agente, verso il retro della libreria, dove erano stati collocati un podio e una trentina di sedie. La maggior parte di esse erano occupate, e i commessi ne stavano frettolosamente aggiungendo delle altre.

— Scusami, Manny, mi sembra che mi stiano aspettando. — Poi, con una voce diversa, si rivolse a Judy che si era avvicinata. — Mi hai giocata. È una specie di festa della debuttante.

— Be', dovevi ben debuttare di nuovo prima o poi — replicò Judy, pratica come sempre. — È vero che stai lavorando?

— Me la voglio svignare. Questa gente è qui per vedere uno spettacolo da baraccone.

— Questa gente è qui per darti supporto e amicizia. E a caval donato non si guarda in bocca.

— Non l'ho mai capita quell'espressione. Se qualcuno mi regalasse un cavallo, la prima cosa che farei è guardargli in bocca.

— Hai letto troppi libri della Compton-Burnett — commentò Judy, facendo un cenno con la mano al proprietario della libreria, un tipo alto e magro, tutto agitato, di cui Willa aveva dimenticato il nome.

Lei si sedette in prima fila, e ascoltò tutta sorridente mentre la presentavano, come se stessero parlando di qualcun altro. Le solite inesattezze, con dei dati gonfiati per farli sembrare più importanti di quello che erano. "Già editor per la Harrow Books, la signora Scott incominciò a scrivere la sua straordinaria serie di biografie quando si trasferì in campagna. E se questo ha rappresentato una perdita per l'editoria, sicuramente la letteratura ci ha guadagnato." In realtà non era mai andata oltre l'incarico di aiuto-editor, appena un gradino in più rispetto al livello iniziale al quale poteva accedere una ragazza bene istruita che si presentava con le credenziali di una delle migliori università del paese. Comunque, l'avevano notata, aveva fatto importanti lavori di editing ed era anche stata proposta per una promozione, fino a quando la sua gravidanza era diventata evidente. Si diceva spesso che l'editoria era adatta alle donne, ma a patto che non avessero bambini. Judy Trumpledore era rimasta single, e si sceglieva i suoi amanti con giudizio. Lei si era beccata la promozione e Willa una festicciola per la nascita del bambino.

Il suo stipendio era una miseria e sembrava destinato a rimanere tale. La professione di Simon andava a gonfie vele, e fin da quando lei era rimasta incinta, lui aveva fatto fuoco e fiamme per andarsene dal centro. Cresciuta nei quartieri periferici, Willa aveva giurato che non ci sarebbe ritornata mai più. Ma dopo il permesso di maternità non era più tornata alla Harrow, e sei mesi dopo la nascita di Chloe si erano trasferiti nella loro prima casa, una villa vittoriana a Chappaqua, a soli venti minuti di auto dal sobborgo dove lei era cresciuta.

Uno scroscio di applausi; aveva perso il momento giusto. Il proprietario la guardava con impazienza. Willa si alzò e salì sul palco. Regolò il microfono, aprì la sua cartellina di appunti e alzò lo sguardo sul pubblico. Tutti i posti erano occupati e vi era altra gente negli angoli e seminascosta in mezzo agli scaffali. Un mare di facce, più o meno familiari, la studiarono con un'espressione gravida di pensieri reconditi. Il suo equilibrio vacillò; all'improvviso non poté sopportare di venire osservata in quel modo. Poi Judy riuscì a intercettare il suo sguardo, e qualcosa nel suo atteggiamento le rammentò chi fosse, dandole la forza di continuare.

— Ivy Compton-Burnett prese a scrivere romanzi relativamente tardi, a circa quarant'anni, quando irruppe all'improvviso sul palcoscenico dominato da autori contemporanei come Virginia Woolf e Anthony Powell. I critici rimasero sbalorditi dal suo lavoro, scandalizzati, affascinati. *Eschilo visto con gli occhi di Jane Austen*, scrisse il "London Times". La paragonarono a un chirurgo, e i suoi romanzi a un bisturi, ma in effetti il suo metodo era più simile alla vivisezione che alla chirurgia. La Compton-Burnett si incuneava nella vita pulsante delle famiglie e la metteva a nudo. E le famiglie, come accade a certi vermi, continuavano ad andare avanti per la loro strada mentre la scrittrice si faceva strada dentro di loro.

"I suoi modelli esemplari erano le casate dell'alta borghesia vittoriana, da cui, sotto la patina di convenzioni, tirava fuori elementi che avrebbero fatto arrossire Harold Robbins. Incesti, adulteri, ricatti, matricidi, parricidi, infanticidi... in pratica tutto a eccezione del genocidio. Gli eventi su larga scala non interessavano la Compton-Burnett, che visse ben due guerre mondiali senza mai sentire la necessità di parlarne nelle sue opere. O almeno non direttamente. Le interessava la questione del potere. Il potere totalitario e i suoi vari abusi costituivano il suo campo di indagine. Ma lei operava solo su squisite miniature."

Si fermò un attimo per bere un sorso d'acqua. La pagina successiva era piena di rabbiosi segnacci blu. Willa era già finita in un terreno minato.

— La sua rappresentazione della natura umana non era benigna. La Compton-Burnett era convinta che la maggior parte di noi soccombesse alle forti tentazioni. "Ci sono segnali che ci fanno capire che accadono delle strane cose" disse a un intervistatore, "anche se non vengono alla luce... Noi, degli altri, sappiamo molto meno di quello che pensiamo".

Willa tenne duro, e in qualche modo arrivò alla fine. Il pubblico fu misericordioso. Le domande furono magnanimamente poche e ben presto tutto fu finito. Rimaneva solo da firmare i libri. Willa si sedette a una scrivania di quercia sulla quale era posata un'alta pila di *Segreti di famiglia*. Vicino a lei un giovane commesso chiedeva i nomi e apriva i libri che lei doveva firmare. Willa adoperava una semplice Bic blu. La stilografica d'oro di Cartier che Simon le aveva regalato in

21

occasione della prima volta in cui doveva autografare i libri era a casa, nella sua scatola. Un giorno l'avrebbe data a Chloe.

Firmò un libro dietro l'altro. Poi smise di alzare gli occhi. — A chi vuole che sia dedicato? — udì chiedere al commesso per la ventesima volta.

Fu un uomo a rispondere, e la sua voce le giunse così famigliare che le fece scorrere un brivido lungo la schiena. — Al pazzo sulla collina — rispose l'uomo. Willa sollevò gli occhi. L'uomo davanti a lei rimase un estraneo finché non sorrise. Nell'istante in cui scorse quel sorriso impertinente, lo riconobbe. — Patrick — gridò, porgendogli la mano sopra la scrivania.

— Ciao, Willa. Sei bella come sempre.

Era invecchiato, naturalmente, e più elegante di quanto lo avesse mai visto, nella sua giacca di tweed. Dagli angoli degli occhi si irradiava una ragnatela di minuscole rughette, ma lo sguardo era sempre lo stesso, pieno di malizia. Aveva i capelli più corti, ma ancora scuri, con lo stesso ciuffo sbarazzino sulla fronte.

— Questa sì che è una sorpresa — disse lei, sentendosi arrossire. Lui scoppiò a ridere, e il suo cuore si contrasse in uno spasmo, al pensiero del vecchio Patrick, della banda della Beacon Hill. Loro erano qualcosa di più che amici, erano la pietra di paragone con la quale valutare tutte le amicizie successive.

Aveva voluto farle una sorpresa, le rivelò. — Era dal momento in cui ho visto l'avviso sul "Times" che sognavo questo incontro.

— E se non ti avessi riconosciuto?

— Impossibile — rispose lui, sicuro di sé.

— È passato un bel po' di tempo.

— La gente non cambia poi così tanto.

No, pensò lei, ci si conosce solo più a fondo.

Le persone dietro Patrick avevano preso ad agitarsi. Il commesso le posò un libro aperto davanti, e lei si mise all'opera. "A Patrick," scrisse, "nessuno è pazzo". Fino a lì era facile, ma come firmarsi? Con amore? A un uomo che non vedeva da secoli, e che non aveva mai conosciuto da adulto, ma solo come un affascinante ragazzino scavezzacollo? Con affetto? Troppo freddo. Alla fine firmò "La tua Willa" e si sentì di nuovo arrossire mentre glielo porgeva.

Ma invece di prendere il libro, lui le afferrò il polso. La sua mano era calda. — Quando avrai finito ce ne andiamo insieme. — Anche se la sua era più un'affermazione che un invito, l'aria di attesa nel suo sguardo le fece tornare in mente il potere che un tempo aveva avuto su di lui.

Willa si guardò attorno. Judy e Manny erano vicini al palco, con le teste ravvicinate, e parlavano animatamente. Avevano l'intenzione di portarla da qualche parte marcandola stretta. Si rivolse allora a Patrick, che non si era spostato, anche se la fila dietro di lui incominciava a premere.

— Mi farebbe piacere — disse.

2

Lui non le chiese dove voleva andare, ma la portò direttamente in un piccolo locale in un seminterrato della Tredicesima, dall'improbabile nome di El Cantino Szechuan. Una scritta sulla vetrina assicurava: LA MIGLIOR CUCINA CUBANO-CINESE.

— Sono cose che capitano solo a New York — commentò Willa, scendendo i gradini che conducevano all'entrata.

— Sono capitato qui la prima sera in cui sono tornato — spiegò Patrick. — La miglior roba che mi sia capitata da anni, e per di più mi lasciano mettere tutto in conto. Mi piace moltissimo dire: "Mettete tutto sul mio conto". È un po' come andare da Rick's e dire: "Suonalo di nuovo, Sam", cose che, a dire il vero, non si dicono neppure nei film. Mangio qui tutte le sere.

— Lo stesso ristorante tutti i giorni?

— Qualche volta due volte al giorno. Il mio unico pregio è la fedeltà. Per di più Consuela mi ha adottato, non è vero *Mamacita*?

Il donnone accigliato dietro la cassa sorrise e si voltò civettuola verso di lui. — *Hola*, professore — lo salutò, ignorando la sua accompagnatrice. Li guidò oltre un lungo bancone fino a un *séparé* in fondo al ristorante, più grande di quanto non sembrasse dal di fuori, anche se ben poco frequentato. Gli unici avventori erano due giovanotti e una ragazza che si sforzavano di sembrare più vecchi della loro età. Sulle pareti erano stati appesi un po' a casaccio dei manifesti della Cina. Le luci soffuse erano sicuramente dovute più all'economia che alla volontà di creare un'atmosfera. Patrick ordinò del vino e restituì il menù. — *Estamos en tus manos, Mamacita*.

Poi rimasero soli. Lui guardò Willa e lei ricambiò lo sguardo. Entrambi esaminavano i segni del tempo sul volto dell'altro. Era una cosa strana vedere un viso un tempo così familiare e ora così cambiato. Anche se lei poteva ancora scorgere il ragazzo in lui, Patrick aveva acquisito l'opacità di un adulto. Aveva un'aria solida, di successo, sembrava molto più sicuro di sé. Lei era lieta di vederlo, ma c'era pure qualcosa di triste, un po' come vedere Peter Pan cresciuto. In quanto a lei, era grata alla penombra.

— Sembra di essere tornati ai vecchi tempi, vero? — affermò lui.

— Sì — rispose lei. — Continuo ad aspettarmi che arrivino gli altri. Che ci fai qui?

— Insegno cinema alla New York University. Ho iniziato a settembre.

— Ma allora sei un professore!

Lui scoppiò a ridere vedendo la sua espressione. — Non mi meraviglia che tu sia stupita. Io stesso non riesco a crederci. Mi aspetto sempre che mi smascherino da un momento all'altro.

— E com'è successo?

— È stato per caso. Mi trovavo bene al College. Non me ne volevo andare e così ci sono rimasto. Dopo un po' avevo preso tutti i diplomi possibili e sorprendentemente mi hanno assunto.

I genitori di Willa lo avevano sempre definito un fannullone e un poco di buono. Per loro avrebbe al massimo potuto andare a fare il posteggiatore, o magari il ladro d'auto. Rimpianse di aver troncato tutti i rapporti con loro. Le sarebbe piaciuto raccontare il cambiamento del suo amico.

— In fondo non mi sorprende sapere che sei finito così — affermò — è solo che ti si addice fin troppo bene. Di solito le cose non vanno così nella vita.

— A te sì.

Lei lo guardò. La stava prendendo in giro?

— Voglio dire — spiegò lui, con una voce meno sicura — che hai sempre voluto fare la scrittrice.

— Volevo scrivere romanzi. E invece scrivo sui romanzieri.

— Un sottile distinguo.

— No. Una differenza fondamentale.

— Sei sposata?

— Vedova.

— Mi dispiace.

— Ho una figlia. Chloe. Ha quasi quindici anni.

— Quindici anni — ripeté lui, abbandonandosi ai ricordi. — Se assomiglia a sua madre farà perdere la testa a tutti i ragazzi.

— Grazie a Dio, no. E tu? Moglie, figli?

— Figli no. Sposato. Più o meno.

Scese un profondo silenzio. C'era qualcosa che spezzava il cuore in quelle parole; non il suo, questa volta, ma quello di un'altra poveraccia. "Più o meno", era così che si definiva anche Simon, quando glielo chiedevano?

— Insegna all'UCLA — spiegò lui. — Una donna splendida. Odia New York almeno tanto quanto io odio Los Angeles. Siamo come Woody Allen e Diane Keaton: geograficamente incompatibili.

Willa annuì, ma non disse nulla. C'era però un giudizio nel suo silenzio. Per la prima volta aveva guardato Patrick negli occhi e ne era rimasta delusa.

A lui quell'espressione sembrò famigliare. — L'altro giorno ho visto una T-shirt con una scritta — raccontò. — "Se un uomo parla in mezzo a una foresta e non c'è nessuna donna che lo ascolta, ha torto lo stesso?"

Willa scoppiò a ridere. Che si tenga pure i suoi segreti, pensò. Non erano più dei ragazzini che si rivelavano a vicenda il loro cuore. Dato che non aveva nessuna intenzione di soffermarsi sulla sua situazione personale, non aveva nessun diritto di intromettersi in quella dell'amico. — Ti piace insegnare?

— A dire il vero sì. Prima o poi doveva finire così. Immagino di averti fatto una testa così, a quei tempi.

— Ci hai fatto conoscere alcuni dei film più belli che abbiano mai girato. Bergman, Malle, Truffaut…

— Ah, sì. *Jules e Jim*.

— Il mio preferito.

— Naturale. Era la nostra storia.

Lei lo guardò. — Cosa vuoi dire?

— Due amici innamorati della stessa ragazza… non ti ricorda nulla?

— Certo. Un vecchio tema. Non l'ha inventato Truffaut.

— Mi avevi spezzato il cuore, sai — disse, con una semplicità e una serietà tali, che Willa non poté prenderla sul ridere.

— Tu andavi pazzo per Angel.

— Mele e arance — disse lui , con una scrollata di spalle.

Gli uomini. Dall'altra parte del locale uno dei giovanotti stava baciando la ragazza, mentre l'altro li osservava con una complicata combinazione di soddisfazione, frustrazione e desiderio.

— Gnocchi con verdure — disse qualcuno alle loro spalle. Consuela posò i piatti sul tavolo appoggiando il vassoio sui suoi larghi fianchi. — Riso fritto e fagioli. Bistecche con peperoni, molto piccante. State attenti.

Willa, che per mesi si era nutrita solo per senso del dovere ma senza appetito, fu così colpita da quell'aroma deliziosamente corposo, che la bocca le si colmò di acquolina. Si riempì il piatto e Patrick fece altrettanto, poi mangiarono nel silenzio più piacevole che a lei fosse capitato da un'eternità. Non c'era bisogno di fare conversazione, era solo Patrick, dopo tutto, con la sua sequela di sciocchezze. Perché erano solo sciocchezze. Erano stati amici, amici intimi, e nient'altro. Avevano flirtato, ma che importanza aveva? Se avessero dovuto dare un credito accademico ai flirt, sarebbe toccato a Patrick e non a Jeremiah tenere il discorso di fine anno.

Quando ebbe spazzato via tutto dal piatto, lei si appoggiò sullo schienale e sorrise. — Avevo ragione? — chiese Patrick tornando a riempirle il bicchiere.

— Sì. Cibo eccellente, grazie.

— Non dire così. Mi fa pensare che tu te ne stia per andare.

— Ho un treno da prendere.

Lui fu sul punto di dire qualcosa ma si fermò. Furono i loro occhi a continuare. Quelli di lui erano privi di insidie. Siamo adulti adesso, dicevano, possiamo fare quello che vogliamo. Solo che non aveva idea di quello che voleva lei.

Lei si scusò e andò nella toilette. Era angusta, due ritirate e un unico lavabo, già occupato dalla ragazza dell'altro tavolo, che stava rifacendosi il trucco davanti allo specchio sbreccato. Dietro il rossetto dal colore acceso e lo spesso mascara, c'era il viso ancora sfumato di una bambina. Quella ragazzina non doveva essere più vecchia di Chloe. Willa ebbe la tentazione di parlarle, di avvertirla. Stai attenta, voleva dirle. Sembrano così dolci, ma ti spezzeranno il cuore. Attese di incrociare il suo sguardo, ma anche se la stanzetta era così minuscola che dovevano schiacciarsi, la ragazza non voltò mai il viso verso Willa. Era troppo vecchia, troppo sciupata, per essere presa in considerazione.

Quando ritornò al tavolo, i piatti erano stati portati via e Patrick stava bevendo una tazza di caffè. Ce n'era una anche per lei.

Bevve un sorso, era forte e scuro, tonificante come uno schiaffo su una guancia.

— Normale, va bene? — chiese Patrick. — Non siamo ancora allo stadio del decaffeinato, vero?

— Non ancora. — Lei guardò l'orologio. Aveva già perso il treno delle nove e un quarto. Non aveva importanza; Chloe passava la notte da un'amica, e di treni ce n'erano uno ogni ora.

Finalmente la conversazione incominciò a vertere sulla vecchia banda della Beacon Hill. I genitori di Willa avevano venduto la casa e si erano trasferiti a Palm Beach quando lei era una matricola all'università. E un po' per le visite che faceva loro, e un po' per il fatto che era sempre più coinvolta con Simon, aveva gradatamente finito con il perdere il contatto con i suoi vecchi amici. Patrick non ne vedeva alcuni da anni, ma ne sapeva più di lei. Jeremiah era un avvocato a Washington, le raccontò, e Vinny aveva un garage da qualche parte nel Bronx. Shake aveva sposato Nancy poco dopo la fine del liceo e suonava con una band giù nel Maryland. Nessuno di loro sapeva cosa ne fosse stato di Travis Fleck. Rimanevano solo Caleb e Angel, ma proprio quando si sarebbe dovuto tirare fuori i loro nomi, la conversazione si arenò. Quale fosse il motivo del disagio di Patrick, Willa lo ignorava; lei aveva il suo. La sua separazione da Caleb era stata penosa. E con Angel non c'era stato nessun congedo, nessun addio, penoso o no. Avevano litigato; poi c'era stata una rottura, seguita da un lungo silenzio.

Alla fine lei fece la domanda. E perché non avrebbe dovuto? — E Angel? Che fine ha fatto?

— Non ne ho idea. Non l'ho più vista né sentita dalla fine del liceo.

— Neanch'io — disse Willa. Si guardarono increduli. — Com'è possibile?

Patrick alzò le spalle. — Quell'estate lei se ne andò di casa e, per quanto ne so, non è più tornata.

— Avevo sentito che era scappata di casa. Ma lo aveva già fatto altre volte, e alla fine era sempre tornata.

— Quella volta no. Non avrebbe osato.

— Perché no?

— Aveva distrutto la macchina del suo vecchio, no?

Le tornò allora in mente la storia che aveva sentito quando era tornata dalla Francia. Più o meno una settimana dopo il diploma, Angel aveva litigato con suo padre, gli aveva rubato le chiavi e aveva distrutto l'automobile mentre stava lasciando la città. I poliziotti avevano trovato l'auto, ma nessun segno della ragazza. Dalla mancanza di macchie di sangue, avevano presunto che si fosse allontanata a piedi e avesse chiesto un passaggio. Ma era una ragione sufficiente per rompere per sempre con l'unico genitore che aveva?

— Busky l'amava, quella macchina — spiegò Patrick. — Era l'unica cosa che amava veramente. L'avrebbe uccisa.

— Ma perché non si è messa in contatto con noi?

Lui fissò accigliato la sua tazzina vuota. — Per anni, tutte le volte che suonava il telefono, mi aspettavo di sentire la sua voce. Non è mai successo. Ma ero convinto che prima o poi sarebbe venuta da te.

— Non l'ha mai fatto. Per un po' l'ho cercata, ma a un certo punto ho smesso. — Il punto, era quando nella sua vita aveva fatto irruzione Simon; e Willa, che fino a quel momento aveva sperato nel ritorno di Angel, da allora aveva iniziato a temerlo. — Pensavo che se voleva vedermi, sapeva dove trovarmi. Avevamo avuto quel litigio, sai, alla fine del liceo. E pensavo che non mi avrebbe mai perdonato.

— Mi sembra di ricordare che fossi tu la parte offesa.

Lei si morse le labbra. "Offesa" non era la parola giusta. Lei l'aveva veramente sbalordita. Come aveva potuto? Ma alla fine Angel era esplosa: "Perché dai tanta importanza a una stronzata del genere? Non hai imparato niente in questi due anni? Sarai anche la prima della classe, ma nella vita reale sei una vera coigliona!"

— È così — ammise lei. — Ma lei si era arrabbiata con me perché l'avevo presa male.

Patrick aggrottò la fronte. — Angel era una che si arrabbiava facilmente, Dio solo sa quanto. Ma non era da lei tenere rancore.

— Forse voleva solo troncare con me. — Persino dopo tanto tempo faceva male pronunciare quelle parole.

Poi Consuela ritornò con un bricco di caffè. Ci fu una nuova pausa di silenzio, ma non era piacevole come la precedente. — E Caleb? — chiese infine Willa. — Sei rimasto in contatto con lui?

— Mi ha scaricato anni fa — disse Patrick con tono indifferente, ma dalle sue parole traspariva ancora un velo di amarezza.

Willa era stupita. Anche se lei se n'era andata, in fondo alla mente le era rimasta l'idea che per i suoi vecchi amici tutto fosse rimasto come prima. Era comunque logico che dopo vent'anni (ma ne erano davvero passati così tanti?) avessero preso strade diverse. Eppure si sarebbe aspettata che almeno alcune di quelle relazioni durassero; quella tra Caleb e Patrick, in particolare, dato che erano stati inseparabili dall'asilo fino al liceo.

— Come è potuto succedere?

— Chiedilo a lui — disse l'uomo scuotendo le spalle. — L'ultima volta che l'ho visto è stato al funerale di sua madre. Mia mamma mi telefonò per dirmi che era morta e io presi il volo notturno da Los Angeles per arrivare in tempo. Venne anche Shake, dopo aver mollato un ingaggio per essere lì. Caleb non ci ha neppure parlato. No, non è vero; una cosa ce l'ha detta: "Grazie per essere venuti", poi ci ha stretto la mano come se fossimo degli estranei e si è rivolto a quelli che venivano dopo di noi nella fila.

Era bravo in quelle cose, ricordò lei. L'ultima cosa che aveva visto di Caleb era stata la sua schiena. Al terzo anno di università, lui si era fatto in autostop tutta la strada da Miami, dopo aver ricevuto la sua lettera, ed era arrivato al campus alle dieci del mattino del giorno dopo. Willa stava attraversando il cortile interno con Simon, quando l'aveva visto dirigersi verso di lei, con le falde del cappotto che svolazzavano come ali. La gente si spostava al suo passaggio. Willa aveva afferrato la mano di Simon e aveva aspettato.

Caleb si era fermato di fronte a lei. Il sole gli aveva

schiarito i capelli e scurito il volto. Non aveva degnato Simon di uno sguardo, anche se doveva ben sapere chi fosse. Aveva in mano la lettera di Willa. L'aveva appallottolata e gliel'aveva gettata in faccia.

Simon aveva tirato il fiato e si era fatto avanti. Willa gli aveva afferrato il braccio. "No, questa è una cosa tra noi due."

"Che cazzo, Willa!" aveva detto Caleb, "non puoi farmi questo".

"L'ha già fatto" si era inserito l'altro, che non aveva mai visto il suo rivale lontano.

Caleb aveva continuato a tenere gli occhi puntati su Willa. "Vaffanculo."

"Vacci tu" aveva risposto Simon. "Ti ha dato il benservito".

Alla fine Caleb lo aveva guardato e misurato con lo sguardo, terminando il suo esame con un sorriso che Willa conosceva fin troppo bene. I due erano più o meno della stessa taglia, Caleb poco più alto e Simon poco più robusto. A prima vista sembrava uno scontro equilibrato. Willa però aveva visto Caleb in azione e sapeva cosa sarebbe successo se fossero giunti alle mani. L'umiliazione di Simon sarebbe stata un pessimo inizio per il loro prossimo matrimonio.

Si era messa tra di loro. "Lascia che gli parli" aveva detto a Simon. "Ha il diritto di sentirlo da me." A lui l'idea non piaceva, ma lei aveva insistito. Alla fine si era allontanato quel tanto che bastava per farli rimanere da soli, ma era rimasto a guardare, osservando tutte le mosse dell'altro. Willa aveva portato Caleb fino a una panchina lontana dalla gente che passava. Lei si era seduta, lui era rimasto in piedi.

"Che ti aspettavi?" gli aveva detto. "Tu non volevi stare con me, ma non sopporti che io mi sia messa con un altro."

"Non volevo stare con te?" aveva risposto lui, furioso. "Mi sono fatto il culo per te. Tutto quello che ho fatto, l'ho fatto per te."

"A primavera te ne sei andato in Messico. L'estate

scorsa non ti sei neppure disturbato a chiamarmi. Mi hai lasciata lì ad aspettare. Cosa pensavi? Ti aspettavi che me ne rimanessi lì per sempre a fare la Penelope per la tua bella faccia?"

"Ma tra noi c'era un'intesa. Che differenza fa se siamo insieme o siamo separati? Noi apparteniamo l'uno all'altra, siamo due metà."

"Il che significa che tu te ne vai a fare quello che vuoi per tutto il tempo che vuoi, mentre io me ne sto a casa a sferruzzare."

"Se vuoi scoparti qualche stronzo di avvocato, fai pure. Non è che io sia stato un frate per tutto questo tempo. Quello che voglio dire è che non devi dimenticarti qual è il tuo posto."

Willa aveva visto Simon che li guardava. Il contrasto non avrebbe potuto essere più stridente: Caleb in sandali e *dreadlock*, l'unica concessione al vento del nord era il cappotto nero svolazzante che sembrava tirato fuori da un film dei fratelli Marx, gettato con noncuranza su di un corpo così teso che vibrava tutto, mentre dietro di lui, sullo sfondo, Simon, impeccabile nel suo soprabito Burberry, con i capelli corti, solido come gli edifici coperti d'edera accanto a lui.

L'unica cosa che avevano in comune era la convinzione che solo loro sapevano cosa era più adatto per Willa.

Lei era a un bivio, e lo sapeva. C'erano due strade, l'una con la scritta "Simon", e l'altra "Caleb". (Ce n'era una terza, ma era così poco visibile che lei a quel tempo non l'aveva notata.) E tra quelle due strade, la scelta era ovvia. E se stare con Caleb era stato come discendere le rapide su una zattera, mettersi con Simon era come andare in barca a vela con il chiaro di luna, con un capitano e un'imbarcazione di cui ci si poteva fidare.

"Mi ricorderò sempre di quello che c'è stato tra noi" aveva detto lei. "Sei tu che mi hai resa come sono. Ma io sposerò Simon."

"Matrimonio?" la schernì lui. "È questo che vuoi? Un

marito, dei figli e una casa nei quartieri residenziali? La vita che ha fatto tua madre. E ti va bene così?"

"Voglio un uomo che non stia con me solo in spirito."

"E se ti chiedessi io di sposarmi?"

"Direi che sei in ritardo di un giorno."

Lui aveva preso un respiro, si era raddrizzato e l'aveva fissata. Lei aveva retto il suo sguardo. Poi, senza un'altra parola, Caleb si era voltato e se ne era andato. A ogni passo le sue spalle e la sua schiena si raddrizzavano e la sua testa si sollevava. Al suo passaggio le donne si erano messe a guardarlo e lui aveva ricambiato lo sguardo. Prima ancora che fosse arrivato a metà del cortile, lei si era resa conto che lui l'aveva già scacciata di mente. Aveva continuato a osservarlo finché non era scomparso dalla vista. Non si era mai voltato indietro.

Dunque Caleb si era allontanato anche da Patrick.

— E così se ne sono andati tutti e due — concluse lei.

— Magari sono insieme. — L'aveva detto per gioco, eppure sentì una fitta di dolore.

I vecchi tradimenti non muoiono mai. Al massimo rimangono accucciati nell'ombra, come cellule cancerose pronte a ripresentarsi.

— Difficile — commentò Patrick. — Ma lo sapremo presto, no?

— E come?

— Lo sai.

E la cosa strana era che lo sapeva davvero. Per tutta la serata aveva aspettato che lui rievocasse il loro patto, e ora era successo. "A vent'anni da ora, ovunque siamo, qualsiasi cosa stiamo facendo." A giugno sarebbero stati esattamente vent'anni. — Se lo ricorderanno? — chiese lei.

— Ce lo ricorderemo.

— Ma verranno?

— Certo. Qualunque cosa succeda, avevamo detto; vivi o morti.

— Eravamo fuori di testa.

— Siamo sempre fuori di testa — affermò sicuro lui.
— Verranno.

3

— Perché una vedova? — chiese Patrick. — Perché un fantasma? — Nessuno rispose. Si guardò attorno. La classe era piena di facce inespressive e di occhi che facevano di tutto per evitare il suo sguardo. Quanti di loro avevano effettivamente visto il film che aveva dato da studiare? Forse la metà.

— Pensateci su — li esortò. — Al contrario di quanto avviene nella realtà, il mondo all'interno di un film è deterministico. C'è una ragione per tutto; niente avviene per caso. *Il Fantasma e la signora Muir* è una storia d'amore, una delle più grandi della storia del cinema. Perché costruire una storia d'amore tra una vedova e un fantasma?

Ancora silenzio. Interpellò un ragazzo nelle ultime file, di cui, per caso, conosceva il nome. — Cruishank?

— Non chieda a me — rispose il giovane, scherzando con i suoi compari. — È roba da ragazzine; chieda a una ragazza.

— Questa è una battuta da maschio sciovinista — esclamò la ragazza vicino a lui. — Non riesco a credere che tu dica una cosa del genere.

Mentre litigavano, Patrick si appoggiò allo schienale della sedia e si estraniò per un momento. Si sentiva frustrato. Dopo il suo incontro con Willa aveva passato la notte in bianco. Lei era cambiata, ma non nel senso che si auspicava. Si era sforzato di arrivare in ritardo per non imbattersi subito in lei, eppure quando lei era salita sul palco con il suo vestito grigio aderente, lui aveva sospirato, anzi aveva quasi perso il controllo. Gli era parsa una bellezza fredda e sofisticata. Se non l'avesse conosciuta, se ne sarebbe subito innamorato, ma si sarebbe limitato ad ammirarla da lontano. Avrebbe pensato che era troppo difficile da avvicinare e costosa da mantenere. Le donne come quelle non avevano alcun interesse per uomini come lui.

Lui però la conosceva, la conosceva bene. Erano vecchi amici, complici nel marinare la scuola. In qualche momento della sua vita aveva assunto l'aria sicura e inattaccabile della donna adulta. Ma così come nessun uomo era un eroe, nessuna donna era inavvicinabile.

Si sforzò di riportare l'attenzione alla classe, dove la ragazza vicina a Cruishank stava esponendo la propria teoria sul film, inteso come parabola femminista. — Quando la signora Muir incontra per la prima volta il capitano, si sottomette completamente. Anche se lui è morto e lei è viva, lui è ancora l'Uomo. Voglio dire, andiamo, nel film lei è lì che fa tutto quello che lui le dice. Ma quando lei mette il naso fuori, incomincia ad acquisire il senso del suo potere, finché alla fine si rende conto che non ha affatto bisogno di un uomo… al che il capitano, educatamente, svanisce nel nulla.

— Però lui ritorna — la contraddisse Patrick. — Nell'ultima scena, quando lei sta per morire, lui ritorna da lei. E questo come lo spieghi? — Con la coda dell'occhio scorse una mano che si alzava. Era una studentessa che si chiamava Stacey.

— Sì, Stacey?

— Non mi convince l'interpretazione femminista. Per me è una storia sull'amore che trascende persino la più grande delle barriere, la morte. E l'ultima scena spiega tutto; è quello che convalida la sua scelta.

— E dunque perché una vedova? — chiese Patrick. — Perché un fantasma? Tenete a mente che il film è stato girato nel 1942.

"Seconda guerra mondiale. Gli uomini in guerra, le donne a casa, e tutti e due volevano essere rassicurati sul fatto che, qualsiasi cosa succedesse, l'amore sarebbe durato."

— Un momento — esclamò la femminista. — Non si può amare un fantasma.

— La signora Muir lo fa.

— Ma questa è una fantasia. Nella vita reale le disgrazie accadono e la gente se ne fa una ragione.

— Davvero? — chiese Patrick. — Ce ne facciamo una ragione? Ci dimentichiamo di tutto? Del primo amore, del primo bacio: ci dimentichiamo mai di queste cose? O sono cose che rimangono? — Parlava più a se stesso che a loro, dato che loro non avevano neppure avuto il tempo di dimenticare niente. Pensava ad Angel, che era stata due prime volte per lui: il primo bacio, la prima scopata. Avrebbe mai potuto dimenticarla? Ci stava provando da anni, e con un certo successo, finché Willa non aveva guastato tutto. Era pericoloso riesumare i fantasmi. Anche Willa era stata una prima volta: il suo primo amore non corrisposto, la creatrice della sinapsi che univa l'amore e il dolore. Dimenticarla? Impossibile. Anche se sua moglie non sarebbe stata per nulla d'accordo, Patrick si considerava un uomo dalla fedeltà non comune; non nel senso noiosamente tecnico del termine, quanto per gli affetti, che una volta concessi, erano dati per sempre.

Dopo la lezione, salì due rampe di scale fino al suo ufficio. La porta era aperta, e quindi non rimase sorpreso nel vedere alla sua scrivania Barney che beveva il caffè e metteva in ordine delle carte. Patrick si considerava fortunato ad avere lui come compagno di stanza. Barney Glass, il cui corso sulle tematiche gay e lesbiche nei film era conosciuto dagli studenti politicamente scorretti come "cinema frocio", era un tipo calmo e cordiale, con una strana abilità nel gestire le politiche del dipartimento.

— Buongiorno, raggio di sole — lo salutò Barney, mentre Patrick si serviva a sua volta il caffè. — Siamo mattinieri, oggi.

Poi, ricordando qualcosa, chiese:— Com'è andata la notte scorsa? L'hai vista?

— Oh, sì, l'ho vista.

— E com'era?

— Diversa.

— Sciatta?

Patrick sorrise. — Splendida.

— Sposata?

— Vedova.

— Oh, oh — si lamentò Barney. — Sento puzza di guai.

— Nessun guaio — replicò Patrick, anche se non ci avrebbe scommesso su neanche un centesimo.

— Una vecchia fidanzata, splendida, in cerca di consolazione. E questo secondo te non è un guaio?

— Non era la mia fidanzata.

Barney sollevò le mani. — Peggio ancora! Lei era quella che ti era sfuggita.

Lui non rispose. Effettivamente c'era qualcosa in sospeso nella sua relazione con Willa, qualcosa che ancora pungeva. Era come una scheggia troppo vicina al cuore per essere rimossa.

4

Da qualche parte, tra il settore degli ortaggi e quello delle carni, Chloe scomparve. Willa, che stava esaminando i polli arrosto, si voltò e vide che accanto a lei c'era il carrello della spesa, ma che sua figlia era sparita. All'inizio non si spaventò. Era sabato mattina, e il supermarket straripava; Chloe doveva aver visto qualche amica ed essersi allontanata per andare a parlarle. Willa mise il pollo nel carrello e tornò verso il corridoio del riso. Riso selvaggio, pollo arrosto e un'insalata: un menù poco elaborato, niente a che vedere con i manicaretti che preparava quando andavano a cena i clienti e i colleghi di Simon, ma sarebbe stato più che sufficiente per un ospite che si era auto-invitato. Sarebbe passato a trovare una vecchia zia, aveva detto Patrick al telefono. Poteva passare a trovarla, e magari portare lei e sua figlia fuori a cena? "Perché non ti fermi a mangiare da noi, invece?" si era sentita rispondere lei, pentendosi dell'invito persino mentre lo avanzava; ma che scelta le lasciava? L'aveva già portata fuori una volta.

Giocata dalla sua stessa educazione.

Voltò il carrello verso i surgelati, senza guardarsi intorno. Il Wendell era l'unico centro commerciale del sobborgo dove abitavano. Non si poteva prevedere chi si sarebbe incontrato, o cosa avrebbero potuto dire. C'era una sottile linea di demarcazione tra la simpatia e la pietà, e i vicini di Willa erano pronti a oltrepassarla. Dopo la morte di Simon e tutto quello che era seguito, aveva evitato il pericolo facendo le sue ordinazioni per telefono e facendosele recapitare a casa. Alla fine si era accorta che Chloe aveva incominciato a trovare delle scuse per starsene in cucina nei giorni delle consegne. L'autista di Wendell era un bel ragazzotto di diciotto o diciannove anni, con degli irti capelli biondi, un orecchino d'oro e dei sensuali occhi scuri; si chiamava Roy Bliss. Due settimane prima, guardando per caso dalla finestra, Willa aveva visto il furgoncino rosso di Wendell ancora fermo sul vialetto, circa un quarto d'ora dopo che aveva dato la mancia e accompagnato alla porta il fattorino. E lì vicino c'era Chloe, senza cappotto, a tremare al freddo nel suo maglioncino, che si sporgeva attraverso il finestrino per parlare al ragazzo delle consegne.

Da allora, quando aveva bisogno di far provviste, Willa andava a prendersele da sé.

Ma dov'era Chloe? Con la spina dorsale percorsa dai primi brividi di preoccupazione, Willa fece un accurato giro del magazzino. Non era da Chloe andarsene in giro così, o almeno non così a lungo. Da quando Simon era morto, la figlia era diventata la sua ombra. Willa si seccava un po' di quell'insistenza, ma come faceva a prendersela? Chloe aveva tutti i motivi per aver paura. Stando alla sua esperienza, le uniche persone convinte che i fulmini non si scaricassero due volte nello stesso posto, erano quelli che non erano mai stati colpiti.

Finì il giro. Il supermarket era pieno di ragazzini. Abbandonato il carrello, riprese a cercare con più attenzione. Quando fu sicura che sua figlia non era nel magazzino, scelse di infuriarsi. La rabbia era l'unica cosa che le impediva di cadere nel panico. Dove diavolo si è cacciata? Come può farmi questo? Si diresse allora verso una delle casse, passando davanti alla fila. La cassiera la guardò male.

— Mia figlia è scomparsa — esclamò Willa. Suonava ridicolo, melodrammatico. — Non riesco a trovare mia figlia — si corresse.

— L'ha cercata?

— Mi prende per un'idiota?

La donna la osservò. Willa stava quasi per afferrarla per i capelli quando qualcuno le prese il braccio. Si voltò e riconobbe Isabel Rapaport, la madre di Lauren, l'amica di Chloe. — L'ho appena vista — disse Isabel, con una faccia visibilmente preoccupata. — È qui fuori.

Willa si voltò verso la vetrina. Chloe era lì, in piena vista, in mezzo a un gruppo di ragazzi nel parcheggio.

— Va tutto bene? — chiese Isabel gentilmente.

— Se si esclude il fatto che mi sento una stupida, va tutto bene, grazie. — Si allontanò con affettazione, conscia del fatto che la stessero osservando e che ben presto sarebbe corsa la voce che era fuori di testa. Dannata Chloe! Domani l'avrebbero saputo tutti in città. Indovinate chi si è perso da Wendell?

Uscì. C'era un cielo grigio che prometteva neve. Chloe stava parlando con un ragazzo alto dai capelli irti: Roy Bliss. Lui le dedicava tutta la sua attenzione, e anche se non la toccava, poteva vedere che desiderava farlo. Sussurrò qualcosa al suo orecchio e lei scoppiò a ridere, non il solito scroscio che conosceva così bene, ma più profondo, più trepidante.

"Se è come sua madre, farà girare la testa ai ragazzi." Oh, Chloe.

Erano faccia a faccia, ai lati opposti della penisola della cucina, coperta dai sacchi della spesa. — Perché è troppo grande per te, ecco perché — diceva Willa, con tutta la fermezza che poteva raccogliere. Era sempre stato Simon a fare la parte dello sbirro cattivo e lei di quello buono, finché, dopo che lui era morto, non c'era più stato bisogno di nessun controllo, dato che Chloe, spaventata, si era fatta docile docile.

— È solo una festa, Diosanto! E poi lui ha solo diciotto anni.

— E tu ne hai quattordici.

— Quasi quindici. Non sono più una bambina.

— E non sei ancora un'adulta. Lui invece sì, e un giovanotto di quell'età…

— …vuole solo una cosa — terminò la frase Chloe, fa-
cendole il verso.

Willa non provò a protestare. Era così: si stava com-
portando proprio come sua madre, che da quando si era
messa con Caleb fino a quando se ne era andata da casa,
non aveva fatto che ripetere quella frase, a cui lei rispon-
deva solo con uno sguardo pieno di commiserazione.

Quando si era innamorata di Caleb, Willa era poco
più vecchia di Chloe. Quando se ne rese conto fu uno
shock. Osservò la figlia, sforzandosi di vederla com'era,
e non com'era stata. Chloe era alta quasi quanto lei e
aveva i capelli biondi corti che incorniciavano un viso
dominato dagli occhi grigi di Simon. C'era ancora una
certa goffaggine giovanile in lei, ma il suo corpo era già
più da donna che da bambina.

La figlia resse il suo sguardo. Come si poteva superare il muro? Come parlarle per essere ascoltata? — Non è
solo quello — disse. — I ragazzi vogliono anche amore e
sicurezza e intimità, tutte cose che vogliono anche le ragazze. Ma la cosa che vogliono di più è il sesso. Non possono farci nulla. È qualcosa che manda in cortocircuito
il loro sistema.

— Sei così patetica. Non ti rendi conto di cosa stai facendo? Solo perché tu hai… solo perché il tuo matrimonio… — Chloe iniziò a farfugliare e poi si fermò.

Willa mise le uova nel frigorifero con le mani che le
tremavano.

Ciò che Chloe sapeva sul matrimonio dei suoi genitori e sulla morte del padre era un mistero per Willa, e
preferiva rimanesse tale. Appallottolò il contenitore
vuoto, lo gettò nella spazzatura e si rivolse alla figlia.
— Non stavamo parlando del mio matrimonio.

— Ah no? — Chloe aveva le guance arrossate e la voce rotta. — Tu giudichi tutti come se fossero lui.

— Io non giudico nessuno. Ti sto semplicemente informando che un uomo di diciotto anni e una ragazzina di quattordici sono in due diverse fasi della vita, e queste fasi non sono compatibili.

Chloe si precipitò alla porta, poi si voltò. Simon aveva l'abitudine di dire che aveva imparato a parlare all'unico scopo di avere l'ultima parola.

— Tu proprio non capisci — concluse altezzosamente. — Non ne hai la più pallida idea.

Patrick non si presentò a mani vuote: vino e fiori, rose rosse e saponaria. Willa tenne d'occhio la figlia, ma lei gli strinse gentilmente la mano e poi andò a cercare un vaso.

— Meravigliosa — commentò Patrick, seguendola con lo sguardo mentre Willa gli appendeva il cappotto. — Sembrate due sorelle.

— Vedo che non hai perso l'abitudine di parlare a vanvera — rispose lei, con un pizzico di indulgenza. Se all'inizio la sua intrusione non le era piaciuta, adesso si rivelava provvidenziale. Quella sera qualsiasi cosa potesse fare da cuscinetto tra lei e la figlia sarebbe stato il benvenuto. Lei gli fece strada nel corridoio, oltrepassando la camera da pranzo dove il tavolo di quercia era apparecchiato per tre, fino al suo studio in fondo alla casa. Fece tutto il percorso rapidamente, come se fosse imbarazzata dalle dimensioni e dall'arredamento formale. Era stato Simon a scegliere l'arredatore e tutti i mobili, per risparmiarle il disturbo, aveva detto. Lui era così fiero della sua casa, e a tutti coloro che andavano a trovarlo, la prima volta faceva fare un tour di tutte le stanze. Willa si guardò bene dal fare lo stesso.

Dopo la morte di Simon, aveva pensato di venderla. Le sarebbe però dispiaciuto lasciare il suo studio, l'unico ambiente della casa che sentisse suo. Situato sul retro, aveva il pavimento in cotto e delle grandi finestre che davano sul giardino che curava lei stessa. Senza Simon e il suo gusto per i grandi ricevimenti, la casa era troppo grande; lei e Chloe ci si perdevano, senza contare che le spese di manutenzione erano enormi.

Il quartiere era pieno di casette carine più piccole, e lei e la figlia avrebbero potuto scegliere, anche se per il momento le sembrava crudele portarla via così poco tempo dopo la morte del padre.

In quei giorni passavano la maggior parte del loro tempo nello studio, che era ammobiliato con dei pezzi antichi, dei divani, delle poltrone e anche qualche tavolo, che nel resto della casa l'arredatore aveva accuratamente bandito.

Nel caminetto ardeva il fuoco, e la stanza aveva un buon odore di legna bruciata. Willa si diresse verso un mobiletto bar nell'angolo e diede un'occhiata al suo ospite: — Cosa posso offrirti? Abbiamo tutte le cose essenziali.

— Sarebbe troppo volgare una birra?

— Per te? No.

— Hai una casa bellissima — disse lui. — Non avevo mai immaginato che vivessi in un posto come questo.

— E cosa ti immaginavi? Che me ne stessi a scribacchiare in qualche soffitta? — Le costava qualcosa dirlo con un sorriso.

— Qualcosa del genere.

— Sei deluso?

— No. Ti si addice.

— Odio sentire una cosa del genere — replicò Willa. Lui la guardò senza parlare.

A cena, Patrick raccontò delle storie. Delle versioni sicuramente censurate, da cui erano stati espunti tutti i riferimenti a droga, alcol e fughe da scuola. Ciò nonostante, Chloe era stupita e incredula. — La mamma ha fatto una cosa del genere?

— La stai sconvolgendo — disse Willa. — Lei mi conosce solo come rappresentante dei genitori.

— Non sono affatto sconvolta. Dopo tutto le ragazze vogliono solo divertirsi: non è vero, mamma.

— Non ricominciare — mormorò Willa, ma quell'impertinente di Chloe le rivolse un'occhiata sfrontata e tornò a rivolgersi all'ospite.

— Dovevate essere molto affiatati.

— Altro che — si gloriò lui.

— E vi divertivate anche, vero? Non vi occupavate solo di politica; facevate delle feste e ve la spassavate?

— Era la nostra specialità.

— E mia madre quanti anni aveva?

Intuendo la trappola, Patrick diede un'occhiata a Willa.

— È l'ora del dolce — disse lei. — Te ne vuoi occupare tu, Chloe?

— Mi dispiace — si era poi scusato Patrick.

Willa, che si era inginocchiata per alimentare il caminetto, lo guardò. — Non è colpa tua. Ti hanno teso un tranello.

— In gamba quella piccola canaglia, vero?

Lei si pulì le mani, prese il bicchiere posato sulla mensola del camino e si accucciò in fondo a un divano. Lui si sedette al suo fianco, non troppo vicino.

— È una cosa strana avere una figlia più o meno dell'età di quando facevamo quelle cose. Si vede tutto da un'altra prospettiva.

— Immagino. — Lui la guardava con uno sguardo paziente. Anche se era a più di mezzo metro di distanza e teneva le mani a posto, Willa lo sentiva un po' troppo vicino per sentirsi a suo agio. Quando erano adolescenti, lei e Angel erano state le sole a essere trattate alla pari dal gruppo. I ragazzi davanti a loro parlavano liberamente, rivelando i loro sogni e le loro vanterie. Così Willa, anche se era figlia unica, aveva avuto i vantaggi di una ragazza con dei fratelli: conosceva bene i discorsi tra maschi.

Patrick era di gran lunga il più libidinoso... non che allora concepisse la cosa in questi termini. A quel tempo pensava solo che tra tutti quelli che conosceva, Patrick fosse quello a cui piacevano di più le ragazze. Le trovava tutte affascinanti, anche quelle che non piacevano a nessun altro. Angel riusciva a tenerlo in qualche modo in riga, ma nessuno sarebbe stato in grado di impedirgli di guardare e desiderare... compresa anche sua moglie, a quanto pareva.

Bene, poteva guardare tutto quello che voleva, adesso, per quello che gli serviva.

— Per esempio, Chloe è stata invitata a una festa da un diciottenne, batterista in un gruppo rock. Tu che avresti detto?

— Non è giusto chiederlo a me. Queste cose me le ricordo fin troppo bene. Se avessi una figlia, non uscirebbe mai. Per di più, avrebbe la cintura nera di karatè.

— La penso anch'io esattamente così, anche se penso che là fuori ci siano più seduttori che stupratori. Così le ho detto di no, solo che mentre glielo dicevo, rivedevo me e Angel che scivolavamo giù dalla grondaia di casa sua per venire a quella festa con voi ragazzi.

— Che avvenimento — commentò lui con un sospiro.
— Tutt'e due in minigonna. Vorrei che notassi che questa storia non l'ho raccontata.

Lei gli diede un colpo sul braccio. — Non provarci!

— Ah — esclamò lui, con gli occhi lampeggianti. — A proposito.

Willa indietreggiò un poco. — Cosa?

— Stavo pensando a quello che hai detto l'altra volta, sulla riunione. Chissà se verranno, ti chiedevi, e io ti ho risposto che verranno sicuramente. Però, adesso mi è venuto qualche dubbio.

— Pensi che se ne siano dimenticati? — Lei sentì come una fitta di delusione, tanto più cocente in quanto inattesa. La ricomparsa di Patrick, e tutte le storie che aveva raccontato, era stata un po' come la rottura di un vaso di Pandora di memorie. Adesso lei desiderava tanto rivederli, Caleb, Angel e gli altri che erano stati tutto per lei al liceo, e ancora di più desiderava ritrovare la parte perduta di sé, la ragazza che scivolava giù dalle grondaie, marinava la scuola e se ne andava in giro in moto allacciata in vita al ragazzo che amava sconsideratamente. Che ne era stato di quella ragazza impavida? Era sopravvissuto qualcosa di lei, sotto le cicatrici?

— No, impossibile che se ne scordino — dichiarò Patrick con decisione. — Però potrebbero non ricordarsi della data precisa. E alcuni di loro abitano lontano. Forse dovremmo rintracciarli, assicurarci che si mettano tutti d'accordo.

— Rintracciarli dove? Sai dove abitano?

— Potremmo scoprirlo.

Willa sorseggiò il suo vino. Perché no? Lo avrebbe fatto, gli disse. Patrick ne fu felicissimo. Così felice che si sporse su di lei e la baciò. Dapprima castamente, poi meno. Di nuovo le sue labbra, Willa si sentiva ancora ferita. Lo respinse.

— Mi dispiace — si scusò lui, ma con l'aria di un commesso viaggiatore che viene fatto entrare e che sa che non se ne andrà a mani vuote. — Ho perso la testa.

Lei scoppiò a ridere. — E da quando in qua tu pensi con la testa?

5

Willa e Patrick si rincontrarono alla stazione di Millbrook. Era un giorno luminoso e freddo abbastanza da gelare il respiro. Lui era venuto in treno da New York e lei era andata a prenderlo in auto. Willa era assonnata. La notte precedente aveva sognato Angel. Nel suo sogno erano in cima a Beacon Hill, loro due sole, e si dividevano una canna. "Ti ho cercata" diceva Angel "tante volte. Ma era sempre occupato."

Patrick era salito sulla BMW e si erano diretti a sud, verso il suo vecchio quartiere, un posto che per qualche dimenticato motivo aveva preso il nome di Cobb's Corner. Era lì che, in una giungla di casette con dei minuscoli giardinetti e dei porticati pieni di mobili vecchi, vivevano tutti coloro che svolgevano i lavori manuali nella ricca contea di Westchester.

Lei non pensava di ricordarsi la strada, ma quando

arrivarono a Washington Avenue, Willa automaticamente svoltò a destra, poi fece una stretta curva a sinistra per immettersi sulla Hamilton fino ad arrivare alla vecchia casa di Patrick. Posteggiò e spense il motore. Guardarono la costruzione.

— Hanno modificato la linea del tetto — disse Patrick. — E non c'è più il canestro da basket.

— E neppure la macchina. — Più che un'automobile era una specie di giocattolo per bambini cresciuti, una Chevy rossa del '57 che troneggiava nel cortiletto, posata su blocchi di cemento. Per tutti gli ultimi anni del liceo, i ragazzi ci avevano lavorato sopra, frugando in tutte le discariche per procurarsi i pezzi di ricambio. Avevano programmato di girare un po' l'estate del diploma, l'ultima avventura della banda prima di separarsi. A giugno filava che era una meraviglia. Poi, qualche giorno prima di partire, Vinny l'aveva presa e distrutta. All'epoca Willa era in Francia, ma ne era venuta a conoscenza al suo ritorno.

— Quel dannato Vinny — disse Patrick, scuotendo la testa.

— Poveraccio.

— Ce n'è voluta per perdonarlo. E non sono nemmeno sicuro di esserci mai riuscito.

Patrick si sporse e aprì prima la portiera di Willa e poi la propria. Sembrava che nella vecchia casa non abitasse nessuno. Lui percorse comunque il vialetto di accesso e suonò il campanello.

Willa lo seguì. — Penseranno che siamo testimoni di Geova.

— O venditori di enciclopedie.

— Quelli ormai sono in via d'estinzione.

Non rispose nessuno. Un ragazzino di colore andò a sbirciare dal portico della casa vicina, e quando Patrick lo salutò con un cenno, rientrò e sbatté la porta. Alla fine lasciarono perdere e rientrarono nell'auto. Mentre percorrevano l'isolato, Patrick forniva rapidamente qualche informazione. — Lì ci viveva Theresa Rizzo. La sua finestra era proprio di fronte alla mia, e lei non tira-

46

va mai le tende. Dio benedica il suo cuore generoso. Quella è la casa di Shake, l'hanno venduta un sacco di tempo fa, anche se penso che i genitori di Nancy vivano ancora da queste parti.

Arrivarono a casa di Vinny, una fattoria a due piani, con la vernice bianca scrostata e l'aria di aver visto tempi migliori.

— Guarda — segnalò Willa. Sulla cassetta della posta c'era ancora dipinto il cognome "Delgaudio". — Vivono ancora lì.

— I suoi genitori se ne sono andati da anni. Si sono comprati una casa mobile e se ne vanno a zonzo per tutti gli Stati Uniti, liberi come l'aria. Due dei fratelli di Vinny hanno rilevato la loro parte di casa.

— Bussiamo? — chiese lei.

— Non ce n'è bisogno. Vinny ha un garage nel Bronx. Ho il suo indirizzo da qualche parte.

Ripartirono. Più avanzava in quei vecchi quartieri e più cose le tornavano in mente. Quand'erano ragazzini erano sempre in giro in quelle strade, con il senso di proprietà che veniva dal conoscere tutti gli edifici, i vicoli, le crepe nei marciapiedi. Era il loro territorio e lo difendevano.

Svoltarono un altro angolo e furono nella strada di Caleb.

Willa l'avrebbe riconosciuta a occhi chiusi dall'ansia che la prese, come se fosse rimasta lì ad attenderla per tutti quegli anni.

Parcheggiò di fronte a casa sua. Uscirono dall'auto e si fermarono sul marciapiede a osservare l'edificio, che non era cambiato molto negli anni. Sembrava che da un momento all'altro la porta si potesse aprire e ne uscisse il loro amico.

L'uscio in effetti si aprì, ma la persona a uscire non fu Caleb, ma una donna dallo sguardo duro con una sigaretta all'angolo della bocca. Teneva un pastore tedesco per il collare. — Cercate qualcosa? — chiese.

Patrick si avvicinò lentamente, tenendo un occhio sulla donna e l'altro sul cane. — Un tempo a casa sua viveva un nostro amico, un tipo di nome Caleb Rhys. Stiamo cercando di rintracciarlo.

— Quanto tempo fa? — chiese la donna. Il cane ringhiò, e Willa ebbe la sensazione che l'animale esprimesse i sentimenti di entrambi.

— I suoi genitori hanno abitato in questa casa fino al 1980.

— Parecchio prima che ci venissi io. Noi l'abbiamo comprata tre anni fa.

— Per caso sa se tra i suoi vicini c'è qualcuno che abita qui da tempo? — chiese Willa dal marciapiedi.

— Provate dalla vecchia della porta accanto. È qui da prima che crocifiggessero Cristo — tornò in casa e sbatté la porta.

Lei e Patrick si guardarono. La luce stava calando e l'aria si faceva più fredda. Willa si sentiva scoraggiata. Cobb's Corner le appariva strano, adesso, ostile. Il tempo aveva cancellato le loro tracce, sembrava che loro non avessero mai regnato lì. Patrick le passò un braccio sulle spalle e la strinse in un abbraccio.

La signora Blume osservò Patrick con i suoi spessi occhiali. Poi puntò uno dei suoi ferri da calza sul suo viso. — Mi ricordo di te! Patch, così ti chiamavano. Che teppistello che eri! Non sei poi cambiato molto.

Lui scosse il capo, meravigliato. — Non si lascia mettere nel sacco, signora Blume.

— Posso anche essere vecchia, ma non sono rimbambita. — Mise da parte il suo lavoro a maglia e diede loro dell'altro strudel.

Erano nel suo soggiorno surriscaldato, a bere del tè in tazze di porcellana. Mabel Blume era una vecchietta fragile come un uccellino, schiacciata dai suoi mobili, grandi, scuri e minacciosi. Era molto ben disposta ma non aveva informazioni da dare. Non aveva visto Caleb né sua sorella dai funerali della madre. Non sapeva dove fosse. E non sapeva neppure dove fosse la sorella o quale fosse il suo nome da sposata. — So solo quando si è sposata, se può essere utile a qualcosa, — disse — era il 6 agosto del 1967. Me lo ricordo perché il giorno prima c'erano stati i funerali della mia povera mamma. Non siamo potuti andare al matrimonio, ma mio marito e io ce ne siamo stati qui alla finestra e l'abbiamo vista uscire per andare in chiesa. Lei ci vide e ci salutò. Era una bellissima sposa. Tutta la famiglia, un vero spettacolo. — Sospirò. Gli occhi miopi rivolti verso qualcosa che non poteva vedere. — Che cosa triste — disse.

— Che cos'era così triste? — chiese Willa mentre si dirigevano verso la casa di Angel.

Patrick scosse le spalle. — Chi lo sa? La vita è piena di cose tristi, la maggior parte delle quali create dalle famiglie.

Era vero, pensò lei. I suoi genitori erano stati molto affettuosi… tra di loro. Si erano sposati tardi, un amore autunnale; suo padre aveva i soldi, sua madre gusto ed educazione. Si trovavano benissimo tra di loro e non sentivano affatto il bisogno di avere figli. L'arrivo di Willa era stato accolto con un certo riservo che non si era mai sciolto del tutto. Anche se non le era mai mancato nulla, lei aveva sempre avuto la sensazione che la sua presenza costituisse un increscioso ostacolo all'esistenza che i suoi genitori avevano pianificato. L'unica cosa con cui li poteva gratificare erano delle buone maniere e dei bei voti, e per un bel po' glieli aveva procurati. Poi aveva conosciuto Caleb e gli altri ragazzi di Beacon Hill e le sue priorità erano cambiate. E quando loro avevano cercato di arginare la cosa, era troppo tardi; Willa si era innamorata.

Ma i problemi dei suoi genitori non erano nulla in confronto a quelli degli altri. Era una delle cose che avevano in comune, una certa carenza di affetto in famiglia, che avevano finito con il compensare avvicinandosi tra loro. La madre di Angel era morta diversi anni prima che Willa la conoscesse. Suo padre era un ometto che passava tutte le sere davanti alla TV, a scolare birra in mutande. Per salire in camera di Angel bisognava passare tra il divano e il televisore, e Busky aveva l'abitudine di guardare Willa come se si trattasse di uno spettacolo allestito proprio per lui.

Non appena furono all'altezza dell'isolato di Angel, Willa fu presa da un attacco di nervosismo. — Credi che abiti ancora lì?

— È sull'elenco telefonico.

Willa parcheggiò dall'altra parte della strada. Scesero ma non attraversarono subito. La casa di Angel non aveva subito modifiche, tranne quelle prodotte dal tempo. Circondata da erbacce alte fino al ginocchio, sembrava che nessuno vi avesse fatto manutenzione per vent'anni. Nessuno aveva mai pensato di dare una mano di vernice, di fissare le tegole o di aggiustare le persiane. La grondaia su cui avevano l'abitudine di arrampicarsi era ancora lì, ma era tenuta su con del fil di ferro e aveva l'aria di non poter reggere neppure un passero. Il bovindo della cucina era stato riparato con dei fogli di giornale e le persiane malandate delle finestre del piano di sopra davano alla casa uno strano aspetto, come un impenetrabile volto orientale. Nell'isolato, dove tutte le altre casette erano piccole ma ben curate, quella era un pugno nell'occhio.

Dovunque Angel fosse andata, pensò Willa, era meglio che stare lì. Poi rabbrividì.

— Non vivevano così quando c'era lei — affermò Patrick. — Qui c'è qualcosa di malsano.

Poi porse il braccio a Willa. — Andiamo?

Lei aveva i brividi. Aveva la strana sensazione che la casa li stesse osservando: non qualcuno all'interno, ma proprio l'edificio stesso.

— Dobbiamo farlo se vogliamo trovare Angel.

Attraversarono la strada. Il vialetto di cemento che portava al portone della casa di Busky era crepato e colonizzato dalle erbacce e dai formicai. Il campanello non funzionava; là dove doveva esserci il pulsante pendevano dei fili elettrici, e la zanzariera era bloccata. Mentre Patrick bussava alla porta, Willa si scoprì a sperare che nessuno rispondesse.

Dallo spioncino trapelò una debole luce. Poi la luce si spense. Willa toccò il braccio di Patrick; lui annuì per indicarle che l'aveva vista anche lui.

— Signor Busky — gridò lui — siamo Patrick e Willa, gli amici di Angel. Possiamo parlarle un momento?

Non ci fu risposta, ma poterono sentirlo muovere, una presenza oscura dall'altra parte della porta.

— Solo un minuto, signor Busky — lo blandì Willa. — Poi le prometto che ce ne andremo e la lasceremo in pace.

Passò un altro lungo momento, poi il portoncino si aprì lentamente, quel tanto che bastava per far intravedere l'uomo, molto invecchiato e rimpicciolito, una confusa macchia grigia nella quale si distinguevano i capelli arruffati, la maglietta lercia e la vestaglia. Dall'altra parte della porta potevano avvertire il suo odore, un fetore che si distingueva dal lezzo stantio della casa. Gli ballonzolava una sigaretta dalla bocca e socchiuse gli occhi alla luce. Per prima cosa diede un'occhiata a Willa, poi si voltò verso Patrick, e il suo viso arcigno si fece ancora più duro.

— Tu — disse con voce stridente. — Cosa vuoi?

— Stiamo cercando Angel — rispose Patrick.

— Se n'è andata da un sacco. — Busky tirò una boccata dalla sigaretta. — È stata una liberazione.

— Andata dove?

— Morta — gracchiò lui, prima di venire colto dalla tosse.

— Oh no — urlò Willa, ma Patrick afferrò la zanzariera come se volesse scardinarla.

— Bugiardo! — gridò.

— Col cazzo! Lei è morta, per me. Mi ha rubato la macchina, no? L'ha distrutta, no? Mi è costato settecento dollari farla aggiustare e dopo non ha più funzionato bene. E lei non ha mai avuto la decenza di tornare a risarcirmi per quello che aveva fatto.

— Tornare per cosa, — ribatté Patrick — per subire altre molestie?

Busky avanzò fino alla zanzariera e vi premette il viso contro. — E chi è che la molestava, disgraziato? — chiese. — Non ero io il bastardo che la fotteva al liceo! E voi volete trovarla adesso? Dove cazzo eravate vent'anni fa?

Poi rientrò e sbatté loro la porta in faccia.

6

La casa di Jeremiah era una solida costruzione coloniale di mattoni circondata da alti alberi e da un vasto prato. Se geograficamente il quartiere di Inglewood, a Millbrook, era a meno di un miglio da Cobb's Corner, socialmente era in un altro mondo. A Inglewood le case erano antiche e fastose, piuttosto arretrate rispetto alla strada. Anche Willa era cresciuta lì. Lei, Jeremiah e Travis avevano frequentato la stessa scuola elementare, anche se erano diventati amici solo alle superiori. Non c'era nessuna omogeneità tra i ragazzi della Beacon Hill. Parte fondamentale del loro carattere era appunto la volontà di definirsi da soli, emancipandosi da tutte le aspettative altrui. Eppure, ripensando con occhi da adulto alle loro differenze, Willa si stupiva che la loro amicizia potesse aver avuto successo.

Si fermarono brevemente a casa di Travis, dove non trovarono nessuno, e Willa respinse con decisione l'invito a fare una visita nostalgica alla sua casa da ragazza. Il motore era spento, ma lei non aveva ancora sbloccato la portiera. — È proprio necessario?

— Il suo numero non è sull'elenco. Non sappiamo per chi lavora. E poi che ci può fare di male?

— Triturarci le teste e darle da mangiare ai gatti?

— Dev'essere ormai sulla sessantina. Penso che se stiamo vicini saremo al sicuro.

Il loro non era solo uno scherzo. Ai tempi del liceo, se si fosse chiesto chi aveva il genitore più spaventoso, tutti avrebbero risposto Jeremiah. Marion Stafford Wright dirigeva la sua casa con pugno di ferro in guanto di velluto. Aveva sposato un uomo molto più vecchio, che aveva avuto il buon gusto di non vivere troppo a lungo. Era morto quando Jeremiah aveva dodici anni, lasciando Marion libera di focalizzare tutta la sua energia e la sua ambizione sul figlio. "Il Flagello", così la chiamava Jeremiah. Presidente dell'associazione genitori, direttrice della Ladies' League, consigliere municipale, con le mani in pasta dappertutto, Marion era la ragione per cui Jeremiah aveva lasciato il liceo vergine, o almeno così si presumeva. Dirigeva la vita del suo unico figlio in maniera così rigida, che il tempo del ragazzo era sempre tutto programmato al quarto d'ora, e le sue fonti d'informazione erano così valide che ogni traviamento veniva subito scoperto. C'era voluta tutta l'inventiva dei ragazzi di Beacon Hill, insieme all'abilità di Caleb nel dirigerli, per liberarlo.

L'amicizia con loro era stata l'unica area della vita del figlio che Marion Wright non era mai riuscita a controllare, e di conseguenza li aveva odiati con l'odio implacabile di un cane pastore per i lupi.

Patrick toccò la spalla di Willa. — Adesso siamo adulti — disse — e rispettabili.

— Persino tu — lo canzonò lei. Dal loro incontro con Busky, lui si era fatto molto malinconico, quasi silenzioso.

Patrick si sforzò di sorridere. — Persino io.

C'era una telecamera istallata sopra l'imponente portone con il suo pesante battente d'ottone. Sotto di esso, all'altezza degli occhi, vi era la griglia di un citofono, dal quale uscì la voce di una giovane donna. — Sì?

— Siamo venuti a trovare la signora Wright. Siamo amici di suo figlio, Jeremiah — spiegò Willa, con il suo miglior tono di voce.

Ci fu una lunga pausa. Poi riprese un altro accento, quello più lamentoso di una persona anziana. — Chi siete, come vi chiamate?

— Siamo Willa Scott Durrell e Patrick Mullhaven, signora Wright. — Sollevò il viso verso la telecamera e attese fiduciosa che la signora la riconoscesse. Quando erano ragazzi erano stati banditi da quella casa, ma adesso le cose erano diverse.

— Solo un minuto — rispose la voce, ma ne passarono più di cinque, prima che la porta si aprisse e una giovane ispanica vestita da cameriera li facesse entrare nell'ingresso e prendesse i loro cappotti. — Aspettate qui, prego. La signora arriva subito. — Aprì una magnifica porta doppia di legno intagliato e loro la oltrepassarono. Subito Willa guardò verso destra e Patrick fece lo stesso. Poi si guardarono negli occhi, e tra di loro passò uno sguardo colpevole. — Ricordi...? — mormorò lui.

— Come potrei dimenticare? — Era stato uno dei momenti peggiori della loro vita in comune. L'ultima volta che erano stati in quella stanza, lungo la parete a destra vi era una credenza, un espositore per la preziosa collezione di porcellane della signora Wright. Willa non ricordava più per quale motivo fossero andati lì. Si recavano raramente a casa di Jeremiah e non facevano mai feste da lui. Come si poteva fare baldoria in una casa che sembrava la copertina di una rivista di arredamento? Ma Marion quel giorno era fuori, e in un momento di euforia Jeremiah li aveva invitati. Erano lì che gironzolavano per la sala ascoltando i Grateful Dead, quando Vinny e Shake si erano messi a darsi degli spintoni; niente di serio, se Shake non fosse inciampato in una piega del tappeto persiano andando a cadere sulla credenza.

C'era stato un improvviso silenzio. Il mobile era crollato come al rallentatore, e nessuno era riuscito a fermarlo, e poi, quando la credenza e il suo contenuto finirono sul parquet, si era udito un fracasso spaventoso.

Per qualche istante, dopo che l'ultimo piatto bordato d'oro ebbe cessato di roteare, nessuno aveva parlato. Non c'era nulla da dire, la situazione era senza rimedio. Nessuno di loro osava guardare Jeremiah. Qualcuno aveva esclamato "Mio Dio", e poi si erano messi a parlare tutti insieme. "E ora cosa facciamo?", "Adesso siamo tutti fottuti!", "Cerchiamo di mettere tutto a posto", "Sì e poi cosa, coglione? Sperare che non se ne accorga?"

Jeremiah non si era fatto prendere dal panico. Era rimasto immobile dove si trovava al momento del crollo, un ragazzo alto con le lunghe braccia distese lungo i fianchi. Solo i suoi intelligenti occhi scuri si erano mossi. Aveva sollevato una mano così pallida e diafana che sembrava riflettere la luce, e subito tutti avevano fatto silenzio.

"Andatevene" aveva detto.

Loro avevano protestato, naturalmente. Non potevano lasciarlo in quel casino da solo. Era stata colpa loro, erano stati loro a fare il guaio.

"Voi non c'entrate" aveva detto lui, con la voce calma e persuasiva, allenata ai dibattiti. "Voi non siete mai stati qui, oggi. E questo lo dico più per me che per voi. Non ho tempo di discutere e di spiegare. Uscite dal retro, prendete la macchina e sparite. Con calma, non richiamate l'attenzione. Tra dieci minuti chiamo la polizia. Voi dovete già essere lontani."

Loro avevano obbedito. Jeremiah non era solo il ragazzo più intelligente che conoscessero, ma era anche quello che aveva da perdere più di tutti. E la cosa che stupiva di più era che l'aveva fatta franca, anche se Willa non aveva mai saputo come. — Cosa avrà fatto? — chiese a Patrick. — Avrà denunciato un furto?

— Un tentativo — abbassò la voce, le afferrò il braccio e la condusse lontana dalla porta. Tra i suoi numerosi talenti, la signora Wright aveva anche quello di origliare. — Un tentativo di intrusione con scasso, interrotto dal suo arrivo. Ha raccontato che lui era entrato e quelli se la sono filata, rovesciando il mobile nella fretta.

— E i poliziotti se la sono bevuta? — domandò Willa, pensando come una madre. — Nessuno ha pensato: "Uhm, un gran casino, il ragazzo a casa da solo; che stava facendo?"

— La porta sul retro venne ritrovata forzata, e fu rinvenuto un sacco di gioielli e di refurtiva nel giardino, e in più c'era il consigliere comunale in persona, la signora Wright, che si lamentava che il povero Jeremiah per poco non era stato assassinato. Non credo che abbiano indagato troppo a fondo.

— E lei non ha mai scoperto la verità?

— Lui è ancora vivo, no? — Patrick fece qualche passo per andare a esaminare le fotografie messe in bella mostra sulla mensola del caminetto: immagini in posa di Jeremiah con il governatore Cuomo, il senatore Apfel e il senatore Moynihan e una istantanea di Jeremiah faccia a faccia con Newt Gringrich, in cui entrambi apparivano furiosi.

La porta si aprì e Marion Wright fece il suo ingresso. Era più bassa di quanto si ricordassero, e ogni sua superficie disponibile era stata coperta di *cachemire* beige e di perle, che Willa immaginò indossate per l'occasione. Il suo trucco era impeccabile e i suoi capelli, un tempo neri e ora brizzolati, avevano una perfetta messa in piega.

La signora si fece avanti veloce, con l'atteggiamento di una persona distolta da impegni più importanti. Willa ebbe una forte stretta di mano e un rapido sguardo d'intesa. Anche Patrick fu gratificato da una stretta, anche se la sua fu concessa con il braccio teso.

— Accomodatevi — disse, indicando il sofà mentre si sedeva di fronte a loro. — La ragazza ci porterà il tè. A meno che non preferiate del caffè.

— Il tè va benissimo — risposero all'unisono.

La signora fece un cenno alla cameriera. Poi assunse un'espressione di circostanza e si rivolse a Willa. — Mi ha molto rattristato la sua perdita. È già una cosa orribile perdere un marito così prematuramente, ma dover affrontare il lutto in mezzo a tutta quella pubblicità… posso solo dirle, mia cara, che sono sinceramente dispiaciuta per lei.

Patrick le lanciò un'occhiata, poi distolse subito lo sguardo. Willa sapeva che era solo questione di tempo e che prima o poi lo sarebbe venuto a sapere, ma quello che non poteva perdonare era l'intrusione di quell'arpia. La signora Wrigth non sapeva chi aveva di fronte. Per un mese intero, dopo la morte di Simon, Willa era stata assediata dai reporter. In confronto a loro, quell'anziana signora sferrava colpi che parevano carezze.

— Gentile da parte sua, signora. In fin dei conti abbiamo molto in comune.

All'anziana signora si gelò il sorriso. — Cosa vuole dire?

— Tutt'e due siamo rimaste vedove giovani, e con un figlio da crescere da sole. Cosa pensava che volessi dire?

I loro sguardi si incrociarono. Prova un po' a continuare se ne hai il coraggio, pensò Willa. La signora non lo ebbe. L'ago della bilancia si era spostato, adesso. Le due donne l'avevano capito e persino l'uomo ne ebbe il sentore. Trovandosi nella situazione, per lei poco abituale, di non avere niente da dire, l'anziana signora si rivolse a Patrick. — E lei che ha fatto di bello, giovane signor Mullhaven?

— Non più così giovane — rispose lui. — Insegno alla New York University.

— È il professor Mullhaven adesso, ma perché tante cerimonie? Lei ci conosce come Patrick e Willa, e questi sono sempre i nostri nomi.

La domestica entrò, spingendo il carrello con il tè. La signora Wright lo versò con la mano che tremava leggermente. La cameriera distribuì le tazze e uscì, chiudendo lentamente la porta dietro di sé.

— Non è andata via per l'inverno, signora Wright? — chiese lui. — Non le dà fastidio questo clima?

— Non sono mai stata una che ama crogiolarsi sui bordi di quelle piscine piene di cloro. Passo il mio tempo tra New York e Washington.

— Dove Jeremiah se la sta cavando molto bene, a quanto ho sentito.

La discrezione lottò contro l'orgoglio, in uno scontro disuguale. — Cavando bene? — ripeté la donna, come se soppesasse le parole. — Be', non saprei. Se essere il primo consigliere di uno dei senatori più in vista può essere definito "cavarsela bene", allora sì.

Loro due emisero dei versi appropriati. — Quale senatore? — chiese Patrick.

— Il senatore Marvin Apfel — rispose la signora Wright.

Lui si lasciò sfuggire un fischio. Il nome di Apfel era sempre in primo piano in quei giorni. Se i Democratici vincevano la Presidenza, era molto probabile che venisse chiamato a far parte del governo. — Dunque Jeremiah è l'aiutante di Apfel? Buon per lui.

La donna lo guardò. — Il suo aiutante?

— Abbiamo sempre saputo che avrebbe fatto carriera — affermò diplomaticamente l'amica (come se quel poveraccio avesse altra scelta, con quell'arpia che lo pressava). — Ce lo vedo a tirare i fili, in Senato. Anche se, devo dire, Jeremiah non mi sembra il tipo destinato a starsene dietro le quinte. È sempre stato uno che si fa avanti, e sono convinta che finiremo con il votare per lui, un giorno di questi.

— Sì, è fatto così — concordò la madre. — Jeremiah è in grado di relazionarsi con tutti, questo l'ha preso da me. Comunque, lungi da me l'idea di interferire nella vita di mio figlio; a lui piace il suo lavoro, e ha fatto un brillante apprendistato nel mondo della politica. Però io sono convinta che presto Jeremiah uscirà da dietro il sipario e occuperà il suo posto al sole. — C'era qualcosa di biblico nel modo in cui pronunciò il nome del figlio.

— Bene — disse Patrick, dopo un breve silenzio. — È un bene che l'abbiamo cercato adesso. Tra un po' non ci sarà più modo di avvicinarlo.

— Come dite? — disse lei con voce tagliente, passando lo sguardo dall'uno all'altro.

— Potrebbe darci il suo numero, signora Wright? — chiese Willa. — Ci farebbe piacere andare a trovarlo.

— Per cosa?

— Stiamo organizzando una rimpatriata — spiegò l'uomo. — Un'occasione speciale, non se la vorrà perdere.

La signora giocherellò con le sue perle. — Non penso che abbiate idea di quanti impegni abbia Jeremiah.

— Abbiamo intenzione di invitarlo, signora Wright, non rapirlo — disse Willa. Non aveva però adoperato le parole giuste, si rese immediatamente conto: in fin dei conti i ragazzi non l'avevano proprio rapito una volta, il giorno del suo compleanno, per fargli trascorrere una notte in città?

— Mi fa piacere sentirlo — ripose lei asciutta. — In quanto al numero, be', vorrei esservi di aiuto, ma ho avuto precise istruzioni di non darlo a nessuno. Forse sarebbe meglio mandargli un biglietto. O meglio ancora, lasciatemi i vostri numeri e vedrò di farglieli avere.

Willa prese un biglietto da visita dal suo portafogli e lo stesso fece anche Patrick. Li passarono alla signora Wright che li prese tra il pollice e l'indice. Si rendeva perfettamente conto di cosa aveva intenzione di farne una volta che se ne fossero andati. Si alzarono in piedi e posarono attentamente le loro tazze sul carrello. Willa prese la mano della signora tra le sue. Erano ossute e rugose come pergamena: delle mani da vedova, pensò lei, poi respinse il pensiero. — La ringraziamo per il tè e per le belle notizie su Jeremiah. Se si ricordasse di fargli avere i nostri messaggi sarebbe molto bello. Ma non si disturbi. Possiamo sempre rintracciarlo attraverso l'ufficio del senatore.

— Io non ve lo consiglio — disse l'altra, chiaramente pentita della sua recente indiscrezione. — Io stessa non lo chiamo mai lì. È impossibile parlargli. Non si può stare al telefono per trenta secondi senza interruzione.

— Sono sicura che non ce ne sarà bisogno — affermò Willa con dolcezza. — Arrivederci. Signora Wright, è stato un piacere rivederla.

7

Jeremiah Wright percorreva i corridoi con un'andatura che doveva scoraggiare ogni interruzione. Già era stato fermato da due senatori repubblicani che volevano esporgli il loro nuovo disegno di legge sulla protezione dell'ambiente, un progetto così assurdo che Jeremiah era convinto che lo avessero presentato con l'intenzione di non farlo approvare. Era arrivato al punto di farlo capire al secondo, Martin Rosing, il quale gli aveva dispensato uno sguardo paternalistico e gli aveva detto: "Jeremiah, viviamo tutti in questo mondo. Repubblicani o Democratici, respiriamo tutti la stessa aria."

"A dire il vero non è proprio così" aveva risposto lui. "Ed è per questo che ci sono epidemie di asma in tutte le maggiori città del paese. Ma lei questo lo sa, vero, senatore? È nella commissione sanità."

Si erano separati di malumore, e lui aveva guardato l'ora. Tenendo conto che in taxi, all'ora di punta, ci avrebbe messo venti minuti, ce l'avrebbe fatta. Poi, in fondo al corridoio, apparve Bobby Mazzaro, che puntò su di lui con un'espressione eloquente. L'uomo era il suo omologo tra i Repubblicani, e quell'ultimo disastroso disegno di legge portava la sua impronta. Normalmente sarebbe stato ben contento di dire a Mazzaro quello che ne pensava, ma non quel giorno. Se fosse arrivato in ritardo alla sua festa di compleanno, Olivia l'avrebbe ucciso.

Si infilò in un passaggio laterale e sbucò in una galleria che sovrastava l'aula del Senato, dove finì in fondo a una comitiva di ragazzi del liceo, metà dei quali decisamente annoiati. Nessuno di loro mostrava niente di simile a quello che aveva provato lui la prima volta che aveva visitato il Campidoglio: una vera e propria scossa, seguita da una sensazione di appagamento, come se qualche pezzo fuori posto nel suo cervello avesse finalmente trovato la sua giusta collocazione.

Naturalmente per lui era stato diverso, dato che aveva appena vinto le sue prime elezioni. Era la prima volta che una matricola veniva eletta presidente del consiglio degli studenti, e nel corso della campagna Jeremiah si era accorto che quell'attività gli si confaceva, aveva bisogno di sentirsi apprezzato. Ma tutto quello gli era sembrato solo roba da bambini, fino alla gita a Washington e al Campidoglio. Avevano visitato la vecchia elegante aula del Senato, dato un'occhiata allo studio del presidente, poi erano saliti alla galleria che sovrastava l'aula. La loro guida continuava a pontificare sui busti dei vicepresidenti ma lui aveva smesso di ascoltarla. Lì l'aria era satura di potere, non l'autorità domestica di sua madre o la ridicola tirannia dei dirigenti scolastici, ma un potere autentico, così inebriante da dare alla testa. Ed era stato allora che gli era venuta un'idea, anzi, una premonizione: un giorno sarebbe stato anche lui uno di quegli uomini in abito scuro che percorrevano i corridoi interni, tenendosi sottobraccio l'un con l'altro e parlando sottovoce. Un giorno il Senato sarebbe stato casa sua.

E così era stato, anche se non proprio come nella sua visione. Jeremiah non era un senatore, era un assistente legislativo. Uno di quelli che contavano, senza dubbio, ed era un bel lavoro per un giovane promettente, ma a trentasette anni era ancora un giovane promettente? I compleanni sono il momento giusto per una introspezione e a trentasette anni si possono ormai fare dei bilanci: cos'era riuscito a realizzare, si chiese, e cosa gli rimaneva ancora da fare? Era anche l'età in cui un uomo si guarda attorno e si rende conto che alcuni dei suoi coetanei gli sono passati avanti. La settimana prima, Jeremiah aveva avuto il doloroso piacere di vedere come Bill Clinton si lavorava il Senato in cerca di appoggi per la sua campagna presidenziale. Un piacere perché quell'uomo che veniva dal niente, il governatore dell'Arkansas, Dio santo, era un politico nato, il migliore che avesse mai visto. E doloroso perché Jeremiah, che era sempre stato il ragazzo prodigio di tutte le riunioni politiche, si sentiva una nullità accanto a lui. Quell'uomo aveva bruciato tutte le tappe: ministro della Giustizia dello stato a trent'anni, governatore a trentatré, e adesso, a quarantacinque, un credibile candidato alla presidenza. Clinton aveva scelto la strada delle elezioni, Jeremiah la legislativa, e adesso il primo era uno che faceva il gioco serio e lui era sempre uno sgobbone della politica. Però uno sgobbone con delle possibilità, rammentò a se stesso, un lavoratore piuttosto abile, che conosceva la strategia e la politica, e a cui quel gioco piaceva.

Nell'aria si sentiva odore di cambiamenti. I nervi delle elezioni dolevano, in Campidoglio. Una cosa sola era sicura: entro un anno la situazione sarebbe stata molto diversa.

Jeremiah lasciò l'edificio del Campidoglio dal portone principale, salutando con un cenno Henry, l'addetto alla sicurezza. Conosceva tutte le guardie per nome, e loro conoscevano il suo; ci teneva infatti a rimanere in contatto anche con la gente meno importante, anche quando aveva fatto carriera. Lo spiazzo davanti pullulava di turisti e fece un po' di fatica a trovare un taxi. Quando alla fine ne trovò uno, stava sudando.

Quindici minuti dopo il taxi si fermò davanti a Papa Luigi. Una scelta eccentrica da parte di Olivia, pensò lui mentre pagava. Non che a lui non piacesse; era uno dei suoi ristoranti preferiti. Lui e Olivia vi mangiavano spesso, le sere in cui erano entrambi liberi. Ma era solo un ristorantino di periferia con le tovaglie a scacchi e del cibo genuino. Le sue virtù principali erano un servizio eccellente e il fatto che non vi mangiava mai nessuno che conoscessero. Jeremiah era convinto che ci fosse un tacito accordo per lasciare le cose in quel modo, ma senza dubbio Olivia doveva avere le sue ragioni.

Entrò nell'atrio oltrepassando la porta di vetro, consegnò il cappotto ma non la valigetta, e si esaminò allo specchio a muro. Non male per un trentasettenne, pensò. Si teneva in forma con il tennis, lo squash e qualche nuotata nella piscina del suo club. Aveva ancora tutti i capelli, che non si erano ingrigiti, e il suo viso dalla carnagione pallida era privo di rughe. Non era un Adone, i suoi lineamenti erano troppo marcati e affilati, e aveva le membra troppo lunghe, ma Jeremiah si compiacque nel pensare che era meglio adesso di quando era un ragazzo. Sono al culmine, pensò; non sarò mai meglio di così. Il pensiero lo rattristò.

Si fermò un istante per cercare di entrare nello spirito della festa. Non aveva idea di quello che ci sarebbe stato, quelle cose le lasciava a Olivia, che ci era nata e cresciuta in mezzo. Svoltò l'angolo e diede una scorsa alla sala, cercando qualche grosso festino, senza trovarne traccia. Solamente quando sua moglie gli fece un cenno con la mano, si accorse che sedeva da sola a un tavolo da due. Ci sono donne che spiccano anche in mezzo alla folla e donne che non si notano nemmeno in stanze vuote. Jeremiah ne aveva sposata una del secondo tipo, ed era stata la mossa migliore che avesse mai fatto. L'amore, per lui, era una merce sopravvalutata. Tutti i suoi amici si erano sposati per amore e la maggior parte di essi aveva divorziato, mentre la sua unione con Olivia, dopo otto anni, era più forte che mai.

Lei lo salutò con un sorrisetto nervoso. — Sorpresa!

Lui la baciò sulla guancia. La sua pelle, olivastra, era liscia e tiepida. Olivia era una donna di altezza e peso superiori alla media, il che voleva dire che per gli standard di Washington era grossa; aveva una corporatura squadrata, lunghi capelli castani con un taglio costoso e quel tipo di viso che normalmente viene definito "da cavallo". Aveva tre anni più di suo marito, che l'aveva sposata, più che per il suo patrimonio (per altro cospicuo), per le sue relazioni. Olivia conosceva tutti quelli che contavano, la sua agenda era un *Who's Who* della *élite* di Washington.

Si sedette di fronte a lei, e senza che lo chiedesse, si materializzò un Martini. — Non viene nessuno? — chiese lui. — È questa la sorpresa?

— Non ho invitato nessuno. Ti ho preso in parola.

— In parola?

— Ti ho chiesto chi volevi che invitassi. Tu mi hai risposto che il compleanno più bello che potevi immaginare non doveva avere ospiti, conversazione né politica. Così ho portato il tuo giornale e il mio libro. Ho ordinato tutti i tuoi piatti preferiti. Puoi mangiare e bere e posare i gomiti sul tavolo. Puoi leggere il giornale e non dire una parola per tutto il pranzo, se ti va, e io ti prometto che non ci farò caso. Sei dispiaciuto?

Un pochino lo era, ma in fondo era meglio così; avevano bisogno di parlare. Si sforzò di rivolgerle un bel sorriso. — Una fetta di pane, una caraffa di vino, e tu. Cosa ci potrebbe essere di meglio? — Brindarono l'uno all'altra. Poi Olivia fece un cenno al cameriere e furono serviti i primi. Jeremiah si allungò sulla sedia e cercò di sciogliere la tensione che aveva accumulato.

— Giornata dura? — chiese lei, che dopo tutto non riusciva a stare seduta in silenzio.

— Mazzaro ha scodellato una nuova versione di quel progetto di legge sull'ambiente. Ma non è tutto. — Giocherellò con la pasta per un momento, poi alzò lo sguardo e fissò la moglie negli occhi. — Sono a un bivio. — Non intendeva metterla giù così drammatica, ma la cosa era venuta così, stupendoli entrambi. — Apfel ha finito con il Senato. Se andiamo alla Casa Bianca, lui si aspetta un ministero o un incarico da ambasciatore. Altrimenti finirà il suo mandato e se ne andrà a casa.

Olivia rimase seduta immobile, immersa nei suoi pensieri. Era capace di mantenere una calma che lui ammirava. — Te l'ha detto di persona?

Lui annuì. — Con il tono di un vecchio zio, mettendomi un braccio sulle spalle. — Fece una voce più profonda, imitando la cadenza del Midwest. — "Hai fatto quello che dovevi, Jeremiah, un bel mucchio di lavoro. Adesso puoi scrivere il programma elettorale per te."

— Tutto lì? — Olivia sembrava scandalizzata. — Tanti saluti e basta?

— Non proprio — disse Jeremiah con la propria voce. — Ha fatto balenare un posto nel governo, se vinciamo. Sottosegretario — aggiunse velocemente, come aveva fatto Apfel, per paura che si facesse delle illusioni.

Olivia si avvolse una ciocca di capelli attorno al dito, mentre prendeva in considerazione l'offerta; e chi poteva valutarla meglio di lei, che conosceva a menadito il valore di tutti gli incarichi della capitale?

— Non sono noccioline — disse alla fine. — Lo sanno tutti che sono i sottosegretari a guidare i ministeri.

— Potere! — esclamò lui, scherzando. — Prestigio! Possibilità!

— Tutto questo e altro. A Washington tutti conoscerebbero il tuo nome.

— E fuori nessuno.

— Ah — esclamò lei. — Offriva un'alternativa?

— Lui no. C'è qualcosa che stavo prendendo in considerazione io stesso — disse con tono noncurante. — Un'altra strada.

— Quale?

— C'è un collegio libero per il Congresso su a New York. Il distretto comprende Wickham. — Possedevano una casa a Old Wickam, una fattoria ristrutturata che usavano diverse volte all'anno per fuggire dalla città. Olivia stava per parlare. Lui la anticipò. — Il deputato in carica, George Ivey, sta per ritirarsi; il poveraccio ha seri problemi di salute. Ci saranno delle elezioni straordinarie. Moynihan mi ha promesso il suo appoggio, se mi presento.

— Per la Camera? — chiese Olivia con l'espressione preoccupata, come se Jeremiah si fosse messo all'improvviso a parlare in una lingua straniera o avesse versato il vino sulla tovaglia. La sua perplessità risaliva a varie generazioni di snobismo. Il padre e il nonno di Olivia erano stati senatori, e lei era cresciuta condividendo il loro punto di vista sulla Camera, che consideravano solo un luogo per politici locali arrivisti e destinati a durare poco.

Jeremiah osservò la moglie con affetto. Gli faceva piacere constatare come il matrimonio lo avesse portato lontano: da una madre il cui maggior desiderio era stato quello di poter dire un giorno "mio figlio, l'avvocato" a una moglie che si chiedeva se il Congresso degli Stati Uniti fosse abbastanza per lui. — Sarebbe solo per poco — disse lui, adoperando la sua voce più suadente. — Un mandato o due al massimo. Per ora nessuno mi conosce fuori da Beltway. Ho bisogno di una base, di un curriculum. Devo dimostrare di essere eleggibile.

— Ma la Camera...

Lui scoppiò a ridere. — I nostri amici ci parleranno ancora.

— Vorrebbe dire spostarsi a New York, coltivarsi la gente del posto. E raccogliere fondi e fare la campagna. Pensi che ne valga la pena, Jeremiah? E mettiamo che tu vinca; un deputato appena eletto non ha certo il potere che ti offrirebbe Apfel.

Lui scosse la testa. — Castelli in aria. Sta solo cercando di tenermi con sé fino alla fine. Nell'ipotesi migliore, la sua offerta dipende dalla nostra vittoria alle elezioni. Sono stufo di starmene all'ombra, Livvy. Se il mio futuro deve proprio dipendere da un'elezione, preferisco che sia la mia. — Si accorse che aveva afferrato il tavolo e lo lasciò andare.

Sua moglie lo osservò. Comprendeva l'ambizione. Lui voleva diventare un uomo potente; lei voleva essere la moglie di un uomo così. Anche se era in gamba quanto lui, aveva capacità diverse. Jeremiah era l'uomo affascinante con un dono per ricordare nomi e dettagli di famiglia, Olivia era quella che conservava gli archivi che alimentavano la sua mitica memoria.

— Non posso farcela senza di te — disse Jeremiah, sporgendosi verso di lei. — Ed è una cosa che non si può fare tiepidamente.

— Ho mai fatto niente tiepidamente?

Lui si scusò. Olivia in effetti era una moglie sempre pronta a dare il proprio sostegno, ma aveva anche un alto concetto di sé che non conveniva ledere.

— Ma ti rendi proprio conto di cosa comporterà tutto questo? — Olivia lo fissò con attenzione. — La stampa, tutte le domande, l'invasione della privacy: sei preparato ad affrontare tutto questo?

Jeremiah allargò le mani. — La mia vita è un libro aperto.

Quando rientrarono, il telefono squillava, riecheggiando tra le mura silenziose della casa. Silenziose perché non erano stati benedetti dall'arrivo di bambini, come normalmente si esprimeva Jeremiah, cosa che poteva lasciare intendere un sentimento di dispiacere, mentre in effetti lui aveva sempre saputo, ancor prima del matrimonio, che Olivia era sterile. Anzi, aveva sempre considerato la cosa come un vantaggio. Naturalmente non era mai stato così stupido da dirlo in giro. Jeremiah non aveva niente contro i bambini degli altri; semplicemente non voleva perdere tempo ad allevare i suoi. A sua moglie invece dispiaceva di non poterne avere, ma dato che si trattava di una incapacità sua, non aveva niente da rimproverargli, mentre lui veniva elogiato per la sua comprensione.

Ignorando il telefono, Olivia lanciò il cappotto su una sedia e salì di sopra di corsa. Jeremiah deviò verso la cucina e prese il cordless. — Pronto?

— Buon compleanno, caro!

— Grazie, mamma.

— Però ti devo far notare che se continui così, presto avrai la mia età, e non sarebbe appropriato.

— Allora dovrò invecchiare solo di una frazione della nostra differenza di età, così il paradosso di Zenone garantirà il tuo primato.

Sua madre scoppiò a ridere. Era orgogliosa del cervello del figlio e gli dava pieno credito. I pranzi a casa erano sempre stati degli incontri verbali di ping-pong tra i due, mentre suo padre, quando era vivo, serviva da rete. — È capitata una cosa stranissima, caro. Non indovinerai mai cosa.

Jeremiah prese una bottiglia di vino aperta dal frigorifero e se ne versò un bicchiere. — Visto che non indovinerò mai perché non me la dici?

— Due dei tuoi vecchi amici delinquenti sono venuti a trovarmi: Patrick Mullhaven e Willa Scott. Willa Scott Durrell adesso, se ti va. Uno avrebbe pensato che avrebbe ripreso il suo nome da nubile, dopo tutta quella faccenda del marito. Mi sembra di avertela riferita.

Lo aveva fatto, e con grande soddisfazione. Jeremiah aveva posato il bicchiere e si era immobilizzato. — Cosa volevano?

— Qualche sciocchezza a proposito di una riunione. Io ho spiegato quanto eri occupato, ma loro hanno insistito per parlarti di persona. Mi sembravano pronti a venirti a seccare, così ho pensato che era meglio avvertirti per neutralizzarli prima che sia troppo tardi.

"E così se ne sono ricordati, che mi venga un colpo."

Jeremiah prese un taccuino e trascrisse nomi e numeri. Poi tranquillizzò la madre e si lasciò cadere su una sedia. Quando guardò i due nomi, ne emersero una mezza dozzina di altri, e con loro un fiume di ricordi. La maggior parte di essi erano carichi di erotismo, e non c'era da meravigliarsi; aveva trascorso l'intero periodo al liceo in fregola, per lo più collegata alle ragazze di Beacon Hill.

Mio Dio, quanto le desiderava. Dov'è finito adesso tutto quel desiderio?

Accantonato da qualche parte, immaginò; sublimato in una passione superiore. Un tempo i politici potevano avere la torta e pure mangiarsela. I Kennedy probabilmente si erano fatti più scopate di Mick Jagger, e nessuno diceva niente. E anche adesso si sentivano certe storie, su Clinton, a esempio. Questo aveva l'aria di uno che amava correre dietro alle sottane, ma, considerando quello che era successo a Gary Hart, trovava difficile credere che volesse rischiare la sua carriera per una scopata. Ultimamente la stampa era pronta a scuoiarti vivo per una cosa del genere. Lui stesso avrebbe potuto sbizzarrirsi con donne da capogiro, ma preferiva tenere i pantaloni abbottonati.

Sua moglie entrò in cucina in un negligé nero trasparente. Lui ebbe un mancamento, ma Olivia era nei suoi diritti; a ogni compleanno e nei giorni di festa facevano sempre l'amore. Negli altri giorni era opzionale.

Lui la prese per mano e lei andò a sedèrglisi in braccio: era un gran pezzo di donna. — È un cellulare quello che hai in tasca oppure sei solo contento di vedermi? — chiese lei con voce rauca.

Era un cellulare. Il taccuino con i nomi e i numeri era posato sul tavolo. Quando vide che lei li stava leggendo, lui le spiegò: — Ha appena chiamato mia madre. Sono venuti a cercarmi alcuni miei vecchi amici. I miei amici delinquenti, li ha chiamati.

Olivia si voltò per guardarlo. — Hai degli amici delinquenti?

— Non proprio. Erano solo un pochino ribelli.

— E tua madre lasciava fare?

— Li odiava — spiegò lui con un irrefrenabile orgoglio. — Ma non poteva farci niente.

Non che non ci avesse provato. Era arrivata al punto di minacciarlo di non pagargli il college, quando sapeva benissimo che lui sognava Princeton o Harvard.

Lui le aveva anche creduto, pensava che fosse capacissima di rovinargli la vita se lui la sfidava, eppure non aveva mollato i suoi "amici delinquenti".

Olivia lo fissò negli occhi. — Eri molto attaccato a quella gente?

Jeremiah esitò. Sua moglie aveva avuto un'infanzia sorvegliatissima. C'erano degli aspetti della sua vita che lei non sarebbe stata in grado di comprendere, certe storie che lui si teneva per sé, sapendo che lei si sarebbe preoccupata senza motivo. No, avrebbe voluto dirle, non erano niente di speciale per me.

— Sono stati la cosa migliore del liceo — si sentì invece dire.

Olivia si morse il labbro. — Ribelli quanto? Droghe?

All'improvviso la cucina era scomparsa e Jeremiah era tornato sulla collina: Jimi Hendrix alla radio, l'aria fragrante dell'odore delle piante. Loro lì stesi sulle rocce. Una grossa canna che girava, e lui come al solito che la passava senza provare. Non aveva paura degli sbirri ma di sua madre, le cui capacità investigative erano di gran lunga superiori. Ma quando la canna era arrivata ad Angel, lei l'aveva ripassata a Jeremiah, gli si era seduta in braccio, aveva fatto un lungo tiro e aveva avvicinato le sue labbra a quelle di lui. Non c'era verso di resistere a quella bocca. Lui aveva dischiuso le labbra e inalato a pieni polmoni quel fumo dolce.

"Prenditi la ciliegina" gli aveva detto lei, pizzicandogli le guance.

— Jeremiah — lo richiamò la moglie. Si era alzata e adesso sedeva vicino a lui al tavolo da cucina. — Non è uno scherzo. Hai parlato di candidarti. Questa gente può danneggiarti?

— Non lo farebbero nemmeno se potessero, e non possono.

— Non capisco. Se eravate tanto amici, com'è che non ho mai sentito parlare di loro. Non siete rimasti in contatto?

— No.

— Perché no?

— Semplicemente non è successo. Non avevamo abbastanza in comune, immagino. Dopo il liceo, ognuno se ne è andato per la sua strada — rispose, dispiacendosi di non averne mai parlato prima. Olivia, come sua madre, era inesorabile.

— E perché si fanno vivi adesso, dopo tanti anni? — chiese lei.

— Perché ne sono passati quasi venti. Stanno organizzando una rimpatriata.

— Tra vecchi compagni di liceo?

— No, solo tra di noi. La notte dopo la consegna dei diplomi facemmo un patto: giurammo che qualsiasi cosa fosse successa, dovunque fossimo, ci saremmo incontrati di nuovo dopo vent'anni. Roba da ragazzi — aggiunse con una risatina.

— Roba da ragazzi, eppure te ne sei ricordato.

— Sì.

— E anche loro.

— A quanto pare.

Olivia aveva l'aria preoccupata. — E tu vuoi rivederli?

Una domanda semplice, a cui non era però altrettanto facile rispondere.

8

Vinny Delgaudio era di pessimo umore. La giornata era iniziata male, occhiatacce da sua figlia e i freddi postumi di una lite con la moglie, e stava anche arrivando in ritardo sul lavoro. Entrò nel negozio di ricambi senza dire una parola alla cassiera, spalancò la porta del garage e mise la faccia dentro. Due meccanici alzarono la testa e Manny Hernandez, il capoccia, lo salutò. — Ehi, Vinny.

Lui pensò che Frank non ci fosse, fino a quando non vide le sue lunghe gambe che spuntavano da sotto una Porsche. — Mandalo da me, appena ha finito là sotto — disse a Manny, indicandogli le gambe con un cenno. Una seconda porta sul retro dell'officina portava a un corto corridoio, con i servizi del personale sulla destra e il suo ufficio a sinistra.

La vista di quel locale, uno spettacolo che di solito gli sollevava il morale, quella volta non gli fece nessun effetto. Era diverso da qualsiasi ufficio di autorimessa avesse mai visto, e ricordava invece lo studio di un medico. Invece di metallo e plastica aveva voluto legno e cuoio, e al posto dei calendari con ragazze seminude, aveva appeso delle copertine incorniciate del "New Yorker". Aveva una scrivania massiccia che non avrebbe sfigurato nello studio dell'amministratore delegato di una multinazionale, uno spesso tappeto, un divano e una poltrona tappezzati di una pelle italiana morbida come un guanto da signora. Gli era costato una piccola fortuna, ma ne era valsa la pena. I clienti che entravano in quella stanza aggiungevano subito uno zero all'assegno che stavano scrivendo mentalmente.

Era stata sua moglie ad arredarla, e aveva fatto un ottimo lavoro, doveva ammetterlo. Lui non ne sarebbe mai stato capace. Vinny una volta aveva sentito un tale che lo descriveva come un gorilla che indossava abiti italiani. Sul momento aveva preso a cazzotti il tipo, ma in cuor suo quella descrizione non gli era dispiaciuta. Vestiva bene, persino con eleganza, anche qui merito di sua moglie, ma nell'armadio del suo ufficio teneva una tuta da lavoro e il più delle volte si metteva a lavorare con i suoi uomini. In vent'anni si era trasformato da un ragazzo senza un quattrino in un rispettabile uomo d'affari, proprietario di una stazione di servizio con dodici pompe e un negozio annesso. "Delgaudio Riparazioni", specializzato in automobili ad alte prestazioni. L'officina era nel Bronx, dalle parti di Forham Avenue, ma la maggior parte dei suoi clienti venivano da Westchester. Vinny era orgoglioso della strada che aveva fatto, ma era anche fiero del grasso sotto le unghie.

Si udì qualcuno che bussava alla porta, poi entrò Frank con una tazza fumante. — Ehi, zio Vinny, ecco il tuo caffè.

— Quante volte ti ho detto di chiamarmi Vinny come tutti gli altri, qui. — Era già abbastanza brutto che i suoi vecchi dipendenti fossero costretti a lavorare con un suo nipote; non era proprio il caso di farglielo rimarcare.

— Scusa, Vinny.

Gli fece cenno di sorvolare. Frankie era un bravo ragazzo. Ed era pure sveglio. Aveva superato il corso della Mercedes al primo tentativo, cosa che era più di quanto potesse dire Vinny. Sorseggiò il suo caffè, un liquido così denso che il cucchiaino stava quasi in piedi, e osservò il nipote. Frank era stato chiamato con il nome del padre, il fratello maggiore di Vinny, caduto in Vietnam tre mesi prima che suo figlio nascesse. Il fatto che Frank senior non avesse sposato la sua ragazza non faceva differenza per i Delgaudio, che avevano accolto sia la madre che il figlio nella loro grande, trasandata, famiglia con appena qualche mormorio. Tina era diventata la sorella e la figlia che non avevano mai avuto, e il ragazzo era stato allevato da sua madre, i nonni e quattro zii. Adesso Frank era un ventiduenne ben piantato, con un buon lavoro e un luminoso futuro. Vinny non l'avrebbe ammesso per nulla al mondo, ma il giorno in cui Frank era andato a lavorare per lui, era stato uno dei più felici della sua vita. Di tanto in tanto, nella sua esistenza, Vinny aveva fatto delle cose di cui non era per nulla fiero, e il fatto che il nipote stesse venendo su in quel modo sembrava bilanciare le cose. Ed era un motivo di soddisfazione ancora più grande, che quel ragazzo senza padre fosse cresciuto senza alcun risentimento.

Frank posò la tazza su un sottobicchiere e passò dall'altra parte della scrivania. Non si sedette e suo zio non lo invitò a farlo, dato che indossava una tuta bisunta, ma si appoggiò a un angolo del tavolo. — Che c'è zio? — chiese. — Va tutto bene?

— Perché non dovrebbe?

— Chiedevo solo. Tu non arrivi mai in ritardo.

— Donne — disse con un sospiro, e suo nipote sorrise con aria saggia, come a dire "raccontami tutto". Vinny ridacchiò. Poco più di vent'anni e pensa di sapere qualcosa.

— Dovrebbe essermi grata, no? — disse. — È anche figlia sua. Ma niente... "Non interferire", mi dice. "Le ragazze vogliono solo divertirsi un po'." Quella donna non sa quello che dice. Là fuori c'è una maledetta giungla.

— Nicole ha un ragazzo — congetturò Frank.

Nicole era la figlia sedicenne di Vinny. Lui aveva anche un figlio, Vincent Junior, di dodici anni. Un ragazzino tranquillo. Era Nicole quella che gli faceva venire i capelli grigi. — Ascolta il mio consiglio — disse Vinny. — Quando verrà il momento, fai solo dei maschi.

— Che ha fatto il ragazzo di Nicole?

— Piccolo idiota arrogante, se ne sta seduto sulla sua macchina e la chiama suonando il clacson. Non ha mai lavorato un giorno in vita sua e guida una BMW, e non quella di suo padre, bada bene, proprio la sua. Tutto su di un piatto. E così sono uscito e gli ho fatto un discorso paterno. E per questo mi hanno dato del "troglodita". A proposito, che cazzo è un troglodita?

— Una specie di scimmione preistorico, credo. E cos'è che gli hai detto?

— Niente. Gli ho dato un paio di consigli salutari, tutto lì.

Frank annuì. I consigli salutari di suo zio di solito erano del tipo: "Se vuoi rimanere tutto intero, mostra un po' di rispetto".

Vinny si era fatto avanti dicendogli: "Se vuoi vedere mia figlia muovi il culo, esci dalla macchina e vieni a suonare il campanello. Mettile un dito addosso e ti rompo la mano. Mettile una mano addosso e ti spezzo il braccio. Capisci come continua la storia?

'Che finisco tutto ingessato?'" si era arrischiato a dire il ragazzo.

Tipetto sveglio, però. Aveva recepito il messaggio. Nicole era tornata a casa alle undici, sana e salva, e furiosa con suo padre.

Ma andava bene così, c'era da aspettarselo. Quello che aveva veramente infastidito Vinny era che Theresa aveva preso le difese della figlia. Sua moglie non aveva idea di cos'era capace di fare un diciottenne, le ferite che potevano infliggere. Lui se le ricordava fin troppo bene, le bravate degli adolescenti.

Troglodita un accidenti. Quando c'era di mezzo sua figlia era capace di diventare un vero tirannosauro.

Frank si stiracchiò nervosamente, ansioso di tornare alla Porsche. — Mi volevi per qualcosa, Vinny?

Lui puntò gli occhi sul nipote. — Che ti dicevo del negozio di accessori, Frank?

— Pensavi che qualcuno ci stesse derubando.

— Adesso non lo penso più, lo so. Ho passato tutta la notte sui registri, suddividendo tutte le vendite secondo i turni. In certi turni, regolarmente, siamo sotto del dieci per cento o anche più. Cosa ne deduci?

— Che qualcuno fa la cresta.

— Sbagliato — Vinny toccò il viso del nipote con un dito. — Bisogna dedurne che qualche avido bastardo fa la cresta del dieci per cento più degli altri.

— Deprimente.

— Già, be', benvenuto nel mondo reale.

— E adesso che facciamo noi?

Vinny annuì; gli piaceva quel "noi". Frank lavorava con gli uomini, ma era il nipote del proprietario. Doveva imparare a chi andava la sua lealtà. Per usare il linguaggio di Theresa, era un'esperienza "formativa".

— Dobbiamo scoprire chi è il ladro. Lo riprendiamo e poi lo agguantiamo. Voglio che chiami i tizi che hanno istallato le nostre telecamere di sicurezza e che dica loro che ce ne serve un'altra. Spiega per che cosa. Loro sapranno cosa fare. Dovranno lavorare di notte, quando è chiuso. E, Frank...

— Sì.

— Lo sappiamo solo tu e io. Facciamo in modo che rimanga così.

— Capito. — Sul viso di Frank non comparve alcun segno di ribellione, ma solo di preoccupazione. — È che non riesco a crederci. Non ne vedo nessuno che possa derubarti.

— È la cosa più naturale del mondo — spiegò Vinny. — Le tentazioni ci sono sempre; e qualcuno ci casca. Non puoi essere sentimentale con i lavoranti, Frank. — Continuò poi dicendo che adesso nessuno voleva più fare la gavetta, che tutti volevano arricchirsi subito, ma Frank non lo ascoltava più. Stava pensando alla Porsche, e inoltre aveva già sentito un sacco di volte il discorso dell'"a me nessuno ha mai dato nulla" di suo zio. Non era nato con la camicia, lui, aveva dovuto lavorare sodo, lui. Si era rotto la schiena e aveva stretto la cinghia, e alla fine aveva comprato quell'officina che stava andando in fallimento e l'aveva trasformata. Frank si stava dirigendo verso la porta, quando suonò l'interfono. Vinny alzò il ricevitore. — Sì?

Entrambi udirono la voce acuta di Manny. — C'è un tipo qui fuori che vuole vederti per una macchina. Dice che è furioso.

— Furioso, uh — disse Vinny, ammiccando a Frank. — Che macchina?

— Dice che è una Chevrolet del '57 — rispose dopo un attimo Manny, scocciato. — Gli ho spiegato che noi ci occupiamo solo di auto straniere, ma lui ha insistito.

— Una Chevy del '57? — la voce di Vinny si era addolcita. — Di che colore?

— Ma che importanza ha di che colore? — chiese Manny.

— Chiudi il becco e chiediglielo.

Una nuova pausa mentre il ragazzo lo faceva e poi arrivò la risposta: — Rossa.

Vinny posò il ricevitore e uscì dall'ufficio, senza correre ma con un'aria così pensierosa che Frank, sentendo puzza di guai, gli trotterellò dietro. Entrarono in garage dalla porta laterale. Manny stava vicino a un tipo bruno con dei pantaloni di velluto e una giacca di tweed. L'uomo alzò lo sguardo verso l'altro che si stava lanciando su di lui e non batté ciglio. All'ultimo momento, prima dell'impatto, Vinny aprì le braccia e strinse il nuovo arrivato in un abbraccio da orso.

— Lo sapevo che eri tu — disse.

— E chi altro poteva essere? — rispose Patrick.

— Ma guarda un po' — disse Patrick. — Questo posto, tutte quelle macchine là fuori; è un sogno diventato realtà. Chi l'avrebbe mai detto, ai vecchi tempi?

— Senti chi parla, professore. Ho sempre pensato che saresti finito a chiedere l'elemosina in strada. — Vinny tirò fuori due lattine di Bud dal piccolo frigorifero sotto la scrivania, poi si avvicinò al divano e ne porse una a Patrick. — E quindi tu ti guadagni la vita guardando film, e io giocando con le macchine. Direi che ce la siamo cavata bene.

— Brindiamoci su — propose l'amico, e lo fecero. Vinny lo osservò quasi con titubanza e trovò che era rimasto quasi lo stesso. Lo stesso sorriso, la stessa risata inarrestabile che sembrava spumeggiare sempre sotto la superficie. Per bizzarro che potesse essere a prima vista, il fatto che Patrick fosse diventato docente al college aveva un suo senso. Era sempre stato il tipo più curioso che Vinny avesse mai conosciuto e il più pronto a condividere tutto. Ci sapeva anche fare con le ragazze, anche se in quel campo il maestro indiscusso era Caleb. Vinny chiese cosa fosse successo a quel matto.

— Non lo so — rispose l'altro. — Ma lo sapremo presto.

— E come? — chiese Vinny, con un senso di disagio che montava.

— Come se tu non lo sapessi.

— Non starai parlando di quel pazzesco patto...

— E di cos'altro?

Quello scosse il capo. — Sono passati vent'anni. Chi vuoi che se ne ricordi?

— Tu te ne sei ricordato. E anch'io, e pure Willa, che

è stata così gentile da offrire la sua casa come sede per la riunione.

— Willa Scott — Vinny fece un fischio. — Gesù. Sei ancora in contatto con lei?

Patrick annuì.

— Sexy come sempre, vero? — chiese.

— Come lo sai?

— Ho visto la sua fotografia.

— Sul risvolto di copertina di un libro?

Vinny sbuffò. — Sul giornale, quando è morto suo marito.

— L'hanno fotografata all'obitorio? — chiese Patrick, perplesso.

— No, era in cronaca. Non ne sai niente?

Gli raccontò la vicenda, o almeno quello che si ricordava. Il marito di Willa, Simon Durrell, era stato un avvocato molto noto, specializzato in casi di abusi da parte della polizia, ad alto livello. La sua morte, dovuta a un attacco cardiaco a quarant'anni, non avrebbe fatto notizia se non fosse avvenuta in quello che i giornali si erano affrettati a definire un "nido d'amore". Quando aveva avuto l'infarto, si trovava in un appartamento sulla Decima. L'ambulanza era stata chiamata da una donna che aveva detto solo di chiamarsi Meredith. Con il nome di Simon era stata meno discreta, e di conseguenza, pochi minuti dopo l'ambulanza, era arrivata la stampa. Willa era stata avvertita non dall'ospedale o dalla polizia, ma da un reporter del "Daily News". "Non può trattarsi di mio marito" aveva risposto lei. "Simon è a Chicago."

Quando erano arrivati i soccorsi, la donna che li aveva chiamati non c'era più, ma ai giornalisti ci volle meno di un giorno per scoprire la sua identità: si chiamava Meredith Eisner, ed era un giudice. Ne era scaturito uno scandalo e si parlò di corruzione. Il giudice Eisner era stata infatti così sventata da presiedere due casi in cui il suo amante era l'avvocato del querelante, e Simon aveva vinto entrambi i processi.

Adesso tutto aveva un senso per Patrick: le ambigue

77

condoglianze della signora Wright, la riluttanza di Willa a parlare di suo marito, il senso di rabbia che aleggiava a casa sua, come il ticchettio di una bomba a orologeria. — Povera Willa — disse Patrick, e l'altro annuì. Rimasero per un istante senza parlare, anche se non in silenzio, dato che i rumori del garage e della strada arrivavano fin nella stanza.

— E quindi tu pensi che la riunione si farà sul serio? — chiese Vinny, alla fine.

— L'abbiamo giurato, no?

— E sai dove si trovano gli altri?

— Li ho trovati, no? E abbiamo contattato pure Jeremiah.

— Già, come se avesse intenzione di farsi vedere.

— Perché no?

— Ho sentito che è diventato un pezzo grosso a Washington.

— E allora? — disse Patrick. — Immagina un po', tutti noi di nuovo insieme. Che forza.

— E chi sarebbero questi tutti noi?

— Caleb, Travis, Shake e Nancy, Jeremiah, Willa, Angel.

— Sai che mi è capitato di incontrare per caso Travis Fleck? — raccontò Vinny. — Cinque o sei anni fa; eravamo a Santa Fe per le vacanze di Natale. Vado al bar e chi incontro? C'era proprio Travis, con la sua coda di cavallo. Sembrava scappato da qualche comune hippie. Io mi sono seduto sullo sgabello vicino al suo. Lui alza lo sguardo e a momenti gli prende un colpo. "Accidenti, Vinny, sei proprio tu?"

— Sono io — gli faccio — sono venuto a riprendermi quei venti dollari che mi devi. Giuro su Dio che ci ha creduto.

Patrick scoppiò a ridere. — E che faceva?

— Non ci crederai. Costruisce case, e non se la cava male. Ho visto la bella casa che si è fatto per sé, e mi ha pure fatto vedere delle fotografie di altre che ha costruito.

— Buon per lui — disse Patrick. Copiò l'indirizzo e il numero di telefono di Travis, che Vinny tirò fuori da una grossa agenda, poi lasciò all'amico il suo e quello di

Willa. — Ultimo fine settimana di giugno, le mogli sono benvenute, ma non indispensabili. Segnatelo sul calendario.

— Proverò — rispose Vinny, distogliendo lo sguardo.

Patrick aggrottò la fronte. — Proverai un accidenti. Devi esserci.

— Giugno è un periodaccio per me.

— Che cazzo stai dicendo, Vincent? Certo che ci vieni.

— Senti, se lo farò, verrò solo a fare un salto e a salutare. Ma tu dimmi un po'. Sei sicuro che sia una buona idea?

Patrick lo guardò esterrefatto.

— Non sto dicendo che non ce la siamo spassata ai vecchi tempi — disse Vinny — ma quei giorni se ne sono andati da un pezzo, e allora che senso ha? È come quella canzone di Springsteen, sai, quella su quel gruppo di vecchi stronzi che continuano a parlare dei loro giorni di gloria.

— Tu non sei un vecchio stronzo — rispose Patrick indignato. — E neppure io, né tantomeno Willa. C'era un motivo per cui eravamo amici allora. E scommetto che quel motivo è ancora valido.

Vinny lo osservò come aveva fatto Willa. Era tentato. Non era mai stato facile dire di no a Patrick, e questo era uno dei motivi per cui erano finiti tante volte nei guai, da ragazzi. Poi però pensò che avrebbe rivisto Jeremiah, dopo tanti anni. Che cosa avrebbero potuto dirsi? Patrick non si rendeva conto della cosa. — E tu pensi che uno scimmione come me abbia qualcosa in comune con della gente del tipo di Willa e Jeremiah? Da ragazzi eravamo uniti, certo, ma una volta finita la scuola, tutti sono tornati al loro posto. È così che è andata.

— Non deve finire così — protestò Patrick. — E cosa sarebbero quelli del tipo di Willa e Jeremiah? E cosa sei tu? Uno che si mangia il fegato? Quei due sono nati nella bambagia. Tu hai costruito tutto questo da solo.

Fece un ampio gesto con le braccia, come se stesse indicando un regno.

— Ci puoi scommettere il culo — affermò Vinny.
— Nessuno mi ha mai regalato niente.

— Vaffanculo, tu verrai.

— Se posso.

— Non hai neppure un briciolo di curiosità? — chiese l'amico. — Non vuoi vedere come se la sono cavata?

Vinny scrollò le spalle. La curiosità non era il suo forte. Lui era bravo ad aggiustare le cose.

9

Mentre lavava le stoviglie della colazione, Travis Fleck guardò fuori dalla finestra, sulla ripida strada innevata che portava alla sua casa. Era neve compatta, senza ghiaccio, ma che ne sapevano i texani della guida nella neve? Era probabile che con un tempo del genere il suo cliente non si facesse proprio vedere, e a lui di sicuro non dispiaceva. Travis non si era messo a fare quel lavoro per costruire case-mausoleo per i petrolieri texani.

Asciugò il piatto e lo mise via. Lavò i resti delle uova e del prosciutto dalla padella e la mise nella credenza, poi si asciugò le mani sui jeans e si guardò attorno in cucina. C'era stato un periodo in cui era vissuto nella miseria, circondato dai suoi rifiuti, il disordine della sua mente reso tangibile. Quel periodo era finito per sempre il giorno in cui si era trasferito in quella casa, che si era costruito lui stesso con l'aiuto di amici. C'erano voluti 2860 mattoni di argilla cruda, sabbia e paglia. Lui stesso aveva mescolato l'argilla, versata negli stampi, e aveva lasciato i mattoni a seccare all'aperto. La sua schiena e le sue braccia avevano conosciuto il peso di ogni mattone da diciotto chili. Con il suo amico Victor Montoja, il mastro *ejarradoro*, aveva intonacato i muri con argilla mescolata con schegge di mica che mandavano riflessi d'oro e d'argento alla luce del sole. Le linee della casa erano leggermente arrotondate, un effetto che si notava particolarmente nel soggiorno, dove due strette e profonde finestre offrivano un'ampia vista sulle montagne Sangre de Christo. All'interno le pareti erano rivestite da un intonaco dipinto con acquatinte, screziate con mica granulare. Sul pavimento di terracotta del soggiorno c'era un tappeto navajo rosso e nero, il pagamento per una casa che aveva aiutato a costruire, e sul muro sopra il caminetto una stampa incorniciata della Chiesa dei Ranchos di Taos di Georgia O'Keeffe. Il tappeto era un pezzo da museo, e la gente pensava che fosse matto a tenerlo sul pavimento, ma Travis credeva che tutte le cose dovessero servire allo scopo per il quale erano state create. Scorse qualche pelo di cane in giro, Juan era stato lì da poco, con il suo animale da pastore, Lobo, e passò l'aspirapolvere. Fino a quando non aveva costruito la casa e non vi era andato ad abitare, Travis non aveva mai capito il significato delle parole "manutenzione domestica". In omaggio alla casa però, l'ordine e la pulizia erano diventati dei sacramenti. Come molti convertiti a una causa, era diventato un fanatico: una ragione, anche se non la sola, per cui viveva solo.

Il cliente arrivò con mezz'ora di ritardo. Il texano era un uomo alto e vigoroso sulla cinquantina, con una stretta di mano che stritolava e gli occhi attenti. — Mi dispiace di averla fatta aspettare, signor Fleck — disse con voce strascicata — ma è difficile arrivare in orario da qualche parte con due donne al seguito.

Andarono a sedersi nel suo ufficio, sfogliando album fotografici del suo lavoro, mentre Travis studiava i progetti dell'architetto. La moglie del texano, probabilmente la seconda o la terza, era una di quelle bionde fatte in serie, sulla trentina, con grosse tette e un sorriso da country-club. La figlia adolescente indossava un maglione che le arrivava alla coscia, su pantaloni neri così attillati che sembravano dipinti sulle gambe. A Travis fece tornare in mente una ragazza che aveva conosciuto al liceo. Angel era una rossa, e quella era bionda, ma avevano lo stesso sguardo provocante e sensuale. Una che ci sta, come si diceva allora. Non che lui avesse mai combinato qualcosa con Angel. Non aveva mai superato

81

la prima base, anche se lei doveva essersi scopata metà della loro classe.

Ma non era solo lei. A quel tempo sembrava che tutte le donne si fossero unite in una cospirazione per negargli il sesso, fino a farlo esplodere di frustrazione. La rivoluzione sessuale era all'apice, tutti i suoi compagni sguazzavano nella fica, ma Travis non ne poteva avere nemmeno un assaggio. Era come un uomo che moriva di fame nel bel mezzo di un banchetto. Non era riuscito ad avere un rapporto sessuale fino a ventidue anni, il vergine più vecchio d'America. Da quel momento aveva fatto del suo meglio per rimediare al tempo perduto, solo per scoprire, come altri prima di lui, che le ragazze che riesci a farti non ti compensano per quelle che non hai avuto.

L'ufficio della Santa Fe Adobe Cooperative era un semplice edificio di mattoni dietro la sua casa. Cinque anni prima il giro di affari era cresciuto al punto che Travis non voleva più trattarli nel suo soggiorno, e così lui e i suoi soci l'avevano costruito nei momenti liberi. I suoi soci erano Victor Montoya, il migliore intonacatore del sud-ovest, e suo cugino Juan Aquila, l'adobero che aveva insegnato a Travis il mestiere. Era una società che funzionava, in cui ognuno aveva qualcosa che serviva agli altri e tutti contribuivano in ugual misura.

A Travis non dispiaceva dedicarsi al lavoro di ufficio in inverno, ma in primavera e in estate preferiva andare nei cantieri. Non c'era niente al mondo che dava le stesse sensazioni dell'argilla sulle dita.

Il texano chiuse di colpo l'album e disse: — Bellissimi lavori. Ma avevamo sentito parlare bene di lei.

— Noi siamo specializzati in muri di argilla — spiegò Travis. — Produciamo da noi i nostri mattoni, non utilizziamo prodotti commerciali fatti in serie. Ma l'unico lavoro in legno di cui ci occupiamo è il tetto. Per tutto il resto, lei deve rivolgersi a un carpentiere.

L'uomo annuì con impazienza; lo sapeva già. — Ho l'impressione che le rifiniture delle case sull'album siano diverse da quelle di casa sua, che noi abbiamo particolarmente ammirato. Ho ragione?

— Sì — ammise Travis, a malincuore. — Quelle case sono state costruite secondo le normative, con dell'intonaco di cemento al posto dell'argilla tradizionale. È un regolamento stupido, perché il rivestimento di argilla si lega meglio ai mattoni, ed è pure più economico. Le normative prevedono pure delle travature d'acciaio attorno al perimetro, e delle fondamenta in cemento. E dobbiamo adeguarci.

— Lei però per sé non l'ha fatto.

— Ho costruito la mia casa come volevo, come la gente di queste parti ha fatto per secoli. Comunque le cose stanno così: se la beccano prima che la casa sia finita, gliela possono far buttare giù. Una volta che è finita, non possono più farle nulla.

Il texano guardò Travis con la sua coda di cavallo che stava diventando grigia, i sandali e la camicia di flanella scolorita. — Capisco — disse. — Un sistema da guerriglieri.

— Già. Ma con le case dei nostri clienti noi seguiamo le normative — cosa che non era sempre vera. Travis aveva un altro album sulla sua scrivania, con le immagini di case costruite nella maniera tradizionale. Lui aveva incominciato quell'impresa proprio allo scopo di fornire delle case tradizionali ai nativi del New Mexico che non potevano permettersi di costruire secondo il regolamento federale. Nel corso degli anni la Santa Fe Adobe Cooperative aveva costruito dozzine di piccole casette tradizionali in mattoni per famiglie indiane e ispaniche. Gli ispettori sapevano quello che facevano e guardavano dall'altra parte. Potevano anche lavorare per il governo, ma venivano dal popolo.

Quelli però non erano affari del texano. La sua estrosa hacienda era una vera e propria autocelebrazione, e avrebbe fatto parlare tutta la città prima ancora che fossero state poste le fondamenta. Se voleva quella casa avrebbe dovuto pagare la tariffa intera. Travis promise che gli avrebbe fatto avere un preventivo entro ventiquattr'ore e i clienti se ne andarono. Si versò un'altra tazza di caffè e uscì, senza curarsi di prendere la giacca. I due pini piñon che si innalzavano ai due lati della porta erano coperti di neve, e ne sarebbe caduta ancora. Sentiva l'odore della tempesta nel vento e vedeva i nuvoloni minacciosi che oscuravano i picchi, lo avvertiva dal dolore che proveniva dalla sua mano sinistra, segnata dalle cicatrici. Un'aquila solitaria volava in cerchio nel cielo. Da casa sua, l'ultima di quelle che si ergevano ai piedi della catena del Sangre de Christo, Travis non vedeva nessun insediamento umano.

Un altro si sarebbe sentito solo. Non Travis. Lui aveva tutto quello che gli serviva: i suoi libri e la sua musica, un lavoro utile, tranquillità, la dolce aria dell'altipiano e una montagna alle sue spalle. Per il sesso andava a rimorchiare le turiste giù in città. Non era la soluzione ideale, ma era abbastanza equo: loro avevano un po' di colore locale, lui la sua scopata.

Tre anni prima, dopo un anno in cui gli affari erano andati bene, Travis si era concesso una cosa che desiderava da tempo: si era fatto aggiustare i denti. Avrebbe dovuto farlo quando era un ragazzino, ma i suoi genitori non potevano permetterselo. Era troppo costoso, dicevano, e quella piccola fessura tra i suoi incisivi non stava male. "L'aspetto non è poi così importante per un ragazzo." Una decisione che gli aveva amareggiato la giovinezza e che non aveva ancora perdonato. Portare l'apparecchio da adulto era stato tremendo, non per via dell'aggeggio in se stesso, ma perché non aveva potuto provare a rimorchiare donne. Quando alla fine era venuto il momento di rimuoverlo, Travis non ne poteva più della sua mano destra. I risultati però erano stati quelli che sperava, e valevano quello che aveva pagato.

Ne aveva fatta di strada da quand'era solo un ragazzino goffo che non poteva scopare né per amore né per i soldi. Il lavoro duro aveva forgiato il suo corpo, la solitudine il suo carattere. Il suo solo rimpianto era che non c'era nessuno che potesse testimoniare la sua trasformazione. Nessuno che dicesse: "Caspita, Travis, sei proprio tu?". Lui desiderava tanto vedere la meraviglia nei loro occhi. L'avevamo giudicato male, avrebbero pensato. Guarda come è cambiato. I suoi compagni di liceo sognavano di comprare della terra in California o in New Mexico, ma lui era il solo ad averlo fatto sul serio. Desiderava rivedere quelle ragazze che l'avevano disprezzato, respingendo le sue incerte avance con indulgenza, o, peggio ancora, con pietà. Voleva leggere nei loro occhi: "Ma a cosa pensavo?".

Da quando il calendario era passato al 1992, Travis si era messo a pensare di fare una puntata all'est, la prima in vent'anni. Qualcuno ricordava ancora il loro patto? Lui pensava di no, erano tutti un po' fatti quella notte. E anche se l'avevano ricordato, avrebbero probabilmente dimenticato di invitarlo, come al solito.

Il ricordo di Angel gli aveva fatto tornare in mente tutta la banda di Beacon Hill, che non si era mai dileguata dai suoi pensieri come avrebbe dovuto. Lui li aveva adorati, loro lo avevano tollerato: era quello il problema. Gli avevano permesso di andarsene in giro con loro, ma non lo avevano mai chiamato per farlo. I ragazzi spesso facevano delle cose senza di lui. Le ragazze lo trattavano come un fratellino, anche se lui era più alto di tutte loro, e ridevano quando ci provava. Roba da ragazzini, vista adesso, stronzate senza importanza. Eppure il dolore di quei piccoli sgarbi, ripetuti nel tempo, aveva lasciato un segno indelebile nella sua psiche. Come si può dimenticare il primo amore? E lui li aveva amati tutti. Patrick, Shake e Caleb erano i tipi più svegli della scuola, Vinny il più duro, Jeremiah il più intelligente; Angel e Willa di gran lunga le più belle. Travis era il più imbranato. Lui si era fatto accettare con la sua totale lealtà.

Era stata la lealtà a farlo diventare uno della banda; quello e un incidente. Era capitato nella mensa scolastica, all'inizio del primo anno. Vinny, che stava argomentando con foga tenendo la forchetta in mano, aveva vibrato un colpo in basso, piantandola profondamente nella mano sinistra di Travis. Per un istante nessuno aveva reagito; si erano limitati a guardare la forchetta conficcata nell'arto, che vibrava leggermente mentre dai buchi provocati dalle punte iniziava a uscire il sangue. Vinny, con la faccia bianca come il gesso, si era allontanato dal tavolo. "Perché cazzo tenevi lì quella mano?" aveva urlato; poi, con i lineamenti che perdevano la loro aggressività, aveva soggiunto: "Mi dispiace".

Travis non l'aveva tradito, né allora, né più tardi in ospedale, né mai. Da quel giorno Vinny l'aveva preso sotto la sua protezione. Era diventato uno della banda di Beacon Hill. Una specie. Quello che guardava dalla finestra. Travis all'epoca pensava che quando fosse morto, sul suo epitaffio avrebbero dovuto scrivere: "Non del tutto".

Si accorse che stava rabbrividendo. La tempesta si stava avvicinando rapidamente, la temperatura era precipitata. Tornò nel tepore della sua casa e chiuse la porta. Il profumo delle donne continuava ad aleggiare nell'aria. Travis se ne andò in camera a indossare un paio di calze di lana quando squillò il telefono. Afferrò il ricevitore dall'altra parte del letto. — Santa Fe Adobe Cooperative.

Una voce che non sentiva da vent'anni disse: — Ciao, Travis.

E lui, spigliato come se si parlassero tutti i giorni rispose: — Ehi, Patch. Dov'è la festa?

10

— Penso che stanotte verrò anch'io — gridò Nancy dalla camera da letto. Nessuna risposta da Shake, solo una piccola pausa prima che il piano riprendesse a suonare. La stessa frase, innumerevoli volte, il motivo di una nuova canzone. Lei spianò la manica della camicia bianca di Shake sull'asse da stiro e vi spruzzò sopra dell'acqua. Sotto il ferro caldo il tessuto sfrigolò ed emanò delle nuvole di vapore. Stava stirando perché era sabato e Nancy era una persona abitudinaria. Durante la settimana lavorava come dattilografa nello studio legale D'addario, Francis e Shire; sabato guardava le sue soap opera preferite e stirava. Adesso che suo figlio era via, c'erano meno camicie da stirare.

Era strano. Avrebbe pensato che l'appartamento sarebbe sembrato più grande senza Dylan e tutta la sua roba, per non parlare del suo gruppo di amici che ciondolavano dappertutto e la indispettivano chiamandola "Mamma Shake"; invece appariva più piccola, in qualche modo svuotata. Quello che però non aveva previsto erano gli effetti collaterali della sua lontananza, come il silenzio che era calato tra lei e Shake, che li faceva sentire come fossero soli.

Lo stato in cui erano caduti aveva un nome. Nancy l'aveva letto sul "Ladies' Home Journal" che le era capitato in mano in sala d'attesa dal medico. Si chiamava "Sindrome da nido vuoto", e le si adattava perfettamente, anche se le coppie affette da quella forma di depressione normalmente erano sulla cinquantina, mentre loro non ne avevano ancora quaranta.

Da quando si era sposata aveva messo su quindici chili, e non era stata magra neppure prima. La sua struttura minuta faceva notare ogni grammo in più. "Matronale" era la maniera più gentile con la quale la si poteva definire. Non era facile per una donna del suo aspetto essere sposata con un tipo che, come Mick Jagger, diventava sempre più attraente con l'età. Era arrivata a un punto in cui il piacere di vedere il corpo nudo di Shake non bastava a compensare il dispiacere di denudare il proprio. Avevano ancora dei rapporti, in un certo senso era l'unico modo di conversare che fosse loro rimasto, ma ora si consumavano nel letto e con le luci spente.

Stese la parte posteriore della camicia sull'asse e la stirò senza guardare, con gli occhi fissi sul piccolo televisore nell'armadio.

Il piano si zittì. Udì dei passi, il rumore del frigorifero che si apriva, il clic di un tappo di bottiglia che saltava. I muri erano sottili in quell'appartamento, situato al pianterreno in una zona di Baltimora trascurata dal risanamento urbanistico. Spense il ferro da stiro, mise il videoregistratore in pausa, scavalcò il filo e passò a stento tra il letto e la credenza per uscire. Era la stanza che si stava restringendo o lei che si stava allargando? Probabilmente entrambe le cose.

Shake era tornato al piano, a scribacchiare delle note sulla pagina di uno spartito. Lei aspettò finché lui non la notò. Il marito non sopportava che qualcuno lo disturbasse quando lavorava, gli rompeva la concentrazione e lo riportava al punto di partenza. Lei si limitò a guardarlo, ma lo infastidiva anche quello. Dopo qualche momento lui alzò lo sguardo. — Che c'è? — chiese.

— Pensavo di venire questa sera.

Un lampo di fastidio nei suoi occhi, subito mascherato. — Perché?

— Sono secoli che non vi sento suonare. Ho bisogno di un'iniezione di musica. — Fece un sorriso coraggioso che gli facesse intendere cosa sottintendeva: quanto fosse vuota la casa e quanto fossero lunghe le notti, con Dylan lontano.

— Potremmo fare tardi, questa sera — disse lui con la fronte aggrottata, come per indicare che era per il suo bene che non la voleva al club. E a Nancy, che lo conosceva meglio di quanto non conoscesse se stessa, questo fece capire che stava tramando qualcosa. Una cameriera del club, forse, o quella nuova cantante. Lei l'aveva incontrata una volta, quando era venuta in casa per le prove. Una ragazza di colore. Nancy aveva aperto la porta e l'altra era rimasta impietrita con la bocca aperta a pensare: questa non può essere la moglie di Shake. Una ragazza pelle e ossa, ma con una voce che faceva tremare i bicchieri nella credenza.

Sperò che non fosse la cantante. Il marito aveva un debole per le ragazzine con voci potenti fin dai tempi di Angel Busky. Ragione in più per farsi vedere quella sera.

C'era stato un periodo in cui lei andava a tutte le serate in cui Shake suonava, seduta orgogliosamente al tavolo riservato alla band, in attesa del momento in cui, nell'intervallo, lui sarebbe uscito e davanti a tutti, specialmente alle donne che gli facevano gli occhi dolci, le avrebbe posato un braccio sulle spalle. Per un po' aveva continuato anche dopo la nascita di Dylan. Mollava il bambino a sua madre per la notte, assisteva all'esibizione, e se ne andava in giro con Shake e i ragazzi fino all'alba, per poi tornare a casa a far l'amore. Shake era sempre voglioso dopo una notte passata a suonare, e se lei non c'era... Be', era meglio che ci fosse.

Non aveva potuto continuare così. Lui poteva permettersi di suonare tutta la notte perché poteva dormire di giorno. Nancy doveva lavorare. Doveva occuparsi di Dylan, pagare le bollette, fare in modo che ci fosse qualcosa di pronto in tavola e un posto pulito in cui vivere. Shake non era in grado di occuparsi di cose pratiche, né lei avrebbe voluto. Lui era un artista, uno spirito libero, lei era il suo campo-base. Le sue amiche le dicevano che faceva troppo. "Lascia che si arrangi", dicevano. Ma Nancy la sapeva lunga. Non c'era proprio confronto tra i mariti che avevano loro, sempre che ne avessero uno, e il suo.

— Domani è domenica — disse. — Posso dormire fino a tardi.

— Se a te sta bene così — Shake tornò al piano.

Lei tornò in camera da letto, mise da parte l'asse da stiro e aprì il suo cassetto. Passò in rassegna i suoi abiti, scartandone uno dietro l'altro. Stando con Shake, la gente finiva inevitabilmente per guardarla. Non poteva essere invisibile quando era con lui, ed era sempre più difficile avere un bell'aspetto. Metà dei suoi vestiti le andavano stretti, li teneva nell'armadio solo per tormentarsi. I suoi abiti da lavoro non andavano bene, con un vestito formale sarebbe sembrata la madre di Shake. Alla fine scelse una gonna e una blusa scollata con dei vistosi disegni turchesi. Posò gli abiti sul letto e andò a fare una doccia.

Il telefono squillò più volte. Nessuno rispose. Shake sbatté la matita. Dove diavolo era Nancy? Andò in camera di Dylan e afferrò il cordless sulla scrivania.

— Pronto?

— Parlo con John Shaker? — Era una voce maschile, che gli sembrava conosciuta.

— Sono io — rispose.

— Il John Shaker cresciuto a Millbrook?

Un istante di silenzio. — Chi è che parla?

— Il John Shaker che ha saltato la cerimonia della consegna dei diplomi al liceo per un fuorviato senso di lealtà nei confronti di un amico indegno?

— Cazzo — urlò Shake. — Patrick!

La sua risata cancellò ogni dubbio. — Ne è passato del tempo. Come stai vecchio mio?

Shake si distese sul letto del figlio mentre si scambiavano le notizie più importanti delle ultime due decadi. Lo colpì molto il fatto che Patrick fosse diventato un docente universitario: il professor Mullhaven. Non perché Patch non fosse brillante. Era uno dei ragazzi più in gamba che avesse mai conosciuto, per le cose che gli interessavano. Il problema era che le cose che lo attiravano non erano quelle che la scuola voleva che imparasse. Si era diplomato con un punteggio così basso che non avrebbe mai potuto accedere al college, se non avesse fatto un sensazionale esame di ammissione. Patrick un professore! Al buon Dio aveva forse dato di volta il cervello?

Sulla soglia apparve Nancy, avvolta nell'accappatoio di Shake e con i capelli raccolti in un asciugamano. Rivolse uno sguardo interrogativo al marito.

— È Patrick — le spiegò lui. — Mullhaven.

— Oh — rispose lei senza apparente entusiasmo.

— È Nancy? — chiese Patrick.

— Proprio lei, in carne e ossa. Più carne che ossa, a dire il vero — rispose Shake. La moglie lo fulminò con uno sguardo ferito.

— Passamela!

— Prendi il telefono, Nance — strillò lui.

Lei lo fece, con l'aria imbronciata. — Ciao, Patrick. È un bel po' che non ci si vede. — C'era freddezza nella sua voce, ma Patrick se la lavorò come sapeva fare lui. Le

chiese di Dylan, e in due minuti lei dimise ogni rimo-
stranza.

Buon vecchio Patrick.

— La ragione per cui chiamo — spiegò — a parte il
piacere di parlare con voi, è mettervi al corrente che c'è
stato un cambio di sede.

— Per cosa? — chiese Shake.

— Non dirmi che te ne sei dimenticato, del giorno dei
diplomi, vent'anni fa?

— Accidenti, parli sul serio?

— Ne dubitavi?

— Giuro su Dio che fino a questo momento me n'ero
completamente scordato. Sono passati veramente
vent'anni?

Alla fine intervenne Nancy. — Di cosa state cian-
ciando?

— Ti ricordi, Nancy, — chiese Patrick — la promessa
che abbiamo fatto la notte dei diplomi di rincontrarci
dopo vent'anni a Beacon Hill? Solo che non lo faremo a
Beacon Hill. A quanto pare non avevamo considerato
che saremmo stati dei tipi di mezza età abituati alle co-
modità. Willa è stata così gentile da mettere a disposizione casa sua.

— Willa Scott — disse Shake con nostalgia. Nancy
non disse nulla.

— E chi verrà alla festa? — chiese poi.

— Travis verrà in volo da Santa Fe. Vinny, tu e
Nancy, io, e naturalmente Willa. Jeremiah non ha ancora confermato, ma verrà anche lui. Gli unici che non abbiamo ancora rintracciato sono Caleb e Angel.

— Aspetta un attimo, Patrick — intervenne Nancy.
— Noi non abbiamo mai detto che veniamo.

— Ma certo che verrete, cara. L'ultimo fine settimana
di giugno. Ci troviamo tutti da Willa. Dice di dirvi che ci
sono molte stanze.

— Ti faremo sapere — disse lei.

Shake le lanciò un'occhiataccia. Che diavolo c'era
che non le andava? Lui non avrebbe voluto perdere
quella festa per niente al mondo. Lei poteva anche star-

sene a casa a tenere il broncio, se voleva. Lui si sarebbe
divertito anche di più, se era per quello. Si chiese che
aspetto avrebbero avuto gli altri, se erano cambiati molto, che cosa stavano facendo. — Conta su di me — disse.

11

Stanno giocando a nascondino tra gli alberi, e Willa è
quella che deve cercare gli altri. All'inizio rimane ai
margini del bosco, facendosi largo con difficoltà in
mezzo a una densa aria verdastra. Sul suolo uno strato
cedevole di aghi di pino attutisce i suoi passi. "Angel!"
grida. "Caleb!" Li sente muoversi tra gli alberi, ridere e
sussurrare. Si inoltra sempre più profondamente nel
bosco. "Patrick! Dove sei?"

Nessuna risposta. È spaventata. Sua madre l'ha avvertita di stare alla larga da quel posto, ma quando decide di tornare indietro, si rende conto di essersi persa.
Gli alberi si chiudono, l'odore penetrante della terra
umida le riempie le narici.

"Da questa parte" dice qualcuno alle sue spalle.

Lei si gira, non vede nessuno. "Angel?"

"Trovami, Willa."

Vicino, vicinissimo! Willa guarda dietro ogni albero,
in mezzo ai cespugli. "Dove sei Angel?"

"Mi sono persa" dice la voce, allo stesso tempo distante e irrealmente vicina. "Trovami, Willa."

"Vieni fuori, vieni fuori, dovunque tu sia" implora
Willa; e una mano fredda le agguanta una caviglia.

— Mamma?

Willa aprì gli occhi sul viso di Angel che si stagliava
sopra di lei. No, non era Angel, era Chloe. Era nel letto.
Era buio. La figlia era in piedi accanto a lei con addosso
una vecchia T-shirt grigia di Simon che adoperava per
dormire.

— Mamma, va tutto bene? — chiese Chloe.

Willa le afferrò il polso. Era reale e rassicurante. — Stavo sognando.

— Era un incubo.

— Ti ho svegliata?

— Urlavi.

Willa si tirò su e si passò una mano nei capelli, umidi di sudore. Il sogno le sembrava ancora reale.

— Vuoi raccontarmelo? — chiese Chloe, con tono materno.

— No.

— Vuoi che rimanga?

Fu commossa dalla sua offerta, specialmente considerando quanto negli ultimi tempi sua figlia si fosse allontanata da lei, ritirandosi in un mondo adolescenziale segreto fatto di telefonate clandestine e sguardi vacui. Uno sviluppo salutare, forse, dopo l'attaccamento innaturale che aveva avuto per lei subito dopo la morte di Simon, ma le era mancata.

— Sì — disse. — Grazie.

Chloe si sistemò nel letto, dalla parte di Simon, si tirò le coperte fin sotto il mento, e in pochi secondi era già addormentata. Quando era piccola e aveva degli incubi, Willa andava da lei, le si sdraiava accanto nel suo lettino e rimaneva lì finché non si addormentava. Di solito non riusciva più a riprendere sonno, ma certo non rimpiangeva di averlo fatto. Stare vicino alla sua bambina, sentirne il profumo, le dava tanto conforto quanto quello che forniva alla piccola. E anche ora Willa, avvertendo il battito del cuore e il tepore del corpo di Chloe, si sentì rassicurata. Per un po' rimase sveglia a pensare al sogno, a chiedersi da cosa fosse stato provocato e cosa significasse; poi, quando i primi raggi dell'alba illuminavano il cielo, si addormentò.

Si risvegliò tardi. La luce trapelava da una fessura nelle tende e la casa era vuota. Si alzò. In cucina trovò una ciotola di cereali ancora mezza piena, chiaro indizio di una frettolosa partenza per la scuola. Si preparò del caffè e mentre lo scaldava si infilò una giacca sulla camicia da notte di flanella, e uscì a raccogliere il "New York Times". Si avvertiva, nell'aria, qualcosa che indicava che il disgelo era incominciato. Rientrata in cucina bevve il caffè e finì i cereali di Chloe, ormai inzuppati ma dolci e buoni. Ripensò al sogno. Non era il primo che faceva su Angel, ma solo l'ultimo di una lunga serie, e tutti erano tormentosi. Si ricordava anche del padre di Angel, che urlava da dietro la porta. "E voi volete trovarla adesso? Dove cazzo eravate vent'anni fa?" Le sue parole rabbiose erano come un missile diretto a Patrick, ma anche Willa era stata colpita da qualche scheggia. Lei sapeva dov'era stata: con Simon. L'ultima cosa che avrebbe voluto, quando si erano messi insieme, era che Angel andasse a trovarli, dal momento che non si sentiva ancora sicura di Simon, e così paventava il giorno inevitabile in cui quei due si sarebbero incontrati. Angel si sarebbe data molto da fare, rivelandosi una spietata competitrice. "Fotti o fatti fottere" era il suo credo; la facevano ridere gli scrupoli infantili di Willa e, con quelle risate, glieli aveva sradicati. In effetti l'amica si era data da fare quanto Caleb per convincerla ad andare a letto con lui.

La libertà però era una spada a doppio taglio, e Willa aveva delle cicatrici che lo dimostravano. In fondo, perciò, non le era affatto dispiaciuto se Angel non si era fatta vedere, e non si era data troppo da fare per cercarla. Per conservare un uomo aveva lasciato perdere la sua amica, e adesso il suo senso di colpa ricompariva sotto forma di incubo.

Colpa... e mistificazione. Tanto che avevano rintracciato tutti i loro vecchi amici tranne Caleb e Angel. Che Caleb se ne fosse andato non la sorprendeva; era sempre stato uno che non si voltava indietro. La scomparsa di Angel era qualcosa di diverso, un mistero che non sapeva risolvere, un puzzle con dei pezzi mancanti. Anche se aveva scelto di rompere definitivamente con suo padre, perché non si era messa in contatto con i suoi amici? "Siete voi la mia famiglia"; quante volte l'aveva detto? Ed era una cosa che tutti pensavano.

Era quella la situazione quando, il giorno dopo la mancata consegna dei diplomi, lei se ne era volata a Parigi. Quand'era ritornata, due mesi più tardi, tutto era cambiato. Angel se n'era andata, nessuno sapeva dove. Patrick e Vinny non si parlavano più. Ognuno stava per andarsene in una diversa direzione. Per un po' lei aveva mantenuto i contatti; ma dopo il suo primo anno di università, con una casa per conto suo e Angel lontana, non aveva avuto più motivo per tornare a Millbrook. Quando rivedeva i suoi vecchi amici non c'era mai tutta la banda al completo. Com'era successo che dei legami così forti si fossero dissolti tanto rapidamente? I nuovi amici forse rimpiazzavano i vecchi? Per lei non era mai stato così. Non aveva mai più avuto delle amicizie di quel genere.

Ormai non lo faceva più per Patrick. Lo faceva per se stessa, e in un certo senso lo faceva per Angel. E adesso era pronta a chiedere aiuto.

Non a Patrick; lui ormai aveva fatto tutto quello che aveva potuto, senza successo. C'era un altro uomo che avrebbe potuto aiutarla, e forse l'avrebbe fatto. Erano settimane che Willa aveva in mente di chiamarlo, ma fino a quel momento vi aveva rinunciato. Non aveva niente di personale contro quell'uomo che, unico tra i collaboratori di suo marito, si era sempre comportato onestamente con lei; eppure quella sua attitudine le aveva procurato un enorme dolore, tanto che ora provava per lui quella strana mescolanza di gratitudine e astio che un soldato potrebbe provare per il chirurgo che gli ha salvato la vita amputandogli la gamba.

Si chiamava Jovan Luisi. Era un investigatore privato, un ex poliziotto che svolgeva delle indagini per lo studio di Simon. Dopo che il marito era morto e che era venuta alla luce l'identità della sua amante, lo studio si era dato molto da fare per limitare i danni, visto che lui non era stato il solo a patrocinare cause in processi presieduti dal giudice Eisner. Nel tentativo di pararsi il culo e di addossare tutta la colpa su Simon, avevano incaricato Jovan di fare delle indagini sulla faccenda. Willa fu tenuta all'oscuro di tutto. Dopo l'iniziale pioggia di condoglianze, era subentrato un totale silenzio. Le uniche cose che Willa era venuta a sapere, le aveva apprese nello stesso modo dei suoi vicini, dai giornali.

Era riuscita a tirare avanti solo per via di sua figlia, che aveva bisogno di lei. Se Willa non poteva essere forte, quanto meno, per il bene di Chloe, poteva sembrarlo. Ma quando la ragazza era fuori casa, quando era sola, cadeva in preda alla disperazione.

Un giorno, una settimana o due dopo il funerale, le aveva telefonato Jovan Luisi. Le aveva chiesto se poteva parlarle. Le aveva rivelato che lo studio lo aveva incaricato di investigare sulla relazione di suo marito con il giudice Eisner.

"E che cosa c'entro io?" era sbottata lei. "Pensa forse che fosse un *ménage à trois?*"

"No, signora."

"Se ha letto i giornali, ne sa tanto quanto me" aveva risposto lei, riattaccando.

Un'ora dopo, lui era alla porta. Lei lo aveva preso per un giornalista e lo aveva ignorato fino a quando lui non aveva gridato il suo nome. Allora lei aveva aperto ma gli si era fermata davanti per sbarrargli l'ingresso, con la scopa in mano. Si era messa a fare le pulizie da sola, dato che aveva licenziato la domestica per aver parlato con i giornalisti. Aveva i capelli raccolti in una coda di cavallo e indossava dei vecchi fuseaux grigi e una T-shirt dei *Fourtyniners*. Il vestito era già una dichiarazione: Willa non era in lutto.

Lui le aveva detto l'unica cosa che poteva fargli guadagnare l'ingresso. "Sono venuto a riferirle quello che so."

"E a scoprire quello che so io."

"Questo sta a lei."

Willa lo guardò. Luisi era più alto di Simon, ben più di un metro e ottanta, con una corporatura atletica. Aveva un profilo aquilino, la carnagione olivastra e degli zigomi alti sotto degli occhi socchiusi. Lei l'avrebbe definito un uomo attraente, se fosse stata ancora sensibile a quelle cose. Lui era molto rispettoso, o almeno faceva finta di esserlo.

Lo aveva fatto accomodare nel soggiorno, che nessuno usava più da tempo. Era l'ultima delle stanze della casa, e la più imponente. Lui si guardò attorno e non fece commenti. In cucina c'era del caffè e in frigo della birra, ma lei non gli offrì nulla. Era un emissario del nemico.

"Cosa vuole sapere?" aveva chiesto lui. Si era seduto nel centro del divano, con le mani sulle ginocchia. Willa si era sistemata davanti a lui su una poltrona.

"Chi aveva affittato l'appartamento?" chiese.

"Suo marito."

"Da quanto tempo?"

"Due anni."

"Come pagava?"

"Aveva un conto alla Citibank, nell'agenzia di fronte al suo ufficio. Tutto quanto riguardava il conto e l'appartamento passava dallo studio."

E così allo studio sapevano. Aveva poi continuato a fare le domande che le si erano accumulate fin dalla notte della morte. E più le risposte le facevano male, più stoico diventava il suo contegno. Le era di aiuto il fatto che Luisi non mostrasse il minimo segno di compassione. Avrebbero potuto parlare del tempo. Lui le stava riferendo solamente i fatti.

Ma non c'era altro che lei volesse sapere.

Si era lasciata la più dolorosa per ultima. "Da quanto tempo durava questa storia?"

"Con la Eisner? Diciotto mesi."

Dunque ce n'erano delle altre. Le si mozzò il respiro. Ma perché poi? Doveva ben immaginarselo. Fin dove arrivava la sua cecità? A quel punto, se non fosse stato per la presenza di quell'estraneo in casa sua, sarebbe crollata. Non avrebbe aggiunto alla sua umiliazione il mostrarsi addolorata alla sua presenza. Persino gli idioti hanno la loro dignità.

"Quante?" aveva chiesto.

Lui aveva esitato. "Quattro o cinque, che io sappia."

Si era passata le mani sulle cosce per nascondere un tremito e lui aveva fatto finta di non percepirlo. Willa avrebbe dovuto mostrarsi grata, ma quando aveva ripensato agli uomini che l'avevano mandato lì, i soci di suo marito, i suoi cari amici, le era montata la rabbia.

"Proprio un tipo in gamba" aveva esclamato. "Lei deve considerarmi una vera idiota."

"No, signora" le aveva risposto lui, con una gentilezza che quasi le aveva fatto male. "Penso che sia stata giocata da un vero maestro."

"Questo la dice lunga sulle mie capacità di osservatrice, eh?"

"I donnaioli irriducibili, come i giocatori d'azzardo o i drogati sono degli abili simulatori."

Lui aveva voluto essere gentile, ma ignorava quanto fosse profonda la follia di Willa. Avrebbe dovuto sospettare qualcosa, le sembrava incredibile non averlo fatto. Eppure fino al giorno in cui Simon era morto, avrebbe detto che il loro era un buon matrimonio solido. Qualsiasi mancanza sentisse nella loro relazione, l'attribuiva alla propria capacità di mettere ordine nella sua vita. Provava però, in cuor suo, un vaghissimo desiderio di qualcos'altro: di una vita meno comoda, magari, nella quale si potesse chiedere e dare di più.

Un sentimento ingrato, verso una persona che le aveva dato così tanto.

Ma non aveva confessato nulla a Jovan Luisi. Quando lo aveva visto andare via, aveva però rimpianto di non avergli offerto nulla da bere, ma a quel punto era troppo tardi.

Sulla porta lui le aveva lasciato il suo biglietto da visita. "Se ha qualche altra domanda da farmi, o se c'è qualcos'altro che posso fare per lei, spero che mi chiamerà."

Adesso c'era.

Jovan Luisi stava tornando a casa dopo un incontro con un cliente a Croton, quando Blanca, la sua segretaria, lo avvisò del messaggio di Willa. Lui invertì la marcia con la sua Jeep nera, e si diresse nuovamente a nord.

Ricordava la strada, anche se c'era stato solo una volta, sei mesi prima. Quel giorno parecchie cose l'avevano colpito. Per esempio l'apparizione di Willa Durrell. Quando l'aveva vista arrivare, con la scopa in mano, dalle finestre della veranda, l'aveva presa per una donna delle pulizie. Poi lei aveva aperto la porta, e lui si era subito reso conto di essersi sbagliato. Persino con i fuseaux e la T-shirt, senza trucco e con i capelli tirati, faceva colpo. Non era bella, anche se si percepiva che lo era stata e che lo poteva essere di nuovo. Il suo viso era troppo tirato, i segni della sofferenza troppo evidenti, per essere bella. Ma nella struttura del viso, nella simmetria dei lineamenti e nel blu profondo dei suoi occhi c'era una grazia che non si poteva nascondere. Stando alla sua esperienza, le donne con l'aspetto di Willa non si guadagnavano la vita spazzando i pavimenti.

E quello, ai suoi occhi, rendeva Simon ancora più idiota di quello che pensava, e già credeva che lo fosse stato parecchio.

Il suo piano originario era quello di dare per ricevere. Doveva addolcirla un po' rispondendo alle sue domande (cosa che, a quanto pareva, nessun altro aveva avuto la decenza di fare) e poi, forse, lei avrebbe risposto alle sue. Alla fine però non gliene aveva poste. Si era chiesto se fosse al corrente delle altre donne; molte mogli lo sono, ma fanno finta di niente per qualche loro ragione, ma era stato subito ovvio che Willa era all'oscuro di tutto. Gran parte della sua freddezza era dovuta allo shock, era evidente in qualsiasi cosa facesse o dicesse.

Era andato là corazzato contro le lacrime, ma non ce n'erano state. Lei aveva chiesto la verità e lui gliel'aveva data. Willa non aveva battuto ciglio, assorbiva un colpo dietro l'altro e passava alla domanda successiva. "Donna di classe", aveva detto più tardi a Blanca, che aveva alzato gli occhi al cielo. Entrambi conoscevano bene il suo debole per le donne coraggiose in difficoltà. Ma Jovan era ben conscio dei suoi limiti, e Willa Durrell era al di fuori della sua portata.

Arrivò a Chappaqua e attraversò il centro, con le sue

stradine piene di antiquari, boutique e gallerie d'arte. Tutto troppo affettato per i suoi gusti. Lui era un tipo di città, con i quartieri malfamati e tutto il resto. Condivideva il disprezzo dei veri newyorkesi per gli abitanti dei centri residenziali nella cintura. Gente che viveva la propria vita in un bozzolo, come se quello potesse proteggerli. Una convinzione sbagliata, come Willa Durrell aveva dovuto scoprire nel peggiore dei modi.

Si chiedeva cosa volesse. Blanca gli aveva riferito solo che lei gli aveva chiesto di richiamarla. Se si fosse recato da lei di persona l'avrebbe presa male? Jovan riconobbe la casa dai due leoni di pietra che vigilavano l'entrata. Imboccò il vialetto d'ingresso e parcheggiò di fronte al vasto edificio coloniale. Nessuna automobile in vista, ma poteva trovarsi in garage. Si avviò a piedi al portone e suonò il campanello.

Passò un minuto, poi la porta si aprì. Lei sembrava stupita, non arrabbiata. — L'ho appena chiamata.

— Mi hanno passato il messaggio, ed ero in zona.

— Che efficienza — disse lei, facendosi da parte per farlo passare.

Questa volta lo condusse in uno studio, un ambiente molto più vissuto del salotto formale in cui si erano seduti l'ultima volta. Lei si diresse in un angolo con un divano in pelle, delle poltrone e un basso tavolino. — Cosa gradisce da bere?

Lui chiese un caffè, sperando di guadagnare tempo per esplorare lo studio. Quando lei se ne fu andata, lui diede un'occhiata attorno con le mani in tasca. Molte fotografie scattate qua e là. Sullo scaffale superiore della libreria, con la copertina in vista, c'erano tre libri di Willa Scott Durrell. Ne prese uno a caso. Si intitolava *Segreti di famiglia*; un po' troppo aderente alla realtà, pensò, ma naturalmente doveva essere stato scritto prima. Lo voltò e si mise a studiare la foto dell'autrice, quando ritornò l'originale, portando un vassoio.

— Odio quella fotografia — affermò lei, posando il vassoio sul tavolino. — Zucchero? Latte?

— Nero. Scommetto che faccia vendere un sacco di libri.

— Sembra il mio editore. — Gli passò la tazza e si sedette alla sedia della scrivania, girandola verso di lui. Sembrava diversa dall'ultima volta, anche se non avrebbe saputo specificare in che modo. Indossava dei jeans e un maglione nero, i suoi lunghi capelli biondi erano stati accuratamente spazzolati. — Avrei un lavoro da affidarle, — disse — se vorrà accettarlo. Sto cercando di rintracciare due persone, un uomo e una donna. È il genere di cose di cui lei si occupa?

— A volte. Chi sono queste persone e cosa sa di loro?

— I loro nomi completi. Le loro date di nascita. Le loro vite fino al liceo, il college in cui lui è andato. So che sono ancora vivi.

— Come?

— Ho controllato gli elenchi dei decessi della Previdenza sociale.

Jovan rimase impressionato. La maggior parte della gente non avrebbe saputo farlo. Lei però era una scrittrice, ricordò, era abituata a fare ricerche. — Chi sono queste persone, e perché le sta cercando?

Glielo disse. Era una lunga storia, ma non era certo una cosa così strana come lei sembrava pensare. Chi subiva una perdita traumatica si rivolgeva spesso al passato, in cerca di conforto. C'era chi incominciava a pensare a vecchi amori, a strade che non si erano prese, vite che avrebbero potuto vivere. La ricerca di Willa era solo una delle variazioni sul tema.

Lei gli mostrò le schede che aveva realizzato su ognuna delle persone da rintracciare. Dei due, l'uomo sembrava il più facile. Ultimo incontro undici anni prima, al funerale della madre. Sarebbe stato semplice controllare all'obitorio, scoprire dove viveva a quell'epoca e di lì risalire all'indirizzo attuale. Angel Busky era una faccenda più difficile. Vent'anni sono un bel po' di tempo, e le donne poi potevano cambiare il cognome.

Jovan tirò fuori il taccuino e le pose le domande standard. Nome completo, data di nascita, religione, nome ed età dei membri della famiglia, indirizzo precedente, scuole frequentate, numero della Previdenza sociale (sconosciuto), contatti, hobby, interessi. Furono interrotti da una telefonata, la figlia, pensò.

No, diceva Willa. Stanotte no, voglio che torni a casa. Viene Patrick... ti voglio bene, tesoro.

Jovan si chiese chi fosse Patrick.

Willa tornò con in mano un libretto degli assegni.

— Lo metta via — le disse.

— La mia è una proposta di lavoro, signor Luisi, non un favore.

— Non è un favore, si definisce cortesia professionale.

— Non posso accettare.

— È possibile che io riesca a trovare questi suoi due amici senza uscire dal mio ufficio. Non ho intenzione di farle pagare una cosa del genere.

— Allora cercherò qualcun altro.

— Non lo faccia. Il fatto è che questa settimana c'è una promozione speciale per le persone scomparse: due al prezzo di una cena con il detective.

Willa alzò un sopracciglio. — Veramente un prezzo stracciato. Mi chiedo come faccia a non fare fallimento.

— Accetta?

Lei sorrise e gli diede la mano. — Spero solo che come investigatore sia meglio che come uomo d'affari.

Il campanello suonò proprio mentre si stavano avviando alla porta. Willa aprì ed entrò un uomo, certo di essere il benvenuto, tutto sorrisi e gesti sicuri. Si chinò per baciarla su una guancia. Poi notò Jovan e si irrigidì.

— Patrick Mullhaven, Jovan Luisi — li presentò lei. — Patrick è uno dei vecchi amici di cui le parlavo. Patrick, Jovan ci aiuterà a trovare Caleb e Angel.

— Ottimo — disse lui. Si diedero la mano con uno sguardo sospettoso, stringendosela con un presa più solida del dovuto. — Molto gentile.

12

— Sei stato tu a chiedermi di aiutarti — disse Willa.

— È vero, ma forse è un po' esagerato sguinzagliargli dietro quel Jovan.

Erano in cucina. Patrick, in maniche di camicia, stava mescolando quella che definiva una "insalata-fantasia" ricavata dagli avanzi che aveva trovato nel frigorifero, mentre Willa stava al fornello a rosolare del vitello. Poteva sembrare una scenetta domestica, anche se in tutti gli anni del matrimonio, Simon non aveva mai cucinato nulla né lavato un piatto. — Perché? — chiese lei. — Il tempo stringe e ancora non abbiamo concluso nulla. Tu non vuoi trovarli?

— Certo che lo voglio, lo sai benissimo — replicò lui. — Com'è che lo conosci, quel tipo?

— Per via di Simon.

— Quanto ti fa pagare?

— Niente. Ha rifiutato; l'ha definita cortesia professionale. È stato molto gentile. — Dando un'occhiata alle spalle, lei colse una traccia di smorfia. Era geloso? Willa si era accorta che Patrick e Jovan, quando si erano stretti la mano, avevano come drizzato il pelo, e la cosa l'aveva divertita. Non era pronta per un amante, magari non lo sarebbe stata mai più; quello che le faceva piacere era scoprire di avere ancora potere.

— Incomincio a chiedermi se in effetti vogliono essere trovati — continuò lui. — Voglio dire, lo so che non sanno nemmeno che li stiamo cercando, ma è che danno la sensazione di volersi nascondere. Capisci cosa intendo?

Di colpo Willa ripiombò nel suo sogno. La cucina illuminata era sparita. Adesso era circondata dagli alberi e tutto intorno c'era l'oscurità, e qualcuno gridava il suo nome con una voce lamentosa.

— Angel vuole essere ritrovata — affermò.

Lui smise di sminuzzare le verdure e la guardò. — Come lo sai?

— Lo sento.

— Se volesse ritrovarci, non le sarebbe difficile.

— È questo che non capisco — spiegò Willa. — Voglio dire, capisco Caleb, che se ne è andato. Quando ho sposato Simon era furioso. Ma Angel? Cosa la spingeva a tagliare tutti i ponti con noi?

Patrick le lanciò uno sguardo che lei non riuscì a interpretare. — Non lo capisco proprio — disse, e tornò alle carote. Ci fu un minuto di silenzio, poi nella stanza irruppe Chloe.

— Sono tornata — annunciò. — Che profumino. Che c'è per cena? Salve, professore.

— Salve, terrestre — rispose Patrick.

— Vitello impanato, pasta e insalata — rispose la madre. — Penso che questa sera mangeremo in cucina, se a Patrick non importa venire trattato come uno di famiglia.

— Non saprei — rispose lui, aspirando da un sigaro immaginario. — Ciò implica anche i diritti coniugali?

— Ehi!

Chloe li guardò con un'espressione vacua, che significava un intenso lavorio mentale.

Il vitello era delizioso, e l'"insalata-fantasia" fu un grande successo.

— E dunque su chi possiamo contare? — chiese Willa.

— Su Shake di sicuro — disse Patrick, servendosi ancora vitello dal piatto. — E, conoscendo Nancy, è impossibile che lei lo lasci venire da solo.

Willa sorrise. Ogni volta che pensava a Shake e Nancy, se li vedeva abbracciati tra di loro, con le gambe allacciate o con le mani l'uno nelle tasche dell'altra. Angel definiva Nancy "l'appendice di Shake", e quello era uno dei commenti più benevoli. — Non fa impressione che abbiano un figlio al college? Io penso a loro ancora come a due ragazzi.

— Il tempo è un fiume — disse Patrick — e noi nuotiamo nelle sue acque.

— Chi l'ha detto?

— Io, proprio adesso. Poi verrà Vinny, naturalmente. Travis ha già comprato il suo biglietto d'aereo. Jeremiah sta ancora tergiversando, ma io ho un'arma segreta.

— Quale?

— Te — rispose lui. — Se glielo chiedi tu, verrà di sicuro. Ho il suo numero, pensavo che più tardi potremmo chiamarlo.

— E dunque la fate sul serio, questa vostra riunione hippie — affermò Chloe, con ironica disapprovazione.

— Ci puoi scommettere — rispose Patrick.

— Ecco che la mamma cede al richiamo della sua giovinezza scapestrata...

— Chloe! — la richiamò Willa.

— Potremmo vendere i biglietti. — Willa notò che la ragazza non aveva quasi toccato cibo. Si era limitata a spingerlo da parte nel piatto. Negli ultimi tempi non aveva appetito; se ne stava da parte a rimuginare sui suoi segreti, alternando momenti di euforia ad altri di chiusura in se stessa.

Cercava di convincersi che fosse una questione di nervi; sua figlia era stata scelta come sostituta della protagonista in un musical a scuola, ma sapeva bene che era una pietosa bugia. Tutti i sintomi indicavano che aveva una malattia che sua madre non poteva curare: la sua bambina era innamorata.

Dopo che Chloe fu salita in camera sua, Patrick tornò a chiedere a Willa di chiamare Jeremiah. Lei provò a tirarsi indietro. — Cosa ti fa pensare che con me sia diverso?

— Oh, andiamo. Quel tipo aveva una cotta spaventosa per te.

— Io non me lo ricordo.

Patrick scosse la testa. A volte si chiedeva se l'intima amicizia della loro giovinezza non fosse stata altro che un'illusione. Willa aveva la sua versione del passato, e lui la propria, e non coincidevano affatto.

Chiamarono dallo studio, dove c'era un apparecchio viva voce. Fu Patrick a fare il numero, aspettandosi di trovare la segreteria telefonica di Jeremiah. Con suo stupore, l'uomo rispose al secondo squillo e disse velocemente il suo nome.

— Ehi, sono Willa. E con me c'è anche Patrick — disse lei.

Lui li salutò senza sorpresa, come se si aspettasse la loro chiamata.

— Abbiamo sentito grandi cose su di te — esordì. — Tua madre è colma d'orgoglio.

Jeremiah scoppiò a ridere. — Non riesco ancora a credere che voi due siate andati a trovarla. Vi siete protetti con delle ghirlande d'aglio?

— No, — rispose lei — però abbiamo avuto bisogno di venti minuti di training per calmarci i nervi prima di bussare. A dire il vero lei è stata molto gentile.

— Ha molto rispetto per te — replicò Jeremiah. — Sei una scrittrice famosa.

— Mica tanto.

— Ho letto la tua biografia di Ivy Compton-Burnett. Era così interessante che continuavo a scordarmi che ti conoscevo.

Era un bel complimento. Lei arrossì dal piacere. — Sei un appassionato della Compton-Burnett?

— Non avevo mai sentito parlare di lei, mi vergogno a dirlo, finché non ho letto il tuo libro. Ma penso che la mia famiglia le sarebbe piaciuta.

— Ho paura che tu abbia ragione — disse lei, ridendo. Era proprio Jeremiah e, dato che non poteva vederlo, poteva immaginarselo identico ad allora. La sua voce era la stessa, solo appena più profonda. Si era dimenticata che piacere si provava a parlare con lui, quanto fosse brillante e divertente. — Ci verrai alla riunione, vero, Jeremiah?

Lui sospirò. — Mi piacerebbe, sapete. Solo che non so se mi sarà possibile. Abbiamo degli impegni...

— Ce li abbiamo tutti — lo interruppe Patrick. — Verso i ragazzi che se ne stavano sulla collina vent'anni fa e che hanno giurato che qualsiasi cosa fosse successo, la loro amicizia sarebbe sopravvissuta.

— Ma non è andata così — disse l'altro, tristemente.

— Forse non è ancora troppo tardi per rimediare.

— Ah, Patrick, sei sempre il solito romantico.

— Devi assolutamente venire — insistette. — Ci saranno tutti.

— Tutti?

— Quasi tutti. Stiamo ancora cercando Caleb e Angel.

— Se non vieni, parleremo di te per tutto il weekend — lo minacciò Willa.

Jeremiah non rise. Ci fu un istante di silenzio. — Potete aspettare un attimo? — chiese.

Dopo pochi momenti tornò al telefono. — Andando contro alla mia capacità di raziocinio e alle insistenze di mia moglie, che non ha idea di dove mi sto andando a cacciare, vedo che tutto sommato potrei anche trovare un po' di tempo libero per quel fine settimana.

— Grandioso! — esclamò Willa. — Verrà anche lei, mi auguro.

— Olivia si scusa di non poterlo fare. Eppure per lei non sarebbe stato peggio di quando ci dobbiamo sobbarcare noiosissime serate con certa gente, vero cara? — Sentirono un mormorio di protesta in sottofondo. — Ma io ci sarò di sicuro.

— Ottima decisione — disse Patrick, raggiante. — Non te ne pentirai.

L'altro sospirò. — Sono già pentito. C'è mai stata una volta in cui voi ragazzi non mi avete cacciato nei guai?

— E c'è mai stata una volta in cui non ti abbiamo salvato il culo?

— Dai guai in cui mi avevate fatto finire voi.

— Be', sì — concesse l'amico, scostandosi il ciuffo dagli occhi. — Qualcuno doveva ben farlo.

— Te l'avevo detto — disse Patrick mentre rigovernavano la cucina. Willa lavava, lui asciugava.

— Adesso sto incominciando a preoccuparmi — rispose lei. — E se raduniamo tutti e poi nessuno ha niente da dire?

— Impossibile.

— O se quando arriva Jeremiah si precipita qui anche sua madre?

Patrick scrollò le spalle. — C'è poco da ridere. Quella donna è capace di tutto.

— Sai, se ci ripenso, mi domando cosa abbia portato Jeremiah da noi — disse Willa, passandogli un calice di cristallo. — Riesco a capire cosa vedevamo noi in lui: era intelligente e spiritoso, e il fatto che stesse con noi era qualcosa di cui andare fieri. Ma lui cosa ci guadagnava, a parte gli eterni rimbrotti di sua madre?

— A parte lo stare vicino a te e ad Angel? Con noi poteva essere se stesso, che non era esattamente quello che poteva mostrare a scuola. Con noi... poteva trasgredire un pochino. — A Patrick mancò la voce. Il primo bottone della camicia di Willa si era slacciato, e da dov'era poteva vedere la curva del seno e il bordo di un reggiseno di pizzo nero.

— Ma era sempre così attento. Non andava mai su di giri. Non mi ricordo nemmeno di averlo mai visto ubriaco.

L'uomo fece un sorrisetto. — Non era un santo. Ti ricordi di quella faccenda dei biscotti al cioccolato al circolo del bridge?

Lei spalancò gli occhi. — Oh, mio Dio. È stato Jeremiah?

— Come no. E inoltre, sai, gli piaceva fare a botte. Ed era anche bravo. Ha stupito anche Vinny. — Vinny sosteneva che Jeremiah fosse un mollaccione; lo chiamava "boy scout". Si ricordava in particolare di una notte che i ragazzi avevano trascorso fuori, a bere e ad ascoltare musica in un bar vicino a Fordham. A un certo punto alcuni studenti del college se l'erano presa perché Caleb aveva iniziato a interessarsi a una delle loro ragazze. Era volato un pugno. Nella cagnara che era scoppiata Jeremiah aveva afferrato una lampada e ne aveva messo fuori combattimento uno, ferendone un altro alla fronte, il tutto senza neppure scompigliarsi i capelli. Al che Vinny aveva smesso di chiamarlo "boy scout".

Finiti i piatti, si trasferirono nello studio. Willa calciò

via le scarpe e si stese sul divano. Patrick, all'altra estremità, posò le caviglie di lei sulle sue cosce e cominciò a massaggiarle i piedi. Attraverso le piante, la sentì prima irrigidirsi, e poi cedere.

Tutti hanno bisogno di essere toccati, pensò, persino Willa.

Barney dichiarava che stava sprecando il suo tempo. Una sera loro quattro erano usciti fuori a cena: Patrick, Willa, Barney e il suo amante, Frank. Il giorno dopo Patrick e Barney si erano incontrati nel loro ufficio e il collega gli aveva riferito la sua ponderata opinione: "Dacci un taglio. Quella donna non ti vede come sei, ti vede come un ragazzino di diciotto anni."

"Ma sono sempre io" aveva risposto lui.

"È la solita storia di *Harry ti presento Sally*. Una volta che ti classificano come amico, non c'è verso di far loro cambiare idea."

"Perché le donne fanno tanto chiasso per il sesso? Perché danno tanta importanza a una cosa del genere?"

Barney aveva alzato gli occhi al cielo. "È il loro capitale; è ovvio che vogliano tenerlo da parte. Spero che tu ti sia accorto che limito al massimo i 'te-l'avevo-detto'."

"A dire il vero no" aveva risposto.

Così imparava a chiedere consigli sulle donne a un amico gay. Quello che l'altro non riusciva a capire era che quando si trattava di Willa, Patrick avvertiva come un diritto di prelazione. L'aveva attesa per anni. Era stato così paziente. Negli ultimi mesi si erano incontrati una mezza dozzina di volte, sempre secondo i tempi di lei. Vecchi amici, compagni, questo era tutto quello che concedeva. Ogni avance veniva disarmata dall'assoluto rifiuto di lei di prenderla, o di prendere lui stesso, sul serio.

Eppure lui aveva perseverato, dedicandole tutte le sue attenzioni come il capitano della signora Muir, certo che il tempo, la natura e la vicinanza, avrebbero finito con il farla capitolare. Prima o poi avrebbe avuto il suo dessert, un lieto fine, o almeno uno agrodolce.

Ma quando l'aveva vista con Jovan Luisi, le sue certezze avevano subito un duro colpo. Cortesia professionale un cazzo! Patrick aveva visto come quel tipo la guardava, e questo aveva tirato fuori il peggio in lui, il lato geloso e vendicativo che preferiva non conoscere.

Ecco cosa succedeva a essere troppo pazienti. Quello di cui Patrick aveva bisogno era il vantaggio di giocare in casa. Fino a quel momento Willa aveva rifiutato tutti gli inviti ad andare da lui, cosa che provava che lei sapeva benissimo che la loro "amicizia" stava in equilibrio su una linea sottile. Questa volta aveva un'esca.

— Tu e io abbiamo un appuntamento sabato notte — la informò, massaggiandole i soffici cuscinetti sotto le dita. — C'è una band che dobbiamo assolutamente sentire.

— Che band? — chiese lei, mezza addormentata.

— I Cyclops.

— Mai sentiti.

— Probabilmente conosci il sassofonista, un tipo che si chiama John Shaker.

Lei spalancò gli occhi. — No!

— Fanno una session a Tribeca. Ci viene anche Vinny. Tu ci stai?

— Certo. Dove e quando?

— Ci incontriamo a casa mia alle cinque e andiamo da lì — trattenne il fiato.

— Ci sarò — promise lei.

13

Quella notte Willa era troppo agitata per dormire. Tutti quei discorsi con e sui suoi vecchi amici le avevano risvegliato ricordi accompagnati da antichi sentimenti, emozioni che aveva messo via insieme agli orsacchiotti e ai diari dell'infanzia, quando aveva sposato Simon.

I diari! Saltò sul letto. Come aveva potuto scordarsene? Erano prove documentarie: un modo, forse, per venire a capo di certe sconcertanti discrepanze tra i ricordi di Patrick e i suoi.

Era l'una del mattino, ma le possibilità di addormentarsi erano parecchio remote, così si infilò un paio di pantofole e sgattaiolò in soffitta. I diari erano in un vecchio baule, insieme con l'annuario del liceo. Portò tutto in camera da letto.

Tre dei diari coprivano gli anni tra il '69 e il '72. Le rilegature erano rovinate, le pagine friabili, ma la loro vista le provocò un attacco di nostalgia così pungente da essere doloroso. Le annotazioni erano di diversa lunghezza, con intervalli che andavano da un giorno a una settimana, tracciate con una scrittura netta e arrotondata da scolaretta.

Il primo dei tre volumi partiva dall'agosto del 1969. Willa saltò velocemente le prime parti, poi, voltando una pagina, arrivò alla prima menzione di Caleb. Era datata 18 settembre. La parte principale dell'annotazione era dedicata alla discussione con il suo insegnante di scienze sociali, un ardente sostenitore della guerra in Vietnam.

E ha continuato così, praticamente con la schiuma alla bocca. Nessun altro ha avuto il coraggio di controbattere eccetto me e quel Caleb Rhys. Ti ho mai parlato di Caleb, diario? Sembra Art Garfunkel, solo più giovane, più scuro di capelli e più bello. Alto, magro ma forte, e il viso di un angelo, non quelli che si mettono sull'albero di Natale, ma quelli veri, tanto fieri quanto belli.

Sfortunatamente lo conosco appena. Lui se ne sta con una banda di tipi tosti. Li vedo in mensa, seduti tra di loro: un teppista di nome Vinny, che è stato bocciato almeno una volta, un maniaco che si chiama Patch, una ragazza bellissima ma dall'aria da dura che si chiama Angel, e un ragazzo che si chiama Shake, che si dice sia una specie di genio della musica. Le ragazze al mio tavolo dicono che sono tipi da evitare, ma a me non dispiacciono. Almeno sono diversi.

Ecco dunque la loro prima apparizione, con Willa sullo sfondo a guardare. Non c'erano tutti, però. Mancava Travis, e pure Jeremiah e Nancy. Forse avevano un turno diverso alla mensa, o più probabilmente il gruppo allora era di una sostanza fluida, non ancora completamente formato.

La sveglia sul suo comodino segnava le due. Avrebbe dovuto provare a dormire, pensò, altrimenti il giorno dopo non sarebbe riuscita a fare niente. E i suoi occhi erano già così velati che quasi non riusciva a leggere. Però non riusciva a smettere. Saltò fino a una data cerchiata di rosso.

12 Ottobre 1969.
Ricordati questa data, diario. Oggi è capitata una cosa da lasciare senza fiato. Qualcuno mi ha colpito al cuore. Almeno immagino che mirasse a me. Forse mi sbaglio, e scambio un gesto politico per una cosa personale. Ma allora perché quello sguardo?

Sto parlando a vanvera, lo so. Lascia che racconti tutto dall'inizio. Seconda ora, scienze sociali. Blatty, che tutti chiamano Blatta, sta vaneggiando sull'Olocausto, su come i nazisti non abbiano massacrato solo gli Ebrei, ma anche zingari e omosessuali, perché erano diversi. È nella natura umana, dice, prendersela con coloro che deviano dalla norma. Come i ritardati, dice, oppure i geni.

Io mi sono sentita sprofondare. Mi rendevo conto di dove voleva arrivare. Quell'uomo è come un treno che sta per travolgerti, tu lo vedi arrivare ma non puoi fermarlo.

"Il qui presente Matthew ce lo può confermare" dice Blatta. "Matt era nelle classi differenziali, vero Matt? Nessuno ti prende mai in giro per questo?"

Tutti si voltano verso Matt Sigurski, un tipo tranquillissimo con l'acne e la balbuzie, un super imbranato ma dolcissimo. Adesso è rosso su tutto il viso, tranne i foruncoli che sono bianchi. Dietro le sue lenti spesse si vede il panico.

Matt tiene gli occhi chini sul banco. Non può rispondere perché trattiene il fiato per non scoppiare a piangere. Ma Blatta non lo molla.

"Non lo sapeva nessuno" dice alla fine Matt.

Blatta sorride alla classe; ha ottenuto quello che voleva. Prego che suoni la campanella, ma l'orologio si muove appena. Poi dice: "E non è neppure facile essere super-intelligente. Qualcuno di voi ha mai saltato una classe?".

Nessuna risposta. Di sicuro non rispondo io. Gli occhietti di Blatta scandagliano la classe, mi oltrepassano, poi tornano indietro.

"Tu l'hai saltata, vero, Willa?"

Tutti si voltano a guardarmi, ed è come avere quaranta soli puntati contro.

Ma io non sono Matt. Io guardo Blatta negli occhi. "E allora?" gli dico.

"Hai mai trovato che c'è un prezzo sociale da pagare quando ti distingui e ti innalzi sopra gli altri?"

"Io non mi sono innalzata su nessuno" rispondo. "Sono qui, no?"

I ragazzi ridono. Blatta stringe i suoi occhi da insetto. Vi leggo la malizia. Lo fa di proposito.

"A qualcuno non dà fastidio che tu sia più in gamba di loro?" chiede.

Si aspettano tutti che io ribatta in qualche modo, ma io sono così umiliata che non riuscirei a rispondere a tono. E più il silenzio dura e più è peggio. Poi si sente una voce che emerge dal fondo della classe.

"A te dà fastidio, Blatta?"

Diario, era Caleb Rhys, quel magnifico ragazzo di cui ti ho parlato (18 settembre).

I ragazzi si stanno scompisciando. Si sono dimenticati tutti di me. Io lascio il deserto per andare a rinfrescarmi in un'oasi.

"Chi ha parlato?" strepita Blatta in mezzo alle risate. Nessuno risponde. Nessuno tradisce Caleb; sanno bene di chi è amico.

Blatta comunque lo identifica e lo manda dal preside. Caleb si alza lentamente. Quando passa davanti al mio banco, mi stizza l'occhio.

Diario, credo di essere innamorata.

Era stata quella strizzata d'occhio che l'aveva stesa. Se Dio stesso le avesse parlato, la sua vita non sarebbe mutata tanto rapidamente come quel giorno. Ancora adesso quel ricordo le dava i brividi.

Le settimane e i mesi successivi erano pieni di sospiri e congetture, le minuzie dell'amore giovanile.

Oggi mi ha sorriso nel corridoio. Almeno credo. Avrebbe anche potuto aver sorriso a Laurie Price.

Oggi era in coda dietro di me in mensa. È passato davanti a tre ragazzi per riuscirci. Come una scema mi è caduta di mano la forchetta. Ci siamo chinati tutti e due per raccoglierla, e quando le nostre mani si sono toccate (lo so, lo so: è disgustosamente banale, ma giuro che è vero) ho sentito una scossa in tutto il corpo.

Adesso Willa avvampava, arrossiva per quella ragazzina che era stata, povera piccola vittima, folle d'amore. Ripensò con trepidazione a Chloe, e sospirando, continuò la lettura.

19 ottobre 1969.
Caro diario, oggi è successa una cosa veramente incredibile. Oggi durante la prima ora suona l'allarme antincendio e dobbiamo uscire tutti. Quando ci richiamano dentro, salgo di sopra in classe di scienze sociali. Blatta non c'è ancora. Appena mi siedo, arriva Caleb e si siede nel banco vicino al mio. Blatta arriva in ritardo e di pessimo umore. "Togliete tutto dal banco" abbaia. "Oggi facciamo un test." Poi si lascia cadere sulla sedia e la sedia crolla! Tutt'e quattro le gambe volano via da sotto di lui, e Blatta cade sulla schiena con le gambe all'aria, come una tartaruga ribaltata, circondato da pezzi di legno.

Dopo un primo momento di stupore tutti scoppiano a ridere. L'unico che non ride è Caleb, che non sta nemmeno guardando Blatta. Sento i suoi occhi puntati su di me.

Blatta si alza, con la faccia del colore di una bistecca cruda. "Cosa significa questo?" farfuglia, tenendo in mano la gamba di una sedia che sembra tagliata di netto. "Cosa diavolo significa?"

Caleb si china verso di me e mi sussurra all'orecchio: "Così impara un po' di sensibilità".

L'ha fatto lui. L'ha fatto per me.

Nelle tre ore seguenti me ne sono andata in giro completamente instupidita. Ho una paura matta che Caleb possa finire nei guai. Se mi chiamano in presidenza negherò tutto. Possono torturarmi, strapparmi le unghie o chiamare i miei genitori, io non riferirò mai a nessuno quello che mi ha detto.

Alla fine arriva l'ora della mensa. Quando arrivo al self-service, Caleb è già lì, seduto con i suoi amici. Lui si alza subito. "Ti unisci a noi?" chiede, indicando il suo tavolo.

Io do un'occhiata. Tutti i suoi amici ci stanno guardando, vogliono vedere cosa farò. Io mi volto verso Caleb. I suoi occhi sono del colore del mare. Da vicino è ancora più bello.

"D'accordo" dico.

Le ragazze al mio vecchio tavolo mi guardano e fanno commenti tra loro per tutto il tempo del pranzo, ma a me non importa. Sarebbero pronte a morire per essere qui dove sono io, non importa quello che dicono. A me gli amici di Caleb piacciono. La gente dice che sono dei mezzi delinquenti, ma con me sono stati gentili. Angel è davvero fortissima. Voglio conoscerla meglio.

Le pagine si offuscarono. Willa si strofinò gli occhi con la manica della sua vestaglia. La casa sonnecchiava tranquilla. Mise via i diari nell'armadio e tirò fuori l'annuario. L'aprì alla pagina in cui c'era la fotografia di Caleb. Sotto, con la sua grafia simile a una ragnatela, aveva scritto: "Alla fine liberi, alla fine liberi, grazie, Dio onnipotente, alla fine siamo liberi!". Sotto quella di Caleb c'era la sua; sembrava così incredibilmente giovane e pura. Poi passò alla fotografia di Patrick. "Dal pazzo della collina," aveva scritto "a quella che è sfuggita: prima o poi, ragazza mia." Alla fine trovò il ritratto di Angel. Anche in bianco e nero si poteva capire quanto fossero fiammeggianti i suoi capelli, e la sua posa era quella di una regina dei pirati. La dedica di Angel era la più breve di tutte: "Per sempre, piccola".

14

Sabato mattina Willa si fece la doccia, rifece il letto e riordinò la stanza.

Dopo aver fatto colazione da sola in cucina, tornò al piano superiore. Quando passò davanti al bagno di Chloe, sentì l'acqua della doccia che scorreva. Proseguì nel corridoio fino alla sua stanza, aprì la porta e si fermò sulla soglia.

C'era qualcosa di diverso. Dapprincipio non riuscì a identificarlo, ma poi capì. Il suo annuario era aperto sul letto, anche se lei avrebbe potuto giurare che, quando aveva lasciato la stanza, fosse nell'armadio. Il ritratto di Angel le sorrideva con aria trionfante, diviso a metà dalla sua scrittura: "Per sempre, piccola". Una dichiarazione di pace dopo il loro scontro, o così almeno l'aveva presa lei, quando si erano baciate e avevano pianto insieme l'ultimo giorno di scuola. Gli eventi che erano seguiti avevano provato che lei aveva torto. Come altro si poteva interpretare la sparizione di Angel, se non come un rimprovero?

Chiuse il libro, lo ripose nell'armadio, e andò a sedersi alla sua toilette. Quel giorno Willa intendeva concedersi finalmente un po' di gioie cittadine: pranzo con Judy Trumpledore, poi qualcosa da fare da sola, una mostra, magari, o un film, e alla fine, il gruppo di Shake.

Quando ebbe finito di truccarsi si spazzolò i lunghi capelli, poi li acconciò in uno chignon che fissò con delle forcine. Si mise qualche goccia di Chanel dietro le orecchie e sul collo, poi indossò gli abiti della sera precedente: una gonna e una giacca di pelle nera e una camicetta di seta bianca, una tenuta abbastanza flessibile per una giornata complicata. Aprì l'anta dell'armadio e si studiò nello specchio a figura intera. Non troppo trasandata, decise, e neppure troppo da quartieri alti.

Ripercorse il corridoio fino alla camera di sua figlia, che, come la sua proprietaria, era in una fase di transizione. Metà dei suoi poster erano di cavalli, l'altra metà di rock star. Chloe non era in camera, ma sul letto c'era la sua valigia aperta. Aveva intenzione di trascorrere il giorno e la notte dalla sua amica Lauren. Willa non aveva indagato sui piani della figlia, presumendo che si trattasse di una delle solite serate: pizza, telefonate, magari una videocassetta. Una semplice occhiata al contenuto della borsa le fece cambiare opinione. Si sedette sul letto di Chloe e attese.

La ragazza entrò nella stanza avvolta in un accappatoio. Anche un cieco si sarebbe potuto accorgere di quello che la faceva soffrire. L'amore le aveva persino fatto mettere da parte la sua circospezione con la madre, dalla quale si aspettava, e forse persino si augurava, disapprovazione.

Il suo sguardo passò dalla donna alla valigia aperta e quindi di nuovo alla madre. — Scusa, ma non credo di averti sentito bussare.

— Non c'eri — rispose Willa. — Che cos'è quel vestito?

L'indumento in questione, posato nella valigia, era un abito nero attillatissimo, tanto inadatto a una ragazza dell'età di Chloe quanto popolare nel suo ambiente. L'aveva scelto da sola per la festa del suo quattordicesimo compleanno, dopo averlo difeso con tanta determinazione che Willa non aveva avuto il coraggio di opporsi. Era accaduto un mese o due dopo la morte di Simon.

— Lo voglio far vedere a Lauren — disse.

— Lauren l'ha già visto al tuo compleanno.

— Ah, già.

Le si spezzò il cuore nel vedere quanto la sua bambina fosse trasparente. Chiunque avrebbe potuto notare che non era ancora adatta per affrontare il mondo ester-

117

no. C'erano così tante cose che doveva insegnarle, così tante prove dure e dolorose che avrebbe potuto risparmiarle, se solo la figlia avesse voluto ascoltarla. Eppure quando cercava di trovare le parole, non le venivano che insulse reminiscenze delle ammonizioni di sua madre, pure banalità ("le ragazze vogliono l'amore, i ragazzi vogliono sesso") o semplici avvertimenti. Era veramente tutto lì quello che sapeva degli uomini? Ma in fondo non aveva importanza, Chloe non l'avrebbe ascoltata comunque. Willa sapeva bene che non si poteva impedire ai propri figli di commettere i propri errori, eppure voleva provarci.

Batté la mano sul letto vicino a lei. Chloe rimase in piedi.

— Io vedo un vestito da sera, — disse — e ne arguisco che c'è una festa.

La ragazza fece un profondo sospiro. — C'è un ballo scolastico. Lauren vuole andare a farci un salto.

— Oh davvero, è lei che lo vuole! — esclamò Willa, chiedendosi perché avrebbe dovuto trovarci qualcosa da obiettare, poiché chiaramente Chloe si aspettava che lei lo facesse. — E come ci vai?

— Ci facciamo dare un passaggio.

— Vi porta la signora Rapaport?

— No.

— E allora chi?

— Perché mi fai tutte queste domande? È solo uno stupido ballo scolastico, Dio santo.

Anche Willa andava ai balli scolastici, per incontrare i suoi amici. Dopo cinque minuti se la filavano e salivano su Beacon Hill. Allora sembrava una splendida idea. — Hai un appuntamento? — chiese.

— Non si danno più "appuntamenti", mamma.

— Hai capito benissimo cosa voglio dire, Chloe.

— E cos'è questa, l'inquisizione spagnola? Io non faccio domande su di te e quel tuo professore hippie.

Lei incrociò le braccia e la fissò. — E cosa c'è da chiedere? Siamo amici, questo è tutto.

— Ma certo.

— E con questo cosa vorresti dire?

Chloe non riuscì a reggere il suo sguardo. — Ho visto come ti guarda.

— Di cosa stai parlando? — Willa si alzò in piedi; era ancora di qualche centimetro più alta della figlia e in quel momento aveva bisogno di qualsiasi vantaggio. — È sposato, nel caso non lo sapessi.

Chloe alzò gli occhi al cielo.

— E così mi ha guardata in quel modo — disse Willa, mentre il cameriere le versava il vino. — Come per dire, e anche se è sposato? Come se fossi io la bambina e lei l'adulta.

— I bambini sono cinici per natura — disse Judy. — L'innocenza viene con l'età.

— Questa è un'osservazione cinica, e tu non sei poi così giovane.

— Però è vero. Me ne accorgo proprio perché non ho figli miei. Vedo i bambini senza sentimentalismi.

— Stai solo cercando di evitare un argomento sgradevole per me — disse Willa. — Se una ragazzina della sua età è così cinica riguardo al matrimonio, non bisogna poi cercarne la causa tanto lontano.

Judy si infilò in bocca un pezzo di pane italiano. Nonostante fosse schietta per natura, a proposito del matrimonio di Willa mostrava un'estrema cautela. Simon non le era mai piaciuto, e non aveva mai detto il perché.

Il cameriere portò i primi e sparì. Willa aveva ordinato i ravioli Portobello, che erano deliziosi. Dopo pochi bocconi, però, tornò ai suoi problemi con Chloe. Negli ultimi tempi si era messa a parlarne al suo editore: Judy non aveva bambini, e non aveva quindi la tentazione di controbattere con racconti propri, e quello, unito al suo innato buon senso, ne faceva un'ascoltatrice ideale.

— Da quand'è che sono diventata il nemico? — si lamentò Willa.

— Non prenderla come una cosa personale — rispose l'altra infilzando un pezzo di salsiccia. — Quante cose dicevi a tua madre quando avevi la sua età?

— Pochissime. Ma io non sono mia madre.

— Per lei sì.

Le tornò in mente quello che aveva scritto sul suo diario: "Possono strapparmi le unghie o chiamare i miei genitori", le due cose si equivalevano per un adolescente, e dovette riconoscere che c'era del vero. — Non posso fare a meno di preoccuparmi. Una ragazza che ha appena perso suo padre è vulnerabile di fronte a qualsiasi uomo che le rivolga un po' di attenzione. Mi chiedo se le si spezzerà il cuore.

— Succede a tutte, prima o poi. Forse è meglio che avvenga come profilassi, quando si è giovani. — Judy spezzò un grissino, per illustrare il concetto.

— Come togliere il dente del giudizio?

— O far prendere la rosolia ai bambini.

Sorrisero con la spontaneità di due donne che si conoscono bene.

Judy si sporse in avanti. — Ma cos'è questa storia di te e Patrick, di cui ho sentito parlare.

— Niente — disse Willa.

L'amica la fissò da sopra i suoi occhiali firmati. — Perché no?

— È sposato. Pensaci un po', Judy: mi merito una cosa così?

— Ti meriti qualcosa, — replicò Judy con aria malaugurante — e per il momento non ce l'hai.

C'erano delle volte, e quella era uno dei casi, in cui Judy le faceva venire in mente Angel. Quando l'aveva conosciuta, lei era vergine, una categoria che Angel considerava con un certo disprezzo. Dopo non molto tempo l'aveva presa da parte per una discussione sull'argomento. "Le brave ragazze sono convinte che se non la danno si fanno valere di più. Stronzate. Se vuoi veramente dominare un uomo, devi lasciargliene un assaggio, e dopo ti seguirà come un cagnolino."

"Fallo e basta" era la sua parola d'ordine, molto prima che la Nike la utilizzasse. Judy Trumpledore aveva lo stesso atteggiamento di Angel a proposito del sesso: arraffa tutto quello che puoi. A causa della scarsità di eterosessuali single a New York, aveva esteso la sua riserva di caccia anche a quelli sposati. Sia Judy che Angel concepivano le questioni riguardanti il sesso in un modo che Willa poteva solo ammirare da lontano. Se il sesso fosse stato uno sport, loro sarebbero state delle atlete famose, e lei una spettatrice sugli spalti. In tutta la sua esistenza aveva dormito solo con due uomini: Caleb e Simon.

Che spreco, le veniva da pensare.

E forse Judy avvertì la sua desolazione, perché si sporse sul tavolo e le strinse la mano. — Lascia stare, mia cara. Parliamo d'altro. Come sta venendo il nuovo libro?

— Magnificamente — rispose Willa.

— Fai progressi?

— Certo.

Judy annuì gentilmente. — Non ne hai scritto nemmeno una parola, vero?

Lei sbatté gli occhi. — Come lo sai?

— Ti prego — rispose l'editor, con un cenno di noncuranza. — Dopo quindici anni che faccio questo mestiere?

— Puoi annullare il mio contratto. Ti restituirò l'anticipo.

— Non ci penso neanche. Credo che aspetterò, come Rumpelstiltskin. Ma a cosa è dovuto questo tuo lungo silenzio?

— Come faccio a parlare della vita di qualcun altro quando la mia per me è un mistero?

Judy si appoggiò allo schienale. — Finalmente sei andata in terapia!

— Dio, no — rispose Willa con una risatina. — A meno che programmare una rimpatriata non sia una terapia.

— Immagino che possa essere terapeutico, a patto che tu abbia fatto più carriera dei tuoi compagni.

— Difficile fare confronti. Patrick insegna alla New York University, Jeremiah è l'assistente di un senatore, Vinny possiede una sua officina, Travis costruisce case, Shake suona in una band e Nancy è una segretaria.

— Capisco — disse Judy — e cos'ha in comune tutta questa gente?

— Bella domanda. È una delle cose che voglio scoprire.

— E la baldoria si tiene a casa tua? Vengono da te? Willa annuì.

— Vuoi un consiglio? — chiese Judy. — Prepara un po' di giochi di società.

Senza impegni, a New York in una meravigliosa giornata di primavera, Willa discese lungo la Fifth Avenue, facendosi largo agevolmente nella calca. Anche se a Chappaqua l'aria era senza dubbio più pulita, lei in città respirava sempre meglio. Le piaceva sentirsi non tanto invisibile, quanto anonima.

All'incrocio della cinquantesima con la trentesima svoltò a ovest, dirigendosi all'entrata del MOMA, dove uno striscione bianco annunciava la presenza di una mostra di Georgia O'Keeffe. Entrò e acquistò il biglietto.

La mostra occupava due gallerie. La prima era stata trasformata in un giardino pensile colmo di enormi fiori voluttuosi, dipinti a dimensione molto maggiore del normale, così che ogni fiore costituiva un mondo a parte. C'erano papaveri orientali rossi, calle, iris neri, petunie purpuree e girasoli così vibranti che quelli di Van Gogh al confronto sembravano anemici. Willa si sentiva intimidita. Persino per guardare quelle opere occorreva una tale attenzione, figurarsi poi per catturare quella visione sulla tela. Per lei era una lezione, occorreva eliminare tutte le distrazioni e i preconcetti per concentrarsi sulla percezione.

La seconda galleria ospitava una selezione di dipinti sul New Mexico della O'Keeffe, ed era lì che l'artista aveva scoperto l'autentica tavolozza della sua anima nelle tinte del deserto: ocra, colori bruciati, terra d'ombra, rosa e lavanda, il rosso dei calanchi. Le sue costruzioni di mattoni crudi erano lievemente arrotondate e organiche come le colline di sabbia rossa che le cullavano, e sopra di loro si stendeva il maestoso cielo blu del deserto, il colore del desiderio.

In particolare c'era un dipinto che la colpì, un'opera di luminosa semplicità. Era un quadro che raffigurava il cielo visto attraverso un foro dell'osso sbiancato di un bacino. A fianco, sul muro, c'era una frase della pittrice: "Quando ho incominciato a dipingere l'osso del bacino ero soprattutto interessata a... quello che vi vedevo attraverso, in particolare il blu quando lo tenevo contro il cielo, come succede alla gente che nel proprio mondo ha più cielo che terra".

Willa non era mai stata nel New Mexico, ma improvvisamente fu presa dal desiderio di andare a vedere se esistevano realmente dei panorami del genere, e scoprire per sé un mondo con più cielo che terra.

15

Alle cinque Patrick aveva già passato l'aspirapolvere sui pavimenti, strofinato tutto il bagno, nascosto le fotografie di Rachel e, con il suo solito ottimismo, cambiato le lenzuola del letto. Adesso stava cucinando biscotti al cioccolato, seguendo la vecchia ricetta di Jeremiah: due tazze di farina, due etti di cioccolato amaro, una tazza di zucchero, un uovo e un quarto di tazza di marijuana tritata. Roba potente. Patrick ricordava che una volta aveva aiutato l'amico a cucinarne un'infornata per il circolo di bridge di sua madre. Jeremiah si era addormentato al suono delle fragorose risate delle donne e, quando era sceso, il mattino dopo, aveva trovato il soggiorno disseminato di carte. Sua madre non aveva mai sospettato niente.

Alla radio partì un brano di Phil Collins e Patrick si mise ad accompagnarlo cantando *"Tonight's the night..."*

Fin dal primo momento in cui entrò nel suo appartamento, Willa si accorse che Patrick aveva qualcosa in mente. Si mise in guardia e si guardò attorno in cerca di Vinny, che non si vedeva da nessuna parte.

— Vinny non c'è ancora?

— Arriva più tardi — la informò lui. — Ci raggiungerà direttamente al club. — Entrarono nel soggiorno, una stanza che ricordava il contenuto della testa di Patrick, piena di parole, musica e film. Un assortimento disordinato di librerie e mobiletti che contenevano il televisore, il videoregistratore, un lettore CD, libri e CD sparsi sul davanzale, sul pavimento e sul tavolino da caffè. Patrick si accese una canna e gliela porse. L'odore le riportò subito alla mente Beacon Hill. Willa fece un tiro e incominciò a tossire.

Lui le batté sulla schiena. — Fuori esercizio?

— Simon non lo permetteva in casa. — Vide il suo sguardo e aggiunse: — Per motivi puramente pratici. Si guadagnava da vivere citando in giudizio la polizia. Non c'era niente che avrebbero gradito di più che beccare lui o sua moglie.

— Capisco. E così non hai più fumato da...?

— Da quando mi sono sposata. — Lei aspirò di nuovo e questa volta mandò giù tutto.

Patrick fece un sorriso a trentadue denti. — Prendi un biscotto — disse.

— Mi sembra di essere tornata ai vecchi tempi — disse Willa, dopo un po', posando i piedi sul tavolino. Lo stereo diffondeva un brano di Mose Allison.

— Solo che non c'è nessuna madre che può irrompere da un momento all'altro — fece notare Patrick, avvicinandosi per riempire i bicchieri.

— Non dovremmo andare? — chiese lei, un po' a disagio.

— C'è tempo. — Mani sulle cosce, corpo rivolto verso di lei.

Willa voleva alzarsi e muoversi, ma non era sicura di potercela fare. Era un bel po' che non fumava erba, ma non ricordava che fosse così forte. La pelle le formicolava, poteva sentire le ossa del viso, il passaggio dell'aria, la circolazione sanguigna all'interno del suo corpo. Doveva sforzarsi per stare a galla e rimanere cosciente. Sentiva tutta la suggestione della musica. Se chiudeva

124

gli occhi, avrebbe potuto lasciarsi andare guidata dalla voce di Mose Allison. Ma con Patrick pronto a balzare come una tigre, sapeva bene cosa sarebbe successo se l'avesse fatto.

Successe lo stesso. Lui la afferrò per le spalle, la premette contro il divano, e la baciò con foga. Lei rimase sorpresa dalla ferocia di quell'atto. Lo spinse via, ma lui le si fece ancora più addosso, intrappolandole le braccia. Le labbra di Patrick le scesero sul collo, poi sulla gola; lei le sentì premere forte e fu presa dal panico, come se fosse finita nella stretta di un vampiro. A un certo punto lo sentì esitare, ponderare la situazione e decidere di continuare. Lei era stupefatta che fosse stato capace di arrivare a tanto, e si spaventò; ma c'era veramente ragione di avere paura? Era solo Patrick, dopo tutto, e il momento passò. La lasciò andare. Lei si alzò e si spostò su di una poltrona.

Questa volta niente scuse; Patrick sembrava arrabbiato. — Perché no?

— Non è quello che voglio — rispose lei.

— Il sesso è un elemento essenziale della vita. Senza di esso ci essicchiamo e veniamo spazzati via come semi di soffione.

Quello la colpì, ma fece finta di nulla. — Grazie dottor Ruth.

— Lo so qual è il tuo problema. Sei spaventata.

— No, sono fatta.

— Posso almeno mostrarti il resto dell'appartamento?

— È la scena dove poi finiamo nella tua camera da letto?

— Non sciupare il finale — la rimproverò lui.

— La sceneggiatura ormai ti è sfuggita di mano. A volte succede, dicono.

Adesso l'incantesimo era rotto, e lei era in vantaggio. Il vino, l'erba, la musica, Vinny che non si faceva vedere, quei maledetti biscotti, era tutto studiato. All'improvviso fu presa da un atroce sospetto. — Per favore, dimmi che almeno Shake suona sul serio, questa sera.

— Certo che suona — rispose Patrick, indignato.

Che spreco, avrebbe detto Judy. Materiale maschile di prima classe: intelligente, affascinante, servizievole, presentabilissimo. Un amante ideale.

Solo che non era per lei. In qualche modo misterioso lo aveva capito alla mostra della O'Keeffe. Non è che avesse paura, è che proprio non lo voleva. Willa aveva un cuore suo, anche se ferito, e il coraggio delle sue convinzioni. Non voleva essere sedotta. Era stufa di venire scelta, adesso toccava a lei farlo.

Quando i suoi amici entrarono, Shake stava mettendo a punto il suo sax sul palco, l'unico posto in cui Nancy non poteva seguirlo. Per prima entrò Willa, seguita da Patrick e Vinny. Vedere quei tre insieme fu come provare un'alterazione del tempo. Shake balzò giù dal palco e corse loro incontro.

Strette di mano, abbracci e baci, frasi come "non sei cambiato neanche un po'", anche se naturalmente tutti erano un po' cambiati, ciascuno a modo suo. Vinny si era appesantito, Patrick era dimagrito e Willa si era irrobustita. Shake sapeva di essere cambiato: era più snello che mai, e anche più sexy, a giudicare dalle proposte che gli facevano in quel campo. Che diavolo aspettava Nancy? Guardando Willa, Shake sentì salire l'irritazione contro sua moglie, che non solo non era riuscita a tenersi in forma, ma aveva definitivamente gettato la spugna.

Lui li condusse al tavolo in prima fila che aveva prenotato per loro, chiamò la cameriera e annunciò con munificenza che tutte le loro ordinazioni erano da mettere sul suo conto, un ordine che fu immediatamente revocato da Patrick e Vinny. Gli uomini ordinarono birra, Willa una Perrier. — È venuta Nancy? — chiese.

Shake si guardò attorno nervosamente. — È qui in giro da qualche parte. — C'era solo da sperare che non fosse andata nei camerini a fare dei discorsetti a Nikki, non ci voleva proprio una cantante in lacrime. La cosa era tanto più spiacevole in quanto Nancy era capitata proprio nel momento in cui Nikki gli aveva dato un innocentissimo bacio di buona fortuna, e la moglie era saltata alle conclusioni. Eppure la cosa gli dispiaceva. Non aveva mai avuto intenzione di fare del male alla vecchia Nancy. Non era certo questo che voleva. Nikky era una grande cantante e un vero zuccherino, ma a Shake piaceva che a casa le acque rimanessero tranquille. Per il suo lavoro era indispensabile. Alla fine la vide, a metà del locale, e le andò incontro. Aveva un drink in mano, e dal modo in cui si muoveva tra i tavoli lui capì che non era il primo.

— Ecco che è già andata — disse.

Willa seguì lo sguardo di Shake ma oltrepassò la donna grassoccia che si stava avvicinando barcollando. Si illudeva di poter scorgere invece qualche versione della ragazza che ricordava. Quando alla fine si rese conto del suo errore, Nancy era già davanti a loro e Willa, per un istante, lasciò trapelare la sua meraviglia. Una reazione che non sfuggì all'altra, che la aggiunse alla lunga lista del libro nero degli sgarbi che aveva dovuto subire da parte delle sue care amiche Willa e Angel.

Willa ipercompensò il suo errore. Scoppiò in lacrime. Sentì che piangeva e si ordinò di smettere. Nancy indossava una tuta leopardata e delle scarpe dal tacco a spillo dorate, una mise che lei non avrebbe indossato nemmeno a Halloween. Rispose freddamente alle effusioni di Willa e se ne andò dalla parte opposta del tavolo. Gli altri la salutarono con abbracci, e Shake le tirò fuori una sedia, su cui lei si sedette senza degnarlo di uno sguardo. Povera Nancy, pensò Willa. Quei due erano proprio una coppia male assortita. Peso a parte, quella donna non aveva ancora idea di come ci si vesta. Alla sua destra c'era Patrick. Dato che Willa non aveva nessuna voglia di parlargli, si rivolse a Vinny, alla sua sinistra. Lui rispose allo sguardo di lei con un sorriso intimidito, poi abbassò gli occhi.

— Ho sentito che sei un padre di famiglia, adesso — disse lei. — Hai qualche fotografia?

Lui gliene mostrò una, un'istantanea con sua moglie,

127

una bionda dai lineamenti spigolosi e la carnagione e gli occhi da bruna, e i loro figli, una ragazza dell'età di Chloe e un maschio più giovane.

— Bella famiglia. Tua figlia è splendida.

— Non parlarmene — disse lui triste. — I cani sono già venuti ad annusare.

Lei scoppiò a ridere. — Senti chi parla: l'uomo delle porte di servizio! Non c'era un padre in città che ti facesse entrare in casa. Chi la fa la aspetti, amico mio.

— Dio non voglia. — Vinny si fece il segno della croce. Era anche più grosso di quanto lei ricordasse. Non grasso ma robusto, con una fronte sporgente che gli dava un'aria da bruto. Le apparenze non sempre ingannano; al liceo era stato uno sempre pronto a menare le mani, ma lo faceva per loro. Come l'armonica di Shake, i pugni di Vinny avevano parlato per tutti loro. Guardandolo, Willa si chiese come potesse fare un ragazzo ad avere il coraggio di dare un appuntamento a sua figlia.

Le luci si attenuarono e la band salì sul palco. Shake si alzò, e passando piazzò un bacio sulla guancia flaccida di Nancy, quindi saltò su con un agile balzo. Prese il sax tenore dal supporto e si avvicinò al microfono. Al suo segnale la band si lanciò in un corposo ritmo sincopato. Sei musicisti in tutto: due sax, tromba, basso e batteria. Suonavano insieme come se lo facessero dalla nascita, passandosi la melodia dall'uno all'altro come giocolieri. Willa era stata in pensiero per Shake; New York è un posto difficile per i musicisti. Ma quando il primo pezzo terminò, il pubblico si alzò in piedi e applaudì forte.

Shake si girò verso di loro con uno sguardo allegro, e loro lo acclamarono con orgoglio. Quello lassù era il loro ragazzo, proprio il loro Shake. Era una cosa di cui andare fieri.

Poi presentò la cantante; la band partì con un nuovo brano e quindi lei uscì: una bellissima ragazza di colore con un attillato vestito rosso. Aveva una voce sensuale, e mentre cantava fingeva di ammaliare tutti i membri della band, a turno. Shake fu la sua conquista finale; il brano terminò con lui in ginocchio, il sax sollevato quasi a supplicare.

Un'altra esplosione di applausi. L'unica a non battere le mani fu Nancy. Rimase seduta, con le braccia incrociate sul petto, a osservare il marito, che le offrì una mesta alzata di spalle. Lei tirò su con il naso e distolse lo sguardo. Fece segno alla cameriera di portarle un altro drink. Un Black Russian, questa volta, e al diavolo il conto. Chi pensava di prendere in giro, Shake? Sospettava di lui ancora prima di scoprirli a scopare nello spogliatoio. Shake era così maledettamente prevedibile da essere patetico. Eppure avrebbe aspettato che finisse, come sempre, atteso che la ragazza diventasse troppo avida e che Shake si stancasse. Nancy la guardò saltellare sul palco, così piena di sé. "Be', pensane un'altra sorella, perché questa non attacca. Ho schiacciato delle piattole più grandi di te."

Lo show continuava. Shake presentò i membri della band e poi, dopo altri tre pezzi, mise mano all'armonica. Quando lo fece, una cappa di nostalgia scese sui suoi vecchi amici. Willa sentì una stretta al cuore così forte da essere dolorosa. Chiuse gli occhi e fu di nuovo su Beacon Hill, ad ascoltare l'amico che suonava al buio e Angel che cantava. La voce di quella ragazza, come quella dall'amica, sembrava più grande di chi la emetteva.

Quando ci fu l'intervallo, Shake andò a sedersi con loro. Grandioso, gli dissero, anche meglio di quanto si aspettavano. Naturalmente avevano sempre saputo che ci sapeva fare. Lui si beò dei loro complimenti, e anche Nancy di riflesso. — È la band — disse, modestamente.

— E anche la cantante! — disse Patrick. Nancy drizzò subito il pelo; alle sue spalle Shake fece segno di tagliarla lì e Patrick cambiò subito discorso. — Chi è che vi fa gli arrangiamenti?

— Li faccio io — disse lui. — Scrivo anche qualche pezzo. Ne sentirai qualcuno adesso.

— Forte — disse Patrick. — Mai registrato?

— Avrebbe potuto — disse Nancy, con il tono di uno che tira fuori una vecchia storia. — Gliel'avevano chiesto. Ma lui non ha voluto fare a modo loro, e alla fine la cosa è caduta.

— Non è che è caduta — intervenne lui. — Sono io che me ne sono andato. Non volevano niente di serio. Cercavano una specie di Kenny G del blues. Meglio non fare niente, che buttare giù qualche stronzata.

— Sta aspettando l'offerta giusta — disse la moglie.

— Sto aspettando un produttore onesto.

— Non è un po' come aspettare una prostituta vergine? — chiese Patrick.

Scoppiarono tutti a ridere. La cameriera portò un altro giro di drink.

— A noi — disse Patrick, alzando il bicchiere. Brindarono. Poi Willa ne propose un altro: — Agli amici assenti.

— È strano, se ci penso — disse Shake. — Vedendovi qui, continuo a cercare gli altri. Continuo ad aspettarmi che Angel entri ancheggiando per lasciarsi cadere in braccio a Patrick.

— O Jeremiah — disse Patrick. Si alzò e si allontanò di qualche passo dal tavolo. Poi tornò indietro furtivamente, con la testa voltata alle sue spalle. — Io non ci sono — disse, con una perfetta imitazione della voce da cospiratore di Jeremiah. — Voi non mi avete visto.

Altre risate, altri drink. Parlarono delle loro famiglie, dei vecchi tempi. Poi Shake portò il discorso sulla riunione. — Vengono tutti?

— Tutti quelli che abbiamo rintracciato — disse Patrick, togliendo il ciuffo dagli occhi. — Non abbiamo ancora trovato Caleb e Angel.

— Eppure ci abbiamo provato — spiegò Willa. — Sembra che nessuno abbia più visto Angel da quando è scappata via dopo la consegna dei diplomi. A meno che non sia capitato a qualcuno di voi. — Si guardò attorno. Gli altri scossero il capo. — Non è strano?

Nessuno parlò. Poi Nancy disse: — E cosa c'è di strano? Aveva tutte le ragioni per andarsene e nessuna per tornare.

Willa la fissò. Con la coda dell'occhio vide Patrick che

si copriva il viso con entrambe le mani. Avvertì come un senso di gelo.

— Che ragioni? — chiese.

Nancy alzò gli occhi al cielo. — Ma sentila, — ridacchiò — la santarellina.

Il gelo continuò anche nel taxi. Willa voleva andare via sola, ma erano le due del mattino e Patrick insistette per accompagnarla. La seguì sul sedile posteriore e lei posò la borsa tra di loro. Willa diede all'autista l'indirizzo del garage dove aveva lasciato l'auto. C'era un alberello deodorante appeso allo specchietto retrovisore e il profumo era soffocante. Percorsero i primi dieci isolati in silenzio.

Alla fine Willa disse: — Perché non me l'avevi detto?

Patrick chiuse il divisorio tra loro e l'autista. — Lei non voleva che tu lo sapessi.

— Stronzate — protestò lei. — Ero la sua migliore amica.

— E allora come mai non è venuta da te a dirtelo? — Patrick rimase in attesa di una risposta che non arrivò. — Si vergognava, ecco perché. Angel ti ammirava, lo sai.

Willa sbuffò. — Pensava che fossi la scema del villaggio. E aveva ragione.

— Aveva una vera e propria venerazione per te.

— Angel? — disse lei, fissando l'amico. — Angel non venerava niente e nessuno. E poi perché avrebbe dovuto vergognarsi? Diceva sempre che avrebbe voluto sei bambini da sei uomini diversi.

— Già, be', quando alla fine si è arrivati al dunque era ancora una brava ragazza cattolica che voleva un anello al dito prima di avere il bambino.

— E tu non hai voluto darglielo. — Avrebbe dovuto immaginarlo. E Busky l'aveva saputo? Willa lo rivide di nuovo, quel viso devastato premuto contro la zanzariera. *E voi volete trovarla adesso?* Non c'era da stupirsi che Angel fosse scappata via.

Patrick si voltò verso il finestrino. Stavano attraversando Times Square, e le luci al neon davano dei riflessi luminosi ai suoi capelli. Borbottò qualcosa.

— Cosa? — chiese lei.

Lui parlò più forte. — Non era mio.

— Oh, vergognati.

Lui le lanciò uno sguardo implorante. — Non lo era. Io ho sempre usato delle precauzioni. Gli altri però non erano così attenti.

Willa si sentì male. Sapeva bene, purtroppo, che era andata a letto anche con altri. Non c'era da stupirsi che non si fosse confidata con lei; il padre del bambino avrebbe potuto essere Caleb. Ma lui e Patrick non erano gli unici candidati. Willa si ricordava di una festa a casa di Patrick, in cui Angel era sparita con Shake ed era tornata dopo delle ore, tutta soddisfatta. Negli ultimi mesi del liceo si era data alla pazza gioia. Ma nemmeno quello poteva scusare il comportamento di Patrick.

Quando entrarono al Central Park, l'autista premette un pulsante e bloccò le porte. Willa appoggiò la fronte al vetro freddo del finestrino. Il parco aveva un'aria spettrale e minacciosa, a quell'ora della notte.

— Ho cercato di aiutarla — disse Patrick, con un tono così mortificato che Willa quasi si addolcì, fino a quando non le tornò in mente che lui se ne era stato per vent'anni senza alzare un dito per trovarla. — Le ho offerto dei soldi. Ho detto che le avrei pagato l'aborto, ma lei non ha voluto.

— Ha preso i soldi?

— No.

Quello era strano. Angel era orgogliosa, Willa poteva immaginarsela benissimo mentre gettava i soldi in faccia a Patrick, ma alla fine il buon senso avrebbe prevalso. Se voleva veramente tenersi il bambino, avrebbe avuto bisogno di tutto l'aiuto che poteva ottenere.

Ci doveva essere qualcos'altro. C'erano dei pezzi mancanti, quel tipo di cosa che ai biografi non sfugge. E lei pensò che doveva c'entrarci anche lui.

Non c'era da stupirsi che avesse fatto delle obiezioni quando lei si era rivolta a Jovan.

16

2 maggio 1972.

La notte scorsa abbiamo guardato una pioggia di stelle cadenti dalla cima di Beacon Hill. Appoggiata alle ginocchia di Caleb, osservavo il cielo stellato attorno a me, e improvvisamente, non so perché, mi è venuto questo pensiero: non sarò mai più così felice.

Una stella ha attraversato il cielo e io ho espresso un desiderio: "Fai che non cambi nulla". Poi ne è caduta un'altra: "Fai che cambi tutto".

10 maggio 1972.

La notte scorsa ho dormito da Angel. Non abbiamo visto i ragazzi perché lei è di nuovo arrabbiata con Patrick.

"Ho bisogno di uno vergine" ha dichiarato. "I vergini sono i migliori. Ti sono così grati che ti ricorderanno finché campano."

È una fine oratrice, la nostra Angel. Ricordi, diario, quando ci siamo conosciute e lei si è messa a parlare dei tipi che si era fatta, di quelli che voleva farsi e di quelli che non si sarebbe scopati nemmeno se l'avessero pregata in ginocchio, quanto ero rimasta scioccata? Secondo mia madre il sesso è qualcosa che i ragazzi fanno alle ragazze se queste non sono abbastanza furbe o abbastanza forti da difendersi. Se non fosse per Angel sarei rimasta all'oscuro. Be', forse c'entra qualcosa anche Caleb, ma è stata Angel che mi ha aperto gli occhi per prima.

Lei lo considera un po' come il suo lavoro, solo che in questi giorni deve lavorare di più per stupirmi. Prima, quest'anno era il signor O'Rourke (6 novembre). Adesso è questa mania dei vergini. Si siede al tavolo per fare una lista. Io la guardo da dietro le spalle.

"Come sai che sono vergini?"

"Dalla disperazione che trasudano."

"Che ne dici di Travis?" le dico, per aiutarla. "È abbastanza disperato?"

133

Lei mi tappa la bocca. "Taci! Dio, solo il pensiero mi fa vomitare."

"Quei denti," dico io "e quell'alito." Rabbrividiamo tutt'e due. Povero Travis.

Povero Travis davvero. Willa posò il diario a faccia in giù sul comodino. Stanca com'era, non poteva dormire; era tornata ai diari, questa volta non per una questione sentimentale ma alla ricerca di materiale da esaminare con meno emozione e più discernimento. La Angel che ricordava era intrepida e schietta, "Nostra Signora dalla Lingua Instancabile", la definiva Patrick, uno spirito libero e ribelle, una pioniera della emancipazione sessuale femminile. Ma l'impressione che risultava da una lettura più critica era quella di una ragazza inquieta, promiscua e piena di problemi. Da giovane, Willa aveva dato credito a molte asserzioni dei suoi amici, magari attribuendo una verità allegorica a storie che non era propensa a prendere alla lettera.

Quella del signor O'Rourke ne era un tipico esempio. Lottando contro la stanchezza che le velava la vista, riprese il diario e tornò alla data che la Willa più giovane aveva così preveggentemente annotato.

6 novembre 1971.
Angel ha preso una cotta per il signor O'Rourke, Tommy, come lo chiama lei, anche se non davanti a lui (è un insegnante di matematica, un bel fusto, appena uscito dal college). Giura che se lo farà prima del diploma.

"Sei matta" le dico. "È un insegnante."

Angel alza gli occhi al cielo. "È proprio questo il bello, Einstein."

"Come se avesse voglia di rischiare il suo posto di lavoro per te."

"Che, scherzi? Quel tipo ha già la schiuma alla bocca. Non può neppure stare in piedi quando in classe ci sono io; deve chiamare qualcun altro a scrivere alla lavagna.

"Già, d'accordo."

Sono solo chiacchiere, naturalmente. O almeno penso che lo siano. Il bello di Angel è che con lei non si sa mai niente di certo.

C'era riuscita Angel? Non glielo avrebbe riferito? Forse no; sembrava che ci fossero parecchie cose che Angel non le aveva mai raccontato.

Willa si svegliò tardi, sentendo un aroma che la condusse fino in cucina. Lì trovò del caffè appena fatto e Chloe ai fornelli che preparava dei toast. — Cos'è, il giorno della mamma? — chiese, lasciandosi sedere su una sedia.

— Non proprio — disse Chloe, riempiendole una tazza. — Ha chiamato qualcuno. Jovan qualcosa — continuò.

— Cos'ha detto?

— Di chiamarlo al suo cellulare. Il numero è sul frigorifero. Un altro dei tuoi amici hippie?

Willa si alzò a prendere altro caffè. — No, è solo uno che conosco per una faccenda di lavoro. Com'era il ballo?

— Normale. — Era la solita risposta a tutte le domande, in quei giorni. Poi però la figlia la sorprese aggiungendo qualcosa: — C'era una band.

— In gamba?

— Abbastanza.

— Chi erano?

Chloe abbassò gli occhi sul piatto. — Solo una band locale.

Bastò uno sguardo al viso radioso d'amore della figlia, e ogni cosa le fu chiara. Il fattorino di Wendell's, il giovane Bliss: non doveva essere sparito. Non ne sarebbe venuto fuori niente di buono. Ma che poteva fare? Se le avesse fatto una ramanzina, Chloe non la sarebbe stata a sentire. Se ci avesse provato, avrebbe incominciato a ingannarla, proprio come aveva fatto lei per andare con Caleb. L'unica cosa che poteva fare era starle vicina per raccogliere i pezzi.

— Facciamo qualcosa oggi — propose Willa.

— Non posso.

— Perché no? — chiese.

— Tanto per incominciare, oggi ho le prove.

— La domenica?

— Mamma — sospirò Chloe, con pazienza infinita. — Sono al liceo, adesso.

Quella domenica mattina, mentre correva con suo figlio, Jovan scoprì che tra loro due si era finalmente creato un certo equilibrio. Andavano a correre insieme da quando Sean aveva dodici anni, e nel corso di tutti quegli anni il ragazzo aveva dovuto faticare per stare al passo con suo padre. Oggi invece era Jovan che doveva darsi da fare per stargli dietro. Avevano già percorso cinque miglia e Sean era già pronto per un altro giro del campus, quando suonò il suo cellulare. Era Willa Durrell. — Continua pure, ci vediamo al dormitorio. — Attese finché Sean non scomparve dalla vista prima di stendersi per terra tenendosi le ginocchia con le mani.

Willa gli disse di essere rimasta stupita di ricevere il suo messaggio. Aveva in mente di chiamarlo lei in giornata.

— Sono ad Albany — spiegò lui — a trovare mio figlio. Se non ha impegni, pensavo di passare da lei tornando a casa, così le riferisco cosa ho scoperto finora.

— Splendido — rispose lei. — Anch'io ho delle nuove informazioni. — Non lo invitò a casa sua, ma si misero d'accordo per incontrarsi in una tavola calda vicino all'autostrada. Riagganciarono, e Jovan si permise un altro minuto di riposo prima di ripartire in souplesse verso il dormitorio di Sean.

Dopo averci pensato su per tutto il fine settimana, Jovan non aveva ancora deciso quanto raccontare a Willa. Non era riuscito a trovare nulla su Angel Busky, il che non era un buon segno, ma dubitava che le importasse molto. Per prima cosa sospettava che tutta la storia della riunione non fosse altro che un modo indiretto per raggiungere il suo vero obiettivo, il vecchio fidanzato. Su Caleb invece era arrivato a saperne parecchio; infor-

136

mazioni che normalmente avrebbe rivelato interamente a un suo cliente.

Willa però non era una cliente, si disse mentre correva verso il dormitorio delle matricole. La stessa regola valeva anche se lei non lo pagava?

Certo che sì. Lei si era offerta di pagare; la sua intenzione era quella di assumerlo. Se lui poi era stato così sciocco da rinunciare alla parcella, quello era un problema suo. Lui doveva darle le informazioni; che cosa lei poi ne facesse non erano affari suoi.

Solo che la cosa lo preoccupava, e parecchio.

— Ha un figlio ad Albany? — chiese Willa. Era seduta di fronte a lui nel *séparé*. Indossava una camicia di seta grigia, i capelli biondi erano legati con un nastro, e tutta la luce del locale sembrava irradiare su di lei.

— Sean — rispose lui. — È una matricola al SUNY di Albany.

— Ha altri figli?

— Solo lui. — Lei non chiese altro, ma lui proseguì. — Mia moglie è morta quando lui aveva dodici anni. Così so cosa vuol dire crescere un figlio da solo.

— Mi dispiace — disse lei.

Lui annuì. Il modo in cui lei lo guardò gli fece pensare che in fondo non era poi del tutto senza speranza. Non era uno sguardo da seduttrice, era troppo diretto, era semplicemente uno sguardo comprensivo, come se lo notasse per la prima volta.

La cameriera si avvicinò e alla vista di Willa ebbe come un sobbalzo. — Oh, signora Durrell, è lei!

— Come stai Maggie? È un bel po' che non ci si vede.

— Un bel po', sì. Accidenti! — Poi il viso paffuto cambiò espressione. — Mi è dispiaciuto moltissimo per quanto è successo.

— Grazie. — Willa aprì il menù, ma la cameriera non aveva ancora finito.

— Non ho creduto a una parola di quello che hanno detto su di lui. "George," ho detto a mio marito "io quell'uomo lo conoscevo, ed era un vero gentiluomo".

137

Il sorriso di Willa sembrava congelato. Per un istante nessuno parlò. Poi Jovan disse: — Io prenderò del caffè e un pezzo di quella torta ai mirtilli. Ha un aspetto invitante. — Anche Willa ordinò e la donna li lasciò.

Willa la seguì con gli occhi. — Venivamo qui, a volte, quando non avevamo voglia di andare in un vero ristorante.

Jovan annuì. Quel "noi" significava lei e Simon, presumibilmente.

Maggie tornò presto con le loro ordinazioni. Il cappuccino di Willa le lasciò una sottile striscia di schiuma sul labbro superiore, e lei lo leccò via. Jovan si rese conto che la stava osservando e abbassò gli occhi sul tavolo dove aveva posato due cartelline, una più sottile dell'altra. — Ho qualche notizia su Caleb, anche se non so se la renderanno felice.

— Sentiamo.

Lui prese il primo foglio dalla cartellina più spessa, glielo passò e la guardò mentre lo leggeva. Era un foglio riassuntivo; lui ne conosceva il contenuto a memoria. Quella di Caleb era una di quelle storie che qualsiasi detective che si occupa di truffe conosce bene: una vita sempre pronta a ricominciare da capo, e magari un nome o due da cambiare strada facendo. Era gente che abbandonava la propria intera esistenza passata con la stessa facilità con cui gli altri mollavano una conoscenza occasionale. Caleb aveva lasciato l'università della Florida dopo il terzo anno. Aveva contratto un prestito studentesco e non l'aveva mai rimborsato. Si era poi trasferito a Key West, il paradiso dei vagabondi e dei truffatori, dove aveva incominciato una lunga serie di lavori, tutti in campo turistico. Sfrattato due volte per morosità, dopo il secondo sfratto aveva fatto perdere le sue tracce per un po'. Era poi ricomparso nel 1978 a Miami come venditore di multiproprietà. Nel 1981 aveva sposato una cliente, una certa Felicity Shaeffer, una vedova senza figli di dodici anni più anziana di lui. Insieme erano andati a stare a Chicago, la città di lei, dove la Shaeffer aveva venduto la sua casa di Evanston per acquistare una palazzina sulla Lake Shore Drive, intestata a nome di entrambi. Nel 1983 avevano divorziato. Lui si era tenuto la palazzina, che aveva liquidato immediatamente. Nessun segno di vita fino al 1986, quando era ricomparso a Miami, dove aveva affittato un bungalow a South Beach; questa volta sul contratto si era firmato "Cal Reese". Lì aveva messo a frutto la sua esperienza di venditore di multiproprietà per organizzare una truffa. A quanto sembra aveva venduto appartamenti che non erano suoi. Se l'era cavata bene, a giudicare dal numero di cause che gli erano state intentate l'anno seguente. L'ufficio del procuratore di Miami aveva iniziato a interessarsi a lui, ma quando erano andati a controllare, Cal Reese non esisteva più e Caleb Rhys si era volatilizzato.

Questo quattro anni fa. Dopo di allora non c'erano più tracce di Rhys; probabilmente si era sbarazzato definitivamente del nome.

Durante la lettura il viso di Willa si fece sempre più lungo e triste, fino a quando non ebbe finito di esaminare il foglio, poi si indurì nella stessa maschera imperscrutabile che aveva assunto quando si erano conosciuti. Jovan sospirò. Dite pure quello che volete, ma tutti se la prendono sempre con il messaggero. Lei però doveva saperlo, si disse, nel caso quel bastardo si fosse rifatto vivo.

Lei lesse la pagina una seconda volta, poi lo guardò con degli occhi da cui non trapelava nulla. — Tutto qui?

A quel punto Jovan si sentì a disagio. Infilzò una fetta di torta e la masticò lentamente. Non avrebbe avuto problemi ad ammettere che non era riuscito a trovare il suo vecchio ragazzo. La questione era che l'aveva quasi fatto; in effetti gli mancava pericolosamente poco per localizzarlo, forse solo una telefonata. Ed era proprio quello che non voleva dirle.

— Vuole davvero continuare? — tergiversò. — Dopo quello che ha appena letto? Vuole davvero far tornare quel tipo nella sua vita?

— Non ho mai pensato di farlo tornare nella mia vita — rispose lei freddamente. — Nella mia vita adesso non c'è posto per nessuno.

Ricevuto. Che stupido che era. O forse no. Quel lampo di interesse che gli era sembrato di vedere, ora non c'era più, ma lui non l'aveva dimenticato.

Lui si infilò una mano nella tasca della giacca e ne estrasse un pezzetto di carta spiegazzato. — A volte, quando non si riesce a rintracciare una persona, si cerca un parente. Io ho trovato sua sorella.

Willa lo guardò. — Non voleva dirmelo, vero?

— No.

— Perché no?

Jovan non rispose.

— Lei non lo conosce. Caleb non è un avvoltoio.

— Lei l'ha conosciuto da ragazzo. Anche i cuccioli di lupo sono carini.

— Però alla fine me l'ha detto. Come mai?

Lui scosse le spalle. — Alla fine spetta a lei decidere.

— Oh, molto bene! — lo canzonò lei. — Dieci e lode.

— Detto questo, penso che sarebbe molto sciocco da parte sua chiamare quel tizio — continuò lui imperturbabile.

Willa lo guardò perplessa per un attimo, e poi scoppiò a ridere. Una risata fragorosa e spontanea che la trasfigurò tutta. — Proprio non ce l'ha fatta a resistere.

— Conosco il tipo. Quelli come lui fanno in modo che la gente desideri conoscerli, e quando ciò avviene, è già troppo tardi. Ma tocca a lei chiamare. Io le ho dato il numero.

— A dire il vero, no.

Aveva ragione; il pezzetto di carta era ancora in mano dell'uomo. Glielo porse. Lei lo prese e lo infilò nella borsetta senza guardarlo. Poi chiese di Angel.

— Non ho trovato niente su Angel Busky — rispose lui. — Assolutamente nulla. — Avrebbe capito cosa intendeva, o avrebbe dovuto spiegarglielo?

Aveva capito. Se ne accorse dal modo in cui spalancò gli occhi e trattenne il respiro. Poi, come prima, si nascose dietro un sorriso e una rapida risposta. — Forse non ha cercato abbastanza.

— L'ho fatto, e a fondo — e le raccontò dove. Gli ci vollero cinque minuti solo per elencarle le fonti, tralasciando quelle illegali. Registro delle proprietà, registro elettorale, motorizzazione civile in tutti i cinquanta stati, società di carte di credito, registri dei tribunali federali e statali, registri parrocchiali, tutti i database commerciali. Quando ebbe finito, Willa non sorrideva più.

— Forse ha cambiato nome — disse. — Ha ricominciato da capo con una nuova identità.

— Improbabile.

— Perché?

— Cambiare identità non è una cosa facile. Non si tratta solo di scegliersi un nuovo nome. C'è bisogno di un numero della previdenza sociale valido, di documenti. E per non aver lasciato nessuna traccia, Angel avrebbe dovuto effettuare il cambiamento subito dopo essersene andata. E per questo ci vogliono più conoscenze di quelle che può avere una diciottenne.

Willa si morse il labbro inferiore. — Forse vive all'estero.

— Dai documenti non risulta che abbia lasciato il paese.

— O magari se ne sta in campagna, ad allevare una nidiata di ragazzini nell'Arkansas.

— Non mi sembrava il tipo — disse Jovan, e le lesse negli occhi che era d'accordo.

Maggie riapparve con una tazza di caffè. Willa aspettò finché non se ne fu andata, poi si sporse sul tavolo. — C'è qualcosa che non sa. Angel era incinta quando è scomparsa.

— E lei non ha pensato a dirmelo?

— Non lo sapevo. Ieri notte ho visto qualche vecchio amico, e mentre parlavamo è saltato fuori. Capisce cosa significa? — chiese tutta eccitata. — Questo può aiutari. Angel era cattolica. Anche se era una ribelle, andava ancora a messa e faceva la comunione. Scherzavamo dicendo che il prete impiegava un'ora la settimana solo per lei. Non avrebbe mai abortito. Così penso che magari è andata in una di quelle cliniche cattoliche per ragazze madri.

— Angel non è mai stata in un ospedale — la interruppe lui. — E non ha nemmeno registrato nessuna nascita. Né al registro pubblico né in quello parrocchiale.

— So che non è morta — disse lei. — Ho controllato al registro della Previdenza sociale io stessa.

— Non tutti i decessi vengono registrati — spiegò lui. — A volte i cadaveri non vengono identificati, o vengono identificati erroneamente. Può capitare che certi cadaveri non vengano neppure trovati.

Il viso di Willa si fece terreo, e dovette afferrare la sua tazza con entrambe le mani per nascondere il tremito. Jovan la osservò e si stupì. "Ecco una donna che non batte ciglio quando scopre che il suo vecchio fidanzato crescendo è diventato un farabutto, e va in pezzi all'idea che una ragazza che conosceva vent'anni prima possa essere morta."

17

C'erano delle rose rosse in un vaso sul tavolo dell'ingresso, e un bigliettino di Chloe: MAMMA SONO ARRIVATI QUESTI. SONO ANDATA ALLE PROVE. MI RIACCOMPAGNANO A CASA IN MACCHINA. C'era anche una busta del fiorista tra i fiori: ERRARE È UMANO, PERDONARE È DIVINO. IL TUO PENTITO, P.

Willa portò il vaso in cucina per risistemare le rose. Si punse con una spina e mentalmente diede la colpa a Patrick. Di cosa si voleva scusare, poi? Di essersi comportato in maniera incivile con lei, o di come aveva trattato Angel? Era per la seconda cosa che doveva dare ancora molte spiegazioni. La notte precedente aveva scoperto un aspetto di Patrick che avrebbe preferito non conoscere.

Squillò il telefono. Lei rispose, piazzando il ricevitore tra l'orecchio e la spalla.

— Sono indiscreta — era Judy Trumpledore. — Com'è andata la notte scorsa?

Willa sistemò le rose una a una tra le felci che le accompagnavano. — Dimmi un po' una cosa — rispose lei. — Che connessione c'è nella mente maschile tra i fiori e la colpa?

— Il giardino dell'Eden? — propose Judy.

— Quella era una mela.

— Comunque c'è la stessa associazione: giardino, fiori, peccato. Ma magari è solo un'invenzione dei floricoltori. Perché? Chi è che si sente in colpa?

— Patrick.

— Oh, caspita! E perché?

— Per un bel po' di cose — rispose vagamente. Nella sua mente si andavano formando strani sospetti, ma ancora non se la sentiva di parlarne nemmeno a se stessa, come se pensare una cosa la potesse rendere possibile. Però non aveva senso. Se non fosse stato per Patrick, la riunione sarebbe stata sicuramente dimenticata e nessuno mai si sarebbe messo a cercare Angel.

Judy sospirò al telefono. — Non è che stai dicendo che butti via degli uomini, Willa?

— Se lo vuoi, è tutto tuo. Magari ha un libro in serbo.

— Sei una buona amica! Ma al momento ho l'agenda piena. Giusto per l'archivio, questo che problema ha?

— È sposato — rispose Willa. — E anche se non lo fosse… Non è l'unico uomo al mondo, sai.

Ci fu una pausa, poi Judy riprese. — Accidenti Willa, gatta morta. Lui chi è?

— Nessuno — rispose lei brusca. L'amica si sbagliava; Willa non aveva nessuno in mente. E in particolare non aveva in mente Jovan Luisi.

Nancy, le maniche arrotolate e i capelli legati, stava girando la salsa per gli spaghetti che aveva preparato secondo la ricetta di sua madre, quando da dietro arrivò Shake ad abbracciarla. — Sei così sexy quando fai da mangiare — disse, strofinandolesi addosso. — La mia rea terra.

143

Lei allungò il braccio e gli diede una pacca sul culo Avevano già litigato e fatto la pace tornando a casa in auto, siglato il patto a letto per poi ratificarlo ancora a risveglio. Shake la baciò sulla nuca e si allontanò. Prese una birra nel frigo e si sedette al tavolo da cucina. Era a torso nudo, in jeans e scalzo.

— Stavo pensando una cosa — disse lei.

— Ah-ah...

— Penso che dovremmo saltare la riunione. Mi sem bra una cattiva idea.

Ci fu un lungo silenzio. Lei si sforzò di non voltarsi.

— Stai scherzando, vero? — disse lui, dopo qualche momento.

— Shake, è una cosa senza senso. Qualsiasi cosa ave vamo in comune, adesso non c'è più. La notte scorsa m sono guardata attorno e ho pensato: "Chi diavolo sono queste persone riunite attorno allo stesso tavolo?". Will la e Patrick hanno questa pazzesca idea di far rivivere i passato, ma non succederà. — "E chi diavolo lo vuole poi?" aggiunse, ma solo tra sé.

Il marito stappò la bottiglia. — Eri così sbronza ch non vedevi al di là del tuo naso. Ci siamo divertiti tutti.

— Tu non c'eri lì seduto; io sì. Vinny non ha quas aperto bocca, Patrick non l'ha mai chiusa e sua altezz reale se ne stava lì seduta come se la sua merda non puz zasse e la nostra sì.

— Accidenti, Nancy. Willa non avrebbe potuto esser più gentile.

Lei tirò su con il naso. — Nancy, carissima — strillò imitando la voce affettata di Willa — è così bello rive derti!

— Cos'hai contro di lei? — chiese Shake. — Pensav che voi due foste amiche.

— Lei e Angel erano amiche. Loro non mi hanno ma considerato come un membro della società. — Le parc le le erano uscite piene di amarezza. Continuava a da gli la schiena, ma sentiva che lui la stava osservando.

All'improvviso lui cambiò argomento, come facev

sempre quando non era d'accordo. — Che c'è tra Patrick e Willa? Credi che si siano messi insieme?

Lei a quel punto si voltò, sorpresa, con il viso arrossato dal calore del sugo. — Neanche per idea.

— Perché no? Patrick le sbavava dietro; solo che Caleb è arrivato per primo.

— Lui non è abbastanza per lei. Né allora, né adesso.

— Willa non è una snob.

— Lei è il tipo peggiore di snob, di quelle che pensano di non esserlo.

— Oh — esclamò lui, ridendo.

Nancy continuava a borbottare. — Starsene seduta lì tutta sussiegosa con quel vestitino di pelle, che tra l'altro costa più di tutto il mio guardaroba messo insieme: "Venite a stare da me, ho un sacco di stanze!". Ci avrei scommesso, e non può fare a meno di farcela vedere, quella baldracca.

— E allora, anche se ha i soldi? I soldi non comprano la felicità.

— Forse no. Ma di sicuro la miseria la compra anche di meno. — Ci fu un silenzio sostenuto. Nancy guardò alle sue spalle e vide il viso del marito. — Non parlo di noi, tesoro. Io ho tutto quello che voglio, qui.

— Vieni — disse lui.

Lei si asciugò le mani con uno strofinaccio e andò da lui. Shake la prese in braccio, e lei si sistemò su di lui.

— Noi andremo alla riunione — disse — e accetteremo l'invito di Willa. — Lei incominciò ad alzarsi, ma lui la trattenne. — Senti. Non hai nessun motivo di essere invidiosa di Willa. Può anche avere una grande casa e dei soldi in banca, ma è dovuta passare attraverso un matrimonio tremendo che è finito con una morte e l'umiliazione in pubblico. E tu hai qualcosa che lei non avrà mai. — Le annusò il collo, proprio sotto l'orecchio. Sapeva di aglio, muschio e olio da bagno.

— Davvero? — chiese lei. — Cosa?

— Me.

— Sono perdonato? — chiese Patrick, con la tensione che gli segnava la voce.

Willa, seduta sul mobile della biblioteca, sistemò il telefono sulla spalla. Fuori era buio, e la cena era in forno, ma Chloe non era ancora tornata. — Per cosa? — chiese. — I tuoi fiori non specificavano.

— Per... come posso definirlo? Aver adoperato mezzi indegni per un degno fine.

— Mi piace. Molto più originale che "peccare è umano", anche se altrettanto egoistico.

— Sei arrabbiata — concluse lui.

Ma era più delusa che arrabbiata, come un ragazzino che aspetta da troppo tempo una festa di compleanno o che assiste a uno spettacolo di magia da dietro le quinte. — Le tue scuse, se erano scuse, sono accettate. Nessuno si è fatto male. Ma quando basta, basta! Non credi?

— Quello che credo io non ha importanza. Quello che importa è quello che pensi tu, e sei stata chiara.

— Bene — disse lei. — Perché abbiamo altre cose di cui parlare. Oggi ho visto Jovan Luisi.

Ci fu un rumore come di digrignare di denti. — Cos'aveva da dire?

— Non ha ancora trovato nessuno dei due. Ma ha trovato la sorella di Caleb, Linda. Sta ad Atlanta. Mi ha dato il numero.

Patrick si lasciò sfuggire un grido. — Ben fatto, Willa!

— È stato Jovan, non io. Ma c'è un problema, Patrick. Non sono sicura di volerlo chiamare.

— Nessun problema. Dammi il numero di Linda e la chiamerò io.

— Non si tratta di questo. Volevo dire che non sono sicura di volere che venga.

Nel silenzio che seguì, lei si avvolse il cordone delle tende attorno alle dita.

— Perché no? — chiese lui, con la voce indurita per la brutta notizia.

Willa si morse l'interno di una guancia. Aveva violato la privacy di Caleb, sguinzagliandogli dietro Jovan, con il risultato di venire a sapere più di quel che voleva o che aveva il diritto di conoscere sulla sua vita. Raccontare a Patrick quello che aveva scoperto sarebbe stata un'ulteriore violazione, ma se non lo avesse fatto lui avrebbe insistito per includere l'amico.

Arrivò a un compromesso, riferendogli una versione edulcorata dei fatti. Parlò di problemi economici, sfratti, della sua tendenza a cambiare casa e nome strada facendo. Omise la ricca vedova, le azioni legali e la polizia. Però Patrick doveva essersi accorto delle lacune, dal momento che quando lei ebbe finito si dimostrò stranamente addolcito.

— Non importa — disse alla fine. — "Sia quel che sia" era il patto "in ricchezza o povertà, salute o malattia."

— Quello l'hai sentito al matrimonio — ribatté lei.

— La casa è tua, Willa. Sta a te. Ma permettimi di ricordarti che nel nostro patto non c'erano condizioni.

— Potrebbe essere lui a non voler venire. Potrebbe sentirsi in imbarazzo.

— Posso immaginarmi Caleb in molti modi. Imbarazzato non è tra quelli.

Era così. Di tutti i ragazzi di Beacon Hill, Caleb era quello che meno si curava di quello che la gente pensava di lui. Per Willa, e probabilmente anche per altri, era una delle cose che lo rendevano attraente: quella spietatezza che si nascondeva dietro il suo fascino, la convinzione che le regole non contassero. Be', pensò Willa, tutti i membri del gruppo avevano fondato la loro esistenza sulle loro doti giovanili, e Caleb non meno degli altri.

— Non dobbiamo decidere immediatamente — disse Patrick. — E Angel? Ha trovato niente?

— Proprio niente. Se è da qualche parte, è del tutto irraggiungibile.

— Se?

Si avvicinarono un paio di fari, e Willa li seguì con attenzione, ma l'auto proseguì senza rallentare. Si annodò il cordone attorno alle dita. — Ti aspetti sempre che si faccia viva per la riunione?

— Be', accidenti, sì — esclamò Patrick. Poi, dopo un momento: — Non so, forse.

— Jovan pensa che sia morta.

— Aspetta un attimo, dice così perché non riesce a trovarla.

— L'ha detto anche suo padre.

— Morta per lui — disse Patrick — non per il mondo.

— Sto pensando di andare a parlargli di nuovo.

— Con Busky? Perdi solo tempo. Quel bastardo non ci direbbe neppure che ore sono.

Lei non rispose. Si era accorta che anche Patrick si interessava alla cosa, ma forse non per gli stessi motivi. E poi era lui che Busky odiava. Forse, se si faceva vedere da sola, con una buona bottiglia...

— Willa — continuò Patrick. — Non pensarci neanche.

Nonostante la rabbia, non poté impedirsi di provare un moto di affetto per uno che la conosceva così bene. — Perché no? È solo un vecchio. Cosa potrebbe farmi, mangiarmi?

— Hai mai visto *Il silenzio degli innocenti*?

Lei sorrise. — Non mi sembra dello stesso calibro di Anthony Hopkins. Ma c'è qualcos'altro che volevo chiederti, già che ci siamo. Ti ricordi di un insegnante che si chiamava O'Rourke, Tommy O'Rourke?

— Gesù Cristo — Patrick sembrava disgustato. — Da dove hai tirato fuori quel nome?

— Dal mio diario.

— Dovresti bruciare quella roba.

Sembrava che non scherzasse. Willa allontanò il ricevitore e lo guardò. Poi lo rimise a posto. — Angel aveva un debole per lui. Mi chiedo se ci sia mai stato veramente qualcosa.

— Willa, Willa — la rimproverò lui. — Dove vuoi arrivare?

— C'è stato?

— Che differenza fa, adesso?

— Il mio errore — spiegò lei — è stato quello di cercare di ricavare un senso dal passato prima di chiarire quello che era successo sul serio. E così adesso sto cer-

148

cando di rimediare, ma più cose scopro, più mi rendo conto che non sapevo nulla.

— Cosa stai cercando?

— La verità — disse lei. — Mi aiuterai o no? — Poi attese, resistendo all'impulso di riempire il silenzio.

— Se si è fatta O'Rourke, non me lo ha mai detto — affermò lui alla fine.

— Tu che ne pensi?

— Chi lo sa? Travis ha sempre sostenuto di sì.

— Travis? — chiese Willa. Di sicuro Travis era l'ultima persona con cui Angel si sarebbe confidata. — Come faceva a saperlo?

— Aveva i suoi metodi. Ma se così fosse? Se è davvero successo, sappiamo chi ha sedotto chi. Quell'uomo ha una sua vita, Willa. Dopo vent'anni, ci sono delle domande che non andrebbero fatte.

La domenica, regolare come un politico che va a messa, Travis Fleck se ne andava a fare un'escursione nella vasta area selvatica che circondava casa sua. Quella mattina era partito dal fondo dell'arroyo che attraversava la stradina sterrata che portava alla sua abitazione. Dopo pochi chilometri aveva scalato il ripido terrapieno e aveva imboccato un sentiero che si snodava su per un pendio ricoperto di salvia e altri arbusti. Avanzava lentamente, il viottolo nascondeva infatti dei punti in cui si era ammucchiata della neve profonda. Sulla cresta della montagna, solo con la vasta volta celeste sopra di lui e le cime innevate dei picchi attorno, Travis si sentiva più che mai vicino a Dio: così vicino che avrebbe potuto parlargli, se fossero stati in buoni rapporti.

Faceva freddo lassù, e c'era tanto vento da disperdere persino l'esultanza più intensa. Travis si tirò il berretto sulle orecchie e riprese il sentiero verso casa. Gli piaceva camminare da solo; era tornare in un alloggio vuoto che lo seccava. Era allora che gli sarebbe piaciuto avere un po' di compagnia, qualcuno con cui parlare. Magari anche un cane. Come figlio unico aveva tanto desiderato un cane, aveva pregato di averne uno ogni compleanno e ogni Natale, per anni, ma non l'aveva mai ottenuto; sua madre, fissata con le pulizie, non l'avrebbe tollerato.

Una volta giunto a casa, come aprì la porta sentì squillare il telefono. Si precipitò al cordless. — Pronto?

— Ehi, Travis!

— Willa? — chiese, riconoscendo la voce.

— Bravissimo! Hai un minuto per parlare?

— Certo. — Si sbarazzò della giacca, e si passò una mano tra i capelli, come se potesse vederlo. "Mi chiama per dirmi che la riunione è stata annullata", fu il suo primo pensiero paranoico, ma Willa invece gli chiese come stava e cosa stava facendo, le solite domande di quando non ci si vede da tempo, e per le quali Travis, che le aspettava da tanto, aveva le risposte pronte. Parlò della cooperativa, del successo negli affari e della sua vita nel New Mexico. — Vivo in una casa di mattoni crudi che mi sono costruito da solo, con l'aiuto dei miei soci.

— Ho sentito che è magnifica. Porta delle foto quando vieni.

— Lo farò. Ma tu dovresti venire, una volta o l'altra.

— Potrei prenderti in parola — disse lei. — Ieri ho visto una mostra di Georgia O'Keeffe al MOMA che mi ha fatto rimanere senza fiato. Non sono mai stata in New Mexico. È veramente così bello come lei lo dipinge?

— Vieni a vedere tu stessa. Santa Fe è una grande città. Se ti interessa la O'Keeffe, so parecchie cose sui posti che lei ha dipinto, e naturalmente su Ghost Ranch. Potresti portare anche tua figlia.

Una teenager, gli aveva raccontato Patrick, e bella come sua madre. Si chiese se sarebbero andate a trovarlo. Questo pensiero lo distolse dalla conversazione per un istante. Quando si risintonizzò, lei stava parlando della band di Shake, che a quanto pareva aveva suonato a New York. Musica magnifica, diceva. Erano stati tutti così orgogliosi di lui.

— Mi sarebbe piaciuto esserci — disse, ancora una volta fuori dal giro. Una vecchia ferita che tuttora bruciava. Si sistemò sulla sedia a sdraio e tirò fuori un pacchetto di tabacco e un sacchettino di erba messicana da un cassetto segreto del tavolino. Tenendo il ricevitore tra orecchio e spalla, cominciò a prepararsi un joint.

Sembrava che si fossero dati alle memorie. — In effetti — disse Willa, arrivando al dunque, — questa è una delle ragioni per cui ho chiamato. La notte scorsa ho sentito una storia di cui non sapevo nulla. Ed è difficile da far combaciare con i miei ricordi, o con quello che pensavo di sapere su di noi.

— Che storia? — chiese lui, ora a disagio, visto che non sapeva dove voleva arrivare.

— Sapevi che Angel era incinta quando ci siamo diplomati?

— No — si affrettò a rispondere, e accese il joint con mani malferme. — Ma non ne sono sorpreso.

— Perché no?

— Tutti si davano da fare, lasciandola indietro. Doveva fare qualcosa anche lei. Chi era il donatore di sperma, Patrick?

— Lui dice di no. Pensavo che tu potessi saperne qualcosa.

Lo colse con i polmoni pieni di fumo. — Io? — tossì. — Sono l'unico che non potrebbe averlo fatto.

— Non intendevo questo — disse lei.

No, certo che no. Né Angel né Willa l'avrebbero toccato con un bastone di due metri. Lottò contro il rancore che gli montava dentro. Non gli importava tanto di Willa, che per quanto ne sapeva non l'aveva data ad altri che a Caleb, ma Angel era tutta un'altra storia. Angel aveva concesso i suoi favori a tutta la città, ma per lui non c'era stato neppure un assaggio.

Ma loro dimenticavano, quando lo escludevano, che gli outsider hanno la possibilità di vedere più cose degli altri. Le persone che nessuno nota mai devono imparare a volgere la cosa a loro vantaggio, e Travis l'aveva fatto. Qualcuno lo poteva definire spiare, Caleb e Patrick l'avevano chiamato con nomi peggiori, quando l'avevano beccato fuori dalla casa di Angel, ma lui non la pensava così. Lui, per quanto riguardava le relazioni, era un sostenitore della teoria dell'iceberg: il 90% sono sempre

151

invisibili, sotterranee. Per un esterno, Willa e Angel erano le regine di Beacon Hill, Travis il buffone di corte. Ma lui conosceva di loro cose che nessuno sospettava, e quelle cose gli davano potere; bilanciavano l'amicizia e rendevano più solida la sua posizione. Per esempio, sapeva com'era Willa nuda. Aveva una memoria eccellente. Poteva chiudere gli occhi e ancora rivederla.

Non adesso però. Adesso aveva bisogno di concentrarsi. Aveva perso il filo ancora una volta. Ora Willa stava parlando di Tommy O'Rourke.

— Gesù — esclamò Travis, ridendo. — Ecco un fantasma che emerge dal passato.

— E allora? — chiese lei. — L'hanno fatto?

— Penso di sì.

— E su cosa ti basi?

— Li ho visti insieme. Al ballo scolastico, l'ultimo anno. C'eravamo tutti, a fare casino nella scuola. Lui era una specie di *chaperon*. Loro due sono andati via insieme. Sono andati nel parcheggio e si sono seduti nella sua macchina, con le luci spente.

— A fare cosa?

— A parlare. Lei sembrava sconvolta. Lui le teneva una mano sulla spalla.

— Lo hai visto?

— Ho visto tutto — disse Travis con freddo orgoglio. — Io ero l'uomo invisibile.

Il silenzio di Willa gli fece piacere. Significava che si stava chiedendo cos'altro aveva visto. Sperava che glielo chiedesse, in maniera da poter rispondere, misteriosamente, "un'infinità di cose." Ma lei, che aveva in mente qualcosa di preciso, rimase sull'argomento.

— E poi cosa? — chiese.

— Niente. Sono tornati dentro insieme.

— E questo quando?

— L'inverno prima dei diplomi.

— Ne sei sicuro? —

Altro che se lo era. Si era gelato il culo, a starsene senza cappotto nascosto dietro un furgoncino posteggiato.

— Nevicava.

152

— Ed è tutto lì quello che sai? — chiese.

— Prova a unire i puntini. Sapevi che lei andava da lui per delle "ripetizioni"? Come se ad Angel importasse un cazzo dei voti.

— Ma non ce l'avrebbe detto? — la voce di Willa si era addolcita adesso. — Non si sarebbe vantata di una cosa così? Angel non era certo una ragazza reticente su certe cose.

— Questa volta era diverso, no? Il tipo avrebbe potuto perdere il posto, per prima cosa.

— Eppure — disse lei — è proprio una di quelle cose che mi avrebbe detto.

— Evidentemente no — disse Travis. Tirò una bella boccata e la tenne dentro. Erba eccellente, veramente di prima classe.

18

Le sette, e Chloe non si vedeva ancora. Sul tavolo in cucina c'era un pollo arrosto che si stava raffreddando; Willa non riusciva a mangiare. Alle sette e mezza prese l'auto e andò a scuola, ma era chiusa e con le luci spente. Tornò a casa, e appena aprì la porta si mise a chiamare la figlia, ma le rispose solo il silenzio. L'unico messaggio alla segreteria telefonica era per Chloe dalla sua amica Lauren. Così Lauren era a casa, e Chloe non era con lei...

Per un poco rimase seduta in biblioteca, con il telefono e la rubrica telefonica in mano, paralizzata da un timore superstizioso: se non iniziava a fare telefonate, non avrebbe scoperto che sua figlia era scomparsa. Alla fine, con le mani che tremavano, compose il numero di Lauren.

Fu la madre a rispondere. — Come stai, Willa? — chiese calorosamente Isabel Rapaport, con un filo di preoccupazione che lei trovò difficile da sopportare. Le venne in mente che l'ultima volta che aveva visto Isabel era stato quel giorno al supermercato, quando Chloe si era messa ad andare in giro da sola e lei era caduta nel panico. Cosa avrebbe pensato di lei adesso? Ma non ci poteva fare niente.

— Isabel, Lauren è tornata a casa dalle prove?

— Da ore — rispose l'altra. — Chloe non è ancora a casa?

— No, e non ha telefonato. Sai mica come sarebbe dovuta tornare a casa?

— Le ho offerto un passaggio, ma lei mi ha risposto che glielo dava già qualcun altro.

— E questo quando?

— Attorno alle cinque e mezza.

Erano ormai le otto. — C'è Lauren? — chiese Willa.

— Aspetta, vado a cercarla. — Si sentivano delle voci in sottofondo: quella della madre dura e perentoria, quella di Lauren irata. Poi la donna tornò al telefono. — Chloe è rimasta con uno dei musicisti, un ragazzo che si chiama Roy Bliss. Lo conosci?

— So chi è. Che altro dice Lauren?

Isabel esitò.

— Per favore — la implorò Willa, con la voce rotta.

— Immagino che siano diventati amici. Lauren dice che lui aveva la macchina di sua madre. Secondo lei, Chloe aveva intenzione di tornare subito a casa.

— Oh, mio Dio.

— Sono sicura che non è nulla — si affrettò a dire l'altra. — I ragazzi sono tutti così. Arriverà come se niente fosse da un minuto all'altro, con qualche scusa.

— Sì — riuscì a dire, annaspando nel vuoto.

— Willa, mi dai un colpo di telefono quando ritorna?

Stava cercando il cognome "Bliss" sull'elenco telefonico quando udì il rumore di una portiera che sbatteva. Corse alla porta d'ingresso e la spalancò. Chloe era lì sulla soglia, il ragazzo dietro di lei. Willa afferrò la figlia per il braccio e la trascinò dentro. — Dove diavolo sei stata?

Senza che nessuno gliel'avesse chiesto, il ragazzo le seguì e chiuse la porta.

— Gesù, mamma, calmati.

— Dov'eri?

— Fuori — rispose Chloe.

Willa le tirò uno schiaffo. Sarebbe stato impossibile dire quale delle due fosse rimasta più scioccata. In tutta la sua vita, Chloe non era mai stata picchiata. La madre cercò di abbracciarla, ma lei indietreggiò, si voltò e fuggì al piano di sopra.

La donna rimase dov'era, faccia a faccia con il ragazzo che era rimasto con gli occhi spalancati. Lui fece un passo indietro e protese le mani, nere di grasso. — Non è stata colpa sua. Abbiamo forato. Avevo la ruota di scorta, ma non il cric. Abbiamo dovuto aspettare che qualcuno si fermasse.

Lei lo osservò. Capelli decolorati dritti in cima sulla testa, tre orecchini all'orecchio sinistro, due al destro; tatuaggi dappertutto, senza dubbio. C'era poco da stupirsi che non si fosse fermato nessuno, se si era veramente trattato di una gomma a terra.

— Quanti anni hai? — chiese.

— Diciotto.

— Sai quanti ne ha mia figlia? Quattordici. Quello che hai appena commesso è un crimine. Potresti finire in prigione.

— Le ho solo dato un passaggio.

— Lo so che vi vedete.

— Siamo amici, e basta. Lo so quanti anni ha.

Lei gli andò vicino, abbastanza da sentire l'odore di sudore e di olio lubrificante. — Forse pensi che sia facile rimorchiare una ragazza senza padre. Bene, lascia che ti dica una cosa, Roy Bliss. Lei non ha bisogno di un padre perché ha già me. E se le tocchi anche solo un capello, ti vengo a cercare, ti strappo il cuore e te lo caccio in gola. Sono stata chiara?

Intendeva sul serio quello che diceva, e anche lui le credette, era evidente, ma non batté ciglio.

— Mi scusi — disse. — Ma non sono io quello che l'ha appena presa a schiaffi.

Lei fece qualche passo, poi tornò indietro. Con uno

sforzo, trattenne le mani sui fianchi. — Dove siete stati? E non raccontarmi stronzate. Non ci si mettono tre ore per cambiare una gomma.

— Chieda a lei — rispose il ragazzo. — Chieda a sua figlia.

Non salì subito al piano di sopra. Prima richiamò Isabel, e al sentire il sollievo dell'altra si distese un poco. Lei, da parte sua, non si sentiva ancora per nulla sollevata, era passata direttamente dal terrore alla rabbia senza passare per il sollievo. Andò in cucina e scaldò al microonde un piatto di pollo e riso per Chloe. Mentre si riscaldava, si versò un bicchiere di vino e ne bevve gran parte.

Quando il timer del microonde suonò, posò il piatto su un vassoio e lo portò di sopra.

La porta della camera di Chloe era chiusa. Willa rimase in ascolto e non udì nulla. Bussò.

Nessuna risposta.

Provò ad aprire la porta. Era chiusa a chiave. — Chloe, apri.

— Perché? — si udì da dietro. — Così puoi picchiarmi ancora?

— Non essere ridicola.

Dopo un momento la serratura scattò, ma la porta rimase chiusa. Chloe si era rifugiata sul letto, dove era seduta a gambe incrociate, stringendosi al petto il suo vecchio orsacchiotto. Guardò la madre con gli occhi arrossati. — Sei stata crudele!

— Mi dispiace di averti colpito — disse lei. Posò il vassoio sulla scrivania e si sedette sulla sedia girevole. — Tu però mi hai spaventata a morte. Pensavo che ti fosse successo qualcosa; poi tu sei entrata come se niente fosse e ti sei messa a ridere delle mie paure…

— Non è stata colpa mia — strillò Chloe, indecisa tra la furia e il dolore. — E di sicuro nemmeno sua. Dio, come hai potuto?

— Quel ragazzo si è comportato da vero irresponsabile — sbottò Willa. — E anche tu; ma lui è più grande.

— E tu, come ti sei comportata, mamma? Mi hai umiliata davanti ai miei amici.

— Chloe, tu non devi accettare passaggi da quel ragazzo né da nessun altro. Hai capito?

— Non lo conosci nemmeno — stava quasi cullando il suo orsacchiotto. — È stato così gentile con me, e tu lo tratti come una merda!

— È stato fortunato. Ancora un minuto e avrei chiamato la polizia.

— Gliel'avevo detto di non entrare, lo sapevo che l'avresti presa così. Ma lui ha insistito. Voleva spiegare. Questo non fa capire che tipo è?

In effetti qualcosa faceva capire. E lo faceva capire pure il modo in cui si era comportato durante il loro confronto. Ma Willa non aveva intenzione di parlare di quello. — Spiegare cosa? — chiese. — Dove eravate?

— Secondo te? — disse la ragazza, furiosa. — Non sai nemmeno che giorno è oggi?

Improvvisamente Willa se ne ricordò, e si rese conto di colpo che l'aveva sempre saputo, ma che si era rifiutata di prenderne atto. Erano passati esattamente sei mesi dalla morte di Simon. Lei guardò il viso chiazzato di sua figlia, e vide la risposta alla sua domanda, ma ancora non riusciva a crederci. — Siete andati al cimitero?

— Qualcuno doveva ben farlo — disse Chloe. Willa nascose il viso tra le mani. — E lui si è offerto di accompagnarmi, cosa che è più di quanto abbia fatto tu, e saremmo anche tornati prima che tu te ne potessi accorgere, se non fosse stato per quella cazzo di gomma bucata, e poi lui ha avuto il fegato di venire con me per spiegarti tutto e tu l'hai trattato come uno che molesta i bambini. — Scoppiò in lacrime, un fiume, con la voce che le si spezzava e in mezzo a grossi sospiri. Willa si avvicinò al letto e provò ad abbracciarla, ma Chloe la spinse via.

— Ti ci avrei accompagnato io — disse. — Perché non me l'hai chiesto?

La figlia si asciugò le guance con il dorso di una mano sporca. — Già, mi avresti accompagnato... e te ne saresti rimasta seduta in macchina.

Era vero. Era quello che aveva fatto le altre volte: rimanere seduta nell'auto o andarsene in giro a leggere gli epitaffi degli sconosciuti. La madre dell'anno. — Tesoro, mi dispiace così tanto.

— Non parli mai di lui. Non pronunci neppure il suo nome. — Chloe sollevò il viso e la guardò negli occhi. — Se domani morissi, ti dimenticheresti anche di me?

19

Sono in una stazione della metropolitana; aspettano il treno. Willa fa notare preoccupata che si trovano sul marciapiede sbagliato. "Dobbiamo attraversare" dice ad Angel, ma Angel è intenta a fare la civetta con dei tipi con il giubbotto da universitari e non risponde.

Il rumore sferragliante di un treno che si avvicina riempie la stazione. Lungo le pareti del tunnel di fronte riverberano le luci dei fari. "È il nostro" grida Willa, voltandosi indietro, ma il marciapiede si è improvvisamente riempito di gente che si accalca, e tutto quello che riesce a vedere sono di tanto in tanto degli sprazzi di capelli rossi quando la folla si fende. Compare il treno, che rallenta fino a fermarsi con uno stridio di freni. "Beacon Express" dice il cartello sul locomotore. "Angel!" grida Willa, mentre viene spinta verso le porte che si aprono. Qualcuno grida il suo nome, ma si sente appena. Prova a fare resistenza, ma la folla la trascina fino alle porte e sul treno.

"Willa!" sente: la voce di Angel. Willa prova a dirigersi verso la porta, ma questa si chiude appena lei ci arriva. E là c'è Angel, sul marciapiede, che la guarda.

Il treno si mette in moto, e Angel incomincia a corrergli accanto, chiamandola per nome, fino a quando il treno prende velocità e lei rimane indietro.

Willa si svegliò in preda al panico, con l'eco della voce di Angel ancora in testa. Era tutta coperta di sudore e aveva inzuppato le lenzuola. Diede un'occhiata all'orologio sul comodino. Erano solo le tre e venticinque, ma sapeva bene che non c'era verso di riprendere sonno.

La finestra era aperta e lei sentì il freddo non appena uscì da sotto la trapunta. Si infilò la vestaglia di Simon, si accomodò sulla poltrona vicino alla finestra, e guardò fuori in giardino. Non c'era la luna. Il mondo era fatto di ombre nere su nero. Chiudendo gli occhi e appoggiando la testa allo schienale, Willa scoprì di essere al grado estremo della stanchezza: un paesaggio illuminato da una luce severa, pieno di macigni imponenti e di ombre aguzze, tutto l'opposto del sonno, che invece è fatto di oscurità e angoli smussati. In quel luogo, dove la luce negava ogni illusione, lei dovette guardare in faccia alcune verità che da tempo cercava di evitare. Dinieghi, li definiva Simon. Quella notte però, provò a uscirne.

C'erano delle voci che facevano a gomitate nella sua testa.

Jovan: "La gente non sparisce così".

Busky: "Se ne è andata da un pezzo, ed è stata una liberazione".

Travis: "Doveva fare qualcosa".

Patrick: "Dopo vent'anni ci sono delle domande che non devono essere fatte".

Le esaminò alla luce della sua ritrovata, fragile lucidità; ripensò anche alla sua conversazione con Jovan, che la sparizione di Chloe le aveva cacciato via di mente. Era chiaro che lui era convinto che Angel fosse morta. Nel momento stesso in cui l'aveva capito, Willa aveva rifiutato quell'idea, per delle ragioni che non poteva spiegargli. Se Angel era morta, chi è che le stava chiedendo aiuto? Chi stava invadendo i suoi sogni, implorando la sua attenzione? Dava per scontata una specie di telepatia, il che era già abbastanza pericoloso; i suoi fragili nervi non ce l'avrebbero fatta ad accettare l'ipotesi che ad assillarla fosse addirittura uno spettro.

Willa non credeva ai fantasmi. Al massimo poteva

pensare di essere perseguitata da un senso di colpa legato all'amica, il che non era poi molto più concreto. Ma persino un fantasma metaforico doveva avere qualcosa che lo spingeva ad agire. "Cosa voleva Angel?" si chiese Willa.

La risposta era chiara. Lo stesso sogno in molte forme, lo stesso messaggio ripetuto più volte: Angel voleva essere ritrovata.

Ed era lei che avrebbe dovuto farlo, o almeno fare del suo meglio per riuscirci; glielo doveva. Delle amicizie tanto forti imponevano degli obblighi che perduravano, se no che continuità ci sarebbe nella vita? Biasimava Patrick perché si era sentito sollevato quando l'amica era sparita, ma lei non aveva fatto altrettanto?

Angel però avrebbe dovuto aspettare. Quella notte doveva affrontare altre verità più pressanti. Come per esempio il fatto che, nonostante le sue pretese di voler andare avanti senza voltarsi, non avesse fatto nessun progresso emozionale dal giorno in cui Simon era morto. E il fatto che avesse lasciato Chloe da sola a elaborare il lutto, che avesse abbandonato sua figlia quando aveva più bisogno di lei.

Quello che era fatto era fatto, Willa lo sapeva, ma quello che non era stato fatto si poteva ancora fare. L'indomani avrebbe iniziato tutto da capo. Avrebbe continuato a cercare Angel, e al diavolo quel che potevano pensare Patrick o chiunque altro. E avrebbe parlato a Chloe di Simon. Avrebbe pronunciato il suo nome finché non fosse diventata cianotica. L'avrebbe portata al cimitero e sarebbe andata con lei sulla sua tomba, e se non fosse riuscita a pregare, almeno avrebbe mosso le labbra.

Non andò tutto come aveva sperato. Nei romanzi che le piacevano, la domanda scottante di Chloe: *Ti dimenticheresti anche di me?* avrebbe scatenato una salutare catarsi. Madre e figlia avrebbero dovuto lanciarsi l'una nelle braccia dell'altra, parlare fino all'alba, addormentarsi nello stesso letto, e svegliarsi con una nuova consapevolezza.

La vita reale era meno indulgente, e anche Chloe. Per giorni e giorni quasi non le rivolse la parola. Tutti i suoi sforzi per intavolare una conversazione venivano accolti da sguardi vacui o porte che si chiudevano. Dopo un po' ci rinunciò, e la cosa finì in una sgradevole situazione di stallo.

Telefonò Patrick. Voleva il numero della sorella di Caleb, e Willa glielo diede. Perché no? Avvisata era stata avvisata, non aveva niente da temere da parte di Caleb.

Quando quel pomeriggio Chloe tornò a casa, lei si trovava nello studio, seduta sul pavimento, circondata da album e pacchetti di fotografie. La ragazza si era fermata nel corridoio. Willa cercò di non guardarla e di mantenere un tono di voce indifferente. — Pensavo di mettere un po' d'ordine. Mi daresti una mano?

Riluttante ma curiosa, Chloe si fece un poco più vicina. Spinse un album dalla copertina rossa verso di lei. — Questo è dei tempi del college. Cerca un po' tuo padre.

Chloe lo prese e se lo portò sul divano. Willa udì il fruscio delle pagine che giravano e poi un profondo respiro. Sapeva di quale fotografia si doveva trattare, e quando controllò scoprì di aver indovinato. Il giorno in cui era stata scattata erano sulla spiaggia. Simon era sdraiato sulla sabbia, con il capo appoggiato a una mano, e un cappello di paglia che gli schermava gli occhi. Il ritratto di un bell'uomo. Willa sospirò, e Chloe la guardò, fissandola per la prima volta dal giorno del litigio. — Com'è che vi siete conosciuti?

— A un ballo — raccontò. — La prima grande festa del mio primo anno di università. — La definivano il mercato della carne; gli studenti degli altri anni venivano a dare un'occhiata alle matricole.

Simon era arrivato tardi, con un paio di amici. Lei lo notò dapprima per i suoi sguardi, poi per il modo disinvolto in cui si faceva strada nel salone.

"Lo so chi stai guardando" le aveva mormorato all'o-

161

recchio Judy Trumpledore (che si era autonominata angelo guardiano). "Lascia stare."

"Gay?" aveva chiesto Willa, oh era così elegante.

"Peggio. Un prestigiatore." Doveva averla guardata perplessa, dato che Judy aveva alzato gli occhi al cielo. "Adesso lo vedi," aveva spiegato "e un attimo dopo non lo vedi più".

E così era stata avvertita. Non che avesse importanza, era innamorata di Caleb, no? Il suo cuore era al sicuro, immune dalla seduzione. Quando Simon glielo aveva chiesto, non aveva esitato a ballare con lui.

Stupida, si rimproverò, con il senno di poi. Nessuno che non sia immune alle lusinghe è immune alla seduzione, e Willa non lo era. La lusingava che fosse andato proprio da lei, essere stata scelta dal più desiderabile laureando del campus. La lusingava che lui continuasse a starle dietro anche quando lei l'aveva respinto. In effetti più resisteva, più Simon si faceva determinato: un altro brutto segno che era troppo ingenua per riconoscere. Gli uomini che vogliono assolutamente una cosa che non hanno, spesso finiscono con il disprezzare quello che hanno. Ma che senso aveva imparare dall'esperienza, si chiese, quando le lezioni arrivano sempre troppo tardi? Simon sorrideva, con gli occhi socchiusi. Dio, che spreco. Avrebbe chiuso di botto l'album su quel viso, se non fosse stato per Chloe, che la guardava con quegli occhi da Oliver Twist. Per favore, signore, potrei averne dell'altra?

Ed era lì per quel motivo, si ricordò; non per quello che voleva lei, ma per quello di cui Chloe aveva bisogno.

— Era di gran lunga il tipo più interessante, là — spiegò. — Io sono rimasta sbalordita quando mi ha chiesto di ballare, e le mie amiche erano gelose. Ci siamo subito intesi. Ma non ci siamo messi insieme fino all'anno dopo, quando io ero al secondo anno e lui frequentava la scuola di legge.

— Perché no? — chiese Chloe.

— Mi vedevo ancora con il mio ragazzo del liceo.

— E cosa gli è capitato?

— È capitato tuo padre. Quando voleva una cosa, non la mollava.

— Lo sapeva che avevi un ragazzo?

— Non gli importava. — Anzi. Soppiantare il suo invisibile ma tenace rivale era una delle cose che gli piacevano di più.

"E com'è questo misterioso Caleb?" le aveva chiesto Simon. "Com'è questo amante lontano?" Per il suo diciottesimo compleanno le aveva regalato diciotto perfette rose bianche. Caleb non le aveva mandato neppure una cartolina. Non che lei ci contasse; non c'era una tradizione che Caleb non disprezzasse. Lui preferiva fare regali lontano dai compleanni, le aveva detto una volta; ma lei non ne aveva avuti molti nemmeno di quelli.

— E così che ha fatto papà?

— Ha fatto un anno di praticantato e continuava a venirmi a trovare, a chiedermi di uscire. Intanto il mio ragazzo era sempre lontano e mandava cartoline. — I genitori di Willa avevano considerato Simon un dono dal cielo. Quattro anni più vecchio, e più maturo di dieci, affascinante e ambizioso, con soldi suoi e una carriera promettente, non assomigliava per nulla a Caleb, e in tutto e per tutto al loro genero ideale. Willa però si era sposata perché lo voleva lei, non per accontentare loro, ed era solo un caso che le due cose coincidessero.

— Così hai scaricato il tuo ragazzo del liceo — disse Chloe.

— Non l'ho scaricato — affermò Willa. Poi i loro occhi si incontrarono e lei sorrise. — Be', forse un pochino. Non l'ha presa molto bene.

— Com'era?

— Caleb? Oh, era un ribelle, uno di quelli che fanno la traversata coast-to-coast senza mettere la cintura di sicurezza.

— Hai una sua fotografia?

Willa frugò tra gli album, cercandone uno in particolare, un volumetto rilegato in pelle con un angelo inciso sulla copertina. "Così ti ricorderai di me" le aveva detto Angel quando gliel'aveva regalato, la notte prima della

163

consegna dei diplomi. Un'offerta di pace, così l'aveva considerata all'epoca. In seguito, considerando la sua prolungata assenza, Willa aveva reinterpretato quelle parole come un messaggio d'addio.

Angel aveva riempito l'album con le fotografie degli anni del liceo. Chloe andò vicina alla madre e guardarono l'album insieme. Nella prima fotografia c'erano Willa e Angel in piedi in cima a Beacon Hill, con il liceo sullo sfondo. Si erano messe in posa, con le braccia attorno alla vita l'una dell'altra. Willa sorrise, poi sospirò.

— Lasciami indovinare — disse Chloe. — Questa è la famigerata Angel.

— Indovinato.

— Era bellissima. Verrà alla riunione?

— Non penso. Non siamo stati capaci di rintracciarla. — Willa voltò la pagina e apparvero Patrick, Vinny e Shake che le sorridevano dal giardinetto della casa di Patrick. Erano a torso nudo e con i berretti alla rovescia. Dietro di loro c'era la Chevy del '57, il dio sul cui altare avevano sacrificato una parte consistente della loro giovinezza.

Willa voltò pagina. Lì c'era Caleb, seduto su una poltrona con lei in braccio. Ridevano. Caleb indossava un maglione blu e a Willa, in un flash improvviso, tornò in mente la ruvidezza di quel tessuto contro il suo viso, l'odore autunnale della lana che si mescolava a quello di Caleb.

Sua figlia la stava guardando con un nuovo rispetto.

— Quello è Caleb?

— È lui.

— Wow — esclamò Chloe.

Wow davvero, anche se gran parte del suo fascino non si poteva imprigionare in un'immagine bidimensionale. Osservò più da vicino la fotografia, che era stata scattata in camera di Angel. Riconobbe l'armadio sullo sfondo e lì a fianco, socchiusa, la porta del ripostiglio. C'era stato un periodo in cui conosceva il contenuto di quello stanzino bene come il suo. Se lo vedeva ancora davanti: in prima fila i vestiti per bene, quelli che ad Angel era consentito indossare. Da parte, nascosti, quelli che invece si metteva appena uscita: minigonne, abiti attillati, camicette da indossare sopra un reggiseno nero. Angel metteva in mostra in maniera esuberante la sua sessualità, ma aveva un occhio da artista per i colori e un estro che la sollevava di parecchio al di sopra del gusto da sgualdrinella di Nancy. Quattro scaffali nell'anta di sinistra contenevano maglioni e jeans. Tra i due scaffali di mezzo c'era un pezzo di muro, che in realtà era un pannello che si spostava e dava direttamente sul cornicione. Era il nascondiglio segreto di Angel, dove teneva nascosti i suoi tesori in una vecchia scatola di biscotti con l'immagine di Babbo Natale sul coperchio. Fotografie di sua madre, passaporto, lettere d'amore, un po' di soldi che aveva risparmiato negli anni. Qualche centinaio di dollari, come ricordava Willa. All'epoca erano parecchi.

Chloe tolse l'album dalle mani della madre e lo sfogliò, divertendosi a fare commenti sarcastici sulla tenuta da hippie dei suoi amici.

Continuò per un po', ma Willa si era messa a pensare ad altro e neanche la sentiva. Rifletteva su quella scatola dei tesori. Anche se fosse stata sconvolta o di fretta, Angel non se ne sarebbe mai andata senza. Non avrebbe lasciato le fotografie di sua madre o i soldi che aveva risparmiato proprio per una situazione del genere.

Busky non aveva mai saputo di quella cassettina, l'avevano fatto apposta il nascondiglio. A parte Willa e Patrick, che aveva costruito il pannello, non lo sapeva nessuno.

Si chiese se la scatola fosse ancora lì.

Se non c'era, non voleva dire nulla. Avrebbe potuto averla presa Angel, o averla trovata suo padre anni prima. Ma se ci fosse stata, con i soldi e tutto il resto?

Questo avrebbe significato che Angel non aveva mai lasciato la città, o che non l'aveva fatto di sua volontà. E quella, pensò, era una cosa che valeva la pena di scoprire.

20

Una zaffata di sudore nell'aria, ferormoni di adolescenti spaventati. Willa, che faceva anticamera fuori dalla presidenza, non riuscì a evitare di provare una fitta di quell'ansia che si vive nelle sale d'aspetto dei presidi e dei dentisti. Il suo nervosismo era dovuto in parte alla natura delicata della sua missione, e in parte al senso di familiarità che provava in quell'ambiente. Si era già seduta molte volte in quella stanza, occupando proprio quella panca, convocata per qualche infrazione, reale o immaginaria, a volte da sola, più spesso in massa, dato che i ragazzi di Beacon Hill erano i soliti sospetti del preside Grievely, e fieri di esserlo.

A volte erano innocenti, ma il più delle volte no.

Era passato molto tempo da allora. Era veramente sciocca a sentirsi così nervosa.

Quell'attesa la spinse a ripensare a quello che stava facendo. O'Rourke avrebbe potuto essersi trasferito, come di solito fanno i giovani insegnanti, e lei non l'avrebbe mai trovato. Non era strano che avesse finito con il diventare il preside proprio della scuola dove aveva incominciato a insegnare? Trovarlo era stato facile, il difficile era convincerlo a parlare. E se avesse avuto ragione Patrick? Magari c'erano dei limiti di prescrizione in certe faccende.

Aveva i palmi umidi. Strofinò le mani sull'imbottitura di vinile della panca. Poi la porta si aprì e Tom O'Rourke uscì con un braccio sulle spalle di un altro uomo. Era un uomo robusto con un viso aperto da irlandese e occhi azzurri segnati da rughe profonde. Era un po' più pesante di come se lo ricordava, quel tanto da aggiungere un po' di gravità al suo aspetto da folletto. La cosa che più la stupì fu la differenza di età, che era praticamente scomparsa. Al liceo erano stati ai lati opposti della barriera che divide gli adulti dai ragazzi. Vent'anni dopo erano coetanei.

— La signora Durrell? — chiese. — Mi dispiace di averla fatta aspettare. — La fece entrare nel suo ufficio. Quando c'era Grievely la stanza era tutta decorata con gagliardetti e trofei sportivi. O'Rourke l'aveva trasformata in un uno studio accogliente con una libreria, una scrivania di quercia, e delle poltrone di cuoio. Sul grosso tavolo campeggiava una fotografia di famiglia, O'-Rourke con una bella moglie dai capelli rossi e due gemelli identici, rossi pure loro.

Al telefono, Willa aveva detto solo di essersi diplomata nel liceo di Beacon nel 1972. Lui però doveva aver fatto delle ricerche, perché sapeva dei suoi libri. Chiacchierarono un po'. O'Rourke provò a sondarla per sapere se poteva persuaderla a tenere una conferenza, o magari anche un corso. Sarebbe stato eccitante per gli studenti incontrare un'ex alunna che era diventata una famosa scrittrice. Non così famosa, si schernì Willa, assumendo il controllo della conversazione. Quando l'aveva conosciuto, disse, lui era un insegnante. Quando era passato dall'insegnamento all'amministrazione?

— Ho insegnato solamente un anno — disse lui. — Se lei si è diplomata nel '72, ha assistito a tutta la mia carriera di docente. Dopo quell'anno sono tornato all'università per il master in amministrazione.

— È stato così brutto? — chiese lei sorridendo, facendo intendere che scherzava.

— Insegnare mi piaceva, — ribatté l'uomo con quel tono un po' pomposo di chi sa di stare parlando con uno scrittore e sospetta che le sue parole possano essere trascritte — solo che pensavo di poter essere più utile come dirigente scolastico.

— Si ricorda di qualcuno dei suoi studenti?

— Pochi.

— Si ricorda di una ragazza che si chiamava Angel Busky?

— Vagamente — rispose O'Rourke. Se si era spaventato a udire quel nome, sul suo viso aperto e bonario non ne comparve traccia.

— Che cosa si ricorda di lei?

— Ragazza simpatica, ma non particolarmente ferrata in matematica. Adesso immagino che mi dirà che è diventata una commercialista.

— Non so cosa sia diventata — rispose lei. Con la maggiore concisione possibile, lei gli raccontò della riunione, di come avesse provato a cercare l'amica, e di come lei fosse svanita nel nulla. Il preside ascoltò senza commentare finché non ebbe finito. Poi, dando un'occhiata quasi impercettibile all'orologio, chiese: — Capisco, ma perché è venuta da me? Come posso esserle utile?

— Pensavo che poteste essere rimasti in contatto.

— Con me? — esclamò lui, ma nel suo tono di voce era implicita la risposta.

— Angel si è mai confidata con lei? — chiese Willa. — Le ha mai raccontato dei suoi problemi, chiesto consiglio?

— Se l'ha fatto, è difficile che me ne ricordi. — Stemperò la sua risposta con un sorrisetto. — Forse farebbe meglio a provare con la sua famiglia. Aveva solo il padre, mi sembra.

La sua memoria migliorava di minuto in minuto, notò. — Se Angel avesse avuto dei problemi, suo padre sarebbe stato l'ultima persona da cui sarebbe andata.

— Mi dispiace sentirlo, ma le chiedo ancora: perché venire da me?

— Angel e io eravamo molto amiche. Lei mi raccontava tutto. Per esempio: lo sapeva che aveva una grandissima cotta per lei? — lo disse sorridendo, da adulto ad adulto, compiacendosi delle follie della gioventù.

L'uomo non restituì il sorriso. Una vena prese a pulsargli sulla fronte. — No — rispose.

— Aveva veramente perso la testa. Mi diceva che non se ne sarebbe andata da scuola senza aver combinato qualcosa con lei.

— Lei doveva essere una ragazzina credulona.

— È solo che ho pensato che se si fosse trovata in difficoltà, si sarebbe rivolta a un adulto. Un insegnante di cui si fidava, magari.

— Che tipo di problemi, Willa? — Passare a chiamarla con il nome di battesimo non era un gesto amichevole come poteva sembrare, era piuttosto un tentativo di ritornare ai loro antichi rapporti: O'Rourke cercava di ristabilire la gerarchia.

Lei non rispose subito. Il silenzio sembrò infastidirlo. Lui guardò di nuovo l'orologio, più apertamente, e spinse indietro la sedia, preparandosi ad alzarsi.

— Era incinta — disse Willa. O'Rourke si limitò a guardarla in faccia. — Lo sapeva?

— E come avrei potuto?

— Non gliel'aveva detto?

Sul viso dell'uomo comparvero delle chiazze colorate. Si alzò di colpo e, quando lo vide avvicinarsi, lei indietreggiò, ma lui la oltrepassò e si accostò alla finestra. Si fermò assumendo una postura da dominatore, con le mani agganciate dietro la schiena e lo sguardo diretto verso il campo da football.

— Lei insinua che ci fosse una specie di relazione — disse, sempre rivolto alla finestra. — Mi racconta che era incinta. Poi mi chiede se è venuta a parlarmene. — Si voltò verso di lei, con gli occhi che ardevano di collera. — Non sono un idiota, signora Durrell, ma incomincio a pensare che lo sia lei.

— Non l'ho accusata di nulla — fece notare lei.

— La cosa era implicita. Come si permette? Una semplice congettura di questo genere può essere altrettanto dannosa del fatto stesso, per un uomo nella mia posizione. E non vorrei proprio che facesse l'errore di andare a diffondere le sue supposizioni, qualsiasi siano, fuori da questo ufficio.

— Perché si sente così minacciato dalle mie domande?

— Non minacciato, insultato!

— Sono preoccupata per Angel. Penso che possa esserle successo qualcosa, e speravo che lei potesse aiutarmi a ritrovarla. Non sono venuta da lei per accusarla di nulla.

— Forse non vuole essere ritrovata; ha mai pensato a questa possibilità?

— No.

— Dovrebbe farlo — disse. — Non è sempre saggio interferire nelle vite degli altri.

— Mi stava minacciando? — chiese Willa. A poco più di venti metri di distanza, nel fitto sottobosco dietro la siepe, una forma scura si muoveva come un'ombra, vicino al suolo. Intravidero un muso di un grigio lucente e un balenio di occhi gialli, che sparirono prima che riuscissero a metterli a fuoco.

— Direi che è piuttosto il contrario — rispose Jovan. Poi rimasero entrambi impietriti quando il lupo apparve in piena vista. Era una femmina, chiaramente incinta. Sollevò il muso verso il cielo grigio del Bronx e annusò profondamente.

— Non è bellissima? — mormorò Willa. — In tutti questi anni, non ne ho mai visto uno venire allo scoperto così. Sono sempre così timidi.

— Viene spesso qui?

— Sì. Siamo soci, e non è lontano. Mi serve per evadere un po'. — Parlavano sussurrando, osservando la lupa invece di guardarsi. La mano di lui vicino a quella di lei sulla ringhiera, le spalle che quasi si toccavano. Perché gli aveva chiesto di andare lì?

Per vedere se ci sarebbe andato.

E per parlare di Angel. Non che lui avesse molto da dire sulla conversazione di Willa con O'Rourke. Non gli era piaciuto, però; lei glielo lesse su quel volto aquilino.

La lupa scomparve, sparendo nella macchia, nello stesso modo furtivo in cui era sbucata. Willa si voltò verso Jovan e vide che lui la stava guardando. — Vuole vedere i gorilla?

Lui sorrise. — Muoio dalla voglia.

Strada facendo si fermarono a comprare delle limonate. Era una giornata afosa, per essere maggio. Si sedettero su una panchina all'ombra per bere.

— E dunque lei non pensa che la reazione di O'Rourke significhi qualcosa? — chiese lei.

— Mi dice solo che non gli fa piacere essere accusato di aver messo incinta una studentessa. — L'uomo socchiuse gli occhi al sole. — Ma probabilmente questo lo si poteva immaginare.

Lei sospirò. — Patrick me lo aveva detto di non farlo.

— E aveva ragione.

— Lei pensa che dovrei lasciar perdere, vero?

— Be', — disse lui — mi sembra che in questa storia ci siano dei rendimenti decrescenti. Quello che mi chiedo è il perché. Perché investire tante energie per guardare indietro quando lei dovrebbe andare avanti?

— Io voglio andare avanti — spiegò lei. — Ma non posso. Sono come un animale con una gamba rimasta in una trappola.

— E qual è la trappola?

Abbassò gli occhi — È Angel. Mi sta ossessionando.

Lui non sembrò sorpreso. Forse sapeva anche lui qualcosa sulle ossessioni o era solo abituato a trattare con i matti. Finirono le bibite e si diressero verso il recinto delle grandi scimmie, dove rimasero per un po' senza parlare.

— Anche a mia moglie piaceva venire qui — disse alla fine Jovan. — I suoi preferiti erano gli elefanti.

— Che cosa è successo a sua moglie? Se non le va di dirmelo, non mi risponda.

— Tumore al seno — rispose lui. — Ma la malattia è durata quattro anni, e per la maggior parte del tempo non stava male.

— È stato per questo che ha lasciato la polizia?

Lui annuì. — Appena si è ammalata, non potevo più fare tardi. E dopo, con un figlio piccolo, non potevo tornare sui miei passi.

— Mi dispiace — disse lei.

— La vita continua.

— Almeno dovrebbe.

Lui sorrise con gli occhi. — Non è ancora venuto il momento di parlare così.

Adesso si trovavano in alto, sopra lo zoo, sul trenino sopraelevato che li riportava al parcheggio dall'altra parte del parco. Sotto di loro vi erano le pianure africane, colline arrotondate punteggiate di chiome di acacie. Willa si tolse le scarpe con i tacchi e si massaggiò i polpacci indolenziti. Lui era seduto al suo fianco, e non di fronte, anche se avevano tutto lo scompartimento a loro disposizione. Jovan aveva posato le mani sulla ringhiera di protezione del vagone e lei si fermò a studiarle. Erano una volta e mezza le sue, tutte segnate e piene di cicatrici, con tendini e vene in evidenza. Erano mani da lavoro, dei pugni nascosti, una via di mezzo tra le armi e gli attrezzi da lavoro. Con quelle mani aveva combattuto, ma anche accudito una donna morente. All'improvviso le si fece strada un'immagine nella mente: quelle mani che la toccavano, la stringevano; e anche se la scacciò subito, le lasciò come marchio un velo di rossore sul viso.

Era sicura che lui se ne fosse accorto. Era un uomo che notava le cose. — Per quanto riguarda Angel — disse lei, per timore che qualcuno dimenticasse il motivo per cui si trovavano lì — stavo pensando: c'è un modo per sapere una volta per tutte se è fuggita di casa di sua volontà. — Gli raccontò della scatola dei tesori e del suo piano per andare a controllare se c'era ancora.

— Aspetti un minuto — disse lui. — Lasci perdere.

— Sono sicura di potercela fare.

— Ce la farebbe senz'altro. Ma cosa otterrebbe?

— Andiamo — esclamò lei, ridendo — non penserà che abbia paura di quel povero vecchio?

— Lo so che non ha paura — ribatté lui — ed è proprio questo che mi preoccupa. — Poi, senza particolare enfasi, come se fosse la cosa seguente da fare sulla sua lista, si chinò verso di lei e la baciò sulle labbra. Il contatto delle labbra di lui sulle sue le diede una sensazione strana. Non c'era nessuna supplica in quel bacio, nessuna debolezza. La baciò nel modo in cui un uomo assetato si sarebbe chinato per bere, e quando l'ebbe fatto, si fermò.

Lei lo guardò. Nei suoi occhi c'era del desiderio, ma di un tipo molto diverso dalla stizzita lussuria di Patrick. Dentro di lei prese ad agitarsi qualcosa di intenso e inaspettato. Questa sensazione cozzò con una paura di cadere che nulla aveva a che fare con l'altezza... Willa voltò il viso dall'altra parte.

— Ti è dispiaciuto? — le chiese. — Devo andarmene?

Lei osservò la terra sotto di loro, venti metri più in basso. — Non perdiamo la testa.

— È quello che continuo a ripetermi — disse lui. — Solo che non ascolto.

21

Nel giardinetto stavano fiorendo le erbacce, e i semi di soffione fluttuavano nell'aria come fiocchi di neve nella brezza estiva. La zanzariera davanti alla porta era sempre chiusa a chiave e il campanello sempre rotto. Willa batté sulla cornice di alluminio finché non le fecero male le nocche, poi passò alla mano sinistra. — Signor Busky — urlò. — Sono Willa. Venga alla porta, per favore, signor Busky! — La imbarazzava smettere, Jovan la aspettava in un furgone appena dietro l'angolo, e ascoltava tutto. Come poteva tornare indietro adesso, con la coda tra le gambe, dopo aver resistito a tutti gli sforzi per dissuaderla? — Signor Busky! Lo so che è in casa. — Alla fine scorse una faccia grigia che la spiava dai vetri sporchi della finestra della cucina. Lei tirò fuori la bottiglia di Johnny Walker dal sacchetto e la sollevò. Il viso si ritrasse. Un attimo dopo la porta era aperta.

Nonostante il tepore dell'esterno, la casa era fredda. Si sedettero al tavolo della cucina. Busky indossava i pantaloni di una tuta e una T-shirt che un tempo era stata bianca. Era scalzo, e le unghie dei piedi erano lunghe e gialle, spesse come il guscio di una tartaruga. Le liberò una sedia spostando una pila di "Penthouse" sotto il tavolo. Tutte le superfici in vista, e la maggior parte del pavimento, erano coperte da carte: giornali, riviste, volantini pubblicitari, sacchetti di carta e di plastica, cartoni di birra schiacciati, scatole di pizza con attaccati pezzi di formaggio secco. Metà dei mobiletti erano senza ante, il fornello aveva solo una manopola, e il tavolo poggiava su tre gambe e un bastone. Il tanfo di muffa e roba andata a male era poca cosa, se confrontato con il fetore che emanava lui stesso, che avrebbe potuto svuotare un vagone della metropolitana all'ora di punta.

La penombra della cucina, le cui finestre erano mezze oscurate da sacchi di rifiuti, e lo stesso grigiore dell'uomo, diedero a Willa la strana sensazione di essere entrata in un film in bianco e nero. Busky versò due dosi di scotch in due bicchieri e ne fece scivolare uno sul tavolo per Willa. — Salut — augurò, alzando il suo.

— Salut — replicò lei. Lui mandò giù tutto di colpo e si riempì nuovamente il bicchiere. Willa fece finta di bere un sorso. Avrebbe preferito mandar giù dei vetri rotti, piuttosto che mangiare o bere qualcosa in quella casa.

— Dov'è la tua guardia del corpo?

— Chi? — rispose lei facendo finta di non capire.

— Quello stronzo di Mullhaven.

— Patrick non è venuto. Sono sola. — A parte Jovan, in un furgone appena dietro l'angolo, all'altro capo della trasmittente che aveva fissata sullo stomaco.

— Bene — disse l'uomo, con la voce aspra per il lungo disuso. — Quel tipo è un buono a nulla. Lo è sempre stato e lo sarà sempre.

— Perché dice così?

— Tutti quei ragazzi. Buoni a nulla.

— A dire il vero quei buoni a nulla non si sono rivelati poi tanto male — replicò lei.

Busky tirò su con il naso. — Mi ricordo anche di te. Venivi qui a visitare i bassifondi con i jeans strappati e le scarpe da cento dollari. "Stattene con quelli come te" le dicevo. "Cos'è lei per te, o tu per lei?", come se mi fosse mai stata a sentire. — Buttò giù un altro lungo sorso e fece schioccare le labbra. Frugò tra i rifiuti sul tavolo e tirò fuori un pacchetto di Camel e un accendino sagomato a forma di donna nuda. Appena inalò fu scosso da un attacco di tosse, che quietò con dell'altro scotch.

— Ha detto che è morta — chiese Willa. — È vero?

Lui la guardò di traverso con i suoi pallidi occhi acquosi. Il fumo delle sigarette creava delle spirali tra di loro. — Cosa te ne importa?

— Sto cercando di trovarla.

— Tu! Ci hanno provato anche gli sbirri, e non hanno trovato un cazzo. Tu! — Si lasciò sfuggire una risata catarrosa.

Willa distolse lo sguardo. Sul fornello c'era una pentola con una zuppa che si stava rapprendendo. Qualcosa si mosse nell'acquaio. "Cosa sto facendo?" si chiese. È pazzesco. Ma la stanza di Angel era proprio sopra di lei. Non poteva essere arrivata fino lì senza darci un'occhiata.

— Ne prenda dell'altro — disse lei, passandogli la bottiglia.

Lui riempì il bicchiere fino all'orlo. — Non ti importa se mi servo? Molto gentile da parte tua.

— Che cosa è successo il giorno che se ne è andata? Che cosa si ricorda?

— Mi ha distrutto l'automobile! Sette dannati bigliettoni per farla riparare e dopo andava da schifo.

— Prima di quello.

— Niente. Giornata regolare. Andato al lavoro, tornato a casa, mangiato.

— Lei era a casa?

— Ho detto che ho mangiato, no? Pensi che i pasti si cucinino da soli? — Busky se ne uscì con un rantolo di risata. Il suo alito puzzava come se in gola gli fosse morta una nidiata di topi. Willa si sforzò di respirare con la bocca.

— E poi?

— Mi ha rubato le chiavi. Ho sentito la macchina che partiva. Sono andato alla porta, e lei se n'era andata. È stata l'ultima volta che ho visto la mia bambina.

La sua bambina. Le salì la bile. Deglutì con forza.

— E questo quando?

— Non so. Le nove, le dieci. Non è tornata a casa fino alle tre del mattino, e io lì a preoccuparmi per la mia macchina.

Willa lo guardò. — È tornata? Perché?

— Ha riempito una borsa con i vestiti e le sue cose.

— L'ha vista?

— No — rispose lui. — L'ho sentita di sopra. Loro cercavano di fare piano ma ho sentito i passi.

— Loro?

— C'era qualcuno con lei. Puttanella.

— Chi?

Busky alzò le spalle. — Avevano chiuso la porta a chiave. Il tempo di prendere il cacciavite e salire e se n'erano andati. Da quella cazzo di finestra.

— Li ha visti andare via?

Lui scosse la testa. Il movimento gli provocò un altro attacco di tosse. Si alzò dalla sedia e uscì tossendo dalla cucina, dirigendosi verso il bagno. Willa fu in piedi in un lampo. Svuotò il suo bicchiere nel lavandino, poi aprì le serrature del portone di ingresso e della zanzariera esterna, che Busky aveva chiuso dietro di lei. — È andato in bagno — mormorò. — Ho sbloccato la serratura della porta esterna, ma rimani fuori. Sto bene.

Si sentì lo sciacquone. Willa pensò che Busky non avrebbe perso tempo a lavarsi le mani. Quando tornò, lei era tornata al suo posto. Il passo si era fatto più incerto, l'alcol stava incominciando a fare effetto.

— Devo mangiare — disse, virando verso il frigorifero. Lei distolse lo sguardo. — Vuoi qualcosa?

Più o meno quanto desiderava un tumore al seno. — No grazie.

Tornò al tavolo con una forma di formaggio e un piccolo coltello a serramanico. — È roba buona, molto nutriente, formaggio.

— Ho appena mangiato. Signor Busky, lei sa perché Angel se ne è andata.

Il vecchio posò il formaggio sul tavolo sudicio e ne tagliò un pezzo con il coltello. — Mi ha rubato la macchina, no? L'ha sfasciata. Pensi che sarebbe tornata a casa dopo una cosa del genere?

— Ma perché ha rubato la macchina? Perché se ne è andata? Era successo qualcosa quel giorno?

Un rapido sguardo astuto: Busky si chiedeva cosa lei sapeva.

Forse non era poi così ubriaco, dopo tutto. — Del tipo? — chiese.

— Angel si era cacciata in qualche guaio?

— Angel si cacciava sempre nei guai. Non faceva altro.

— Era incinta?

Silenzio. Busky tagliò dell'altro formaggio, che sembrava avere la consistenza di una roccia. Lei attese.

— Pensi che me l'avrebbe detto, se lo era? — chiese alla fine.

"No, non l'avrebbe fatto. Ma tu lo sapevi lo stesso."

Lui poteva sentire il cuore di lei che batteva a cento metri di distanza. Tra quello, il fruscio dei vestiti, e la tosse del vecchio, Jovan doveva sforzarsi per capire quello che dicevano. Aveva però sentito abbastanza da sapere che lei stava mettendo a dura prova la sua buona stella. Quella donna aveva fegato, d'accordo, ma poco buon senso. Lui aveva cercato di farglielo capire, allo zoo, in tutti i modi che era riuscito a escogitare. Lei non aveva detto una parola.

— Hai intenzione di andare avanti lo stesso, vero? — le aveva chiesto alla fine.

Lei aveva sorriso e annuito.

Così era dovuto andarle dietro.

Man mano che il livello del whisky nella bottiglia scendeva, Busky si faceva sempre meno aggressivo e più lamentoso. Si erano messi a guardare delle fotografie in un vecchio album ammuffito. C'era Angel in una piscina per bambini con sua madre, Angel che giocava con un cagnolino, Angel sulla spiaggia a cavalcioni sulle spalle di un vigoroso giovanotto in cui era difficile riconoscere il vecchio che ora le stava davanti. Busky sospirava apaticamente. — Che bel cosino che era. Ed era anche buona, prima che quei buoni a nulla venissero a ronzare qua attorno. L'hanno usata e strausata, la mia ragazzina. — Sembrava che gli piacesse il suono di quelle parole, perché le ripeté: — Usata e strausata.

— E non ha più saputo niente di lei da quando se ne è

andata di casa? — Willa stava solo cercando di guadagnare tempo, aspettando il momento buono per sgattaiolare al piano di sopra. Sapeva già la risposta, o almeno pensava di saperla. L'uomo invece rispose in un modo che la stupì.

La testa gli sobbalzò e i suoi occhi cisposi si puntarono su di lei. Si accorse che voleva parlare; quell'uomo che non parlava mai con nessuno sentiva il bisogno di raccontare qualcosa. Lei riunì tutta la pietà che poté raccogliere nel suo sguardo interrogativo.

Lui si accese una sigaretta e fissò la brace sulla punta. — Qualche volta la sento. Su, in camera sua, tardi, la notte, quando non riesco a dormire. La sento camminare. — Poi in una voce così bassa che Willa temette sfuggisse a Jovan: — A volte la sento piangere.

— La sente camminare? — chiese lei.

— Ma non l'ho mai vista — disse Busky, e si fece il segno della croce. — Grazie a Dio non l'ho mai vista.

Lei tornò a riempirgli il bicchiere. Nel prenderlo, la mano dell'uomo sfiorò quella di Willa e lei si ritrasse. Piegò il capo all'indietro e scolò il bicchiere come se fosse acqua. Poi il mento gli ricadde sul petto e chiuse gli occhi. Un momento dopo russava.

Lei si alzò, gli tolse la sigaretta accesa dalle dita ingiallite e la spense. Era un miracolo che non avesse mai dato fuoco alla casa, in tutti quegli anni. Si spostò in soggiorno, dapprima con cautela, poi, visto che Busky non si svegliava, con sempre maggiore confidenza.

La stanza era in disordine come la cucina. C'era un televisore a colori davanti alle scale, dove un tempo c'era stato quello in bianco e nero; per il resto nulla era cambiato. Willa si insinuò tra mucchi di rifiuti fino alle scale che portavano alla camera di Angel. I gradini erano coperti di sacchetti colmi di lattine e bottiglie di birra vuote.

Willa dovette spostare buona parte di quei mucchi. Se solo le fosse venuto in mente di portare dei guanti. Jovan probabilmente si stava chiedendo cosa stava succedendo, ma lei non se l'era sentita di parlare, con Busky nella camera accanto. Adoperò la suola delle sue

178

scarpe da jogging per muovere i sacchi quel tanto che bastava per passare.

Più saliva e più provava paura. Non voleva credere alla storia degli spettri. L'uomo era un alcolizzato e probabilmente anche un po' squilibrato, rovinato dal bere, dalla solitudine e dai complessi di colpa. Eppure la sua storia sembrava vera, e mentre la raccontava il suo viso era quello di un uomo intrappolato in un incubo.

Raggiunse il pianerottolo in cima alle scale. La porta della camera di Angel era chiusa. Willa afferrò la maniglia, poi lasciò la presa. Aveva veramente bisogno di farlo? Al contrario di Busky, lei sapeva già perché Angel era ritornata quella notte, e non erano i vestiti. La scatola doveva essere sparita o vuota.

Ma a quel punto non poteva più tirarsi indietro. Doveva controllare, lo doveva ad Angel. Fece un profondo respiro e aprì la porta.

La luce trapelava dalle finestre senza tende. I mobili della stanza non erano stati toccati. C'era il letto, coperto di ragnatele. La sua scrivania, il poster di Janis Joplin al muro, sbiadito fino a diventare di un pallore spettrale. Willa si chiese che fine avevano fatto i vestiti di Angel: anche quelli erano stati lasciati lì a marcire? Guardò il ripostiglio ma la porta era chiusa.

— Sono nella camera da letto di Angel — disse ad alta voce. — Lui è addormentato al piano di sotto.

Quasi avvertì il sollievo di Jovan. Willa inalò profondamente e colse un vago aroma di incenso al sandalo. Uno scherzo della memoria, senza dubbio; da ragazzi avevano l'abitudine di bruciarlo per nascondere l'odore della marijuana. A giudicare dalle ragnatele e dallo strato di polvere spesso un dito che si era posato su tutte le superfici, era ovvio che nessuno era entrato in quella stanza da anni.

Andò alla finestra, pulì un angolo del vetro con il fazzoletto e sbirciò fuori. C'era un nugolo di ragazzini che schiamazzavano in strada, e i fischi e le risate arrivavano fino a lì.

Dando la schiena alla stanza, Willa ebbe come una visione. Le sembrò di vedere Angel sul suo letto, intenta a mettersi lo smalto alle unghie dei piedi, con un joint che le ciondolava tra le labbra. Solo un ricordo, eppure l'odore di smalto e di erba continuava a riempire la stanza.

Willa si girò. La stanza era vuota, naturalmente. Ma la porta del ripostiglio era aperta.

Fuori, nel furgone, Jovan udì Willa gridare, poi, per un intero minuto, nient'altro che dei brevi respiri irregolari.

— Parlami — mormorò lui, passandosi nervosamente la mano sui capelli a spazzola. — Cosa succede? — La sua mano era già sulla maniglia della porta posteriore del furgone quando la voce affannosa di lei lo fermò.

— La porta del ripostiglio era chiusa. Adesso è aperta. Io non l'ho toccata. Dio, è pazzesco.

Doveva andare? Lei aveva bisogno di lui? Era stata in gamba a sbloccare la serratura della porta di ingresso, avrebbe potuto essere da lei in trenta secondi. Ma lei gli aveva proibito di intervenire a meno che non l'avesse chiamato.

— Rimani lì — disse. — Sto bene. Sto bene. — Ma insieme alla sua voce giungevano il battito del cuore, e quel respiro affannoso. Era come essere dentro il suo corpo.

— Non posso farlo — disse lei, più a se stessa che a lui.

"Non farlo" voleva gridare Jovan. "Vattene!" Ma lei non poteva sentirlo, e non gli avrebbe obbedito nemmeno se avesse potuto.

Qualcuno era entrato nel ripostiglio di Angel. Gli appendiabiti anteriori erano vuoti. Ma i bagagli dovevano essere stati fatti in fretta e furia, perché il fondo del ripostiglio conteneva ancora i resti del suo guardaroba segreto: gli abiti aderenti e le camicette trasparenti. Perché lasciare lì quelle cose e prendere invece i suoi vestiti da scuola? Si fermò davanti al ripostiglio, bloccata. Per arrivare al nascondiglio di Angel si sarebbe dovuta inginocchiare dando la schiena alla stanza.

La porta dello stanzino doveva essere solo accostata,

agionò, e doveva essersi aperta per le vibrazioni dei suoi passi. Non era una gran spiegazione, ma poteva andare. Eppure non se la sentiva di inginocchiarsi in quel ripostiglio con la schiena rivolta alla stanza. Avrebbe potuto saltarle addosso qualcuno, Busky o… qualcun altro. Su un punto almeno si trovava d'accordo con quel miserabile vecchio. Non voleva voltarsi e vedere Angel in quella stanza.

Prima lo fai e prima te ne vai di qui. Prese una piccola torcia elettrica dalla borsetta ed entrò nel ripostiglio. I ripiani a sinistra non erano stati svuotati. Insieme a mucchi di maglioni mangiati dalle tarme c'erano scatole di fotografie, provini a contatto e attrezzatura fotografica. Sul ripiano in basso, Willa trovò la Canon dell'amica. Fu presa da una tristezza infinita. Sapeva che Angel non avrebbe mai dimenticata. Tolse delicatamente le ragnatele dalla vecchia fotocamera. Vi era ancora un rullino, erano stati fatti solo sette scatti. Facendo scivolare la mano lungo la cinghia, Willa se la portò agli occhi. Quando guardò nel mirino, il ripostiglio scomparve e al suo posto apparve Angel, viva e bellissima, nel suo vestito mozzafiato da ballerina di flamenco, mentre si alzava, ridendo, dal suo trono in mezzo alle rocce di Beacon Hill. "Guardati!" gridava, aprendo le braccia e avvolgendola nel suo focoso abbraccio. "Guardaci!"

La fotocamera le sfuggì di mano, trattenuta solo dalla cinghia. Era ancora nel ripostiglio, e Angel se n'era andata. Il sudore le scorreva lungo le costole e in mezzo ai seni, tanto che temette per il microfono. — Sto bene — disse. — Ho trovato la sua macchina fotografica. — Si accovacciò e accese la torcia puntandola sul fondo del ripiano.

Le ragnatele le bloccavano la vista. Si avvolse il fazzoletto attorno alla mano: che stupida era stata a dimenticarsi i guanti. Il pannello era difficile da distinguere, ma non appena lo toccò, cedette e scivolò da parte senza resistenza.

La vecchia scatola era ancora lì, in bella vista. Dal

cornicione provennero dei fruscii sospetti. Willa afferrò
in fretta il contenitore e lo tirò dentro.

Era tutto sporco, coperto di escrementi di topo e insetti morti, ma si vedeva ancora la sbiadita immagine d
Babbo Natale e dei suoi elfi sul coperchio. — È qui —
disse, a beneficio di Jovan. — La sua scatola dei tesori
Adesso la apro.

Più facile a dirsi che a farsi. Usò di nuovo il suo faz
zoletto. Poi avrebbe dovuto buttarlo via. Il coperchio
arrugginito non si aprì immediatamente, poi cedette
così all'improvviso che Willa vacillò all'indietro.

La scatola era piena. In cima c'era una foto, straordi
nariamente ben conservata, che Willa conosceva bene
Era il ritratto che Angel preferiva di sua madre, fatt
molto prima del matrimonio, sulla passeggiata di Co
ney Island. Anche se la fotografia era in bianco e nero
si poteva capire che la madre di Angel era una rossa
con lo stesso sorriso malizioso della figlia. Sotto la fo
tografia c'era il suo passaporto, e uno spesso portafo
gli. Willa, tenendo la torcia in equilibrio precario sull
ginocchia, sfogliò rapidamente le banconote: forse tre
cento dollari in biglietti da cinque e da dieci.

— È tutto qui — disse a Jovan. — Passaporto, foto
grafie, soldi. Li rimetto a posto. — Questo secondo l
sue istruzioni. Rimise il coperchio alla scatola, l
spinse nel comparto segreto, e richiuse il pannello
Fece però scivolare la macchina fotografica nella su
borsa.

Si alzò in piedi, spazzolandosi i jeans con le man
Appena fuori dal ripostiglio, gli occhi le caddero s
una figura immobile vicino alla porta della camera.

22

Lei urlò. Era solo Busky.

— E che cazzo! — esclamò lui, e chiuse la porta die
tro di sé.

— Mi dispiace, signor Busky. Mi è venuto l'impulso irresistibile di rivedere la sua stanza. Adesso me ne vado.

— Tu te ne vai quando dico io — fece un passo in avanti e lei notò che teneva in mano l'affilato coltellino. — Volevi fare un giro? — disse. — Adesso te lo faccio fare io.

Willa mantenne la sua posizione. Non aveva scelta; l'uomo stava tra lei e la porta, e dietro di lei c'era il letto di Angel, con le sue ragnatele e le lenzuola ammuffite.

— Forse vuoi qualcos'altro — disse lui. Le lanciò un'occhiata che in ogni altro uomo avrebbe definito maliziosa, ma definirla così, in questo caso, avrebbe implicato che appartenevano allo stesso universo sessuale, cosa che Willa riteneva assolutamente impossibile.

— Volevo vedere la sua camera — sostenne lei con fermezza. — E scoprire cosa le è successo.

— Lo sai cosa le è successo.

— No, ma penso che lei lo sappia, e credo che la cosa la stia logorando. Perché non me lo dice?

Busky la guardò con occhio torvo. — Vieni nella mia casa, invadi la mia privacy e poi mi parli così?

Lei fece qualche passo verso la porta. Lui si mosse per fermarla, e questa volta mostrò il coltello. Willa spostò il peso per essere in posizione di vantaggio e afferrò la borsa, appesantita per via del flash e della macchina fotografica che si erano aggiunte alla solita parafernalia. Se avesse provato a toccarla l'avrebbe colpito, ma però di non doverlo fare. Sarebbe stato un peccato rompere la macchina fotografica di Angel. Poi pensò a Jovan, che ascoltava nel furgone.

— A cosa serve quel coltello, signor Busky?

Lui scoprì i suoi denti marroni. — Formaggio.

— È questo che è successo ad Angel? — chiese. — Ha usato il coltello anche con lei?

— Non l'ho mai toccata. Non io.

— Stia attento a dire una cosa del genere qui dentro, signor Busky, perché sono convinta che lei senta ogni parola — disse Willa. — Provi un po' a chiederselo: siamo veramente soli?

Il viso del vecchio si fece esangue, assumendo il colore e la consistenza della farina d'avena. I suoi occhi pallidi perlustrarono la stanza. Voleva spaventarlo, ma la cosa fece effetto anche su di lei. Il profumo di legno di sandalo si avvertiva di più adesso, e copriva persino l'odore dell'uomo. Erano veramente soli?

Al piano inferiore si sentì il rumore della porta di ingresso che sbatteva, seguito poco dopo da quello di qualcuno che saliva la scala di corsa.

— Se avessi avuto bisogno di aiuto, l'avrei detto. Non avresti dovuto irrompere così.

— Hai parlato di un coltello. Sarei dovuto starmene lì ad aspettare dei gorgoglii? — Jovan era paziente, sapeva che erano i nervi a farla parlare così. Quando l'aveva portata fuori, coperta di sporcizia e con le ragnatele tra i capelli, tremava tutta. Per prima cosa, come ci si poteva aspettare, aveva chiesto di lavarsi, e così si erano fermati alla tavola calda più vicina. Lei era rimasta un quarto d'ora nella toilette delle signore. Lui le aveva ordinato del caffè. Quando ritornò, gli gettò la trasmittente in grembo, e gli si sedette di fronte. Faceva sempre la dura, ma la tazza che teneva in mano tremava.

— Hai visto quella casa? — chiese lei. — Ti era mai capitato di vedere qualcosa del genere?

A lui sì, quand'era poliziotto. Gli squilibrati erano il loro pane quotidiano. Ma non aveva voglia di tirare fuori i ricordi di guerra. — Quel posto puzzava tremendamente. Non so come hai fatto a rimanerci tanto a lungo. Ci sei stata un'eternità.

— Sento ancora quell'odore. Mi è rimasto addosso nei vestiti, nei capelli.

Il tremolio nella voce di lei gli fece capire che era sull'orlo di una crisi. Avrebbe voluto abbracciarla e tenerla stretta finché non avesse smesso di tremare. Probabilmente era una fortuna che ci fosse il tavolo in mezzo.

— Bevi il caffè. Dopo ti riporto a casa.

— Non a casa. Jovan, dobbiamo andare dalla polizia.

Era ridotto proprio male, gli faceva piacere persino

vedere le sue labbra che scandivano il suo nome. — Per dire cosa? — chiese.

— Che Angel non se ne è mai andata di sua volontà. Che suo padre l'ha uccisa.

— Noi questo non lo sappiamo.

— Ha mentito. Ha detto che è tornata a prendere la sua roba nel cuore della notte. Ma perché avrebbe dovuto prendere un mucchio di vestiti che odiava e lasciare lì le cose a cui teneva di più?

— Questo non prova che l'abbia uccisa lui.

— Lui aveva scoperto che era incinta.

— Io non l'ho sentito — disse Jovan.

— Io ho visto la sua faccia. Credimi, lo sapeva.

Su una cosa comunque aveva ragione, pensò Jovan. Era venuto il momento di passare il testimone a qualcun altro. La sparizione di Angel, di per sé, non provava che fosse stato commesso un crimine, ma il fatto che Willa avesse scoperto i suoi tesori faceva spostare l'ago della bilancia. Ne avrebbe parlato con il suo vecchio amico Harry Meyerhoff, un tempo membro della squadra omicidi della polizia di New York e adesso capo della sezione Casi irrisolti di Westchester. Harry avrebbe riaperto il caso, non fosse altro perché glielo chiedeva lui. Willa però non lo sapeva, e Jovan non aveva intenzione di dirglielo prima di estorcerle alcune promesse.

— Ti rendi conto che una volta che se ne interessa la polizia, noi non dobbiamo più occuparcene? Niente più interrogatori, niente più scene alla Nancy Drew. Devi mollare tutto e lasciare che se ne occupino loro, qualsiasi cosa implichi.

— A me sta bene — disse lei. — Ne ho avuto abbastanza.

— E non ti aspettare che ti tengano informata, perché non lo faranno. Con quelli, le informazioni sono a senso unico.

— Comunica solo che devono andare subito a perquisire la casa. Busky mi ha visto nel ripostiglio. E se la trova, la scatola dei tesori di Angel diventa storia antica.

— Capisco — disse lui. — Ed è proprio di questo che

volevo parlare. Se la polizia accetta di riaprire il caso, andranno a controllare di persona, e non si accontenteranno di quello che possiamo raccontare noi.

Willa guardò la sua borsa ed esitò. Jovan lo notò e la avvisò. — Con quella gente è tutto o niente. Non ci sono vie di mezzo.

— Ho preso la sua macchina fotografica. C'è una pellicola, e alcune fotografie ancora da sviluppare.

Jovan pensò veloce.

Tecnicamente si trattava di un furto, ma nessun detective della polizia l'avrebbe mai incriminata; sarebbero stati anzi contentissimi di ricevere quelle prove, se fossero risultate utili. — Bene — disse lui. — Puoi darle a me, me ne occupo io.

— Non possiamo prima farle sviluppare? — chiese lei. Jovan la guardò.

— Okay, okay — disse lei. — A chi le porterai?

— A un detective che conosco. Un tale che si chiama Harry Meyerhoff. Dovrebbe essere proprio roba per lui. Gli telefonerò.

— Non possiamo vederlo insieme?

In modo che lei dicesse a Meyerhoff che vedeva lo spettro di Angel? Jovan sapeva come sarebbe andata a finire. Il collega era un tipo con i piedi ben piantati per terra, uno di quelli che dicono subito: "Limitiamoci ai fatti, per favore", più cocciuto che dotato di immaginazione, cosa che per Jovan andava benissimo; anche per lui era molto meglio essere tenaci che brillanti, per far andare a posto le cose.

— Meglio che me ne occupi io — disse lui, preparandosi a una discussione, ma Willa semplicemente annuì. Sembrava esausta, per una volta privata di quella combattività che la teneva in piedi. Più tardi, nel furgone, le appoggiò la testa al finestrino e chiuse gli occhi. Jovan la guardò. Nonostante tutto quello strofinare, le era rimasta una striscia di sporco su un lato del naso.

Mantenne le mani sul volante.

23

— Aspetta un attimo — disse Harry Meyerhoff al telefono. — Se Rae sente che andiamo a pranzo insieme e che lei non è invitata, io sono carne morta. Vuoi che finisca a dormire sul divano?

Jovan non gli chiese come lei avrebbe fatto a saperlo; sapeva bene che Meyerhoff non aveva segreti per la moglie. La maggior parte degli investigatori che aveva conosciuto non dicevano mai niente alle loro consorti; ma un gran numero di loro era divorziato. Harry e Rae Meyerhoff stavano insieme da ventisei anni e il matrimonio, a quanto ne sapeva Jovan, era ancora solido.

L'invito a pranzo di Jovan divenne così un invito di Meyerhoff, e all'ora prevista si trovò davanti al portico della modesta casa coloniale dei Meyerhoff a Yonkers, con una scatola con una torta in una mano e una cartellina di pelle nell'altra. Suonò il campanello, non senza trepidazione. Rae Meyerhoff era stata una grande amica di sua moglie, ma questo non le aveva impedito, dopo la morte di Katie, di tentare di presentare al vedovo tutta una serie di donne da marito.

La porta si aprì e Rae lo salutò con un abbraccio. Appena entrato nel corridoio, Jovan si diede una rapida occhiata attorno.

— Non ti preoccupare — disse lei. — Harry mi ha detto che venivi per lavoro, anche se spero che tu abbia accettato la sua offerta.

— Posso aspettarmi comunque un invito a pranzo? — chiese lui. Nella casa si sentiva odore di pollo arrosto.

— Tu che ne dici? — lei lo prese a braccetto e gli fece attraversare il soggiorno portandolo in cucina, dove Meyerhoff, con un grembiule a fiori annodato attorno alla vita, alzò gli occhi dalla pentola di cui si stava occupando. — Bene, bene, guarda un po' chi è arrivato.

— Jovan temeva che noi due stessimo di nuovo cercando di trovargli moglie — disse Rae.

— Non "noi due", — precisò suo marito — tu. — Poi,

a Jovan: — Lei ci avrebbe provato, se non gliel'avessi impedito. Ma che cos'hanno le donne che non riescono a sopportare la vista di un single?

A tavola parlarono dei figli, i Meyerhoff ne avevano due, uno sposato, l'altro al college, e degli amici in comune. Dopo di che il collega lo portò nel suo studio, si sedette su una poltrona di finta pelle e tirò fuori una scatola di sigari; Jovan ne prese uno e lo annusò.

— E allora che c'è fratello? — chiese il primo. — Sei tornato alla ragione?

— Non l'ho mai persa, Harry. Mi piace quel che faccio.

— L'offerta è ancora valida, sai. Ed è di quelle buone. Niente informatori, niente turni di notte, e se pensi che sia bello arrestare qualche stronzo con le mani ancora sporche di sangue, aspetta a mettere le mani addosso a quelli che pensano di averla fatta franca. Per non parlare delle indennità, della pensione e di una paga sicura.

Jovan si sporse in avanti per farsi accendere il sigaro.

— La squadra Casi irrisolti non è ancora al completo?

— Ho detto questo?

Jovan attese, tirando delle boccate.

Meyerhoff sospirò. — Sai com'è. Esaminare i casi dei colleghi, controllare il loro lavoro, certi non se la sentono. Ma vedo che non sei venuto per alleggerire il mio fardello.

— Temo di no — disse Jovan. — In effetti sono qui per appesantirtelo un altro po'.

Patrick dormiva profondamente quando squillò il telefono. Afferrò annaspando il ricevitore. — Pronto?

— Patrick? — Una voce maschile, qualcuno che conosceva o aveva conosciuto.

— Sì?

— Sono Caleb.

— Caleb, accidenti. — Patrick premette un piccolo tasto sulla sua sveglia da comodino. Il display luminoso indicava l'una e mezza, ma improvvisamente era del tutto sveglio, più sveglio di quanto non fosse stato da tempo.

— Non posso crederci.

— Ho sentito che mi cercavi.

— Già. Non è facile trovarti.

— Ci hai provato.

— Ci abbiamo messo un po', ma alla fine ci siamo ricordati il nome del tipo che ha sposato tua sorella. Che posso dire? Le cellule grigie non sono più quelle di una volta.

— Non è quello che ho sentito io. Gira una bizzarra storia secondo la quale saresti diventato un professore alla Columbia.

— A dire il vero è la New York University, però per quanto strano sia, è vero.

— Buon per te, vecchio mio, buon per te.

Lo disse con tanto calore che una parte di Patrick si sciolse... quella stessa parte, forse, che si era gelata quando l'amico gli aveva voltato le spalle.

— E tu che fai? — chiese. — Dove sei stato?

— Questo e quello — rispose Caleb. — Qua e là.

Tipica risposta da Caleb. Patrick dovette sorridere.
— Lo sai in che mese siamo? — chiese.

Qualche scarica elettrostatica sulla linea. Sarebbe potuto essere ovunque. — Maggio — rispose alla fine l'altro, circospetto.

— Il mese prossimo saranno passati vent'anni esatti dalla consegna dei diplomi.

— Cazzo! Si fa sul serio?

— Allora ti ricordi?

— Mi ricordo tutto — rispose, e seguì un lungo silenzio, rotto da Patrick.

— Già, si fa sul serio, l'ultimo fine settimana di giugno. Willa ci ha invitati tutti a casa sua a Chappaqua.

— Non avevamo stabilito che ci saremmo incontrati a Beacon Hill?

— Ci faremo un pellegrinaggio. Credimi, la casa di Willa è molto più comoda.

— Com'è lei? — chiese Caleb.

— Cresciuta. Bella come sempre. Vedova.

— Come se la cava? — nessuna sorpresa nella sua voce; erano tutte informazioni che già sapeva.

— Molto compassata — rispose Patrick. — Sai com'è Willa. — Aveva fatto balenare il nome di lei come una specie di esca nel messaggio che aveva lasciato per l'amico; perché quindi avrebbe dovuto dargli fastidio se il pesce abboccava? Si rese però conto che invece gliene dava.

— Non proprio — rispose Caleb. — Non più.

— La gente non cambia molto.

— Io sì — ripose lui. — Io cambio ogni minuto. — Almeno così capì Patrick. Le scariche sulla linea rendevano difficile l'ascolto. — Chi altro viene?

— Tutti — disse. — Quasi tutti. Willa, io, Shake e Nancy, Vinny. Travis arriverà da Santa Fe, e Jeremiah da Washington. E adesso tu.

— Non posso fare promesse — disse l'amico, ma prese il numero e l'indirizzo di Willa.

Parlarono ancora per un po'. Caleb fece molte domande e rispose a poche; Patrick lo aggiornò sui suoi amici e conoscenti, ma nemmeno una volta, nel corso della lunga conversazione, uno di loro menzionò Angel.

24

Willa aveva ripreso a scrivere. Questa volta però non si trattava della vita di qualcun altro, ma della sua.

L'idea le era venuta mentre dormiva, o almeno così sembrava, dal momento che quando si era svegliata era lì, pronta in prima linea tra i suoi pensieri, impossibile da ignorare come un seccatore sulla soglia. In vista della riunione, Willa aveva cercato vecchie fotografie, e aveva chiesto ai suoi amici di fare lo stesso. La loro fotografa però era stata Angel, ed eccetto il piccolo album che le aveva regalato, ne trovò ben poche altre. I suoi diari, d'altro canto, contenevano il racconto più dettagliato che si potesse sperare sul periodo che avevano passato insieme. Le sarebbe piaciuto condividerlo con gli altri, ma c'erano troppe cose personali o imbarazzanti, o semplicemente mal scritte per farlo. E così, quel mattino, la soluzione si era presentata da sé: non avrebbe condiviso i diari ma una loro versione ridotta.

Così si era seduta alla scrivania, la finestra aperta per godersi la brezza, e i diari sistemati in ordine cronologico.

Per iniziare il suo compendio scelse l'episodio che aveva segnato la sua entrata nel gruppo: la rivincita di Caleb sull'odioso Blatta. Poi una serie di aneddoti rivelatori sulle loro attività extrascolastiche, a cominciare dalla volta in cui Shake li aveva convinti a saltare la scuola per andare a un festival di blues a New York; per la prima volta lei aveva potuto vedere B.B. King e Mose Allison dal vivo. Nel suo riassunto omise quella che per lei era stata la parte migliore del viaggio: il ritorno a casa, quando lei e Caleb avevano fatto l'amore sul treno.

Alcune delle storie migliori dovettero essere sacrificate del tutto: il party con le troiette, per esempio. Vinny, Caleb e Patrick avevano deciso che dovevano assolutamente far scopare Jeremiah prima del diploma. Travis, anche lui vergine, era al di là di ogni speranza. Un weekend, quando i genitori di Caleb erano via, avevano organizzato una festa a casa sua. Oltre ai ragazzi di Beacon Hill, le altre ospiti erano sei troie notorie, delle ragazzine così elettrizzate all'idea di farsela con quella banda che si sarebbero scopate una pantegana, figuriamoci un tipo prestante e altolocato come Jeremiah.

Il party incominciò alle nove. Alle dieci erano tutti partiti. Jeremiah era sul divano a lavorarsi una delle ragazzine, quando era suonato il campanello. Sua madre aveva fatto irruzione urlando insulti in ogni direzione. Aveva strappato la ragazza da sotto a Jeremiah, afferrato il figlio per un orecchio, e l'aveva trascinato fuori di lì.

Povero Jeremiah. Willa si asciugò gli occhi, ancora umidi dalle risate.

Quando squillò il telefono, sobbalzò come se l'avessero svegliata e diede un'occhiata all'orologio. Mezzogiorno passato, ed era ancora in vestaglia. Era anche affamata; doveva essersi dimenticata di fare colazione. Rispose al telefono, pensando di sentire la voce di Caleb. La stava aspettando da quando Patrick le aveva detto della sua telefonata notturna di una settimana prima. Invece era Chloe, urlante. — Mamma, oh mio Dio, tu non crederai a quello che è successo: Emily si è rotta una gamba!

— Emily?

— Emily Madison! Annie! Base terra a mamma: rispondete, prego!

— E così non può interpretare la parte?

— Sulle stampelle? Mamma, tocca a me adesso. Sono io Annie. — L'ultima frase era stata pronunciata con una voce vibrante di terrore.

— Oh, povera Emily! Ma, Chloe, tu te la caverai benissimo. Conosci la parte alla perfezione.

— Ci sarà una prova speciale subito dopo la scuola. Il signor Kohegan vuole che tu venga. Puoi?

— Certo — promise Willa, non senza uno sguardo di rimpianto ai diari. — Chloe, è fantastico!

— È un disastro — si lamentò la figlia, e riappese.

Aveva appena finito di vestirsi quando suonò il campanello. Si diede una rapida pettinata ai capelli bagnati e corse di sotto. Guardò dalla veranda. C'era un uomo grassoccio che non aveva mai visto che la stava osservando. Le mostrò un distintivo dorato.

Servì il caffè in soggiorno, dove si sedettero l'uno di fronte all'altra. Il detective era un uomo calvo, triste, sulla cinquantina. Indossava un completo grigio con della forfora sulle spalle, una camicia bianca e una cravatta rossa, allentata sulla gola. Aveva l'aspetto di uno che le ha viste tutte. Harry Meyerhoff non aveva proprio nulla di notevole, e il primo pensiero di Willa fu: Jovan non poteva trovare qualcuno di meglio.

— Come ha conosciuto Angelica Busky? — incominciò Meyerhoff.

— Eravamo compagne di liceo. Era la mia migliore amica.

Lui annuì incoraggiante. — Dunque la conosceva bene.

— Penso di sì. La chiamavano tutti Angel, comunque, non Angelica.

— Mi parli di lei. Com'era?

Willa ci pensò su un attimo. — Bella, avventurosa, piena di talenti. Era una brava fotografa, e anche più brava come cantante. Per un po' ha cantato con la band del nostro amico Shake. Il suo idolo era Janis Joplin, l'aveva presa come modello.

— Droghe comprese?

— Niente di pesante.

— Aveva un ragazzo? — chiese Meyerhoff.

Willa annuì. Improvvisamente si sentiva a disagio.

— Come si chiamava?

Al liceo, i poliziotti erano stati i loro nemici, "maiali" li chiamavano, e tradire un amico era un tabù che nessuno avrebbe infranto. Anche adesso non le sembrava giusto. Willa pensò che avrebbe dovuto chiedere il permesso. Doveva pensare che sarebbe successa una cosa del genere; Jovan l'aveva avvertita. Non potrai nascondere nulla, le aveva detto, e lei si era detta d'accordo. E adesso che bisognava fare nomi, non poté evitare di esitare.

Il detective fece una faccia avvilita. — Secondo il nostro comune amico, è lei che vuole queste indagini. Be', lei ha avuto quel che voleva. Ma per il mio lavoro io devo parlare con tutti quelli che l'hanno conosciuta.

— Patrick Mullhaven — disse lei, rassegnata. — Insegna alla New York University.

— Avrò bisogno del suo nome e indirizzo. E anche di quelli degli altri suoi amici. — Meyerhoff aprì il taccuino a una nuova pagina e lo spinse verso di lei sul tavolino.

"Patrick Mullhaven" scrisse lei. "Vincent Delgaudio. Travis Fleck. Nancy e John Shaker. Caleb Rhys." Lasciare fuori Jeremiah le veniva naturale, persino dopo tutto quel tempo. Lui era stato, ed era ancora, il loro uomo di punta. Willa aggiunse i nomi e gli indirizzi, che prese dalla sua rubrica, tranne quello di Caleb, che non aveva ancora chiamato.

Meyerhoff prese la lista. — Bene. Ora cosa mi può dire del giorno in cui è scomparsa?

— Non molto. Vede, io non c'ero; sono partita per Parigi il giorno dopo la consegna dei diplomi. Ma deve avere tutti i particolari nel rapporto sulla scomparsa.

— Non è stato fatto nessun rapporto. Lei era maggiorenne, e non c'era niente che facesse pensare che si trattasse di un crimine.

— E allora la polizia non l'ha mai cercata?

— Non come persona scomparsa.

Lei lo guardò. — Come cosa, allora?

— Furto d'auto.

Willa restò a bocca aperta. — Busky ha denunciato il furto della macchina ma non la scomparsa della figlia?

— Disse che era stata lei a rubarla.

— Che bastardo!

— Quando è stata l'ultima volta che ha visto Angel? — continuò Meyerhoff, imperturbabile.

— La notte della consegna dei diplomi. Il giorno dopo...

— È partita per Parigi, sì. Ma quando è tornata non ha provato a cercarla?

— Ho chiesto di lei. Nessuno sapeva dov'era finita. Ma l'aveva già fatto prima, di andarsene di casa, intendo; e nessuno pensava che questa volta sarebbe stato diverso. Aveva promesso di venirmi a trovare al college. Ho sempre pensato che un giorno o l'altro si sarebbe fatta viva al campus.

— E quando non si è fatta viva?

Willa scosse le spalle. — Allora ho pensato che ce l'avesse ancora con me. E non mi sono resa conto che nessun altro l'aveva più sentita. Quando ero al college i miei genitori hanno venduto la nostra casa, e da allora non ho più visto molto i miei vecchi amici.

Il sergente la osservò come un serpente che insegue un topo. — Che ce l'avesse ancora con lei? Per cosa?

Bisognava rivelare tutto, le aveva detto Jovan. Ma lei non immaginava che potesse essere così sgradevole. Aveva subito degli esami ginecologici meno intrusivi. — Un mese prima della fine della scuola — confessò — Angel era andata a letto con il mio ragazzo. — Era una cosa che le faceva ancora male. Ma lo raccontò in maniera fredda e compassata.

— Come si chiamava?

— Caleb Rhys.

Lui scrisse il nome, poi aggrottò la fronte. — Non capisco. Va a letto con il suo ragazzo ed è lei che se la prende?

— Per il fatto che io non avevo superato il test. Perché ero una "principessina borghese americana dalle vedute ristrette". E per aver lasciato che un uomo si mettesse tra noi.

Meyerhoff issò quegli occhi pesanti. — Sembra un po' difficilina, la sua Angel.

Un sorrisetto attraversò rapidamente il viso di Willa. — Sempre!

— Patrick non deve averla presa bene, che la sua ragazza si fosse fatta il suo amico.

— Patrick non è un tipo geloso. — Ma anche mentre lo diceva, rivide lo sguardo che Patrick aveva lanciato a Jovan quando si erano incrociati a casa sua.

— Angel era incinta quando è scomparsa? — Nessun cambiamento nella voce di Meyerhoff mentre glielo chiedeva; sembrava che stesse chiedendole l'ora.

— Così mi hanno detto.

— Era Patrick il padre?

Di nuovo quel senso di disagio. Si sospettava sempre del fidanzato, vero? E Meyerhoff non sembrava proprio un pensatore originale. I sospetti di Willa furono accantonati, dimenticati. Patrick non avrebbe mai fatto del male ad Angel; ma se ne sarebbero resi conto loro?

— Era uno dei candidati — rispose.

— E Caleb un altro, immagino. Chi altro concorreva?

Shake, ma perché metterlo nei guai? Le venne in mente pure O'Rourke, ma Patrick aveva ragione su di lui: non c'era niente che collegasse Angel e il suo ex insegnante eccetto la fervida immaginazione di Travis. Un po' poco per coinvolgere un uomo in un'indagine di polizia.

— Non so — disse lei. — Ma che importanza ha, in ogni modo? È con suo padre che dovete parlare. È lui che la picchiava a sangue.

— Come lo sa? Glielo diceva lei?

— No. Me l'ha detto Patrick.

Il poliziotto annuì, e anche se la sua faccia era imperscrutabile, Willa era sicura che stesse soppesando la fonte.

— So però che aveva una paura tremenda di suo padre — affermò. — E so che Busky ha mentito. Ha sentito la registrazione?

— L'ho sentita.

— Dice che quella notte è tornata a casa a prendere la sua roba. Ma se fosse veramente tornata, avrebbe preso i suoi tesori e i soldi. Lui l'ha detto solo per far sembrare che fosse scappata di casa.

— È la stessa storia che ha raccontato alla polizia all'epoca.

— Il che prova che è una bugia!

— Come?

— Sono passati vent'anni — disse Willa, sorpresa ci fosse bisogno di spiegarglielo. — La gente dimentica, abbellisce, censura. Le storie vere si evolvono. Le bugie rimangono tali e quali. Non se ne è mai accorto nel suo lavoro?

Meyerhoff posò la penna e la studiò senza fretta o imbarazzo, come se fosse un dipinto in una galleria. — Questa è un'osservazione interessante — disse alla fine. — Mi chiedo come ci sia arrivata.

— Sono una biografa. Nel mio lavoro si impara che da ogni avvenimento possono scaturire migliaia di storie, ciascuna delle quali un poco diversa, e dipende non solo da chi le racconta ma anche dalle persone alle quali ci si rivolge.

— Mmh — fu tutto quello che il detective disse, ma da quel momento fino alla fine dell'interrogatorio il suo contegno mutò. Si compose sulla sedia, la piantò con la routine da tenente Colombo, e ascoltò più che scrivere.

— Angel aveva dei nemici? — chiese.

— Nemici? — si schernì lei. — Stiamo parlando di una ragazza di diciotto anni.

— Che andava a letto con diverse persone. Magari qualcuno di loro aveva delle fidanzate.

— Angel non aveva molto rispetto per i legami — concesse lei. — Ma non erano gran cosa, roba da liceali.

— Visti oggi, senz'altro — disse Meyerhoff, dolcemente. — Ma allora non sembravano così insignificanti, credo.

Adesso fu il turno di Willa a dover rivedere la propria prima impressione. Una volta messo da parte l'aspetto da impiegato, la continua mania di scrivere tutto, e il modo in cui si era seduto, come se fosse contento di non dovere camminare per un po', quell'uomo non era uno stupido. Quando Angel aveva fatto sesso con Caleb, Willa si era sentita crollare il mondo addosso; era il tradimento più vergognoso che potesse immaginare. Ed era stata una cosa terribile anche per Nancy, quella volta che Shake e Angel erano spariti insieme. Nancy era sempre stata una che accettava stupidamente tutto, tranne quando c'era di mezzo il suo uomo. Una volta aveva schiaffeggiato una ragazza solo perché gli aveva sorriso; quella sera, alla festa, quando Angel e Shake erano finalmente ricomparsi, avevano dovuto trattenerla. No, Meyerhoff aveva ragione; non c'era niente di insignificante nelle passioni degli adolescenti.

Lui le mostrò una foto, una di quelle della macchina fotografica di Angel. Era un'istantanea dei ragazzi di Beacon Hill *in situ*. Willa non poté fare a meno di sorridere. Com'erano giovani. Shake, a torso nudo, posava la testa in grembo a Nancy. Patrick e Caleb erano insieme, impegnati in qualche conversazione. Vinny, Travis e Jeremiah giocavano a carte sulle rocce. Nell'immagine non comparivano né Angel né Willa. Angel, presumibilmente, perché era stata lei a scattarla. Willa perché all'epoca era già in Francia.

— Questa dovrebbe essere stata fatta tra il giorno della consegna dei diplomi e quello in cui Angel è scomparsa — affermò Willa.

— Come lo sa?

— Il giorno dei diplomi aveva finito un rullino. Non alla cerimonia, noi non ci siamo andati, ma a una celebrazione per conto nostro, a Beacon Hill, dove ci trovavamo di solito. Lei poi tolse il rullino; quindi le immagini su quello nuovo devono essere state scattate in seguito. Dove sono le altre?

— Eccellente — si complimentò l'uomo, ignorando la domanda. — Che memoria precisa che ha, signora Durrell. Viene dal fare la scrittrice, senza dubbio. E chi sono queste persone? Vorrei dare un nome alle facce.

No, non era per nulla stupido. Sapeva benissimo che aveva lasciato da parte un nome. — Quello è Shake, John Shaker, con Nancy, ora sua moglie. Quelli sono Caleb e Patrick. I tipi che giocano a carte sono Travis, Vinny e Jeremiah.

Lui fece finta di esaminare la lista che lei aveva scritto. — Non vedo questo Jeremiah.

— Me n'ero dimenticata. Non è che stesse molto con noi.

— Qual è il cognome di Jeremiah?

— Conosceva appena Angel. Sono sicura che non può aggiungere nulla a quanto possiamo dire noi.

Meyerhoff le lanciò uno sguardo che la fece sentire una ragazzina.

— Si chiama Jeremiah Wright — disse lei alla fine. — È l'assistente del senatore Apfel. Dubito molto che possa esserle d'aiuto. Sarebbe meglio che lei rivolgesse a me le sue domande.

— Wright con la "W"?

— Sì.

— Ha il numero?

— No.

— Non importa, lo troverò. — Meyerhoff sorrise. Non era un sorriso molto simpatico, e Willa a quel punto iniziò ad aver paura di quello che aveva messo in moto, sbalordita di come si stesse allargando; era come se avesse gettato un sassolino in uno stagno e avesse visto esplodere una granata.

— Non ce n'è bisogno — disse. — Se deve davvero parlargli, sarà qui per la riunione. — Meyerhoff la guardò senza comprendere. — Jovan non gliene ha parlato? È da qui che è partito tutto. — Lei gli raccontò del loro patto, e dei loro piani per rispettarlo.

— E vengono tutti? — chiese l'uomo, mostrando deboli ma allarmanti segni di animazione. — Anche Jeremiah e gli altri che abitano fuori città?

— Sì, eccetto Angel, naturalmente, e forse Caleb; anche se è possibile che si faccia vivo all'ultimo momento. Perché? — Poi, come se scherzasse, chiese: — Non penserà mica di autoinvitarsi?

— Preferirei essere invitato.

Willa si premette le tempie con le mani. Ora sì che provava veramente rimorso per quello che aveva fatto. — Senza offesa, ma temo proprio che se la invitassi, lei rovinerebbe la festa.

— Lei non mi conosce — disse Meyerhoff, puntandosi il pollice contro il petto. — Io sono l'anima delle feste.

25

L'auditorium era in quello stato di confusione che lasciava presupporre l'esistenza di qualche disegno nascosto. Mezza dozzina di ragazzi si affaccendavano sul palcoscenico, trasportando mobili e assi, mentre un'altra squadra battagliava con un enorme, ingombrante fondale che odorava ancora di pittura. Le luci di scena si accendevano e si spegnevano. Delle ragazzine con stracci da orfanella e delle giovani più grandi vestite da vigilatrici correvano per tutto l'auditorium. Alzandosi al di sopra del suono cacofonico della banda che accordava gli strumenti, la voce stentorea del signor Ken Kohegan, il regista, latrava ordini.

Willa, dal fondo del teatro, cercò di scorgere Chloe, e

alla fine la vide vicino alla fossa dell'orchestra; ancora nei suoi vestiti da scuola, era con la signora Glouster, la direttrice musicale della commedia e l'insegnante del coro della scuola.

Con loro c'era un ragazzo alto con i capelli biondi ritti sulla testa. Anche se le dava la schiena, lo riconobbe subito. Mentre Roy Bliss seguiva la signora Glouster, che parlava animatamente, Chloe non faceva che guardare il ragazzo. Nel bel mezzo di tutta quell'animazione, continuava a starsene immobile, così concentrata su Roy che a sua madre risultò subito chiaro che per lei non esisteva nient'altro.

Willa fece un profondo sospiro.

Le prove incominciarono qualche minuto dopo, senza interruzioni se non per cambiare le scene. Willa era l'unica spettatrice. Dei brividi le correvano lungo la schiena.

Aveva sempre saputo che Chloe era brava a cantare. Persino quand'era una bambinetta, la sua voce era di quelle che rimanevano impresse. Dio sa da dove l'aveva presa; Simon sapeva a malapena intonare un motivetto, e la sua voce, anche se non stonata, era debole e limitata in estensione. Willa non aveva mai dato troppa importanza all'abilità della figlia, partendo dal presupposto che tutti i bambini sapessero cantare. Era stato solo a scuola, quando la maestra di musica si era messa a lodarla, che aveva incominciato a prestarvi attenzione. Ma anche così, non si era mai resa conto di quanto fosse brava, finché non la sentì sul palcoscenico accompagnata dalla banda.

Dapprincipio Chloe era rigida e seria, poi via via che lo spettacolo procedeva si calò nel personaggio, che le si adattava perfettamente: non era anche lei una mezza orfanella, una ragazza che aveva bisogno di un padre? L'identificazione tra attore e personaggio infuse nella sua voce un pathos che commosse tutti quelli che la udivano. I macchinisti abbandonarono i loro posti; i bidelli si accalcarono sulla soglia, le segretarie lasciarono le loro scrivanie ed entrarono.

Nel finale ci fu una sorpresa: Chloe apparve nel costume di scena, i capelli biondi nascosti da una parrucca di riccioli rossi. I ragazzi che si occupavano delle luci scelsero proprio quel momento per scoprire il faretto cercapersone, e la isolarono in un cono di luce bianca, elidendole il volto nel contrasto, tanto che Willa scorse solo i capelli fulvi. Per un istante emozionante fu Angel che vide, Angel che udì, con quella sua voce piena di fiducia nelle promesse del domani.

L'illusione durò solo un attimo, ma, combinata con quello che sapeva e sospettava del vero futuro dell'amica, le diede una stretta al cuore. Dovette uscire. Scivolò fuori dall'auditorium e si mise a passeggiare nel parcheggio finché non riprese il controllo.

Quando tornò dentro, le prove erano finite. Qualcuno le batté leggermente su una spalla. Si girò e vide che si trattava di Roy Bliss. Si salutarono educatamente.

— È stata grande, vero? — disse Roy. — Glielo avevo detto che sarebbe andata così. Avrebbe avuto subito la parte, solo che non volevano assegnarla a una del primo anno. — Poi tossicchiò esitando, e infine disse: — Dopo lo spettacolo, le ragazze del coro hanno organizzato una festa. Ci saranno anche i loro genitori. Non ha nulla in contrario se Chloe ci va con me?

Willa lo guardò. I capelli, i tatuaggi e gli orecchini non la impressionavano più, non erano poi così diversi dalle chiome lunghe e dai sandali dei suoi giorni. Era di mezza testa più alto di lei, ma era solo un ragazzo.

— Roy, — disse lei — Chloe mi ha raccontato cosa è successo la sera che l'hai accompagnata a casa. È possibile che io ti abbia giudicato male. Ma se ti sono sembrata una madre maniaca e iperprotettiva che vorrebbe saltare alla gola di chiunque tocchi la figlia, allora mi hai giudicato benissimo, perché è esattamente così che sono. Mi hai capito?

— Sì, signora.

— Bene — disse. — Perché se Chloe viene con te, è sotto la tua responsabilità. Mia figlia non beve, fuma o ingerisce niente che non le darei io. E mentre tu sei con lei, neanche tu.

— No, signora.

— In quel caso — disse Willa — hai il mio permesso.

Un momento dopo li raggiunse la signora Glouster. — Signor Bliss, ha fatto un buon lavoro questa sera. Ma cosa ci fanno quei tamburi ancora là?

Lui dovette andare. Per un momento l'insegnante lo seguì con lo sguardo. — Un ragazzo simpatico — commentò.

Willa la osservò, aspettandosi del sarcasmo che non trovò.

— Ed è anche un musicista serio — continuò la donna. — I pezzi se li scrive lui. — Poi accennò al palcoscenico. — Ha visto Chloe?

— Oh, sì.

— E...?

— È stata brava, vero?

— Brava? — La signora Glouster tirò su con il naso. — Bravi sono stati tutti gli altri. Chloe è qualcosa di molto diverso. Chi è il suo insegnante?

Willa era confusa. — Ma... è lei.

— Voglio dire il suo insegnante privato.

— Non ne ha.

— Santo cielo — la donna la fissò da dietro i suoi spessi occhiali. — Signora Durrell, sua figlia ha un dono straordinario. Un talento di quel tipo va coltivato.

— Però deve essere lei a volerlo. Chloe non ha mai chiesto lezioni di canto.

La signora Glouster si picchiettò il naso. — La ragazza non sa ancora il dono che ha. Del resto fino a questo momento non lo sapevamo neanche noi.

Si sedettero nell'auto mentre il parcheggio si svuotava. C'era così tanto da dire, ma Willa aveva paura di aprir bocca.

— E allora? — la incitò Chloe.

— Sei stata meravigliosa — disse la madre. — Ero incredibilmente orgogliosa. Mettevi soggezione.

— Davvero mamma?

— Ma certo! Sai, la signora Glouster pensa che sia ora di occuparsi seriamente della tua voce. Che ne diresti di qualche lezione privata?

— Certo, immagino. Così me la sono cavata bene? Sai, è che ti ho visto uscire prima della fine, e pensavo che non ti fossi piaciuta.

— Oh no, tesoro, no. Non era per quello. È solo che... avevo quella mia amica che cantava. Angel. Mi sembra di avertene parlato.

— La rossa dell'album.

— Esatto. Aveva una bellissima voce. E adesso se n'è andata. Quando ti ho visto lassù con quella parrucca rossa, per un momento mi è sembrato di vedere lei. È per questo che sono uscita. Improvvisamente mi è venuto un mancamento e sono dovuta andare a prendere un po' d'aria.

— Come "andata"? — chiese Chloe. — Morta?

— Penso di sì.

— Non lo sopporto! — esplose la ragazza. — Mi fa star male il modo in cui le persone che ti stanno a cuore muoiono.

Willa avvertì un dolore lacerante, seguito da un senso di perdita come quello che poteva provare un amputato. Il dolore, incancrenitosi per essere stato soppresso tanto a lungo, le scorse in tutte le vene come un veleno. Dov'è Simon, dov'è, perché non è qui? Lui era sempre stato accanto a Chloe. Willa lo rivide, come in un montaggio, mentre la cullava in sala parto, le cantava la ninna nanna, la portava a spasso, la teneva in alto sopra le onde al mare.

Sei mesi di dolore condensati in un unico pianto convulso. Si coprì il volto e singhiozzò senza freni. "È tutto così sbagliato", pensò. "Questa è la notte di Chloe e io gliela sto rovinando." Ma la sua mente non aveva nessun dominio sul corpo.

— Mamma, oddio, cosa c'è? — gridò la figlia, con gli

203

occhi spalancati per la paura, una mano pronta sulla maniglia della porta.

Soffocata dalle lacrime, Willa respirò affannosamente. — Mi dispiace.

— Ma cosa c'è che non va?

— È solo che ho pensato... vorrei che tuo padre avesse potuto vederti. Sarebbe stato così orgoglioso.

Chloe le gettò le braccia al collo e la strinse come un marinaio che sta per affogare poteva abbracciare una boa. — Magari l'ha fatto — sussurrò Chloe. — È possibile, vero?

— Tutto è possibile — rispose lei.

26

— Lo odio questo caso — disse Harry Meyerhoff.

— E perché? — chiese Jovan. Erano seduti a un tavolo in un bar senza nome del Bronx, incuneato tra una pizzeria e un lavasecco in Fordham Avenue. Fuori erano le due del pomeriggio, il sole splendeva, e il viale era gremito di gente che faceva spese. Dentro invece regnava un eterno crepuscolo e l'atmosfera era allegra come quella dell'anticamera di una sala mortuaria. Era stato Meyerhoff a decidere l'incontro, come pure il luogo, e Jovan non ne sapeva il motivo.

— Vediamo di enumerarli, i perché — rispose l'uomo, usando le dita. — Nessun cadavere. Nessuna prova. Nessuna indagine precedente. Nessuna scena del crimine. Addirittura niente che dimostri che ci sia stato sul serio un crimine.

— Però c'è stato.

— Forse. Non si può escludere il suicidio.

— Certo. Quello che mi domando è dove abbia nascosto il suo cadavere quando si è uccisa.

— Sapientone — brontolò Meyerhoff. Fece un cenno alla cameriera indicando i loro bicchieri vuoti.

— A che punto sei? — chiese Jovan.

— Ho finito tutti i preliminari: gli screening per le

persone scomparse, l'NCIC, la DMV, il Lexis/Nexis, l'INS e tutta quella roba.

Jovan annuì. — E hai ottenuto qualche risultato?

— Niente, come te. Stiamo cercando anche l'auto.

— Quella di Busky? Dopo vent'anni? Buona fortuna.

La cameriera portò il nuovo giro di bevande: birra per Jovan, club soda per Meyerhoff. Era una ragazza ispanica piuttosto graziosa con un abito da mezza sera un po' troppo stretto. Meyerhoff si sporse a guardarla. Quanto tornò a voltarsi, l'amico rideva.

— Che c'è? — chiese il primo.

— Se Rae ti avesse beccato a guardarla in quel modo, ti avrebbe ficcato una forchetta nell'occhio.

— Oh, davvero? Lascia che ti dica qualcosa, compare: il segreto di un lungo e fedele matrimonio è un'attiva immaginazione.

— Questo vale anche per lei?

Il poliziotto mise avanti le mani. — Come se volessi saperlo! Ci sono dei limiti all'intimità. Tutti hanno diritto ad avere un loro spazio, no?

Jovan bevve un sorso di birra. — Lei comunque la forchetta nell'occhio te la pianterebbe lo stesso.

— A proposito di occhi — disse l'altro. — Ho conosciuto la tua cliente.

— Oh, davvero?

— Simpatica. Molto simpatica.

— Pensi?

— Perché tu no?

— Non ci ho mai pensato.

Meyerhoff sghignazzò. — Adesso sei tu che dici bugie. La domanda è: le dice anche lei?

— A che proposito?

— Non so. Ho avuto la sensazione che ne sapesse di più di quanto mi ha detto.

Jovan sospirò. — Anch'io ho avuto la stessa sensazione, e parecchie volte.

— Strana gente, quei suoi vecchi amici. Ne hai conosciuto qualcuno?

— Solo Patrick, e l'ho visto solo un attimo. Poi ho visto anche il vecchio Busky, quando sono corso dietro alla signora Durrell.

— Che ne pensi di lui?

— Un vecchio balordo. Alcolizzato allo stadio terminale.

— Pericoloso? Che sarebbe successo se non fossi arrivato tu?

— L'avrebbe sistemato lei. Anche con il coltello non avrebbe avuto problemi. Perché, a te quel tipo piace?

Meyerhoff scrollò le spalle. — Siamo solo all'inizio.

— La signora Durrell sospetta di lui.

— Questo non prova niente. Le alternative non le piacerebbero.

— Hai sentito la registrazione — disse Jovan. — Quell'uomo è tormentato da enormi sensi di colpa.

— L'ho sentito. E ho anche visto le fotografie — buttò lì il poliziotto, e quindi cadde nel silenzio. Jovan moriva dalla voglia di vedere le fotografie della fotocamera di Angel, ma non poteva chiederglielo, aveva rinunciato a quel diritto. Nel suo rapporto con Meyerhoff c'erano dei limiti, anche se all'interno di quei confini la loro amicizia era profonda.

L'amico aveva scelto di tenergli nascoste delle cose.

— Com'è Patrick?

— Un tipo brillante. Insegna alla New York University.

— Gay?

Jovan aggrottò la fronte. — Non direi proprio. Direi anzi che va in fregola per la mia cliente. Non era troppo contento di vedermi lì.

— E tu? — chiese il poliziotto, con uno sguardo malizioso che gli animò gli occhi sonnolenti. — Tu eri contento di trovarti lì?

— Scusa?

— Non è una domanda complicata.

— Uno, — disse Jovan — questi non sono affari tuoi. Due, lei è una cliente. E tre, ti sembra una donna che abbia del tempo per me?

Tre negazioni quando ne sarebbe bastata una. Meyerhoff sorrise. Non per niente era diventato un de tective. — Non vorrai farmi credere che non l'hai neanche guardata?

— Stai diventando come tua moglie?

— Per favore. Rae sarebbe stata molto più sottile. — Lasciò cadere la cosa. — Stavo pensando alla riunione che terrà a casa sua il prossimo fine settimana.

— E allora?

— Un'occasione perfetta per fare una chiacchierata con quelli che vengono da fuori.

— Ah-ah — disse Jovan, che si stava chiedendo come mai Meyerhoff l'avesse convocato.

— Ho cercato di strapparle un invito — disse il poliziotto. — Però non mi è riuscito. Sembrava dell'idea che avrei rovinato la festa.

— Tu? — lo prese in giro Jovan. — Non le hai raccontato che sei l'anima delle feste?

— A dire il vero sì. Ma non credo che mi abbia creduto. Forse potresti andarci tu.

— Non mi ha invitato.

— Parleranno di Angel — disse Meyerhoff. — Saranno costretti a farlo.

— E non passerai da loro?

— Vedrò di intercettarli prima che vadano. Ma sarebbe interessante sapere che cosa dicono tra di loro.

— Cosa ti fa pensare che lei accetti?

— Una donna che è entrata in casa di Busky con un microfono? Sarà una passeggiata.

— È diverso. Qui si tratta di mettere nei guai degli amici.

— No, se non hanno fatto niente di male.

— Per favore — lo redarguì Jovan.

— Pensaci — disse l'altro. — E pensa pure a questo, già che ci sei: se non è stato il suo vecchio, è probabile che sia stato uno di loro.

Usciti dal bar si separarono. Jovan girò a sinistra verso la metropolitana. Meyerhoff, che aveva lasciato l'auto davanti al locale, partì in direzione opposta. Era un giorno ideale per passeggiare, meno di venticinque gradi, niente umidità e, una volta tanto, un'aria respirabile.

La stazione di servizio di Vinny Delgaudio era a soli tre isolati di distanza. Meyerhoff la osservò dall'altra parte della strada. Era piuttosto grande, con dodici pompe e un negozio di accessori. C'era un ragazzo che lavorava alla benzina, una donna che si occupava del negozio, e quattro meccanici all'opera in officina: un ispanico, due neri e il quarto bianco, probabilmente italiano, ma troppo giovane per essere Delgaudio. Meyerhoff sperò di non aver fatto il viaggio a vuoto. Non aveva telefonato prima. Non che ci fossero dei sospetti particolari: Delgaudio non sembrava avere una grande rilevanza nel caso di Angel, e i suoi affari, a quanto constava a Meyerhoff, erano del tutto legali. Però era una questione di principio. Un buon investigatore adopera tutti i mezzi a sua disposizione, incluso l'effetto sorpresa.

Attraversò la strada, superò il negozio, ed entrò nel garage da una delle aperture. La prima cosa che notò furono le auto: una Porsche, due Audi, una Mercedes. Non era quello che uno si sarebbe aspettato in quel quartiere. L'officina era immacolata, nessun disordine e un sacco di strumenti hi-tech in bella mostra. Il meccanico bianco, un ragazzo dai capelli scuri sulla ventina, lasciò la Mercedes e gli andò incontro. — Posso esserle di aiuto?

— Vorrei vedere Vincent Delgaudio.

— E lei è...?

Il ragazzo parlava con un'autorità sproporzionata ai suoi anni, ed era stato rapido ad avvicinarsi. Il figlio del proprietario, forse? Meyerhoff fece balenare il suo distintivo. — C'è?

— Vado a vedere — rispose il meccanico. Superò un interfono sulla parete e si diresse verso una porta in fondo al garage. Meyerhoff lo seguì. Di fronte a loro, alla fine del corridoio, c'era un ufficio con la porta semiaperta. Il poliziotto scorse un uomo seduto a una scrivania, prima che il ragazzo si voltasse e tornasse indietro, impedendogli la vista. — Mi scusi — disse, più educatamente di quanto volesse. — Le dispiacerebbe aspettare fuori?

— Va tutto bene, figliolo — rispose Meyerhoff. — Ti risparmierò la fatica di riaccompagnarmi. — Si fece avanti. Il giovane lo fece passare controvoglia.

— Il signor Delgaudio? — disse entrando, con il ragazzo alle calcagna. L'uomo alla scrivania alzò lo sguardo dalla stampata di un computer e per un istante Meyerhoff pensò di essersi sbagliato. Quel tipo sembrava un avvocato da duecento dollari l'ora; solo le mani, con le punte delle dita nere di grasso, smentivano quell'impressione.

— Sono Delgaudio. E lei chi è?

— È un poliziotto — spiegò il meccanico.

— Sergente investigativo Harry Meyerhoff.

— Mi ha beccato! — disse Vinny, porgendogli i polsi e ridendo; Meyerhoff fece un sorriso educato.

— Si accomodi. Va bene, Frank.

Il giovane meccanico se ne andò. Vinny gli chiese di chiudere la porta.

— Bel ragazzo. Suo figlio? — chiese il detective, sprofondando in una poltrona di pelle tanto comoda quanto bella. L'ufficio era incongruo quanto il suo proprietario. Sembrava lo studio di un professionista.

— Nipote — spiegò Vinny, togliendosi gli occhiali che usava per leggere. — Cosa posso fare per lei, sergente? Avanti spari — disse Vinny. — Non in senso letterale, naturalmente.

Era forse un po' troppo gioviale, notò Meyerhoff. Tirò fuori il suo taccuino. — Sto cercando una donna che lei un tempo conosceva. Le dice niente il nome di Angel Busky?

Il viso di Vinny non cambiò, ma passò un attimo prima che rispondesse. — Vagamente. Conoscevo una Angel Busky al liceo.

— È lei. Stiamo tentando di rintracciarla.

— Perché siete venuti da me? È da vent'anni che non la vedo.

— Il problema è proprio questo. Nessuno l'ha più vista da allora.

— È scappata di casa. Con successo, a quanto pare.

— Nessuna idea di dove possa essere andata?

Vinny scosse la testa.

— L'ha più sentita da allora?

— No. Ma nemmeno me l'aspettavo. Non eravamo così intimi.

— Chi era intimo con lei?

Vinny incrociò le braccia. Il suo viso si sforzava di rimanere impassibile, ma Meyerhoff si accorse che gli ingranaggi ruotavano furiosamente. Quanto sapevano? Quant'era il minimo che poteva dire? Il detective non se la prese. A nessuna persona normale piace fare nomi ai poliziotti.

— Lasci che le rinfreschi la memoria — disse lui. — La banda di Beacon Hill?

— Non era una vera banda — si affrettò a spiegare Vinny. — Non nel senso che si intende oggi.

— E Angel faceva parte del gruppo?

— Direi di sì.

— Aveva un ragazzo?

— Sergente, è roba di vent'anni fa. Come faccio a ricordare chi fosse il suo ragazzo?

— Era forse… — Meyerhoff consultò il suo taccuino — Patrick Mullhaven?

— Dove vuole arrivare? — chiese Vinny. — Chi le ha fatto i nostri nomi? Perché se è stato il vecchio di Angel è con lui che dovreste parlare. Quell'uomo era un brutto ubriacone.

— Signor Delgaudio — lo avvisò stancamente Meyerhoff — non sto cercando di incastrarla. Non c'è nulla contro di lei. Il fatto è che non posso archiviare questa pratica finché non avrò parlato con le persone che la conoscevano, e non posso farlo finché non avrò scoperto chi erano.

— C'era un sacco di gente che la conosceva — disse Vinny, con uno sguardo che la diceva lunga.

— Incluso lei?

— Non in quel senso. Era la ragazza di Patrick.

Il poliziotto lo guardò perplesso. — Era la ragazza di Patrick, ma andava anche con altri, vero? Non gli avrà fatto piacere.

— A lui non importava. Era un loro gioco. Ogni volta che lui correva la cavallina, lei se ne faceva uno, possibilmente uno dei suoi compari.

— Ma non lei.

— Era un mio amico. Non l'avrei mai fatto.

— La maggior parte dei ragazzi l'avrebbero fatto eccome — disse l'uomo. — Angel era una bellissima ragazza.

Vinny non disse nulla.

— Aveva dei nemici? Qualcuno che aveva motivi di rancore verso di lei?

— No.

— Era incinta quando è scappata?

— Come avrei potuto saperlo? — replicò il meccanico, ma con un istante di ritardo.

— Era depressa? Preoccupata?

— Non che io ricordi.

— Aveva mai fatto o detto niente che potesse indicare l'intenzione di farsi del male?

— Angel? — disse Vinny. — Suicidio? — come se i due termini non potessero stare nella stessa frase.

Meyerhoff voltò pagina. — Chi altro faceva parte di questa banda di Beacon Hill?

— Non era...

— Qualsiasi cosa fosse.

— Patrick — disse Vinny, riluttante. — John Shaker. Caleb Rhys. Travis Fleck.

— E qualche altra ragazza, oltre ad Angel?

— Willa Scott, era la ragazza di Caleb. E Nancy, la ragazza di Shake. Davvero non vedo....

L'investigatore scrollò le spalle in tono di scusa, come se anche lui lo trovasse ridicolo. — Qualcun altro?

— No.

Il detective prese nota. Poi tirò fuori una fotografia dalla tasca della giacca e gliela passò dall'altra parte della scrivania. Era la stessa che aveva mostrato a Willa.

Vinny si mise gli occhiali. — Da dove diavolo viene questa?

— Può aiutarmi a dare un nome a queste facce? — chiese.

— Non sono niente male, qui — disse Vinny. Fece poi i nomi degli altri, lasciando per ultimo Jeremiah.

— Si era dimenticato di lui?

— Non è che ci frequentasse molto. Noialtri, compresi quelli svegli come Patrick e Caleb, eravamo dei casinisti. Erano più i giorni in cui saltavamo la scuola di quelli in cui frequentavamo, ci mettevamo sempre nei guai. Jeremiah era un bravo ragazzo. Capoclasse, oratore ufficiale della scuola il giorno della consegna dei diplomi e così via.

— Era un amico intimo di Angel?

Vinny scosse il capo. — Erano ai capi opposti dello spettro.

Meyerhoff passò alla pagina seguente del taccuino. — Si ricorda quando è scappata via?

— Nell'estate del '72. All'inizio dell'estate.

— Si ricorda il giorno?

— No, perché dovrei ricordarmene?

L'uomo continuò a sfogliare il suo taccuino finché non trovò quello che cercava. — Suo padre ha dichiarato che l'auto gli è stata rubata la notte del 28 giugno. Lei è scomparsa quella notte, signor Delgaudio. Le ricorda niente?

Vinny fece uno di quei sospiri pazienti che di solito indicano invece proprio la mancanza di tolleranza — Sergente, sono passati vent'anni.

— Hanno trovato la macchina il giorno dopo, sfasciata contro un albero. Niente sangue, e nessuna traccia di Angel. Nessuna sua traccia nemmeno dopo, da allora. È questa la parte che trovo strana, signor Delgaudio, lei no?

— Non le sembrerebbe così strano se lei avesse conosciuto il suo vecchio. Diceva sempre che la sua auto era l'unica cosa che amava. Lei non avrebbe più osato tornare a casa, dopo averla distrutta.

— Questo lo posso capire. Quello che mi rende per

plesso è ciò che è successo dopo. Una ragazza in quella situazione... Si sarebbe rivolta ai suoi amici per aiuto, no?

— E invece non l'ha fatto — disse Vinny, con uno sguardo di riprovazione, come se si sentisse più a suo agio con i fatti che con le supposizioni.

— Ne è sicuro?

— Sono sicuro che non è venuta da me. E non ho mai sentito che si sia rivolta neppure a qualcuno degli altri.

— Il fatto è che suo padre dichiara che è tornata a casa, più tardi, di notte. Ha preparato una valigia ed è di nuovo corsa via. E non era sola.

Vinny sbuffò. — E come se ne poteva accorgere? Quel tipo è ubriaco sette volte su sette.

— Dice che è passata dalla finestra di camera sua. Le risulta che lo facesse?

— A volte. C'era il tubo di una grondaia che passava lì accanto, con dei montanti che lo fissavano al muro. Lei scendeva usandoli come una scala.

— E tornava nello stesso modo?

Vinny annuì.

— Chi è che lo sapeva? — chiese Meyerhoff.

— Tutti i suoi amici.

— Immagino che la adoperassero anche gli altri, quando volevano evitare suo padre.

— Io no — disse subito. — Quella vecchia grondaia non avrebbe retto il mio peso.

— E Patrick?

— Dovrebbe chiederlo a lui.

— Capisce qual è il mio problema, signor Delgaudio? Per come la vedo, Angel litiga con suo padre, afferra le chiavi, e se ne va via in macchina. È sconvolta, piange, guida troppo veloce... sfascia la macchina, mettendola fuori uso. Adesso ha paura di tornare a casa. Decide di scapparsene via. Il più lontano possibile. Ma non ha niente dietro, nemmeno un cambio di vestiti. E così cosa fa?

— Conoscendo Angel? Si fa dare un passaggio.

— Pensa? — chiese Meyerhoff, dubbioso.

— Non ho dubbi. Angel era un'autostoppista di prima classe. Metteva un po' in mostra le gambe, e le auto si fermavano a frotte.

Il detective espresse il proprio biasimo. — Una cosa pericolosa. Ma le ragazze allora lo facevano, vero? Non ci pensavano due volte.

— I ragazzi — disse Vinny, scuotendo la testa. Un commento da padre a padre.

— Mi dica. Quella è sua figlia? — Meyerhoff indicò il ritratto sulla scrivania.

— Sì.

— Deve essere giusto dell'età di Angel quando è...

— Più giovane — tagliò corto, come se non gradisse il paragone. — Abbiamo finito? Perché...

— Quasi — rispose il detective, con la voce tranquillizzante di un medico che stesse praticando una rettoscopia. — Lo so che lei è occupato. Una bella attività, quella che ha messo su, signor Delgaudio. È specializzato in automobili straniere?

— Ci occupiamo solo di quelle.

— Da quanto ha questa attività?

— Diciassette anni.

— Diciassette anni — scrisse Meyerhoff sul suo taccuino. Vinny lo osservò.

— Era una proprietà in rovina quando l'ho rilevata — disse, come se stesse dettando. — Ho messo su questo posto dal nulla, con il mio sudore. Nessuno mi ha dato nulla.

— La realizzazione del sogno americano — commentò Meyerhoff.

— Può ben dirlo — disse Vinny.

Il moto si propagò per telefono.

— Patrick?

— Ehi Vinny.

— Sono già venuti gli sbirri da te?

— Gli sbirri? E perché?

— Stanno cercando Angel.

Patrick guardò dall'altra parte dell'ufficio, dove Bar

ney Glass faceva finta di non sentire. Si sistemò il ricevitore all'altro orecchio.

— Avevano il mio nome — disse Vinny. — E anche il tuo. Non gliel'ho dato io.

— Non me la sarei presa se l'avessi fatto tu.

— Che cazzo succede?

Patrick aveva una mezza idea. La gente incomincia a rivoltare i sassi e non sa cosa ci può trovare sotto. Poteva sentire il respiro affannoso dell'amico. Willa, che cosa hai fatto?

— Proprio non saprei — disse. — Non gliel'hai chiesto?

— Sì. Non mi ha risposto.

— Chi è che è venuto?

— Un vecchio balordo. Un nome ebreo. Meyer qualcosa. Pensi che sia stato il vecchio di Angel?

— Busky? È l'ultima persona al mondo che si rivolgerebbe alla polizia.

— Qualcuno deve ben essere stato. Non hanno cavato il suo nome da un cappello.

— Be', non sono stato io — rispose Patrick.

— Avevano una nostra fotografia in cima a Beacon Hill. Di tutti noi, anche di Jeremiah.

L'altro ci pensò su un attimo. — Come se la sono procurata?

— Non ne ho idea.

— Conoscevano i nomi di tutti?

Questa volta fu Vinny a esitare. — Non volevo dare l'impressione di uno che non vuole collaborare.

— È giusto, vecchio mio — lo consolò l'amico, spingendo via il ciuffo dagli occhi. — Non prendertela.

— Comunque li conosceva già. Mi stava solo mettendo alla prova.

— Cos'altro voleva sapere?

— Date, particolari di quando è sparita, e io gli ho risposto che non me ne ricordavo. Che diamine! Sono passati vent'anni! Poi mi ha chiesto se era incinta. Io gli ho chiesto che cazzo potevo saperne. Proprio una cosa pazzesca, questo tipo che spunta fuori dal nulla.

— Lascia pure che venga — disse Patrick.

Quella sera Patrick chiamò Willa e le chiese: — Che hai combinato?

Lei si appoggiò su un gomito. Stava leggendo a letto. — Niente di particolare. Sempre le solite cose.

— Non mi pare proprio — disse lui. — Oggi un detective della polizia è andato da Vinny.

— Oh, accidenti! — esclamò lei, che si aspettava e temeva quella chiamata. — Se l'è presa? — L'ultima cosa che voleva, era mettere nei guai i suoi amici, ma qualche cosa bisognava pur farla. Se Patrick glielo chiedeva, lei non avrebbe mentito. Ma lui non glielo chiese; dava già per scontato che fosse stata lei a tirare in ballo la polizia.

— Puoi scommetterci — disse. — Immagino che pensi che quei giorni sono finiti per sempre.

— Ce l'ha con me?

— Ce l'avrebbe se lo sapesse.

— Non gliel'hai detto. Dio ti benedica, Patrick.

— Gesù, Willa — sbottò lui. — Che ti è venuto in mente. La cosa adesso ci è sfuggita di mano. Hai pensato a Jeremiah?

— Ho cercato di tenere fuori il suo nome. Non mi è riuscito.

— Non la prenderà bene.

— E sarà ancora peggio se lo scopre sua madre — ribatté lei, scherzando solo in parte.

— Dovremmo avvertirlo? — chiese l'uomo. — Dovremmo metterli tutti all'erta?

— Se lo facciamo, potrebbero non venire.

Silenzio per un attimo; tutti e due pensarono a Caleb. Poi Willa disse: — Vinny potrebbe parlare.

— Vinny non parla con nessuno. Sai cosa mi ha detto la prima volta che gli ho parlato della riunione? "Cosa potrebbe dire un tipo come me a gente come Willa e Jeremiah?"

Lei scrollò le spalle, anche se lo immaginava benissimo. — Già, be' adesso ha un argomento. Com'è che il detective è andato a parlare con Vinny e non con te?

— Perché con me? Perché ero il suo ragazzo? Guarda dove mi hai cacciato.

— Mi dispiace. — La rabbia che avvertiva nella sua voce la fece star male. — Ma tu non hai niente da nascondere.

— Mia cara, tutti hanno qualcosa da nascondere.

Ci fu un lungo silenzio. Alla fine fu Willa a romperlo. — È veramente una cosa così orribile che siano coinvolti? Potrebbe venirne fuori qualcosa di buono.

— Per esempio? — sbuffò Patrick.

— Per esempio scoprire cosa è successo veramente; per esempio prendere chiunque sia stato.

— A far cosa? Non sappiamo nemmeno se è morta. E tu tu ti riferisci a Busky, che cosa ci guadagniamo? Se finisce in prigione, per lui sarebbe solo un miglioramento.

— Non vuoi sapere cosa è successo, Patrick?

— Io amavo Angel — disse lui. — L'amerò sempre. Ma tu che hai fatto? Non ne verrà fuori niente di buono da questa storia.

27

Visto che l'effetto sorpresa ormai era sfumato – se non l'aveva chiamato Willa, di sicuro l'aveva fatto Vinny – questa volta Meyerhoff telefonò. Patrick Mullhaven non avrebbe potuto essere più accomodante. Non fece finta di essere sorpreso, e sembrò, se non altro, sollevato. — Certo che la vedrò. Le va bene domani mattina?

Meyerhoff si offrì di passare a casa sua, ma il prudente professore optò invece per il suo ufficio, conservando il vantaggio di giocare in casa, senza l'inconveniente di dover mostrare la sua tana. Per l'investigatore andava benissimo. Nei luoghi in cui si sentono più sicure e a proprio agio, le persone tendono a parlare di più.

Impiegò un po' a trovare l'edificio nel caotico campus della New York University, e quando ci riuscì, l'ufficio di Mullhaven si rivelò una sorpresa.

Tranne che per i letti, che non c'erano, sembrava l'alloggio di uno studente, con scrivanie e sedie assortite, poster cinematografici (De Niro in *Taxi Driver* e Chan lot) e scaffali pieni di libri consunti, per lo più in edizio ne tascabile. Il professore, dal canto suo, aveva com un'aura da Peter Pan, con un ciuffo che continuava a fi nirli sugli occhi e un'aria di innocente entusiasmo. I fatto che fosse un insegnante si capiva facilmente dall sua tendenza a fare lezione. In quel momento stav spiegando la struttura sociale del suo liceo per mezzo d un diagramma che tracciava sul retro del menù di un ri storante cinese take-away. — Vede, la scuola si dividev in vari gruppi: atleti, freak, cervelloni, teppisti, surfer politicanti. I ragazzi di Beacon Hill erano più cose insie me. Una delle cose che avevamo in comune era che nes suno di noi rientrava in nessuna delle categorie stan dard. Eravamo atleti con idee politiche, freak ch menavano le mani, teppisti con un cervello, e, oh sì, c piaceva sballarci.

Reprimendo l'istinto di alzare la mano, Meyerhoff l interruppe.

— E Angel come rientrava in questo?

— Una via di mezzo tra una mammina e la dea de sesso.

— Era la sua ragazza.

— È così.

— Però andava a letto anche con altri.

Patrick rizzò il pelo. — Non la metterei così. Ad Ange piaceva il sesso, ma non era una ragazza facile. Se è questo che pensa, è completamente fuori strada.

— Mi rimetta in carreggiata, allora.

— Lei poteva scegliere, e lo faceva. Il semplice fatto d volerla non ti portava da nessuna parte, doveva essere lei a volerlo, oppure niente.

— Quindi mi sta dicendo che a lei non importava che lei "scegliesse"?

— Non avevo voce in capitolo, anche se in qualche modo mi importava. Ma da un punto di vista femmini sta lei aveva tutte le ragioni. Ciò che va bene per il gal lo... e tutto il resto.

Una dichiarazione incredibilmente sincera da parte

218

li uno che doveva sapere di essere un sospetto. Nonostante il diagramma di Patrick, era però difficile vedere
lui e Vinny Delgaudio come amici inseparabili al liceo.
Erano tipi troppo diversi. Patrick era tanto chiacchiero-
ne quanto Vinny era stringato, e non aveva nulla della
cautela dell'altro, e nemmeno del suo aspetto.

— Era incinta alla fine della scuola?

Patrick tirò fuori un pacchetto di sigarette e lo picchiettò sulla scrivania. — Così mi disse.

— Ed era lei il padre?

— No.

— Come fa a esserne sicuro?

— Io ho sempre preso delle precauzioni. Lei diceva
che prendeva la pillola, ma io non mi fidavo. La conoscevo, sa. Voleva mettere su famiglia con me, e quello
che voleva, di solito Angel lo otteneva.

— E allora, se non è stato lei, chi è stato?

Offrì una sigaretta a Meyerhoff, che rifiutò. — Non lo
so — disse, accendendosi la sua. — Lei non lo sapeva.

— Chi erano i candidati?

— Non ricordo.

Il detective sospirò. — Lei è un tipo sveglio, professore, ma sta facendo un errore stupido. Lasci che le dia un
consiglio. Tutte le volte che si dimostra reticente, a me
si accende una lampadina in testa. Lei dice che non si ricorda, ma io so che non è così. Dice che non sa, quando
è ovvio il contrario. Questo mi dà da pensare.

— Non la seguo.

— Invece sì — disse l'uomo. — Avrebbe potuto essere
Vinny Delgaudio il padre?

— No.

— Travis Fleck?

Patrick se ne uscì con una risata. — Nei suoi sogni.

— Jeremiah, allora.

— La sua mammina non lo lasciava giocare con le ragazze come Angel.

Meyerhoff ridacchiò. — Sempre attaccato alle sottane della mamma, eh?

— Più che attaccato direi incatenato.

Il poliziotto studiò la sua lista. — Rimangono fuor Shake e Caleb.

— Che cos'è questo? Un gioco a premi?

Improvvisamente il detective sembrò aumentare d dimensioni sulla sua sedia. Aveva quel dono, come un di quelle spugne che si gonfiano nella vasca da bagno Per un attimo mostrò il suo vero volto, e non c'era pro prio niente di complimentoso. — Pensa proprio che i sia venuto qui a fare giochetti, professore?

Patrick lo osservò con gli occhi sbarrati. — No. Mi di spiace. È solo che… non era niente di importante.

— E allora la smetta lei di dargli tanta importanza.

— Caleb e Shake, contento, adesso?

— E le loro ragazze sapevano di queste relazioni?

— Non erano relazioni — spiegò Patrick, irritato — Erano delle avventure di una notte; dei modi con cu Angel dimostrava quanto fosse arrabbiata.

— Lo sapevano?

— Lo avevano scoperto; Angel si era assicurata che l facessero. Metà del divertimento stava proprio nel pun zecchiare Nancy e Willa.

— E l'altra metà nel punzecchiare lei?

Patrick non disse nulla.

— Lo sa cosa vuol dire *chutzpah*, professore? — chie se Meyerhoff, sporgendosi avanti sulla scrivania.

— Certo che lo so. È una parola jiddish; significa sfrontatezza, faccia tosta.

— Be', mi pare che quella ragazza ne avesse parec chia. Prima offriva degli omaggi ai suoi amici, poi quando li aveva stesi, correva da lei.

— Io capivo perché lo faceva — rispose lui, rigido.

— Lei è un tipo molto comprensivo — disse Meyerhoff. — L'ha raccontato a Shake e Caleb di essere incinta?

Patrick annuì. Aveva perso tutta la sua parlantina ed era diventato verdastro.

— E con che risultato?

— Caleb si è messo a ridere — rispose Patrick. — Shake

era sconvolto. Le ha offerto dei soldi per l'aborto. E anche io.

— E lei li ha presi?

Lui scosse la testa. — Non voleva abortire.

— Cosa voleva?

— Un padre per il suo bambino. Voleva che uno di noi si facesse avanti.

— Cosa che nessuno di voi ha fatto — disse Meyerhoff.

— No. — Patrick si fregò le tempie come se avesse un'incipiente emicrania.

— Lo disse a suo padre?

— Diavolo! No! Tenerglielo nascosto era la sua prima preoccupazione.

— E quindi doveva essere piuttosto scossa. Disperata, persino.

— A dire il vero, no.

— Incinta, terrorizzata da suo padre, abbandonata dai suoi amici...

— Non l'avevamo abbandonata.

— ...la maggior parte delle ragazze lo sarebbero state.

— Angel non era come la maggior parte delle ragazze. Credo che pensasse che in un modo o nell'altro se la sarebbe cavata. In ogni modo, per la cerimonia della consegna dei diplomi aveva smesso di parlarne e si era rappacificata con noi.

Meyerhoff lo scrisse, poi fissò la pagina, perplesso. — Perché?

— Non lo so. A quel tempo ero solo contento della cosa.

— Se quello che dice è vero, se per la cerimonia dei diplomi aveva accettato la gravidanza e aveva fatto la pace con tutti voi, com'è allora che a un certo punto se ne è scappata via?

— È una cosa che mi ha sempre colpito. Non so come mai. Immagino che il suo vecchio l'abbia scoperto e che lei se ne sia dovuta andare di corsa.

— C'era qualcun altro nella sua vita? Ci pensi attentamente, professore. Qualcuno a cui avrebbe potuto rivolgersi per aiuto. Qualcun altro con cui poteva avere una relazione?

Una breve pausa, che non sfuggì a Meyerhoff. — Non che io sappia — rispose Patrick.

— Angel passava mai dalla finestra della sua camera per entrare e uscire di casa?

— Un sacco di volte.

— Come faceva?

— C'era una grondaia, fissata al muro.

— Lei l'ha mai usata?

— Lo facevamo tutti. Suo padre la chiudeva a chiave in camera sua, quando usciva. Ma non c'era serratura alla finestra.

— Pensa che sia uscita in quel modo il giorno in cui è scappata?

— Non ne ho idea.

— Che si ricorda di quel giorno? Rammenta la data?

— Il 28 giugno 1972, giorno più, giorno meno.

— Vedo che l'ha scolpito nella sua memoria.

— Non perché è scappata via lei — spiegò Patrick. — È che quel giorno è successo qualcos'altro.

— Cosa?

— Vinny ha sfasciato la nostra macchina, la Chevy del '57 che avevamo ricostruito pezzo per pezzo. Un vera bellezza.

— Caspita! — esclamò Meyerhoff, spalancando gli occhi. — Com'è successo?

— Una gara. Lui ha provato a negare. Pretendeva che gliel'avessero rubata, ma alla fine, quando gli ho detto che avrei chiamato la polizia, l'ha ammesso. Ci avevamo lavorato sopra due anni, alla fine l'avevamo messa in strada, e lui ha rovinato tutto in una notte.

Nonostante i vent'anni trascorsi, la voce di Patrick vibrava ancora di indignazione, e non c'era da stupirsene. Dopo il sesso, la cosa che significava di più, per un adolescente, era la sua auto. Non c'era da sorprendersi che si ricordasse la data, pensò Meyerhoff; era più strano che invece non se lo ricordasse Vinny. — Cos'è successo alla macchina?

— È finita giù in un burrone. Un volo di quindici metri. Vinny se l'è cavata per miracolo. Ero così incazzato che gli ho detto che avrebbe dovuto andare a fondo con la nave.

— Avete provato a recuperarla?

— A che scopo?

— E questo è successo la notte in cui Angel è scomparsa?

— Più o meno. Lo so perché quando l'ho chiamata per dirglielo, ho saputo che lei se ne era andata.

— Non l'ha mai più sentita?

— No, mai.

Il poliziotto alzò lo sguardo dal suo taccuino. — E allora cosa pensa che sia successo?

— Penso che abbia voluto mandare al diavolo tutti noi stronzi e che se ne sia andata a farsi una nuova vita. — Dalla velocità nel rispondere Meyerhoff capì che Patrick si era già preparato la risposta. — Penso che sia là fuori da qualche parte, in qualche posto sperduto dell'Idaho, a cantare a Roma, o a fare fotografie a Parigi.

— Probabilmente ha ragione — disse Meyerhoff. — A proposito di fotografie... — Aprì la sua valigetta e tirò fuori una busta. Quando gliela porse, dall'altra parte della scrivania, avvertì come un rimorso di coscienza.

Patrick aprì la busta e tirò fuori le foto. Ci mise un attimo per rendersi conto di cosa fossero. Quando lo fece, le posò a faccia in giù sulla scrivania. Meyerhoff lo osservò. Si era aggrappato alla scrivania ed era diventato paonazzo in volto.

— Vi ha sorpresi? — chiese. — È questo che è successo?

Patrick si alzò e si diresse verso una finestra che dava su una piazzetta. Dava la schiena al detective. — No. Lei non capisce.

— È arrivata all'improvviso?

— Questi non sono affari suoi.

— Tutto quello che ha a che fare con Angel sono affari miei, adesso.

Patrick si tirò via i capelli dagli occhi e alla fine si voltò. — È stata una sua idea. Una sua iniziativa. Una festa di addio per le due persone a cui più teneva al mondo, così la definì.

Patrick roteò gli occhi. — Lei era con noi.

— Capisco. Dove è stata fatta?

— In camera mia.

— E così lei dice che si è portata una macchina fotografica a letto?

— La macchina era con i suoi vestiti. Dopo lei ha fatto la doccia e si è vestita in bagno. Quando è tornata, noi... be', non l'abbiamo neanche sentita.

— Vi ha incastrati — disse Meyerhoff, con aria di disapprovazione.

— No. Lei non si sarebbe mai aspettata... — gli venne meno la voce.

— Allora perché scattare la foto?

Patrick alzò le spalle. — Per lei era una seconda natura.

— E poi cosa ha fatto?

— Niente. Se ne è andata.

— E voi le siete corsi dietro.

— No, non eravamo in grado di inseguire nessuno.

— Andiamo — lo prese in giro il detective. — Quanto ci voleva a infilarsi qualche vestito?

— Non era solo quello. Eravamo a pezzi.

— Ma come, una ragazza vi scatta una fotografia come quella, e voi non le correte nemmeno dietro?

— Non era niente di grave. Un paio di ragazzi, ubriachi, un semplice esperimento giovanile. — Patrick si produsse in una risata, poca roba, ma Meyerhoff riconobbe che ci aveva provato. — E poi sapevo dove avrei potuto trovarla.

— Però non l'ha trovata, vero?

— Solo perché è scappata.

— Cosa le fa pensare che gliel'avrebbe date? A quanto ne so, ad Angel piaceva dominare le persone.

— Non in quel modo — rispose lui freddamente. — Non si sarebbe mai abbassata al ricatto.

— E farsi mettere incinta non era un ricatto?

— Ha una maniera molto cinica di vedere le cose — commentò Patrick.

224

Meyerhoff si fece vedere mentre raccoglieva la fotografia e la esaminava da vicino, mentre Patrick si dimenava. Dopo un momento non riuscì più a trattenersi. — Chi è che l'ha vista?

— Solo io — rispose tranquillamente l'investigatore. — E il tecnico di laboratorio. Per ora.

— Per ora?

— Non sto cercando di mettere nei guai nessuno. Non ci sarà bisogno di mostrarle a nessun altro se lei mi aiuta.

— Cosa vuole?

— Ho riconosciuto lei, naturalmente. La sua faccia è rivolta verso l'obiettivo. E penso di sapere chi è il suo partner, ma ho bisogno di sentirlo da lei.

Patrick voltò di nuovo il capo verso la finestra e chiuse gli occhi. Passò un momento. — Era Caleb — disse alla fine, con una voce gracchiante. — Caleb Rhys.

28

Jeremiah mantenne il suo sangue freddo per tutta la durata della breve conversazione, non ci si guadagnava niente a prendersela con l'ambasciatore, ma quando riappese si lasciò andare a una valanga di imprecazioni che avrebbero fatto arrossire un cammelliere. Che tempismo, pensò, che tempismo incredibile. Anche se il suo informatore aveva proclamato la sua ignoranza, l'astio di Jeremiah si concentrò su Willa. O era stata lei a provocare la cosa, o era veramente la più straordinaria delle coincidenze. Per vent'anni nessuno aveva più pensato ad Angel Busky, poi Willa provava a rintracciarla e improvvisamente se ne occupava la polizia.

Possibile che non avesse pensato neanche per un attimo a lui, a cosa poteva provocargli? Quando arrivava la polizia, subito dopo accorreva anche la stampa, e la verità aveva poca importanza quando bastava un semplice titolo colorito di giornale per affossare la sua candidatura. Se i suoi sostenitori avessero visto il suo nome collegato alle parole "ragazza scomparsa" se la sarebbero svignata come scarafaggi, e questo grazie a una donna con troppo tempo libero e un attaccamento sentimentale al passato.

Diede un'occhiata alla sveglia. Le 18 e 20. Olivia sarebbe arrivata da un momento all'altro a cambiarsi per la cena. Qualsiasi cosa succedesse, sua moglie non doveva preoccuparsi per quell'irruzione del suo passato, un periodo che per lei neanche esisteva.

Doveva fare qualcosa. Chiunque altro avrebbe afferrato il telefono e riempito subito Willa di contumelie, ma Jeremiah andava fiero del suo autocontrollo. Più una cosa lo colpiva e meno lo faceva vedere; quello che perdeva in spontaneità, lo guadagnava in vantaggio strategico. La cosa principale adesso non era quella di sapere come fosse stata coinvolta la polizia, ma cosa fare ora che lo era. Per trovare una risposta aveva bisogno di avere altre informazioni, notizie che proprio chi aveva stuzzicato il nido dei calabroni, cioè Willa, poteva fornirgli.

Fece un profondo respiro e afferrò il telefono.

Al quarto squillo rispose la segreteria telefonica. Sentì il messaggio registrato e quindi parlò. La sua voce rimase apprezzabilmente calma ed educata.

— Willa, sono Jeremiah Wright. Ho bisogno di parlarti. Tu sai perché. Tra poco usciamo, quindi non richiamarmi. Proverò a cercarti ancora quando torniamo a casa questa notte. Spero di trovarti. Grazie. Quando riappese sentì la porta del garage che si apriva e poi si richiudeva. Lui si spogliò in fretta e si cacciò sotto la doccia. Olivia aveva il suo bagno, lì non l'avrebbe disturbato. Rimase sotto il getto a lungo, con l'acqua calda che gli scorreva sul viso. I suoi pori si aprirono e si ripulirono, il suo cervello si scongelò e recuperò la sua elasticità. Quando uscì si sentì nuovamente pronto per affrontare il mondo.

Nel momento in cui chiamava Jeremiah, Willa stava accompagnando Chloe e Lauren alle prove definitive di *Annie*. La figlia aveva dovuto essere convinta con mille moine a mandar giù un boccone o due. La povera ragazza era nervosa come un gatto, cosa che in un certo senso per Willa era un bene, dato che le faceva dimenticare quanto lei stessa fosse agitata per via della riunione imminente.

Non che non fosse preparata. Willa aveva già pianificato tutto, dall'assegnazione delle stanze ai menù. Aveva fatto la spesa, rinnovata la scorta di alcolici, pulito la casa. Le rimaneva solo da stampare il riassunto del diario, il suo contributo alla memoria collettiva, e l'avrebbe fatto il giorno seguente.

No, quello che la preoccupava non erano i problemi logistici, erano gli ospiti. Avevano tutti preso strade così diverse, frequentato gente di altro tipo. Una volta finito con le reminiscenze sarebbero riusciti a trovare qualche argomento di cui parlare? Patrick andava dicendo che quello che un tempo li aveva avvicinati esisteva ancora, ma Willa aveva i suoi dubbi. Erano andate perse così tante cose.

Quando tornò, la casa era mortalmente silenziosa. Era contenta di non dover trascorrere l'intera serata da sola. Doveva infatti passare Jovan Luisi per discutere di una faccenda di cui non aveva voluto parlare per telefono. A Willa non dispiaceva; tutt'altro, a dire il vero. Da quando era arrivata la polizia, Jovan non si era più fatto vivo, e anche se non aveva mai dato troppa importanza alla sua presenza, la sua assenza le pesava.

I fiori di campo nell'ingresso, raccolti nel suo giardino, stavano perdendo i petali. Willa svuotò il vaso e salì di sopra per cambiare l'acqua. La spia sulla segreteria telefonica stava lampeggiando. Willa lanciò la borsa sul letto e premette il bottone per ascoltare.

WILLA, SONO JEREMIAH WRIGHT. HO BISOGNO DI PARLARTI. TU SAI PERCHÉ. TRA POCO USCIAMO, QUINDI NON RICHIAMARMI. PROVERÒ A CERCARTI ANCORA QUANDO TORNIAMO A CASA QUESTA NOTTE. SPERO DI TROVARTI. GRAZIE.

Non era una cosa allegra, proprio per niente. Patrick l'aveva previsto.

Non che Jeremiah sembrasse arrabbiato, al contrario

era desolantemente educato. La sua voce fredda e forbita le ricordò quella volta in cui Shake aveva fatto cadere la collezione di porcellane della signora Wright e Jeremiah aveva loro ordinato di andarsene e di lasciarlo affrontare la cosa da solo.

Chi gliel'aveva detto? Vinny, forse? Willa non ce lo vedeva Vinny a telefonare a Jeremiah. Avrebbe potuto essere stato Patrick, dopo averci ripensato, oppure lo stesso Meyerhoff. Quanto ne sapeva Jeremiah? Ce l'aveva proprio con lei per aver chiamato la polizia, o era solo dispiaciuto? Willa riascoltò il messaggio. Quel "tu sai il perché" sembrava minaccioso. Sperò che non chiamasse per dire che non veniva alla riunione. Avrebbe rovinato tutto.

Aprì la porta dell'armadio e incominciò a mettere a posto i suoi vestiti. Aveva fatto male ad andare dalla polizia? Lanciò un paio di pantaloni di seta nera sul letto. Ce l'avevano tutti con lei: Jeremiah, Patrick, anche se non l'avrebbe ammesso, e senza dubbio se la sarebbero presa pure tutti gli altri, se l'avessero scoperto. Persino O'Rourke, il preside del liceo, si era infuriato. E con questo? Se fosse saltato fuori che si era sbagliata su Angel, se l'amica era sana e salva e viveva a Oshkosh o Timbuctù, allora che si arrabbiassero pure, lei si sarebbe presa la colpa. Ma se invece aveva ragione? Se Angel era realmente morta? Se qualcuno l'aveva uccisa, e aveva fatto in modo che sembrasse scappata di casa, per poi continuare la sua vita come se niente fosse? Be', allora all'inferno il loro risentimento e il fastidio che avevano dovuto subire.

Tirò fuori una camicia rossa a righe nere, poi la rimise a posto, faceva troppo completo. Provò e poi scartò un maglioncino bianco troppo stretto. Tutti i vestiti mandavano dei messaggi, gliel'aveva insegnato Angel. E lei cosa voleva dire a Jovan? Tra di loro c'era qualcosa in sospeso, anche se non poteva dire cosa. Quel bacio allo zoo continuava a darle da pensare, era come un accordo irrisolto.

E se Jeremiah richiamava quando c'era lì Jovan? Willa aspettava quella conversazione come ci si aspetta una dose di olio di ricino. Degli altri non le importava così tanto, ma si sentiva in colpa per Jeremiah. Proteggergli le spalle faceva parte del loro accordo. Si ricordava la volta in cui l'aveva capito. La grande retata dell'assemblea, così avevano in seguito definito l'avvenimento. Tutti gli allievi erano stati convocati senza preavviso per un incontro con dei rappresentanti delle Forze armate. Sul palco dell'auditorium, addobbato con due enormi bandiere americane, c'erano quattro uomini che indossavano uniformi diverse, sull'attenti dietro a delle sedie pieghevoli. Il preside Grievely presiedeva la riunione. Dopo aver dato il benvenuto ai loro distinti ospiti, Grievely aveva avvertito gli studenti che chiunque avesse tentato di disturbare sarebbe stato immediatamente sospeso.

Il primo che si fece avanti fu Vinny, come aveva tutto il diritto di fare. Cinque minuti dopo che i reclutatori avevano iniziato il loro discorso, Vinny si era alzato in piedi e aveva iniziato a gridare di suo fratello, che era morto in Vietnam. Venne trascinato fuori da due insegnanti mentre continuava a sbraitare e calciare.

Venne poi il turno di Patrick, poi di Caleb e quindi di Shake: uno a uno interruppero la riunione e furono sospesi. A quel tempo Willa non aveva molta voce e le faceva paura parlare in pubblico, ma sapeva cosa doveva fare, e lo fece. Poco dopo si trovò a marciare verso l'ufficio del preside sotto la custodia di un'insegnante di ginnastica che le aveva afferrato il braccio come se fosse Bonnie Parker.

Nella sala d'attesa di Grievely c'era come un'atmosfera da cerimonia. Erano arrivati tutti, finché non ne era mancato uno solo. Willa aveva continuato a guardare la porta.

Caleb se ne accorse. "Nervosa?" le aveva chiesto gentilmente. Per lei si trattava della prima sospensione.

"No, stavo aspettando Jeremiah."

"Lui non arriverà. A scuola Jeremiah tiene il profilo basso."

"E va bene così?" Willa era stupita. Alzarsi e parlare

in quell'assemblea le era sembrato un test come quelli che si facevano in classe.

"Va più che bene" le aveva spiegato lui. "Ne abbiamo già abbastanza di casinisti. Jeremiah fa meglio a restare dov'è."

Eppure ci aveva provato. Non aveva fatto il suo nome, fino a quando il detective non le aveva mostrato la foto. Ma il fatto che non l'avesse menzionato era parso sospetto, così aveva finito per ottenere proprio il contrario di quello che si era prefissa.

Willa sospirò. Si accorse che il letto era pieno di vestiti, eppure non c'era niente che le sembrasse appropriato. Forse non era sicura del messaggio da lanciare. Dopo aver optato per i pantaloni di seta neri e una camicia bianca fatta su misura, dovette affrontare un nuovo dilemma: quanti bottoni lasciare aperti? Uno era freddo e scostante, tre era come gridare "Vieni e prendimi". Scelse una soluzione di compromesso e ne lasciò aperti due.

Nancy non pronunciava una parola da settanta chilometri, e non stava neppure dormendo. Continuava a fissare nel vuoto davanti a lei.

— Guarda il tramonto — provò a dirle Shake. Nessuna risposta. Sospirando, lui accese la radio. Per un istante l'auto fu invasa dalla musica country; poi Nancy la spense.

Aveva fatto del suo meglio per addolcirle la pillola; si era preso qualche giorno in più per andare a trovare i genitori di Nancy, prima di andare da Willa.

I lampioni dell'autostrada annullavano tutti i colori all'interno dell'auto. Shake osservò con la coda dell'occhio il viso esangue e flaccido della moglie, le profonde rughe che le andavano dalle narici agli angoli della bocca, il doppio mento. Quando era invecchiata così? Per un istante provò della pietà per lei. Di certo non le potevano far piacere gli inevitabili paragoni con Willa, che aveva esattamente la stessa età ma che era ancora molto attraente. Shake pensò a Patrick e scoppiò a ridere.

Nancy voltò il capo. — Cosa c'è? — chiese.

230

— Patrick che corre ancora dietro a Willa, dopo tutti questi anni. Povero scemo.

Lei tirò su con il naso. — Lei è una civetta. Lo è sempre stata.

Shake sapeva che era meglio non rispondere. Quando si trattava di altre donne, non c'era verso di accontentarla. Willa era una civetta, Angel era una puttana; mentre lei era sempre accanto al suo uomo. Era vero che lui le aveva giocato anche brutti scherzi, ma si rendeva conto di cosa significasse essere l'oggetto di una simile eroica, inflessibile devozione? Era come essere sposati con la propria madre, Cristo santo. Lei si era abbarbicata a lui come un'edera che alla fine soffoca l'albero privandolo di aria e luce.

Non è che non l'avesse scelto lui, di sposarla. Ma l'aveva fatto quando lei era rimasta incinta, e tutti i rimpianti erano cancellati da quello che aveva ricevuto in cambio: loro figlio. In qualche modo, da loro due, era venuto fuori un bravo ragazzo. E se c'era una cosa di cui Shake poteva essere orgoglioso, a parte la sua musica, era di essere stato un buon padre.

Strano che la maggior parte dei suoi vecchi amici fossero ancora senza figli, pensò. Solo Vinny e Willa ne avevano avuti. Forse Caleb; nessuno lo sapeva. All'improvviso gli venne in mente il bambino di Angel; se alla fine l'aveva avuto, sarebbe stato più grande di Dylan, e ormai più vecchio dei suoi genitori all'epoca in cui l'avevano concepito. Quel pensiero per qualche motivo lo rattristò. Accese la radio. Poco dopo stava canticchiando.

Travis volava in prima classe. Non aveva pagato il biglietto di prima, non perché non potesse permetterselo, ma perché trovava l'idea offensiva e reazionaria. Però la compagnia aerea aveva venduto più posti di quelli disponibili, e così aveva offerto un biglietto di andata e ritorno e un cambiamento di classe a tutti coloro che avessero ceduto il proprio posto sul volo di quella sera. Travis aveva accettato. Perché no? Nessuno lo veniva a prendere all'aeroporto. Si sarebbe fermato qualche giorno da Patrick, che non avrebbe badato all'ora in cui arrivava.

Quando l'aereo decollò, alzandosi sopra Albuquerque, Travis aveva avvertito un sobbalzo alla bocca dello stomaco. Non si trattava del volo. Era la destinazione, e non c'era da stupirsi. Erano passati quasi vent'anni da quando era partito. Quando l'aveva fatto, aveva giurato che non sarebbe tornato prima di aver realizzato qualcosa nella vita, e aveva mantenuto fede al giuramento; ma ora che era arrivato il momento, scoprì che voleva qualcosa in cambio. Approvazione, vendetta, chiamatela come volete. Non gli bastava essere riuscito a realizzare qualcosa di buono e di utile per se stesso. Aveva bisogno di vederlo riflesso nei loro occhi, di vedere che modificavano il loro giudizio su di lui. "Travis, non ti avevamo mai conosciuto veramente" aveva bisogno di sentire. "Sei in gamba, Travis."

Le luci della cabina si attenuarono, e incominciò il film, una commedia di prima visione, che lui però aveva già visto. Accese la piccola luce superiore e frugò nello zaino per cercare il libro che stava leggendo, una raccolta di racconti di Ray Bradbury, ma la sua mano finì invece su di un pacchetto di fotografie. Le tirò fuori. Insieme alle foto di casa sua e delle altre che aveva costruito, ce n'era qualcuna vecchia, che aveva ripescato su richiesta di Willa: delle semplici istantanee, scolorite e spiegazzate, eppure alla luce soffusa della lampada del sedile, i visi emersero così vividi che gli si mozzò il respiro. Che magnifico gruppo. Non tutti allo stesso modo, naturalmente. Patrick aveva un viso buffo, tutto sghembo e angoloso, ma così animato che persino in fotografia gli occhi sembravano fissarti. Nancy aveva un viso insignificante, ma aveva un corpo abbondante e pieno di curve come una Madre Terra. Angel e Willa poi facevano morire, delle deliziose vamp adolescenti; Vinny, Shake e Jeremiah erano belli, ciascuno a modo suo, e Caleb, con i suoi riccioli ambrati e il profilo greco, possedeva un suo fascino da elfo, non di quelli leziosi di Walt Disney, ma di quelli inquietanti di Tolkien.

In quanto a Travis, con i suoi denti storti e gli occhiali spessi, be', lui era il brutto anatroccolo del gruppo. Almeno avrebbe avuto la soddisfazione di scoprire che adesso aveva un aspetto migliore del loro. Quant'erano cambiati? Patrick al telefono sembrava sempre lo stesso, ma le voci con l'età cambiano meno delle facce, dei corpi e dei capelli. La voce di Willa aveva mantenuto quel tocco di arroganza che gli indicava che era ancora bellissima. Non era sorprendente, nel suo caso; una buona ossatura invecchia bene. Travis non volle neppure pensare come sarebbe potuta essere Angel, ma Angel non era prevista.

Un'altra persona stava arrivando da lontano, viaggiando in treno come era abituato a fare, non perché aveva paura di volare ma perché i treni gli piacevano. Gli piaceva guardare il paesaggio che si dispiegava al finestrino, grandi spazi deserti in cui ogni tanto spuntava una casa dalle finestre illuminate. Era bello ricordarsi quanto fosse grande il paese. Se uno non aveva fretta, e lui raramente ne aveva, il treno era il modo perfetto per viaggiare.

C'erano, naturalmente, anche dei motivi pratici. I treni garantivano più anonimato degli aerei, più comfort degli autobus, più convenienza delle automobili. Coprivano le distanze in tempo reale, non virtuale, e il flusso costante dei passeggeri rendeva possibile salire con un'identità e scendere con un'altra. Uno poteva mettersi in viaggio dalla costa occidentale come Robert Alexander (un nome meravigliosamente generico, credibile ma che si dimenticava facilmente) e arrivare sulla costa orientale come, mettiamo, Caleb Rhys.

Adesso c'era un nome con dei ricordi. Non lo usava da dodici anni, tranne che per le visite lampo a sua sorella, e non si sentiva molto a suo agio alla prospettiva di riprenderlo. Non che avesse paura, il rischio era minimo, e nessuno che gli volesse fare del male lo conosceva con quel nome, ma solo perché, nel corso degli anni, era arrivato ad apprezzare la libertà che dava il darsi dei nomi. Il fatto che la maggior parte della gente rimanesse attaccata ai propri nomi originali, non importa quanto ingombranti, lui lo ascriveva al sentimentalismo e al bisogno di una specie di continuità. Persino lui, la prima volta che l'aveva cambiato, si era scelto un nome stupidamente simile al suo.

Ma quello era successo molti anni prima, quando era ancora giovane e ingenuo. Adesso il senso di continuità di Caleb non risiedeva più nel nome, ma nello slancio del desiderio, desiderio non di qualcosa di preciso, di fisso, ma del prossimo obiettivo, del livello successivo. Perché non aveva importanza quanto in alto si era saliti, quanto si aveva acquisito, c'era sempre un altro livello appena fuori portata.

E adesso stava tornando a casa. A casa da Willa, a casa da Patrick, a casa a New York. Per un uomo dedito a certe emozioni sarebbe stata occasione per provare nostalgia, ma Caleb non era così. La sua vita era una serie di compartimenti stagni, chiusi così ermeticamente che ci voleva parecchio per riaprirli. Interpretare se stesso, o piuttosto l'uomo che sarebbe stato se non fosse stato nel frattempo tante altre persone, sembrava il più semplice dei ruoli, ma necessitava della stessa accurata preparazione di tutti gli altri.

Il movimento monotono del treno lo cullò in uno stato prossimo all'ipnosi. Riaffiorarono ricordi a caso, ma erano cose morte, private di ogni emozione. In molti compariva Patrick, il suo migliore amico dall'asilo al liceo. Eppure l'idea di rivederlo non faceva scoccare nessuna scintilla in Caleb; una tiepida curiosità era tutto quello che poteva raccattare per lui e gli altri suoi amici d'infanzia. Non era loro che voleva rivedere, ma Willa, e solo lei.

Era uno studente molto più coscienzioso adesso di quando era a scuola. Aveva fatto i suoi compiti. Sapeva che era una donna ricca, persino per i suoi standard. Dopo la morte del marito lei non solo aveva ereditato tutta la sua proprietà, ma anche quella dei genitori di lui. Il modo in cui lui era morto, le circostanze in cui era avvenuto, significavano che lei, nonostante tutti i suoi soldi, doveva essere molto vulnerabile.

Che lei fosse sua, non c'era neppure bisogno di dirlo. Se c'erano donne al mondo che consideravano Caleb senza cuore, e ce n'erano, dovevano ringraziare di averne uno loro stesse. Lui era quasi sicuro di averne avuto uno, una volta. L'aveva dato a Willa, e lei l'aveva sventatamente gettato via.

29

Jeremiah e Olivia stavano cenando al Petit Jardin, l'ultimo grido tra i locali alla moda a Washington, piccolo, costoso e accuratamente disposto in modo che i clienti potessero essere visti ma non sentiti.

I loro ospiti quella sera erano George Ivey, il deputato in carica di Wickham, e Martha Grogan, la presidentessa del Comitato Democratico locale. Nonostante l'apparenza informale, si trattava di una riunione importante. Ivey si era impegnato a favorire la candidatura di Jeremiah; Martha era il problema. Nei circoli politici non era un segreto che Ivey stesse per ritirarsi, il grande interrogativo era quando. Se lo avesse annunciato nel giro di qualche settimana, il Comitato Democratico locale avrebbe dovuto nominare il suo successore, cosa che significava che Jeremiah avrebbe dovuto vincere le primarie. Se invece Ivey ritardava l'annuncio e le dimissioni, sarebbe stato troppo tardi per far circolare le petizioni dei potenziali candidati, e quindi sarebbe toccato al rappresentante dimissionario scegliere il suo possibile successore. Quella sarebbe stata di gran lunga la soluzione preferibile per Jeremiah, che non dubitava affatto di poter vincere le primarie, ma preferiva spendere le sue energie e il denaro della moglie per le elezioni. Ivey era dell'idea di ritardare, ma se sceglieva quella strada prestava il fianco alle accuse di aver manipolato il sistema e aggirato il parere degli elettori. Se avessero avuto l'aiuto di Martha Grogan avrebbero potuto evitare certe accuse... però bisognava convincerla.

Mentre andavano al ristorante, Olivia lo aveva istruito su tutti i dettagli della vita e della carriera della presidentessa. — L'abbiamo incontrata l'anno scorso alla festa dei Kleinfield. Una vedova con un figlio ormai grande che studia legge. Rappresentante sindacale, ha fatto carriera nel sindacato, poi si è inserita nella gerarchia del partito. Si dice che sia brava a creare delle coalizioni. Non lasciarti ingannare. Può anche sembrare una tranquilla casalinga, ma è una che sa dove mettere le mani.

— A cosa tiene di più?

— Posti di lavoro. È sempre la donna del sindacato.

— Possiamo darle dei lavoretti — disse Jeremiah, un po' troppo gaio.

Olivia lo guardò. — Va tutto bene?

— Certo, perché?

— Hai imboccato un senso unico nella direzione vietata.

Lui tornò indietro e cambiò strada.

Erano arrivati in anticipo, ma Martha Grogan era già lì. Jeremiah si rammentò di lei non appena la vide. Alla festa di Natale dei Kleinfeld l'aveva presa per la madre di qualcuno. Era una donna bassa e paffuta con una faccia rotonda, occhietti azzurri, e i capelli tinti di un inverosimile castano chiaro.

Attesero George Ivey al bar, dove si scambiarono convenevoli e parlarono delle conoscenze comuni. Olivia era bravissima in quelle cose, e Jeremiah le lasciò campo libero, mentre sorrideva e annuiva, quando invece dentro di sé continuava ad agitarsi per via di Willa. E se avesse ignorato le sue istruzioni e l'avesse richiamato mentre erano fuori? Che messaggio poteva lasciare? Non aveva molta fiducia nella sua discrezione. Sarebbe stato meglio sentire per prima la segreteria, quella sera.

Ivey arrivò venti minuti dopo. Baciò le donne e strinse la mano a Jeremiah. — Mi dispiace. Una sola cosa non mi

236

mancherà: questo dannato traffico di Washington. — La sua malattia, qualsiasi cosa fosse (Jeremiah aveva sentito diverse versioni, tutte con prognosi infauste), stava cominciando ad apparire. Il viso del deputato si era fatto più scarno e nella stretta di mano aveva impiegato più forza del necessario per coprire il tremito. E traspariva pure nella sua tendenza ad arrivare subito al punto. — E dunque cosa ne pensi del nostro ragazzo? — chiese Ivey a Martha, con una mano sulla spalla di Jeremiah.

— Direi che è un pesce un po' troppo grosso per il nostro stagno — rispose la donna. Proprio in quel momento arrivò il *maître* per farli accomodare. Olivia e Jeremiah si scambiarono uno sguardo alle spalle di Martha. Dopo che furono serviti gli antipasti, Olivia portò la conversazione sui profondi legami che suo marito aveva con l'entroterra di New York.

— Oh, davvero? — rispose la donna. — Mi risultava che non vi avesse più abitato da quando era andato a Harvard.

— Ma sì invece — affermò Olivia. — Abbiamo una casa a Old Wickam e ci andiamo tutte le volte che possiamo. Jeremiah è cresciuto nello stato di New York, ed è ancora molto attaccato ai suoi vecchi compagni di scuola. In effetti proprio questo fine settimana andrà a una riunione di vecchi compagni di liceo, vero caro?

— Verissimo — Jeremiah fece un sorriso a denti stretti. — Non vedo l'ora.

Quando giunsero in tavola le insalate, incominciò a battere sul lavoro. L'entroterra dello stato aveva perso posti di lavoro per anni, e la contea di Wickham non faceva eccezione. Parlò con grande partecipazione di un loro amico di Old Wickam che si chiamava Gus Watson. Gus aveva lavorato per tutta la sua vita nella stessa fabbrica, prima come operaio e poi come capo-squadra. L'ultimo Natale, poche settimane dopo che a sua moglie Molly era stato diagnosticato un linfoma, lo stabilimento di Gus aveva chiuso i battenti e lui aveva perso il lavoro. Si era dato da fare per sei mesi nel tentativo di trovarne un altro, ma non era riuscito che a fare qualche lavoretto in nero. — Vent'anni di sudore e attaccamento al dovere, e adesso quell'uomo non ha più nulla. Niente lavoro, niente stipendio, niente assicurazione. Solo tre figli e una moglie malata.

Gli altri scossero la testa addolorati. Anche Olivia, che non aveva mai sentito parlare dei loro buoni amici Watson, si impietosì moltissimo per le loro condizioni.

Alle entré i due uomini si lavorarono Marha in coppia. Jeremiah le chiese umilmente il suo aiuto, mentre Ivey cantava le sue lodi. La donna mangiava imperturbabile, alzando gli occhi ora verso l'uno ora verso l'altro. Non parlò finché non ebbe spolpato tutta la sua anatra. Poi si pulì la bocca con il tovagliolo e disse: — Non fraintendetemi, ragazzi. È sempre un piacere visitare la nostra capitale e non è che io non apprezzi un buon pasto, come potete vedere. Ma non riesco a capire perché vi disturbiate tanto. Nei giorni scorsi ho ricevuto dozzine di telefonate, dal governatore e dal senatore Apfel in giù, e tutti che mettevano una buona parola per Jeremiah. Pensate veramente che potrei resistere a questo attacco, anche se volessi?

— Oh, ma io non voglio che tu subisca una imposizione, Martha — disse l'interessato. — Se non riesco a convincerti che sono la persona più adatta a rappresentarti alla Camera, se non posso ottenere tutto il tuo aiuto, io non mi candiderò.

Ivey alzò le sopracciglia; aveva giocato abbastanza a poker da sapere cosa stava succedendo. Martha rivolse un sorriso a Olivia. — Sai che tuo marito è proprio un gran seduttore?

— Davvero? — disse Olivia.

— E anche un adulatore. Non si candiderà se io non l'appoggio! — Martha fece una gran risata e tornò a rivolgersi a Jeremiah. — E quindi non è perché vuoi evitare le primarie?

Jeremiah ignorò lo sguardo di avvertimento della moglie. Come nella canzone di Dylan, non aveva bisogno di un meteorologo per sapere da dove soffia il vento. Virando di bordo, adottò un tono confidenziale. — C'è anche quello, naturalmente. Non perché non vincerei, perché ci riuscirei, però ci costerebbe delle risorse preziose che potrebbero essere impiegate più utilmente alle elezioni.

— C'è gente che pensa di avere i tuoi stessi diritti di porre la propria candidatura, sai.

— E sono anche brave persone — si intromise George Ivey. — Ma non possono ottenere per la circoscrizione quello che potrebbe ottenere Jeremiah, e tu lo sai.

Forse Martha lo sapeva, o forse sapeva come sarebbe andata a finire. Al dessert era salita a bordo e faceva ormai parte della squadra. Jeremiah pagò il conto con piacere e aggiunse una generosa mancia. Gli altri si attardarono a bere il loro caffè, sazi e soddisfatti: Martha di aver racimolato dei crediti nella banca dei favori per aver fatto quello che avrebbe dovuto fare comunque, Ivey per essersi parato il culo. Jeremiah bruciava dalla voglia di tornarsene a casa, ma naturalmente non poteva darlo a vedere.

— Allora questa è sistemata — disse Ivey a Jeremiah, con l'aria di uno che, pagando di persona, era riuscito a portare a termine la sua parte di lavoro. — Il resto sta a te.

— Non ti deluderò, George.

— Meglio di no. Non c'è niente che ci devi dire? — disse ammiccando. — Nessuno scheletro nell'armadio?

— Non nel mio — rispose allegro. — Olivia però ne ha un intero guardaroba, non è vero tesoro?

Sua moglie finse di arrabbiarsi. Quando la risata si spense, lei posò la mano sul braccio di Ivey e disse: — Non ti preoccupare per questo, George, perché se pensi che la stampa di New York ci vada giù pesante, avresti dovuto vedere come mio padre ha passato al microscopio tutti i potenziali generi.

Erano seduti sul divano nello studio di Willa, la stanza più informale della casa. Jovan pensò che adesso aveva visto tutte le camere, eccetto l'unica che voleva vedere. — Mi avevi promesso una cena — disse lui.

— Non quella — rispose Willa. — Non ne preferiresti un'altra solo per noi due?

Stava cercando di sedurlo? Se era così sprecava il suo tempo. Jovan se ne era rimasto lontano un mese intero, facendo del suo meglio per non pensare a lei, ma nel momento in cui Willa aveva aperto la porta lui era tornato al punto di partenza.

— Non c'è niente che mi farebbe maggior piacere, — disse lui — ma ho bisogno di incontrare quella gente.

— È stato il sergente Meyerhoff a coinvolgerti?

— Hai detto che volevi scoprire cosa è successo ad Angel. Dicevi sul serio o no?

Lei si irritò — E tu cosa credi?

— Allora lasciami venire. Non sto parlando di tutto il weekend. Una sera.

Lei si alzò e incominciò a passeggiare per la stanza. — Mi stai chiedendo di incastrarli — disse Willa. — È una bella carognata.

— Pensi che uno di loro abbia ucciso Angel?

— No, certo che no.

— Allora non c'è problema — disse lui.

— C'è un grosso problema. C'è la questione della privacy. Probabilmente quando eravamo giovani e ribelli abbiamo fatto tutti delle cose che qualcuno di noi adesso troverebbe imbarazzanti.

— Andiamo, Willa. Pensi che a qualcuno importi un accidente di un branco di ragazzi di periferia che vent'anni fa si facevano delle canne? Non si tratta di questo.

— E di cosa, allora? E tu perché lo fai? Una ragazza che tu non hai mai conosciuto, un caso per il quale non ti hanno nemmeno pagato... Cosa te ne importa?

Non riusciva a leggere nei suoi occhi? Non si trattava di Angel. Non era mai stato per lei. Forse Willa era riuscita a scorgere qualcosa, perché era arrossita e aveva voltato il capo.

— Willa — disse lui — vieni qui — e quando lei obbedì, il cuore di lui prese a battere all'impazzata. Le prese la mano, e la tenne fra le sue. — Se Angel è morta —

disse lui — qualcuno l'ha uccisa. Probabilmente non un estraneo. Probabilmente qualcuno che le era vicino.

— Suo padre, — affermò lei — come ho sempre detto.

— Forse.

— Se tu sapessi cosa eravamo gli uni per gli altri, sapresti che non può essere stato nessuno di noi. Noi eravamo come una famiglia.

— Anche nelle migliori famiglie avvengono degli omicidi — disse lui scuotendo le spalle. Lei non voleva guardarlo negli occhi, ma nemmeno lo spinse via.

— Non funzionerebbe comunque — disse lei. — Loro si chiuderebbero nel silenzio.

— La gente parla alle riunioni. Di solito il problema è farli stare zitti.

— Non sono stupidi. Sapranno chi sei.

— No, se tu non glielo dici. Presentami solo come un amico.

— Patrick lo sa.

— Io dirigo un'agenzia di sicurezza che lavorava per lo studio di Simon. È così che ci siamo conosciuti. Ma la nostra relazione è personale.

— Personale — ripeté lei, finalmente guardandolo, con degli occhi in cui un uomo poteva annegare. Le finestre erano aperte e l'aria sapeva di caprifoglio. E poteva anche sentire il profumo di lei, qualcosa di esotico e seducente. — Sai bene cosa penseranno.

— È un problema?

— Non so; pensi che riusciremo a fargliela bere? — disse lei, con il sorriso di una donna che sa esattamente quello che sta facendo.

Jovan le si avvicinò.

Più tardi, quella sera, sola nella sua stanza, Willa si mise una T-shirt e se ne andò a letto ad ascoltare i notiziari in televisione. Bill Clinton era di nuovo nei guai. Ma persino mentre negava di aver mai avuto una relazione, osservava la giornalista con aria interessata. Era un inguaribile playboy, a Willa queste cose non sfuggivano… tranne che quando c'era di mezzo lei.

Però non riusciva a concentrarsi sulle notizie. Se ne stava sdraiata con un braccio che penzolava giù dal letto, a pensare a Jovan, ben sapendo che lui stava pensando a lei. Aveva ancora sulle labbra il sapore dei suoi baci. Se Chloe non fosse tornata a casa quando lei... ma forse era meglio così. C'era qualcosa di piacevole in una pregustazione.

Squillò il telefono. Abbassò il volume del televisore e rispose. — Mi dispiace di chiamarti così tardi — disse Jeremiah. I rumori stradali in sottofondo le fecero capire che stava chiamando o da una cabina pubblica o da un cellulare. — Ti ho svegliata?

— No, affatto — rispose lei. — Stavo qui a guardare Clinton che prova a togliersi dai guai.

— Ti renderai conto che stai parlando del nostro futuro presidente.

— Pensi?

— Sono pronto a scommetterci.

— Lo conosci?

— L'ho incontrato qualche volta, a cena e cose così. Un cocktail formidabile: maniere del vecchio sud, cultura di Oxford e tutta la furbizia delle strade di New York.

Lei sorrise. — Con un piccolissimo problema.

— Non so se è proprio piccolissimo, non gliel'ho mai misurato.

Scoppiarono a ridere tutti e due. Jeremiah sembrava sempre lo stesso. Ricordò che parlare con lui era sempre pre stato qualcosa di più di una conversazione tra una ragazza e un ragazzo. Non perché non ci fosse tensione sessuale, ma per via dell'intuito, della curiosità e dell'inclinazione al pettegolezzo di Jeremiah, tutte caratteristiche che Willa associava di più al proprio sesso.

Alla fine vennero al dunque. — Ho sentito che la polizia sta cercando Angel.

— Vero — disse lei.

— Perché?

— Be'... forse perché nessuno la vede più da vent'anni.

— Ma come hanno fatto a saperlo? Sei andata da loro?

— Sono stati loro a venire da me — rispose lei. Tecnicamente era vero. Non avrebbe mentito, aveva deciso, ma non avrebbe neanche parlato di sua spontanea volontà. Perché avrebbe dovuto, quando tutta la faccenda sarebbe venuta a galla per il weekend? — Come l'hai saputo?

— Me l'ha detto un uccellino. Mi ha sorpreso che non sia stata tu a farlo — sembrava più addolorato che arrabbiato.

Lei trasalì. — Lo so, avrei dovuto. Ma ho avuto paura che tu non venissi più, e quello sarebbe stato tragico. Hai sempre intenzione di venire, vero?

La sua risposta fu nella pausa che seguì. — Mi piacerebbe, naturalmente, ma...

— Penso che sarebbe imprudente startene lontano — lo interruppe lei.

— Perché imprudente? — chiese Jeremiah, senza alterazioni nella voce.

— Imprudente nel senso che la tua assenza si noterebbe anche di più. Tutti noi abbiamo provato a tenere fuori il tuo nome, ma il detective che se ne occupa ha una foto di tutti, te compreso, e ha cominciato a essere sospettoso perché non ti abbiamo nominato immediatamente.

— Sa della riunione?

— L'ha scoperto.

— Da te — affermò Jeremiah.

— Jeremiah, mi dispiace così tanto di averti procurato questo fastidio. È l'ultima cosa che volevamo.

— Non è la polizia che mi preoccupa, è la stampa. Nelle prossime settimane farò un passo importante. Non posso scendere in dettagli adesso, ma tu devi capire quanto sia delicata la mia posizione in questo momento. Una storia sensazionale che collega il mio nome a una ragazza scomparsa, e le speranze di tutta la mia vita svaniscono nel nulla.

— Ma non c'è stata alcuna pubblicità e non vedo perché dovrebbe essercene.

— A volte la polizia si rivolge ai media per avere aiuto. "Qualcuno ha visto questa ragazza?" e cose così.

— Non si sono spinti tanto in là — disse lei. — Non mi sembra che questo caso sia una grande priorità per loro.

— Cosa pensano che sia successo ad Angel?

— Il detective non l'ha detto. Ti dico quello che penso io. Io penso che sia morta e che sia stato suo padre a ucciderla.

— Stai attenta a quello che dici, Willa — replicò Jeremiah. — Stai molto attenta.

30

— Oh, mio Dio — esclamò Willa, forse mostrando un pochino di sorpresa in più di quanto fosse educato — stai benissimo! — Non avrebbe mai riconosciuto Travis. L'adolescente goffo e dei denti malandati che ricordava era scomparso. Aveva sostituito i suoi occhiali con lenti a contatto, si era fatto sistemare la bocca e aveva perso quell'odore sgradevole da adolescente disperato che lo contraddistingueva. La sua carnagione, un tempo pallida e brufolosa, ora era tutta abbronzata. Persino la forfora era scomparsa.

— Senti chi parla — rispose lui.

Patrick si intromise tra loro due. — E io? Non sto bene io?

Willa scoppiò a ridere. — Oh, tu... tu non cambi. — Mise le torte che avevano portato in cucina e li condusse di sopra, nella stanza blu, con due letti gemelli.

— Ma come — si lamentò Patrick. — Niente cioccolatini sul cuscino?

— No, e niente servizio in camera — disse lei. — Spero che a voi due non dispiaccia stare insieme.

— A me sì — disse Patrick. — Lui russa. Perché non posso dormire con te, invece?

Willa lo ignorò. Travis intanto stava frugando in un vecchio zaino malandato, forse era lo stesso che aveva quando lo avevano conosciuto. Le porse un pacchetto rotondo avvolto in una carta marrone. — Cos'è? — chiese lei.

— Aprilo.

Dentro c'era un vaso di ceramica con la figura di un cervo dipinto su di uno sfondo ocra. Era un pezzo magnifico, lavorato con cura. Lei lo ringraziò sinceramente e chiese chi l'aveva fatto.

— Una mia amica — rispose Travis, arrossendo di piacere. — Una vasaia a Tesuque. Quando verrai, ti porterò nel suo studio. Guarda dentro.

Lei sbirciò nella stretta imboccatura del vaso. Sul fondo c'erano una dozzina di canne.

— Sono per te. La scorta per la festa è a parte. — Si batté sulla tasca della camicia.

— E sei venuto in volo con tutta questa roba?

— Non lo avrei fatto senza.

— Non ha nemmeno avuto bisogno dell'aereo — commentò Patrick.

Circa un'ora dopo, la fedele Ford di Nancy avanzò sferragliando sul vialetto e si fermò. Shake afferrò la maniglia, ma Nancy non si mosse.

— Cazzo! — esclamò lui. — Siamo arrivati fin qui. Perché non ti diverti un po', invece di startene lì seduta come un sacco di patate?

— Così adesso sarei un sacco di patate? — ribatté la moglie.

— Ehi, forse che io me ne sono stato lì a lamentarmi dai tuoi genitori? E sì che ne avrei avuto ben più diritto.

Lei incrociò le braccia e guardò davanti a sé. — Guarda questo posto e dimmi che cosa c'entriamo noi.

— Certo che c'entriamo — rispose lui. — Siamo stati invitati.

— È un fottuto palazzo.

— Da quant'è che dai tanta importanza alle cose materiali? Non abbiamo mai badato a chi ha i soldi e a chi non ce l'ha.

— È una cosa che ne ha sempre avuta, di importanza.

245

Loro erano quelli che stavano in alto e noi quelli che venivano dal basso.

Shake si sporse verso di lei e azionò il pulsante del portabagagli. — Nessun altro se la ricorda così.

— Be', — rispose Nancy — immagino che allora spetti a me farlo.

Per combinazione, Vinny e Jeremiah arrivarono insieme. Jeremiah vestito con pantaloni grigi e un blazer blu, parcheggiò la sua jeep dietro la BMW di Vinny. — Bella macchina — dichiarò, raggiungendo l'amico sul vialetto.

— L'ho comprata da un cliente — spiegò Vinny. — Come va?

— È un bel po' che non ci si vede, vecchio mio — Jeremiah gli porse la mano; l'altro, più per abitudine che per necessità, si pulì la sua sui jeans prima di stringergliela. Si guardarono. — Riesci a credere che alla fine stia succedendo sul serio? — chiese il primo.

— Già — rispose Vinny. — Come passa il tempo, vero? Sono un po' sorpreso di vederti qui, un pezzo grosso come te.

— Non così grosso da dimenticarmi dei vecchi amici.

— Jeremiah Wright — proruppe un'altra voce, femminile e severa — lo sa tua madre che sei qui?

Si voltarono entrambi. Willa stava andando verso di loro dalla casa. Indossava un abito nero e uno scialle spagnolo.

— Speriamo di no — rispose il politico. — Dio, sei fantastica.

Lei li baciò tutti e due, poi li prese a braccetto. — Sono così lieta che siate venuti. Sono tutti in piscina. Lasciate la vostra roba in veranda e venite a salutare.

Li condusse fino alla piscina in fondo alla proprietà. La recinzione, alta quasi due metri, era nascosta da una serie di arbusti di Spirea, che stavano già fiorendo. Davanti alla ringhiera c'era un capanno con spogliatoio, bagno e bar.

Patrick fu il primo a notare i nuovi arrivati. Saltò su

dalla sua sdraio vicino Nancy e Travis e corse loro incontro. — Bene, bene, bene, guarda un po' chi è arrivato.

Jeremiah che già gli aveva porto la mano, allargò le braccia e lo strinse in un abbraccio. — Patch, accidenti, non sei cambiato neanche un po'.

— Più vecchio, anche se non più saggio. — Poi Patrick abbracciò Vinny. — È bello rivederti. Lo sapevo che non ci avresti abbandonato.

Shake era in piscina. Nuotò fino al bordo, poi si issò con un unico fluido movimento e si avvicinò a braccia aperte con i capelli lunghi che gocciolavano. Jeremiah, ridendo, indietreggiò. — Giù le mani, maniaco.

— Che hai — disse Shake, con un sorriso malizioso — paura che ti rovini la tua bella giacchetta blu?

— Proprio così.

— Donnicciola.

Jeremiah gli mandò un bacio. Intanto Vinny stava salutando Travis con pugno sulle spalle e una pacca sulla schiena, che Travis ripagò. — Chi l'avrebbe mai pensato — disse Travis — il teppista di Beacon Hill, cresciuto e rispettabile.

— Quanto meno cresciuto — disse Vinny. — Anche tu non sei tanto male per essere uno scorreggione di mezza età.

Sul bordo della piscina, da sola, avviluppata nel suo involucro di carne, Nancy fumava e guardava.

Passato il primo momento dei saluti, la situazione entrò in stasi. L'alcol avrebbe dovuto essere di aiuto, ma ci voleva del tempo prima che agisse, e altri, più efficaci, lubrificanti, erano stati banditi alla presenza di Jeremiah. Nel frattempo c'erano diversi momenti imbarazzanti in cui a Willa, e probabilmente anche agli altri, veniva in mente con terrore l'inquietante interrogativo: "Come farò a trascorrere un intero fine settimana con questa gente?"

Le differenze che al liceo erano state insignificanti paragonate a tutte le cose che avevano in comune, con il tempo si erano amplificate. Willa, che si era seduta vicino a Vinny, esaurì ben presto tutte le sue scarse nozioni in campo automobilistico, e Vinny, che non aveva altro argomento di conversazione, non aveva più pronunciato una parola per venti minuti, anche se aveva continuato a bere parecchio. Nel frattempo Jeremiah stava sfoderando tutto il suo fascino con Nancy Shaker. Buona fortuna, gli augurò Willa, che dal canto suo con lei non ne aveva avuto per niente. Aveva loro assegnato la camera da letto sopra il garage perché aveva un letto matrimoniale e un bagno privato. Aveva però commesso l'errore di dire che i vecchi proprietari la usavano come appartamento per i domestici. — Davvero? — aveva commentato Nancy, con un sorriso glaciale. — Be', tanto perché tu lo sappia, non pulisco le finestre.

A quanto pareva a Jeremiah non stava andando molto meglio, tutti i suoi sforzi non ricevevano in risposta che dei monosillabi. Dall'espressione che aveva sul viso, si sarebbe detto che se ne stava sdraiata su di un letto di chiodi, invece che su di una sdraio imbottita. Perché era venuta, se era così chiaro che non le andava? Era comunque un bene che lo avesse fatto, altrimenti lei sarebbe stata l'unica donna alla festa, e non sarebbe stato piacevole.

Nemmeno ora, del resto, si sentiva troppo a suo agio, seduta tra Vinny e un Travis altrettanto silenzioso.

Grazio a Dio c'era Patrick, che non aveva mai affrontato un silenzio senza provare a romperlo.

— Ho appena avuto una splendida idea! — annunciò dal bar, dove si era messo a tenere banco. Gli altri gemettero all'unisono, erano quelle le parole che avevano preannunciato alcuni dei loro progetti più sventati, ma Patrick continuò imperterrito. — Domani, dopo essere stati sulla collina, andiamo a fare un salto da Vinny. Dovete vederlo per crederci. Più che un garage è un palazzo, vero Vinny?

— Per essere un'officina non è male. Ma non è un'attrazione turistica.

— È troppo modesto. Quell'officina, signore e signori, non serve che le più titolate auto straniere. Jaguar,

Audi e Beemer scappano da casa loro per andare lì. Lì non c'è niente da fare per le auto nazionali. Le Chevy potrebbero morire di vecchiaia prima di ricevere un sorso di benzina. Le Ford potrebbero morire di sete ai cancelli.

— Noi abbiamo una Ford — fece notare Nancy.

Vinny aggrottò la fronte. — Chi sei tu, il mio agente?

— Mi sto solo vantando, amico mio — disse Patrick. — Sono fiero di te.

— Ma sentitelo. Il fottuto professore, qui presente, è fiero di me.

— Sei il mio eroe. Io sono arrivato dove sono per pura inerzia. Tu hai costruito qualcosa dal nulla, e l'hai fatto tutto da solo.

— Ehi, uomo, è una stazione di rifornimento, non il maledetto Taj Mahal.

— Quello che conta è essere riusciti a realizzare quello che ci si proponeva — si intromise Jeremiah — e naturalmente l'averlo fatto da solo.

— Ehi, adesso — provò a dire Vinny, ma Jeremiah continuò, con una voce un poco untuosa, pensò Willa.

— Ti sei posto un obiettivo e l'hai raggiunto. È questa la reale misura del successo.

Vinny arrossì, e non dal piacere. — Oh, davvero, Jeremiah? È proprio questa la fottuta misura del successo?

— Sì, Vinny. Solo cerca un po' di misurare il linguaggio. Ci sono delle signore presenti.

— Be', cazzo! Scusa, oh protettore del sesso debole.

Jeremiah e Patrick si scambiarono uno sguardo che li riportò indietro di vent'anni. — Calma, ragazzi — disse Patrick. — Siete tra amici.

— Giusto — disse Vinny. — Me n'ero dimenticato — poi appoggiò la testa sullo schienale della sdraio e chiuse gli occhi.

Willa rabbrividì e si avvolse più strettamente nello scialle. Si era alzato il vento, che increspava leggermente la superficie della piscina. Guardò l'orologio. Era tempo di andare allo spettacolo di Chloe.

249

La banda iniziò l'ouverture e le luci dell'auditorium si affievolirono. Willa, in preda al nervosismo, aveva arrotolato il programma in uno stretto cono, e adesso stava cercando senza successo di spianarlo sul ginocchio. Il sipario si aprì sull'orfanotrofio, e tra il pubblico si diffuse un mormorio man mano che i genitori riconoscevano i loro figli sul palco. In fondo alla sala, un bambino incominciò a frignare. "Fatelo star zitto o portatelo fuori" pensò poco caritatevolmente Willa, che non riusciva a seguire il dialogo. Sedeva tutta sola nella terza fila. Isabel Rapaport e suo marito, Dennis, l'avevano invitata a unirsi a loro, ma Willa era troppo agitata per sopportare delle chiacchiere. Meglio starsene seduta tra estranei che non si sarebbero accorti del fatto che aveva bisogno del fazzoletto che stringeva nella mano sinistra.

Iniziò la prima canzone, e subito Chloe, irriconoscibile nella sua parrucca rossa, emerse dalla folla di orfani. Prese a cantare, con una voce forte e sicura, e sull'auditorium calò il silenzio, persino il neonato smise di piangere. Willa chiuse gli occhi, ascoltò e venne presa dai brividi. La signora Glouster aveva ragione. Il primo atto si concluse rapidamente. Willa trascorse l'intervallo passeggiando nell'atrio, orecchiando sfacciatamente. Chloe veniva lodata da tutti. Nel secondo atto, la figlia aveva un duetto con Daddy Warbucks, e ancora una volta Willa avvertì la mancanza di Simon. Quella sensazione non le scatenò l'esplosione di dolore represso dell'altra volta, ma ricoprì la sua gioia e il suo orgoglio di una tristezza che non si era mai permessa di provare. Lui avrebbe dovuto esserci. Niente di quello che aveva fatto doveva toglierli una cosa del genere. L'aveva ingannata, è vero, ma adesso Willa si accorse che la vita a lui aveva giocato uno scherzo assai più crudele, e provò pietà, sentendo per la prima volta agitarsi in lei germi di perdono.

I genitori sciamarono nell'atrio, ad aspettare che uscissero i loro figli. Willa, irradiata di gloria riflessa, riceveva le congratulazioni di tutti coloro che la conoscevano. Isabel la vide e le gettò le braccia al collo.

— Devi essere così orgogliosa — le disse. — Lo sono persino io, che non sono sua madre.

— Sono stupefatta — disse Willa. — È una cosa strana scoprire che tua figlia ha un dono che non le hai trasmesso tu.

— Ha un tale talento!

— Sono stati tutti meravigliosi — disse Willa. — Volevo anche ringraziarti per aver ospitato Chloe questo fine settimana.

— Nessun problema — disse Isabel. — Non sono ancora arrivati i tuoi ospiti?

Non le aveva detto niente della riunione, ma immaginò che l'avesse fatto Chloe; dopo tutto era ben quello il motivo per cui passava il weekend da Lauren. — Sì. Li ho abbandonati per un po'.

— Immagino che si divertiranno anche da soli. Compagni del liceo, mi ha detto Chloe. Sono cambiati molto?

Willa ci pensò. — Be', più vecchi, naturalmente. Ma non sono cambiati nelle cose essenziali.

Poi si aprì la porta dei camerini e uscì Chloe, al centro di un gruppo che includeva Lauren Rapaport e Roy Bliss. Lei era vestita con l'abito da tutti i giorni e portava due grossi sacchetti con i costumi e la parrucca. Furono in pochi a riconoscerla senza il vestito di scena. Vide Willa e si diresse verso di lei. Si incontrarono a metà strada.

La madre l'abbracciò. — Sei stata meravigliosa. Sono così fiera di te.

La figlia ricambiò l'abbraccio, per quanto le borse potevano consentirle. Era radiosa; Willa non l'aveva mai vista così felice, e questa volta non c'entrava quel ragazzo, e neppure le lodi della gente. Choe aveva l'aria di una che ha fatto una meravigliosa scoperta. Willa conosceva quella sensazione.

Per lei era stata la prima volta che aveva terminato di scrivere un racconto, l'aveva riletto e si era resa conto con sorpresa che era buono. Che poi quel racconto fosse stato pubblicato e apprezzato aveva solo amplificato il piacere; il seme era già stato piantato. Adesso Willa sentiva che in Chloe stava avvenendo un processo analogo.

— Grazie, mamma — disse, e cacciò i due sacchetti in mano alla madre. — Puoi portarmeli a casa? Noi andiamo direttamente alla festa.

— Con Lauren?

— Roy porta a casa anche lei.

— E voi due tornerete a che ora?

— Alle quattro del mattino — rispose Chloe, poi fece una risatina vedendo la faccia che aveva fatto sua madre. — A mezzanotte, come Cenerentola.

— Chiamami quando arrivi.

— Mamma! — strillò lei, allungando le due sillabe.

— Chiamami — ribadì Willa, e le diede un bacio.

Stava caricando i sacchetti nel baule quando loro salirono sull'auto e partirono. Roy Bliss le rivolse uno spensierato saluto da boy scout. Lei rimase a guardare l'automobile finché le luci posteriori non sparirono.

A casa il party era andato avanti anche senza di lei. Il buffet freddo che aveva preparato in soggiorno era stato saccheggiato. Willa seguì una pista di fumo, musica e risate fino allo studio. Anche se i suoi amici erano sparpagliati in tutta la stanza, la loro attenzione era rivolta verso un unico punto, una poltrona con un alto schienale, di cui Willa non poteva scorgere l'occupante. C'era qualcosa in quella loro concentrazione che le fece venire la pelle d'oca: qualcosa di familiare.

Fu Travis il primo a notarla. — Finalmente — gridò, e tutti gli altri la guardarono con la stessa espressione di allegra anticipazione, tanto che ancor prima che l'occupante della poltrona si alzasse e si girasse, Willa sapeva già. E anche se il suo cuore si era messo a battere all'impazzata, riuscì a mantenere il controllo.

— Ciao Caleb — disse lei, come se lui passasse a trovarla tutti i giorni. — Ci stavamo chiedendo quando saresti arrivato.

31

L'interdizione di Jeremiah a tutte le sostanze illegali li fece separare per un po'. Travis uscì nel patio a farsi una canna, e Shake e Nancy andarono con lui. Willa colse l'occasione per far sparire i resti della cena. Le ci sarebbe voluto un po' di tempo da passare da sola, per assimilare tutti gli avvenimenti della giornata, ma sapeva bene che non glielo avrebbero lasciato. E in effetti, non appena ebbe finito di impilare i piatti su un vassoio, la porta del soggiorno si aprì.

Era Caleb. — Posso aiutarti?

— Puoi portare questo in cucina. — Gli passò il pesante vassoio. Lui indossava una camicia bianca con le maniche arrotolate e aveva un Rolex d'oro al polso sinistro. Non portava nessuna fede nuziale. Lei radunò i piatti con gli avanzi e lo seguì in cucina.

Caleb li posò nel lavandino e poi raggiunse Willa al tavolo dove lei si era messa a preparare dei sandwich con gli affettati rimasti.

Era difficile guardarlo, e ancora più difficile distogliere lo sguardo. Al liceo Caleb era stato il più bello dei ragazzi di Beacon Hill, con un aspetto da chierichetto che nascondeva la sua natura irresponsabile. Adesso il tempo aveva separato le due cose. La grazia giovanile se n'era andata, sostituita da qualcosa di più profondo, più intenso. Sul suo viso si erano formate delle rughe che lo rendevano interessante. C'era del vigore nei suoi avambracci con vene e tendini in evidenza, e aveva un aspetto vissuto. I suoi capelli erano più corti e più chiari di un tempo, una spazzola d'oro brunito. A Willa sembrava quello che era sembrato a tante altre donne, uno che porta guai, ma guai che valeva la pena di affrontare.

Si ricordava come aveva accolto le scoperte di Jovan. Caleb non è un predatore, aveva protestato, anche se neppure per un attimo aveva avuto il dubbio che quelle notizie non fossero vere: il collegamento tra il ragazzo e l'uomo era fin troppo evidente. Tutti i ragazzi di Beacon

Hill si erano contesi i suoi favori. Il suo coraggio, il suo disprezzo per l'autorità e le convenzioni lo avevano elevato ai loro occhi, ma erano caratteristiche tanto affascinanti in un ragazzo quanto pericolose in un uomo. Avevano sempre pensato che Caleb si sarebbe fatto strada nel mondo, solo che non immaginavano come.

— Così sei tornato — disse lei.

Lui fece un inchino. — Il ritorno del figliol prodigo.

— Portate il vitello grasso. Anche se quella parabola mi ha sempre dato da pensare. Cosa dovevano pensare gli altri figli?

— Di aver sprecato il loro tempo — disse Patrick, comparendo sulla soglia. I suoi occhi dardeggiavano da Willa a Caleb. — Che bella scenetta famigliare.

L'amico gli scoccò un'occhiata per fargli capire che era inopportuno, ma Patrick lo ignorò. Si avvicinò al lavandino, si arrotolò le maniche e incominciò a caricare la lavastoviglie in un modo che doveva far capire che lui lì era di casa.

— Dicci un po' di te — lo invitò Patrick. — Cosa hai fatto in tutti questi anni?

— Mi sono occupato di proprietà immobiliari, per lo più. Ho cercato la fortuna qua e là — disse con aria modesta.

— E dove vivi? — chiese Willa, con un sorriso insipido come la maionese che stava spalmando. Lasciamo pure che i ragazzi si divertano con i loro giochetti, per quello che poteva servirgli. Adesso lei viveva in un altro mondo.

— Tendo a spostarmi. Brasile, Messico. Ho trascorso un po' di tempo nelle isole della Florida. Non c'è un posto che possa definire veramente casa.

— E ti sta bene così?

Caleb sembrò pensarci su, come se non sapesse quanto volesse rivelare, poi, dando la schiena all'amico guardò Willa con occhi eloquenti.

— Mi è andato bene finora — disse adagio. — Ma adesso sto diventando vecchio, o magari lo sono già.

Patrick si sarebbe messo a ridere. Il vecchio Caleb, con quella sua urtante aria sentimentale. Non aveva avuto bisogno di guardarlo per sapere che faccia avesse. La questione era se Willa gli avrebbe creduto. Non si poteva dire. Quella donna era un libro chiuso.

Caleb ora stava raccontando un aneddoto della prima volta che era stato a Rio, e sembrava che Willa se la bevesse. Patrick smise di ascoltare. Quel bastardo di Caleb. Gli era mai venuta in mente la possibilità che lui potesse rivendicare qualche diritto di precedenza? Naturalmente no. Quando si trattava di donne valeva la legge dell'ognuno per sé, e in quella gara Caleb aveva sempre la meglio. Patrick si ricordò della prima volta che se ne era reso conto. Avevano dieci, undici anni, era estate, e lui e Caleb erano da Vinny, a fare la lotta in giardino con lui e suo fratello. Qualcuno aveva lasciato una porta aperta e il loro cagnolino, un terrier che si chiamava Maisie, era scappato. La madre di Vinny era uscita strillando: "Prendetela, prendetela!". Tutti ci avevano provato, ma il cane aveva continuato a correre in cerchio, passando in mezzo alle loro gambe.

All'improvviso Caleb si era lasciato cadere a terra e se ne era rimasto disteso con le braccia spalancate. Gli altri ragazzini si erano fermati e si erano guardati l'un l'altro. "Caleb?" lo aveva chiamato Patrick, incerto.

"Shhht" aveva sibilato Caleb. Era rimasto in quella posizione finché Maisie non era andata da lui e gli aveva annusato la faccia. A quel punto lui l'aveva afferrata, sorridente. "Fai sempre in modo che siano loro a venire da te", aveva detto a Patrick.

Funzionava anche con le donne. Al contrario di Patrick, che non aveva l'aspetto giusto ed era un cacciatore nato, Caleb crescendo si era trasformato in una grossa attrazione. E non era solo il suo aspetto. Il fatto era che sapeva pure come servirsene. Aveva sempre avuto il dono di risvegliare il desiderio ogni volta che voleva, e adesso sembrava che, nel corso degli anni, fosse passato al professionismo. Willa si era dimenticata tutto il marcio che quel detective aveva scoperto? Patrick sospirò.

Ancora una volta sembrava il *remake* di un film che aveva già visto.

Quando finalmente riuscì a scambiare uno sguardo con Willa, non rimase soddisfatto. "Lo sappiamo com'è, vero?" le comunicò con gli occhi, mentre lei rispose "Ci stiamo divertendo". Sotto quello strato di dolcezza c'era un riserbo così spesso che ci sarebbero voluti martello e scalpello per infrangerlo. Almeno però non era l'unico. Anche Caleb infatti aveva l'aria di uno che tenta di scalare una montagna di vetro.

Shake allungò le gambe e si distese sulla sdraio, guardando il cielo stellato. — Questo sì che si chiama vivere.

Travis accese un'altra canna, fece un tiro, e la passò a Nancy. — Mi sento di nuovo un ragazzino a stare con voi, ragazzi. Continuo ad aspettarmi che da un momento all'altro arrivino i genitori di Willa a cacciarci via tutti.

— O che la madre di Jeremiah incominci a bussare alla porta — disse Nancy, e risero tutti. Era erba buona, coltivata da amici di Travis; mescolata all'alcol, li aveva scaldati e lievemente inebriati. Che bella idea era stata quella di fare la riunione, convennero gli uomini, e che ospite generosa era Willa.

Nancy tirò su con il naso. Se quella fosse stata casa sua avrebbe potuto anche lei essere ospitale come Willa. Non che lei la volesse una casa come quella, con tutti quegli eccessi e quel lusso nauseante, ma dava fastidio vedere come certa gente ti sventolasse la sua ricchezza sotto il naso quando tu non possedevi nulla, nemmeno un tetto sulla testa. Specialmente quando chi lo faceva era stata una tua pari al liceo. Passò la canna a Shake, che inspirò profondamente.

— Come ai vecchi tempi — disse lui, emettendo il fumo.

— Se fossimo ai vecchi tempi — disse Nancy — tu e io ci saremmo divisi la sdraio e ci saremmo messi a pomiciare.

— Se fossimo ai vecchi tempi, ci saremmo stati tutti e due, lì sopra. — Shake guardò qualcosa oltre lei e Tra vis. — Mi ha proprio sorpreso l'arrivo di Caleb. Accidenti, ci sono proprio rimasto secco.

— Io lo sapevo che sarebbe venuto — disse Travis. — Ne ero sicuro.

— È stupefacente vedere come ce ne siamo ricordati tutti, sballati come eravamo.

— Per come eravamo messi, è stupefacente che siamo ancora tutti vivi.

Nancy si accese una sigaretta, e la fiamma del suo accendino attirò una falena. — Parlate come se fossimo stati dei pessimi soggetti — disse lei. — Eravamo solo un branco di ragazzi della classe media che se ne stavano in periferia.

— Augh — disse Travis. — La *squaw* bianca parla con lingua affilata.

— Ricevuto? — chiese Shake, e i due uomini scoppiarono a ridere, mentre Nancy li guardava indignata. Chi cazzo pensava di essere quel Travis, da chiamarla *squaw*?

— Sapete cosa mi andrebbe di fare? — disse Travis, stiracchiandosi. — Una nuotata di mezzanotte.

— Nudi — disse subito Shake. — Dovremmo convincere gli altri.

I due uomini si guardarono e si scambiarono un sorriso. Nancy lo notò e ribollì.

Quando Willa tornò nello studio, trovò Vinny seduto su uno sgabello al bar e Jeremiah sul divano di fronte a lui. Anche se non stavano parlando, nell'aria aleggiava un residuo di conversazione, come la ionizzazione dopo un temporale estivo. Vinny sembrava imbronciato, e Jeremiah aveva l'aria di chiedersi cosa ci faceva lì. Quando arrivò, tutti e due si rianimarono. Willa tenne la porta aperta per Patrick e Caleb, che entrarono portando vassoi di torta tagliata a fette, caffè, zucchero e panna, poi li superò per andare a sgomberare il tavolino. Tra le riviste notò due pacchetti di fotografie. — Cosa sono?

— Tu hai chiesto delle foto e la truppa ha obbedito — disse Patrick. — Le stavamo guardando prima, quando tu eri allo spettacolo di Chloe. — Lui si servì una tazza di caffè e ne preparò una anche per lei, scuro e dolce, come le piaceva.

Willa si accucciò vicino a Jeremiah. — Questo mi fa venire in mente che ho una cosa per voi, ragazzi. — Disse loro del riassunto del diario, di cui avrebbero trovato una copia nelle loro stanze. — Non ho messo tutto, ma quello che c'è è in una versione senza censure, il che significa che, entro i limiti della scrittura, è decisamente imbarazzante. Ma pensavo che vi facesse piacere rivedere qualcosa di voi stessi.

— Tenevi un diario? — chiese Jeremiah.

— Pieno di dettagli osceni, ve lo garantisco.

— Ahi. Come hai potuto, Willa? È come se Nixon si fosse registrato da solo.

Lei scoppiò a ridere. — Penso che ormai la maggior parte delle cose che abbiamo commesso allora siano cadute in prescrizione. E comunque non li vedrà nessun altro al di fuori di me. Me li porterò nella tomba.

— Non sei mai andata da nessuna parte senza un libro — la canzonò lui. — Ma non hai paura che li trovi tua figlia?

— Li tengo ben nascosti. — Willa sfogliò le fotografie, che, anche se fragili e sbiadite, erano meravigliosamente evocative. C'era Shake che teneva Nancy tra le braccia davanti alla casa di Caleb; Vinny e Caleb a fianco di un pupazzo di neve al quale avevano ricollocato il naso, fatto con una carota; tutti così giovani e innocenti, così contenti di loro stessi e di essere insieme agli altri. Willa arrivò a una fotografia di Patrick vestito da Babbo Natale, con Angel seduta in grembo. — Oh guardate Angel! Dio se era bella.

— Dov'è, a proposito? — chiese Caleb, come se se lo chiedesse per la prima volta. — Non dovrebbe esserci anche lei?

Le parole caddero in un silenzio che nessuno sembrava aver voglia di riempire. Alla fine Patrick gli spiegò: — Non lo sa nessuno. Nessuno di noi l'ha più vista o sentita da vent'anni. A meno che non l'abbia vista tu.

— Io? — disse Caleb. — Non l'ho più vista dal tempo del liceo. — E nemmeno ho pensato a lei, implicava il suo tono.

— La gente se ne va via — disse Jeremiah, alzando le spalle. — La cosa sorprendente non è che una si sia dimenticata della riunione, ma che così tanti se ne siano ricordati. Quello che non riesco a capire è come mai se ne stia interessando la polizia. — Lanciò un'occhiata a Willa. Lei continuò a guardare le foto.

— La polizia? — chiese Caleb.

— Hanno trovato la sua macchina fotografica — disse Patrick. — Con dentro una pellicola.

— Dove? — chiese Jeremiah.

— Non ne ho idea.

— Una pellicola? — chiese Caleb.

— Proprio così — Patrick lo guardò. — Hanno le ultime fotografie che ha scattato, prima che se ne andasse.

Caleb ricambiò lo sguardo per un istante, poi scrollò le spalle e si versò il caffè.

— E allora? — disse Jeremiah, guardandoli uno dopo l'altro. — Come fa il ritrovamento di una macchina fotografica a mettere in moto un'indagine della polizia?

— Non so se è stato questo a metterla in moto — disse Patrick — ma ovviamente sospettano che le sia successo qualcosa. Anche Willa, se è per questo.

— Willa è una scrittrice — liquidò sbrigativamente Jeremiah. — L'immaginazione è il suo pane.

— Sono una biografa — replicò lei, colpita da un attacco che veniva da quella direzione. — E mi occupo di fatti.

Patrick si girò verso di lei. — Ma, per quanto riguarda Angel, di fatti non ce ne sono.

— Anche questo è un fatto; qui c'è sotto un mistero!

— Quale mistero? — disse Nancy, entrando dalla porta-finestra. Shake e Travis erano dietro di lei. — Lo sanno tutti cosa è successo ad Angel.

La guardarono.

— E cioè? — chiese Willa.

— Ha sfasciato la macchina del suo vecchio ed è scappata via: fine della storia.

— Per non tornare più? Per non farsi più vedere o sentire da nessuno?

Nancy sogghignò. — Tornare? Tornare a cosa?

— Chiudi il becco, Nancy — le ingiunse stancamente Shake.

— Come lo sappiamo che è scappata via? — disse Willa. — Nessuno ne ha più saputo niente, da allora.

— E se non fosse così? — si udì. Tutti si voltarono verso Vinny. — E se vi dicessi che io ne ho saputo qualcosa?

Nel silenzio che seguì quelle parole, lo squillo del telefono sembrò risuonare come un'esplosione. Willa trasalì e si portò una mano al cuore. Per impossibile che potesse essere, in quell'istante fu certa che all'altro capo del telefono ci fosse Angel. E forse non era la sola; con la coda dell'occhio vide che Patrick si faceva il segno della croce. Patrick era il più vicino al telefono ma fece passare la padrona di casa. Lei si precipitò... ma era solo Chloe, che chiamava, come stabilito.

Nessuno parlò finché Willa rimase al telefono. Poi Patrick si voltò verso Vinny e disse: — Di cosa diavolo stai parlando?

— Ho ricevuto una cartolina da San Francisco, un paio di mesi dopo che se l'era filata.

— Già, e te ne sei ricordato solo adesso.

Vinny scrollò le spalle. — Già, me ne sono dimenticato. Una cartolina del cazzo! Tutti questi discorsi me l'hanno fatto tornare in mente.

— Sta mentendo — disse Travis, indicandolo. — Guardatelo. Se lo sta inventando adesso.

— Chiudi quella cazzo di bocca, Travis. — Con quell'imprecazione Vinny gli rammentò la natura del loro rapporto, e la reazione di Travis mostrò che se ne ricordava anche lui, perché si sedette e rimase in silenzio.

— Stronzate — disse Patrick. — Perché avrebbe dovuto scrivere a te e non a me?

— Non lo so... Forse perché non ero stato io a metterla incinta e lasciarla nei guai.

— Vaffanculo! — disse Patrick, e si diresse verso Vinny. Jeremiah si frappose tra di loro, posando un braccio sulle spalle di Patrick e riportandolo sul divano. Poi andò a piazzarsi sullo sgabello del bar vicino a quello di Vinny.

— Sentiamo un po' — disse Jeremiah. — Cosa diceva quella cartolina di Angel, Vinny?

— Che se la spassava, e faceva sesso tutte le sere, qualcosa del genere. "Vorrei che foste qui."

— Diceva in che parte di San Diego era andata a stare?

— No, non lo diceva.

Jeremiah aggrottò la fronte. — Pensavo che tu avessi detto San Francisco.

L'indignazione di Vinny, quando si rese conto dello scherzo che Jeremiah gli aveva giocato fu considerata molto comica dagli altri, i quali scoppiarono in una risata che, dato l'alcol, durò più del dovuto. Solo Jeremiah non rise, ma guardò Vinny preoccupato e, quando gli altri ebbero smesso di ridere, disse: — Non è mai una buona idea raccontare una bugia quando non è necessario.

— E chi dice che è una bugia? — disse Vinny. — Inoltre a te che cazzo importa, se questo ci toglie gli sbirri dai coglioni?

— Come se ci si potesse riuscire così. — Caleb si avvicinò e si sedette sullo sgabello dall'altra parte di Vinny. — Riusciresti solo ad attirare l'attenzione su di te. Devi essere coerente con gli sbirri. È gente dalla mente limitata. Prova a cambiare la tua storia e ti saranno tutti addosso. — Parlava con indiscutibile cognizione di causa.

Vinny si versò una dose di bourbon e alzò il bicchiere verso Caleb, un gesto che tutti presero come un'ammissione di sconfitta. Ricominciarono a parlare, mentre la tensione si allentava, come se tutti pensassero di aver evitato per poco qualche pericolo.

Travis, ricordando la sua missione, chiese: — Qualcuno viene a farsi un nuotata?

— Non penso proprio — rispose subito Willa. — Sta diventando tardi e fa freddo. Non possiamo aspettare fino a domani mattina?

— La piscina è riscaldata — cercò di convincerla Travis — e c'è anche la minivasca bollente. — Shake congiunse le mani a mo' di preghiera. — Per favore mammina. Ti promettiamo di fare i bravi — pregò, e gli altri si misero dalla sua parte, finché lei si arrese. Ma quando Travis tirò fuori l'idea di fare il bagno nudi, si limitò a fare una risata. Ci si vedeva proprio a spogliarsi davanti a quei sei! Le cose erano già abbastanza cambiate. L'assenza di Angel aveva modificato le dinamiche di gruppo in modi che Willa non aveva previsto, e adesso stavano accadendo delle cose che chiaramente non erano sotto il suo controllo! L'equilibrio si era spostato, e ora era nettamente sbilanciato. L'attenzione sessuale, che un tempo era divisa tra tre ragazze, adesso ricadeva tutta su Willa. Inoltre, e questa era una cosa che stupidamente si era dimenticata di mettere in conto, non erano più ragazzi. Adesso erano uomini, e per di più ubriachi.

Per cambiarsi, chiuse la porta a chiave.

Quando scese, la festa in piscina era in pieno svolgimento. Avevano trovato il pannello di controllo e acceso le luci subacquee che correvano tutto attorno alla piscina con un cavo a fibre ottiche blu. Lo stereo diffondeva a basso volume un CD di Paul Butterfield e qualcuno aveva preparato una caraffa di piñacolada. Willa se ne versò un pochino in un bicchiere e la sorseggiò mentre si guardava attorno, per il momento senza essere vista. Shake, Nancy e Travis erano nella minivasca. Nancy indossava un bikini leopardato adatto a una con la metà dei suoi anni e di almeno due taglie troppo piccolo. Willa poteva quasi sentire la risata beffarda di Angel. Jeremiah stava facendo vasche su vasche con delle bracciate forti e vigorose che rivelavano una lunga pratica, mentre Caleb e Patrick sguazzavano parlando tra di loro. Willa sentì Vinny ancora prima di vederlo: stava russando su una sdraio vicino alla piscina. Avrebbe dovuto fare in modo che tornasse sano e salvo in casa prima che tutti se ne andassero.

— Willa, — chiamò Patrick — vieni con noi.

Lei posò il bicchiere su un tavolino e si tolse l'accappatoio. Travis fischiò. Di sopra aveva a lungo esitato tra il suo costume più elegante, un due pezzi blu con bande d'oro della Gottex e quello che usava sempre, un modesto costume olimpionico nero. Alla fine aveva prevalso la vanità e aveva indossato il Gottex, ma adesso, con gli occhi di tutti puntati addosso, si sentiva come una spogliarellista sulla passerella. Fece tre passi di corsa e si tuffò agilmente.

L'acqua era tiepida e invitante, e le schiarì subito le idee. Percorse tutta la piscina in immersione prima di riemergere dall'altra parte. I tre uomini in vasca stavano convergendo verso di lei come navi in un porto. Lei era stanca di Patrick, diffidente nei confronti di Caleb, e per di più sentiva che doveva qualche attenzione a Jeremiah. Così si voltò verso di lui e gli rivolse un sorriso ad alto voltaggio. — Forse non è stata poi una cattiva idea, dopo tutto.

— Magnifica piscina — disse Jeremiah. Era tutto lustro come una lontra, con l'acqua che gocciolava dai suoi capelli neri. — Stavamo pensando di farne istallare una a Old Wickham, ora che dovremo trascorrere più tempo là.

— Avete lo spazio? — ignorò Caleb e Patrick che nuotavano lì vicino.

— Oh, di spazio ce n'è un sacco. Per lo più ci sono boschi e colline, ma c'è circa un mezzo ettaro pianeggiante proprio dietro la casa che farebbe al caso nostro. È un progetto impegnativo, però, e ho paura che quest'anno non ci sia più tempo.

— Come mai trascorrerete più tempo lì? Lasciate Washington?

— Non esattamente. È una cosa complicata. Ma presto riveleremo tutto.

Lei tirò indietro la testa e lo osservò pensierosa. — Ti sei candidato a qualcosa.

— Non parlerò nemmeno se mi fai trascinare da dei cavalli imbizzarriti — rispose lui con un sorriso enigmatico.

— I cavalli imbizzarriti non ci riescono mai — disse lei. Caleb e Patrick però ce la fecero, molestandolo in tutti i modi finché Jeremiah dovette arrendersi e rivelare tutto quello che volevano.

— Va bene! Va bene! Willa ha indovinato. Mi sono candidato per una carica.

— Lo sapevo — esclamò lei, dando una manata all'acqua.

— Quale carica? — chiese Patrick.

Jeremiah alzò le mani. — Non ancora.

— Be', dicci almeno questo — disse Willa. — Potremo votare per te?

Lui sorrise. — Non questa volta.

— Ma l'ultima volta l'abbiamo fatta la campagna elettorale per te — disse Patrick. Poi si misero a raccontare della prima campagna elettorale di Jeremiah per la presidenza del consiglio studentesco. "Wright o niente" era stato lo slogan sui suoi manifesti elettorali; "Wright o qualcos'altro" era la stata la versione più persuasiva di Vinny. Tra quello e l'offerta di Angel di baciare tutti i ragazzi che avessero votato Jeremiah, la sua elezione era stata assicurata.

Jeremiah, con un sorriso smorto sulle labbra, aspettò finché non ebbero finito. — Comunque non penso che queste tattiche funzionerebbero questa volta — disse. — Se volete veramente aiutarmi, vi dirò io come. State alla larga dalla campagna. Siate discreti. Non parlate ai giornalisti, e se qualcuno viene a cercarvi non mettetevi a raccontare dei vecchi tempi e di quanto ci divertivamo. Ecco come mi potete aiutare. — Sorrideva sempre, ma nella sua voce c'era un tono che li zittì tutti.

Patrick fu il primo a riprendersi. — Ehi, amico — disse. — Se non ti fidi di noi, di chi ti puoi fidare?

Quando uscì dalla piscina, Willa rabbrividì. La temperatura si era abbassata e l'aria era molto più fredda dell'acqua. Caleb la seguì, si accorse che tremava e le mise un braccio attorno alle spalle. — Stai gelando — disse. — Vieni a scaldarti. — La condusse verso la minivasca bollente, dove adesso era rimasto solo Travis. Lei si stese davanti a uno dei getti e si inarcò dal piacere quando le bollicine calde le accarezzarono e solleticarono la schiena. Erano mesi che non usava la minivasca... da quando era morto Simon.

Travis stava guardando ammirato. — Devo procurarmi una di queste — disse. — Immaginatevi una di queste in una fredda notte di inverno, con un milione di stelle sopra.

— Sembra bellissimo — mormorò Willa.

— Un po' come avere una sorgente termale tutta per te. Quando vieni a...

— Travis — disse Caleb.

Con riluttanza, Travis distolse gli occhi dalla scollatura del reggiseno di Willa e si voltò verso Caleb. — Sì?

— Perché non vai a prenderci qualcosa da bere?

Lui sbatté gli occhi un paio di volte. — Certo. Cosa volete?

— Non ha importanza — rispose Caleb. — Fai pure con comodo.

Travis uscì, avvolgendosi in un asciugamano.

— Sei stato poco gentile — disse Willa, più divertita che arrabbiata.

— Sono stanco di aspettare di trovare un momento per stare da solo con te.

— Perché, hai un segreto da raccontarmi?

Lui indietreggiò e la guardò. — Mi stai prendendo in giro?

— Non più di quanto tu non ti sia meritato, con il tuo arrivo a sorpresa.

— Mi dispiace per quello. Fino all'ultimo non ero sicuro di riuscire a farcela.

Willa lo osservò senza dire nulla.

— Va bene — disse lui, remissivo. — Avevo paura che tu mi dicessi di starmene alla larga.

— Perché avrei dovuto farlo? — chiese lei.

— Perché mi sono comportato da stronzo, l'ultima volta che ci siamo visti. C'è un termine di prescrizione per la stupidità, Willa, o devo farti delle scuse tardive?

— Avevi tutti i motivi per essere infuriato.

— No che non li avevo, anche se ci ho messo degli anni per ammetterlo. La verità è che non ero pronto a darti quello di cui avevi bisogno e che meritavi, e Simon invece sì.

Willa era impressionata. Era una canaglia dannatamente in gamba, così in gamba che una parte di lei insisteva per credergli. Si rifugiò nell'educazione. — Gentile da parte tua dire così.

— È stato gentile da parte tua lasciarmi venire — le fece il verso lui. Si guardarono per un istante e poi scoppiarono a ridere. Da quando era tornato, quello era il primo scambio spontaneo tra di loro.

Patrick e Jeremiah tornarono ansimando per lo sforzo dopo aver riportato Vinny in casa. Patrick prese una birra dal frigorifero del capanno e la offrì a Jeremiah, che scosse la testa. Andarono a raggiungere gli altri vicino alla piscina.

— Guarda un po' là — Patrick osservò torvo Caleb e Willa, che ridevano nella minivasca.

— Non perde tempo — disse Shake.

— Riprende da dove ha lasciato — commentò cupo Travis. — E con questo, addio allo scontro leale.

Shake lo colpì a un braccio. — E quando mai è stato leale, scemo?

— Lasciate pure che spari le sue cartucce — disse Patrick. — Lei è troppo in gamba per lui.

— Sai benissimo che non è questione di cervello — ribatté Shake. — Cinquanta dollari che ce la fa.

Nancy aggrottò le ciglia; erano i suoi soldi che buttava via. Shake la ignorò.

— Ci sto — disse Patrick.

— Come farete a saperlo? — chiese Jeremiah. — Non lo annunceranno mica.

— Oh, lo sapremo — disse Shake. — Dal sorrisetto che farà lui.

Un'eco di risate maschili si diffuse nell'aria come fumo di tabacco. Terminò quando Willa si alzò e si stiracchiò languidamente. Non appena incominciò a salire i gradini della scaletta della minivasca, gli uomini si zittirono. Alla luce azzurrognola della piscina, le sue spalle nude, i seni inguainati nel costume e le lunghe gambe destarono stupore e desiderio.

Persino Nancy, stravaccata sulla sdraio vicina a Shake, provò una momentanea ammirazione. Poi si guardò attorno e vide che tutti gli uomini la fissavano ammaliati. Nancy avrebbe potuto spogliarsi nuda, rimanere soffocata per un acino d'uva e morire sul posto, e nessuno di loro se ne sarebbe accorto, nemmeno suo marito.

Sospirò e mangiò un altro acino. Lo sapeva che non sarebbero dovuti andare. Perché Shake non la stava mai a sentire? Era come tornare al liceo, solo che questa volta l'avevano scelto loro. Individualmente erano cambiati tutti, eppure tutti sembravano congelati nei loro vecchi rapporti. Travis aveva ancora paura di Vinny; Caleb e Patrick erano in competizione tra loro; Jeremiah sembrava calato dal monte Olimpo, e Willa faceva arrapare i ragazzi. Mancava solo Angel, e per Nancy quella era l'unica cosa che era cambiata in meglio.

32

Beacon Hill era deserta. I massi su cui un tempo si sedevano, adesso erano ricoperti d'edera, e lo spiazzo dove vent'anni prima avevano ballato ascoltando *Sympathy for the Devil* era ormai circondato dagli arbusti. A quanto pareva, la collina non era più stata usata come luogo di ritrovo per molti anni. Persino il sentiero che si erano aperti in mezzo alla distesa di ginepri era scomparso.

Ma a Willa la cima della collina non sembrò vuota. Sentiva la mancanza di Angel in maniera così acuta che, paradossalmente, quasi ne avvertiva la presenza. Una sensazione del genere l'aveva assalita anche in camera di Angel, ma là, sulla collina, in compagnia dei loro vecchi amici era più forte che mai. "Qualsiasi cosa fosse successa" avevano giurato. Sotto il cielo nuvoloso, quello che un tempo era stato il loro amato rifugio, adesso aveva un'aria desolata, come se fosse infestato dai fantasmi. E Willa non era l'unica a sentirlo. Quando si sedettero attorno al pranzo al sacco che lei aveva sistemato nello spiazzo, il gruppo era più sottotono di quanto si potesse spiegare con i semplici postumi della sbornia.

— Qualcuno vuole fare una seduta spiritica? — chiese Travis, e gli altri accolsero la sua battuta con sguardi di disapprovazione; la cosa però non sarebbe stata fuori luogo.

Patrick distribuì delle birre prese dal frigorifero portatile che si era trascinato sulla collina e propose un brindisi. — A tutti noi, per aver mantenuto la promessa.

Brindarono. Poi Willa fece la domanda che si era tenuta in serbo per quell'occasione. — Cos'era che ci teneva uniti allora? Che cosa ha fatto sì che diventassimo amici?

— Un puro caso, come molte cose buone nella vita — disse Shake, con la testa posata sulle cosce smagliate di Nancy, mentre lei gli metteva in bocca degli acini d'uva.

Nancy annuì. — Una cosa fortuita, come il sangue che si coagula. Non si va a vedere perché una particolare molecola si attacca a un'altra. È che devono attaccarsi da qualche parte.

— Io non penso che sia stata una cosa fortuita — disse Travis, con tanta passione che tutti lo guardarono. Abbassò la testa e sorrise. — Per me era una compagnia, come quella di Tolkien. In effetti, la prima volta che ho letto *Il signore degli anelli*, ho distribuito i ruoli. Avevo la sensazione che noi vivessimo in un mondo a parte, un luogo più bello e avventuroso del mondo normale. È come se nella mia memoria le scene in cui c'eravamo noi fossero a colori e le altre in bianco e nero.

— Quali erano i personaggi? — chiese Willa.

— Tu e Caleb eravate gli elfi reali, Elrond e Galadriel. Patrick era Frodo Baggins, Jeremiah era Gandalf, Vinny il guerriero Boromir, Shake e Nancy erano Tom Bombadil e sua moglie.

— E tu chi eri?

Lui si sforzò di sorridere. — Gollum.

— Oh no! — gridò lei, anche se a dire il vero i personaggi le sembravano scelti ad arte. Patrick aveva la caratteristica curiosità dei Baggins, e non c'era forse una certa aura da mago in Jeremiah, con il suo viso pallido e i suoi occhi neri? Vinny, seduto tutto pensieroso un po' discosto, con le ginocchia piegate ravvicinate al petto, era un perfetto Boromir. — E tu che ne pensi? — chiese lei, per coinvolgerlo, dato che le sembrava così sulle sue, lì sulla collina.

Vinny sollevò una delle sue ampie spalle e la lasciò ricadere. — Non posso dire di averci pensato troppo.

— Vi dirò cos'era per me — si inserì Jeremiah. — Per me questo gruppo era il mio rifugio. Con voialtri potevo fare tutto, dire tutto, farmi gioco della gente davanti a cui a scuola dovevo inchinarmi, semplicemente essere me stesso, ed era fortissimo. Mi piaceva andarmene in giro con le ragazze più belle della scuola. Mi piaceva che mia madre vi detestasse. Mi piaceva che gli altri ragazzi sapessero che eravamo amici, perché significava che c'era in me qualcos'altro sotto la patina formale. E mi piaceva sapere che qualsiasi cosa fosse successa, potevamo contare gli uni sugli altri.

— Che carino — disse Vinny.

Jeremiah lo guardò senza capire.

— Che c'è? — disse Patrick. — Il nostro meccanico grande e grosso è troppo macho per un provare un pizzico di nostalgia?

— È che tutto questo rovistare nel passato mi sembra inutile. Quel che è stato è stato — affermò Vinny.

— Ma cos'è che è stato? — disse Patrick. — Questo è il

punto. Vi esporrò la mia teoria: noi eravamo degli spostati. Il liceo è fondamentalmente una società tribale. Tutti sono etichettati, tutti vengono assegnati a qualche gruppo. Noi eravamo quelli che non rientravano in nessuna categoria.

— Mutanti — disse Shake.

— Prendiamo te. Come musicista tu avresti dovuto far parte del gruppo degli artistoidi, solo che nel tuo tempo libero ti piaceva sbronzarti, fare a botte e giocare con le macchine. Vinny era un bullo che leggeva "Rolling Stone" e apprezzava Fellini. E così via: nessuno di noi rientrava in una categoria precisa.

— Ma di sicuro non era l'unica cosa che avevamo in comune — disse Willa.

— E che altro c'era?

— La passione — affermò decisa lei. — Insieme a qualche tipo di talento.

— Io no — disse Patrick. — Passione per i film, senz'altro, ma nessun talento.

— Il tuo talento era nell'insegnare — disse Willa. — Ho imparato molto di più a guardare i film con te, di quanto non mi sarebbe successo a seguire una dozzina di corsi. Jeremiah aveva un talento sociale, l'abilità di guidare la gente, una dote che ha poi utilizzato in politica. Shake era un musicista.

— Poi la passione di Vinny per le macchine — continuò Jeremiah — e i tuoi libri. Proprio così, Willa. E nota che ciascuno di noi ha scelto un campo in cui servirsi di questo talento.

— E qual era quello di Caleb? — chiese Travis.

— Era un gran falsario. Mi chiedo se non gli sia servito a qualcosa — disse Nancy, con una timida occhiata. Caleb alzò la testa e la guardò come se la vedesse per la prima volta.

— Il suo talento era quello di fare come gli pareva — disse Patrick.

Caleb trasferì lo sguardo su di lui, ma non disse nulla.

— E il mio? — piagnucolò Travis; non era riuscito a trattenersi.

— La lealtà — affermò Willa.

Patrick scoppiò a ridere. — Sappiamo tutti quale fosse la passione di Travis. Ma dubito che abbia potuto costruirci sopra la sua carriera.

— No, a meno che non ci siano guardoni professionisti — aggiunse Shake.

— Certo che ci sono — disse Jeremiah. — Sono i reporter dei giornali scandalistici.

— Te lo dico io qual era il tuo talento — affermò Nancy. — Una tenacia da pit-bull. Ci hai afferrato con i denti e non ci hai più mollati.

Willa trasalì. C'era un confine tra la presa in giro e la crudeltà, e tutti si erano resi conto che Nancy l'aveva superato. Travis abbassò la testa, con il viso in fiamme, mentre attorno a lui scendeva una cappa di silenzio.

— Ignorala — disse Shake, tirandosi su. — Sta scherzando. Cristo, sei proprio una strega.

— Era quello il mio talento — replicò lei.

— Ma sei riuscita a farlo diventare una professione? — chiese Willa. Qualcosa di freddo e umido le sfiorò il collo, e lei sobbalzò, ma era solo una raffica di vento. Lei tese le mani con la palma in su, speranzosa. Se il tempo peggiorava, potevano andarsene da lì.

Vinny si allontanò da loro per andare a mettersi tra le rocce. Si accese una sigaretta. Willa lo seguì. — Dà una strana sensazione l'essere tornati qui, vero? — chiese lei.

— Già.

— Un sacco di ricordi. — Lui non rispose. — C'è qualcosa che non va, Vinny?

Alla fine lui la guardò, con gli occhi rabbiosi; aprì la bocca, ma prima che potesse parlare, Shake e Jeremiah li raggiunsero.

— Buon vecchio liceo Millbrook — disse allegramente Shake, lasciandosi cadere su un sasso. — Sembra ieri, vero?

Willa guardò in basso, verso i campi sportivi avvolti dalla foschia. Non si sarebbe messo a piovere, dopo tutto. — Abbiamo avuto dei bei momenti.

— Altro che. Dovremmo farlo più spesso.

— Tra dieci anni, da adesso — propose Patrick, unendosi a loro. — Potremmo tenere la prossima riunione alla Casa Bianca, se Jeremiah ci lascia.

— Dipende da quando inizierà il mio mandato — replicò Jeremiah.

Risero tutti, eccetto Vinny, che li guardò senza capire. — Di cosa state parlando?

— È vero — disse Patrick. — Tu ti sei perso il piccolo annuncio di Jeremiah, la notte scorsa. Si è candidato per una carica! Non chiedergli quale, tanto non te lo dice. Ma sappiamo tutti qual è l'obiettivo finale.

Vinny spense la sigaretta, e la fece volare giù dalla collina. Fece ruotare il suo massiccio testone e rivolse a Jeremiah lo sguardo che di solito rivolgeva alle macchie d'olio. — Sempre più in alto, eh, Jeremiah?

— Certo non sempre più in basso — replicò il candidato. Poi Shake tirò improvvisamente fuori l'armonica da non si sa dove e suonò qualche nota della marcetta *Hail to the Chief*. Questa volta rise persino Vinny. Ma a Willa, il suono dell'armonica sulla collina, fece tornare in mente quell'ultima notte, la notte della consegna dei diplomi, quando Angel si era messa a cantare accompagnata da Shake.

— Suona *Frankie e Johnny* — lo pregò, e Shake non poté rifiutarglielo. Gli altri si avvicinarono. Senza le parole non era la stessa cosa, ma nessuno se la sentì di cantare. Al posto della voce di Angel, ora c'era solo il sibilo del vento e il ronzio degli insetti. Shake finì il pezzo e mise via l'armonica. Ci fu un lungo silenzio.

— Abbiamo finito? — chiese Vinny. — Possiamo andare, adesso?

Uno dei vantaggi di una casa grande era la privacy che concedeva. Dopo la loro gita a Beacon Hill, il gruppo si divise. Shake e Nancy sparirono nella loro camera e non si fecero più vedere per diverse ore. Vinny e Caleb andarono a farsi una nuotata, Patrick e Travis se ne andarono a bere qualcosa in città e Jeremiah salì di sopra a telefonare a sua moglie.

Willa, sollevata all'idea di avere un momento per sé, andò in cucina a iniziare i preparativi per la cena. Aveva progettato un pasto sostanzioso per compensare il buffet freddo della sera prima. Era l'unica cena che avrebbe cucinato per i suoi amici, e oltre tutto sarebbe venuto anche Jovan, così ci aveva messo un bel po' a decidere il menù. Alla fine aveva scelto dei piatti semplici che aveva già preparato molte volte: fettuccine con i funghi, pollo al forno in salsa di miele e senape, asparagi con salsa di pinoli tostati e un'insalata giardiniera. Per antipasto ci sarebbe stato prosciutto e melone e per dolce le torte che avevano portato gli ospiti.

Willa aveva appena finito di cuocere a vapore gli asparagi e stava tagliando i gambi, quando Jeremiah, con indosso una polo bianca e dei pantaloni khaki si presentò a rapporto per la corvè in cucina.

— Come te la cavi con le cipolle? — chiese lei.

— Magnificamente. Quando le taglio io sono loro che piangono.

Lei gli diede due cipolle e un tagliere e si misero a lavorare insieme. Willa non poteva fare a meno di provare la sensazione che loro due fossero gli unici adulti in una casa piena di adolescenti troppo cresciuti.

— Ho letto i riassunti del tuo diario — le disse Jeremiah. — Chiunque abbia detto che un'immagine vale più di cento parole non ha mai letto la tua roba.

Lei arrossì dal piacere. — Grazie.

— Non per togliere nientè alle biografie, ma io mi ero fatto l'idea che saresti diventata una romanziera.

— Volevo.

— E cosa ti ha fermata? Non certo la mancanza di talento.

— La mancanza di fegato. — Non voleva dire una cosa del genere, le era scivolato via di bocca, come se le loro vecchie relazioni si fossero imposte sulle nuove. Da ragazzo, Jeremiah era stato il più affascinante degli ascoltatori: attento, intelligente, e perpetuamente affascinato.

— Le opere di fiction richiedono più fegato delle altre?

— Certo. I biografi esplorano le vite degli altri, non la propria. Gli scrittori di fiction devono inventarsi i loro personaggi; devono dar loro vita. E l'immaginazione è un'energia fluttuante, non viene da una musa. Sprigiona ed è alimentata dalle esperienze dello scrittore.

— Così tu dovresti attingere alla tua, di vita?

— Devi startene fuori dal quadro, e vedere tutto chiaro. — "E devi anche voler vedere" pensò. Lei aveva optato per l'ignoranza, una decisione fatale. La cecità fisica infatti non sarebbe stata un ostacolo insormontabile per scrivere romanzi, la cecità del cuore sì.

Jeremiah lo capiva fin troppo bene. Senza dubbio sua madre gli aveva raccontato quello che le era successo, e le sue parole lo confermarono. — Nessuno di noi ha condotto una vita perfetta. Quel che è fatto è fatto. Il passato non ha importanza. Quel che conta è il futuro.

— Spero che tu abbia ragione — disse lei. — Forse in me c'è un romanzo, dopo tutto.

— Certo che c'è. Basta leggere quei diari per capire che sei nata per raccontare storie.

— Un'idiota nata — disse lei. — Quando le ho rilette, non riuscivo a credere a quanto fossi ingenua.

— Ingenua su cosa?

Willa aprì lo sportello del forno e nell'aria si diffuse un caldo odore di mostarda. — Su tutto — disse lei, voltando pezzi di pollo con la forchetta. — Su Angel, tanto per dirne una. Tu lo sapevi che era incinta?

Le mani di Jeremiah si fermarono un istante. — Avevo sentito delle voci.

— Lei non te l'aveva detto?

— Perché avrebbe dovuto?

— Si fidava di te — disse Willa. — Come tutti noi. Eri la nostra roccia.

— E Vinny il nostro martello — disse Jeremiah. — Ecco tutta una nuova teoria per la tua collezione.

Stava ancora ridendo quando arrivò Caleb, con un

asciugamano attorno al collo, pronto a mettersi al lavoro. Willa gli chiese di apparecchiare la tavola per nove.

— C'è anche tua figlia? — chiese lui.

— No, un mio amico. Ha sentito così tanto parlare di voi che mi è sembrato crudele non invitarlo.

Jeremiah e Caleb si scambiarono uno sguardo, poi il candidato disse: — Non è stato più crudele farlo venire? Non riesco a immaginare niente di più noioso che stare a sentire i ricordi d'infanzia di altra gente, tranne forse sentire raccontare i loro sogni.

— Per fortuna sei un uomo politico, e non uno strizzacervelli.

Jeremiah si sbagliava. Jovan rimase affascinato dai loro racconti, non ne aveva mai abbastanza. Dopo cena, incoraggiati da lui, fecero a gara nel raccontarne. Ormai avevano letto tutti gli estratti del diario di Willa, e quelle storie furono le prime a girare, abbellite o contraddette dai ricordi degli altri. Willa, che provava un interesse professionale per quelle cose, rimase molto colpita nel vedere quanto i loro ricordi differissero, e come spesso un avvenimento a cui qualcuno attribuiva grande importanza non dicesse niente a un altro.

Molte delle storie erano incentrate sulle loro scorrerie in centro, la maggior parte delle quali era avvenuta durante le ore di lezione. — Ma voi non ci andavate mai a scuola? — chiese alla fine Jovan.

Loro si consultarono l'un con l'altro attorno al grande tavolo ovale apparecchiato.

— Non molto — ammise alla fine Shake, dubbioso.

— Jeremiah sì — disse Nancy. — Jeremiah faceva sempre quello che ci si aspettava da lui, e anche di più.

— Qualche volta l'ho marinata anch'io — protestò lui. — Sono venuto con voi al festival del blues.

— E a scuola non dicevano niente? — chiese Jovan.

— Non lo sapevano. Avevamo sempre le giustificazioni dei genitori, grazie a Caleb.

— Un talento utile — commentò Jovan, guardando Caleb.

Quest'ultimo prese tempo per rispondere, conscio del fatto che tra di loro ci fosse un estraneo. — A scuola non facevano poi troppi controlli. Penso che tutto sommato fossero contenti quando non ci facevamo vedere.

— È quello che diceva Angel — disse Willa.

— Angel? — chiese Jovan.

— Un'altra del nostro gruppo.

— E com'è che non è qui?

Patrick rimase con la forchetta bloccata a mezza strada, poi la posò e lanciò un'occhiataccia a Jovan e Willa.

— Non lo sappiamo, e nemmeno ci interessa saperlo — rispose Nancy, con gli occhietti segnati dall'eyeliner che spiccavano come uvetta in un pudding.

— Parla per te — disse Willa. — Io ho pensato a lei per tutto il weekend.

— Anch'io — disse Patrick. — Continuo a chiedermi dove sia adesso.

— Ad adescare gente in qualche vicolo? — suggerì Nancy. Gli altri la guardarono. — Be', Jeremiah l'ha ben detto che tutti noi abbiamo sfruttato i nostri talenti.

Willa si prese la testa fra le mani. Ancora dodici ore. Sedici al massimo.

— Povera Nancy — disse Travis. — Ancora gelosa, dopo tutti questi anni.

Lei si voltò verso di lui. — Povero te, piuttosto. Non hai avuto nemmeno un assaggio, vero, Travis?

— Strega.

— Che branco di ipocriti — lei si guardò attorno. — Quando Angel è sparita, a qualcuno di voi è fregato qualcosa? Chi è che l'ha cercata? Eravate tutti occupati a ringraziare la vostra buona stella.

— Quando invece avremmo dovuto ringraziare te, magari? — la rimbeccò Travis.

— Cosa?

— Andiamo Nancy, confessacelo.

— Non so di cosa stai parlando — disse lei, servendosi ancora pollo. — Willa, è delizioso.

276

— Hai fatto la spia — continuò Travis. — Hai raccontato al suo vecchio che era incinta.

Shake insorse in difesa della moglie. — No che non l'ha fatto.

— L'ho vista dalla finestra della cucina. Nancy era lì che parlava, e più diceva, più Busky diventava matto.

— E tu che ci facevi lì? — chiese Shake.

Vinny sbuffò. — E tu che ne pensi? Era lì appostato a sbirciare, come al solito.

— Così li hai visti parlare — disse Shake. — E allora? Non sai cosa ha detto.

— Angel scappò di casa proprio quella notte — replicò Travis. — Cosa pensi che abbia detto Nancy?

Shake guardò la moglie.

— Non è vero niente — disse lei. Era però tutta rossa in viso, e non riusciva a sostenere il suo sguardo.

Quando il resto degli ospiti si spostò nello studio per il caffè e i dolci, Jovan seguì Willa in cucina. — Come va? — le chiese.

— Alla grande, finché non è scoppiato l'inferno.

— Un sacco di punti ancora oscuri, direi. Che ne dici se mi fermo qui questa notte?

— Perché? — chiese lei, perplessa.

Jovan esitò. — Starei più tranquillo. Non mi piace lasciarti qui con questa gente.

— È casa mia. E sono i miei amici. — Anche mentre lo diceva, però, Willa aveva dei dubbi. Se erano suoi amici, perché si sentiva così a disagio con loro? La verità era che non li conosceva più, e al di fuori del gruppo, non ce n'era uno che avrebbe voluto rivedere, tranne Jeremiah e forse Patrick. Che fine aveva fatto il legame che li univa?

Jovan le accarezzò il braccio nudo con il dorso della mano, e lei fu colta da un brivido. Lui la afferrò per le spalle. In quel momento entrò Caleb.

— C'è dello zucchero? — chiese, guardandoli.

Lei prese la zuccheriera da uno scaffale e tutti e tre tornarono nello studio, dove l'atmosfera si era fatta satura di fumo e rabbia. Stavano parlando dell'auto di Patrick, o meglio era Patrick che ne parlava, mentre Vinny lo guardava in cagnesco; alla fine esplose. — Cristo santo! — urlò. — È successo vent'anni fa. Quand'è che ti passerà? Cazzo!

— Scusa — disse subito Patrick, sollevando le mani. — Hai ragione; ne è passata di acqua sotto i ponti. — Eppure non riuscì a lasciar perdere. Incominciarono a discutere su quando era accaduto, Patrick disse che era successo subito dopo la consegna dei diplomi, Vinny insisteva che era successo prima, prima della fine della scuola.

Si rivolsero a Caleb, che alzò le spalle. — Che differenza fa?

— Doveva essere dopo — spiegò Patrick — dato che abbiamo passato il giorno della cerimonia dei diplomi insieme sulla collina. Non l'avremmo mai fatto se Vinny avesse già sfasciato la macchina; sarei stato troppo incazzato.

— La tua memoria è andata, uomo — Vinny si batté un dito sulle tempie. — Ti sei fatto troppa erba.

— Non è strano il modo in cui ricordiamo diversamente le cose? — fece notare Willa. — Io ero convinta che tra tutti, mettendo insieme i nostri ricordi, saremmo riusciti a fare delle triangolazioni sul passato, e a fissare la verità. Ma sembra che non funzioni così.

— Forse non è colpa delle nostre memorie — disse Travis. — Forse è il fatto che tanto per incominciare sentivamo le cose in maniera diversa.

— Alcune cose sono semplici dati di fatto — si intromise Jovan. — Come le date.

— Mentre le altre sono soggette a varie interpretazioni, — disse Jeremiah — il che fa sorgere interessanti interrogativi: se il ricordo è quanto resta del passato, e i ricordi differiscono, possiamo veramente dire che c'è una verità oggettiva da scoprire?

— Se non c'è, sono nei guai — disse Willa. — Passare al setaccio le versioni contrastanti degli eventi per arrivare alla verità è proprio quello che fanno i biografi, per non parlare degli storici.

— Ma la verità in sé può dare adito a diverse interpretazioni — disse Jeremiah. — E più ci si allontana da un avvenimento, più difficile questo diventa da chiarire. Prendiamo a esempio quello che ha detto prima Nancy di me, di come io seguissi sempre le regole, e di come me ne rimanessi sempre al sicuro. A me invece è rimasto in mente che in quel periodo correvo continuamente dei rischi per colpa di voialtri. Due interpretazioni contraddittorie: qual è quella giusta? Forse tutt'e due.

— Come il gatto di Schrödinger — disse Willa. — Vivo e morto allo stesso tempo.

Jeremiah le sorrise. — Esattamente. Se il principio dell'incertezza non si applica in questo caso, allora dove si può applicare?

— C'è solo una cosa, però. Il ricordo non è tutto quello che rimane del passato. Ci sono anche i documenti e altri artefatti. I miei diari, per esempio; le fotografie di Angel.

— E cosa dicono i tuoi diari della nostra macchina? — chiese Patrick.

— Niente che supporti la tua versione. Mi dispiace Vinny, ma se quella macchina si fosse sfasciata prima che partissi per l'estero, me ne sarei ricordata e l'avrei sicuramente scritto.

Vinny alzò le spalle e si versò un altro drink.

33

Era come cercare di addormentarsi in una galleria del vento. Frammenti di conversazione le svolazzavano attorno come fogli di giornali strappati, immagini sbiadite del passato le si affollavano nella mente. Tornava in continuazione all'accusa che Travis aveva fatto a tavola, e alla colpevolezza evidente sul viso di Nancy. Lo sapeva cosa aveva combinato quella stupida vacca? Se Angel era morta, se suo padre l'aveva veramente uccisa, allora era Nancy che aveva caricato la pistola e gliel'aveva messa in mano.

Queste erano le persone il cui affetto l'aveva sostenuta durante gli anni più difficili, le cui diverse passioni avevano arricchito per sempre la sua vita. Adesso erano tutti lì, a casa sua, ma stranamente non avevano portato né conforto né calore. C'erano delle cose che Willa non riusciva a capire, delle connessioni che sfuggivano alla vista. Shake e Nancy nella loro stanza sopra il garage. Che cosa si sarebbero detti quando fossero rimasti soli? Patrick e Travis in una camera proprio sopra il salone, una felice accoppiata, considerando che inizialmente aveva pensato di mettere insieme Vinny e Patrick, cosa che si sarebbe rivelata disastrosa. Al secondo piano, Jeremiah e Vinny avevano stanze separate, con un bagno in comune, mentre a Caleb, che era arrivato tardi, era stato assegnato il divano letto nel suo studio, dove lei si era comunque affrettata a bloccare il computer con una password. Lui avrebbe potuto accedere lo stesso ai documenti su carta, ma l'unica alternativa era la camera di Chloe, e il pensiero di Caleb che dormiva nel letto della figlia la metteva a disagio.

"Li conosco bene" aveva detto a Jovan quando l'aveva mandato via. Ma che cosa sapeva veramente di loro, di quegli estranei così familiari, ora che la grazia e le potenzialità della giovinezza se ne erano andate? E anche prima, li aveva mai conosciuti veramente?

Quando alla fine il sonno interruppe il flusso dei suoi pensieri, non si trattò di un riposo sereno. Willa sognò di essere di nuovo una ragazzina, che cercava disperatamente i suoi amici; se non li avesse trovati sarebbe successo qualcosa di terribile. Correva per tutta la scuola, ma le classi erano vuote. Era il giorno di carnevale, e il campo da football era pieno di giostre, baracconi e gente che si accalcava. Dopo molte ricerche vedeva Nancy dietro un baraccone, inguainata in un aderente body di paillette. Davanti c'era un tavolino con una serie di coltelli. Travis era legato mani e piedi a una grossa ruota.

Questa si metteva a girare e Nancy iniziava a lanciare i coltelli.

Incapace di guardare, Willa correva via. A metà del campo si era radunata una gran folla davanti a un palco. Allungando il collo vedeva Caleb con un mantello nero da prestigiatore che svettava sopra un lungo baule chiuso. A una estremità del baule sporgevano dei piedi, dall'altra, la testa di Angel. Caleb sollevava una spada e la faceva roteare sopra la testa. Willa urlava ma la folla le impediva di passare; provava a spingere ma non riusciva a farsi strada. La spada si alzava e ridiscendeva; la testa di Angel cadeva a terra. Caleb la raccoglieva per la lunga chioma rossa e la passava a Patrick, che stava facendone volteggiare in aria altre due.

Improvvisamente c'era Jeremiah vicino a lei. "La festa è finita", diceva, prendendole il braccio. Mentre si incamminavano, passavano davanti al signor O'Rourke seduto in un baraccone da tirassegno. Lui faceva un gesto con la mano, ma loro proseguivano fino al parcheggio. Vinny, vestito da uomo forzuto, stava cercando di sollevare una Chevrolet rossa sulla testa. Per un istante ce la faceva, poi però le gambe gli cedevano e l'auto cadeva rovinosamente.

Willa si svegliò in un bagno di sudore. Era al sicuro nel suo letto, e si rese conto di aver sognato, eppure il suo istinto continuava a segnalarle che era in pericolo. Mancavano ancora delle ore all'alba. La luce lunare trapelava dai bordi delle tende. La casa era silenziosa, la camera vuota, ma non era sola. Qualcosa l'aveva svegliata e non era nel suo sogno.

Si accorse che c'era una cosa che si muoveva: la maniglia del suo bagno si stava abbassando lentamente. La paura le attanagliò la gola. "Chiuditi a chiave" le aveva detto Jovan, prima di partire, come se ci fosse bisogno di dirglielo. La serratura scattò, e per un istante il movimento si fermò. Poi, lentamente, furtivamente, la maniglia tornò nella sua posizione originale. Per quanto cercasse di aguzzare le orecchie, non udì nessun rumore nel corridoio.

Alzati e vai a vedere, si ordinò, ma il suo corpo non le obbedì. Chiunque fosse, era lì fuori, intento ad ascoltare come lei. Le passò per la mente che c'era qualcosa che non andava; forse qualcuno si era sentito male durante la notte. Ma perché non bussare, perché così di soppiatto? Era Caleb che giocava a spaventarla? Travis che veniva a spiarla? Grazie a Dio, Chloe non c'è, pensò, e questo le restituì tutto il suo coraggio. Silenziosamente scivolò fuori dal letto, attraversò in punta di piedi la stanza e avvicinò l'orecchio alla porta. Niente. Cosa avrebbe dato per avere uno spioncino! Afferrò la maniglia. Esitò. Poi la girò e spalancò la porta.

Il corridoio era deserto.

Quella notte non si riaddormentò, ma rimase a letto finché non sorse il sole. Poi fece una doccia, indossò dei pantaloni corti e una felpa, e scese a fare il caffè. Il "New York Times" la aspettava sulla soglia nella sua familiare fascetta blu. Se ne stava seduta a tavola, a sorseggiare la seconda tazza e a fare distrattamente le parole crociate, quando dal corridoio comparve Caleb, scalzo, in jeans e maglietta.

— Ti sei alzato presto — disse lei.

— Ho sentito l'aroma del caffè.

— Serviti pure.

L'uomo se ne versò una tazza e riempì quella di lei. Si sedette di fronte, dall'altra parte del tavolo, e disse: — Sarai felice di riavere tutta la casa per te.

Troppo stanca per montare le sue solite difese, lei ammise che era così. — Anche se è stata una... immersione nella realtà.

Lui sorrise, come se la pensassero allo stesso modo. — Un pochino troppo?

— Sembrava che ci fossero molte cose lasciate in sospeso. E l'assenza di Angel ha pesato molto.

— Per me no — disse Caleb. — C'era una sola persona

che sono venuto a vedere, e adesso ce l'ho davanti agli occhi.

Non erano ancora le otto del mattino. Lui stava ancora bevendo la sua prima tazza di caffè. Ma forse sentiva che doveva agire in fretta. Willa fece un vago sorriso e tornò alle parole crociate. Ventiquattro orizzontale: una parola di dieci lettere per "imbroglione". Caleb è troppo corto.

— Ho riflettuto sulla domanda che hai fatto là sulla collina — proseguì lui. — Avevi ragione. C'era un legame. Era molto profondo, per me, molto più profondo di tutti quelli che ho conosciuto da allora.

— Che tipo di legame? — chiese lei.

— L'amore — rispose lui. — Nelle sue varie forme.

— L'amore è una cosa che dura.

— Siamo qui, no? Io sono qui — e la guardò con quegli occhi ipnotici.

— Per ora — disse lei. — Quali sono i tuoi piani?

— Dipende — disse lui, con uno sguardo eloquente.

Willa avrebbe voluto posare la testa sul tavolo e mettersi a piangere per la delusione. Da ragazzo Caleb era stato la persona meno prevedibile che conosceva. Adesso lei lo precedeva di tre o quattro passi, e lui neanche se ne accorgeva.

Comunque lei poteva almeno cambiare il copione. La sua battuta successiva sarebbe dovuta essere: "Dipende da cosa?". Invece lei gli chiese se aveva fame.

— No — rispose lui, senza interesse. — Willa...

— Se vuoi delle ciambelle te le vado a prendere, ci metto un attimo, oppure, se ti va, ti posso fare un'omelette.

— Smettila, Willa.

— Smetterla di far cosa?

— Di trattarmi come un ospite.

— Smettila tu di trattarmi come una preda — disse lei, e per la prima volta le capitò di sorprendere Caleb. Per un istante lui abbassò la guardia e sul suo viso comparvero tutta una serie di espressioni: stupore, seguito da una rapida rivalutazione della situazione (che cosa sapeva per dire una cosa del genere?) e infine da una presa d'atto. Adesso la guardava con un pizzico di franchezza che prima non c'era, ma solo un pizzico. Caleb indossava maschere su maschere. C'era un lampo di furfanteria nei suoi occhi, che a lei comunque piaceva più dello sguardo da focoso innamorato.

— Non ho sempre avuto una vita impeccabile — affermò lui. — Ma non credo che nemmeno tu l'abbia avuta.

— Io cerco di imparare dai miei errori.

Dopo tutto, la sua vicenda era a disposizione di tutti coloro che avessero voluto fare qualche ricerca in biblioteca, e senza dubbio Caleb ne aveva fatte.

— E così non mi hai ancora perdonato — disse lui.

— Non c'è niente da perdonare nel modo in cui te ne sei andato dalla mia vita. Ce n'è di più nel modo in cui sei tornato.

— Non direi. Sei stata tu a dire che ci sono delle cose rimaste a metà.

— Non tra noi due. Penso che quella faccenda sia definitivamente sistemata. — Poi uscì a comprare le ciambelle, lasciando Caleb impietrito sulla sedia.

Quando tornò, gli altri erano lì che si stiracchiavano. Uno a uno arrivarono in cucina e si servirono di caffè, ciambelle e *doughnut*. Il tempo era nuvoloso e freddo, ma era ancora possibile andare a sedersi all'aperto. Presto mancò solo Vinny.

— Dorme ancora? — chiese Willa.

— Credo di sì — rispose Shake. — Devo andare a svegliarlo?

— Ti dispiace? — Il fatto era che voleva che se ne andassero via tutti prima di mezzogiorno, l'ora in cui sarebbe tornata Chloe.

Shake tornò qualche minuto dopo. — Non c'è.

— Probabilmente è al cesso — disse Patrick.

— Ho controllato anche lì.

Il primo pensiero di Willa fu che Vinny avesse levato le tende senza salutare. Ma aveva visto la sua auto posteggiata. — Magari ha dormito da qualche altra parte.

— Siamo saliti insieme la notte scorsa — disse Jeremiah. Guardò Patrick e Caleb che annuirono per confermare.

Gli uomini tornarono in casa per cercare Vinny, lasciando Willa sola con Nancy. Le due donne bevvero il loro caffè in silenzio, mentre all'interno gli uomini urlavano il nome dell'amico. Willa era molto seccata. Non era proprio il momento di giocare a nascondino.

— Probabilmente è uscito a fare una passeggiata — ipotizzò Nancy. — Magari a fare una corsa, per smaltire un po' d'alcol.

— O a fare una nuotata — disse Willa, alzandosi per andare a vedere. Nancy arraffò un altro dolce e la seguì sul vialetto che portava alla piscina.

Il cancello era aperto ma la piscina era vuota. C'era solo un materassino gonfiabile nella parte meno profonda e un fagotto di vestiti che galleggiavano dall'altra. Willa guardò altrove, come se i suoi occhi si rifiutassero di soffermarsi su quell'assurdo mucchio. Solo quando Nancy incominciò a gridare, Willa vide i capelli scuri e la mano uscire dalla manica della camicia, e si rese conto di quello che stava osservando.

Si tuffò e in due bracciate lo raggiunse. Vinny galleggiava a faccia in giù. Cercò di spostarlo, ma anche nell'acqua, quel corpo inanimato era troppo pesante per lei. Gli toccò la mano, poi si ritrasse inorridita. Era gelida. Nancy stava ancora urlando, ma il suono era completamente sopito dal rombo che Willa avvertiva nelle orecchie.

Gli altri arrivarono di corsa. Dovettero mettercisi in tre per issarlo fuori dall'acqua, mentre Willa si aggrappava ansimando al bordo; poi Caleb andò da lei e la tirò su. Le cedettero le gambe e sarebbe caduta se lui non l'avesse sostenuta. La passò poi a Nancy e si unì a quelli che si davano da fare con Vinny.

Per Willa, i minuti che seguirono furono come illuminati da una luce stroboscopica. Vivide immagini discontinue che lampeggiavano davanti agli occhi. Nancy la accompagnò su una sedia a sdraio, le mise un asciugamano sulle spalle e le portò una tazza di caffè caldo. Gli uomini si inginocchiarono attorno al corpo dell'amico, nascondendoglielo dalla vista. Jeremiah era in piedi da parte, che parlava con calma a un telefono cellulare. Travis si alzò e indietreggiò, lasciando uno spazio attraverso il quale per la prima volta Willa poté vedere Vinny in faccia. La vista degli occhi aperti, vitrei, le confermò quello che aveva già dedotto toccandogli la mano: per lui non c'era più nulla da fare. Lo distesero sulla schiena, con le braccia distese sui fianchi: quel corpo poderoso, intatto, senza vita.

Non sembrava affatto addormentato.

— Non dovremmo...? — Shake fece il gesto di pompare.

— Troppo tardi — disse amaramente Patrick. — Sentilo. — Passò una mano sul viso di Vinny e gli chiuse gli occhi.

Nancy lasciò Willa sulla sdraio e si avvicinò a Vinny. Premette con tenerezza il palmo sulla sua fronte, come una madre che controllava la temperatura. Lasciò cadere la mano. Shake si alzò e lei gli si gettò tra le braccia.

Jeremiah assunse il controllo della situazione, freddo e controllato: un uomo abituato alle crisi.

— Ho chiamato il 911. Una volta che arriverà la polizia nessuno potrà entrare in casa, e la casa verrà perquisita. Se qualcuno deve usare il bagno — e lanciò un'occhiata penetrante a Travis — è meglio che lo faccia ora.

Travis si voltò e corse verso la casa. Jeremiah continuò. — È chiaro che si è trattato di un tragico incidente, ma ci sarà certamente un'indagine della polizia. È importante che tutti noi cooperiamo in tutto e per tutto, senza intorbidare le acque con cose senza importanza.

Patrick, sempre in ginocchio, indietreggiò e lo guardò in cagnesco.

Willa però, anche nello stato di confusione in cui si trovava, fu lieta che Jeremiah avesse assunto il controllo. Erano in una situazione già abbastanza infelice, anche senza mettersi a dar spettacolo.

In lontananza si udì il rumore delle sirene.

— Dovremmo rivederci dopo — affermò Jeremiah, preoccupato — in qualche posto dove parlare. — Guardò verso Willa.

Anche con l'asciugamano addosso, non si era scaldata per niente. Continuava a battere i denti e i suoi pensieri erano tutt'altro che coerenti. Ma l'istinto dell'ospitalità era profondamente radicato. — Tornate qui — disse.

— Sei molto gentile, ma probabilmente non ce lo permetteranno. C'è qualche altro posto?

Lei suggerì un ristorante cinese in città. Aveva una saletta privata sul retro. — Perfetto — disse Jeremiah.

Travis tornò dalla casa. — Fatto — disse, ansimando. Le sirene si erano fatte più forti, erano ormai all'altezza dell'isolato. Il corpo di Vinny era rimasto abbandonato. Travis guardò quel cadavere impregnato d'acqua.

— Povero Vinny — disse. — Povero bastardo.

34

Si era messo a piovere, una pioggerella fitta. Willa quasi non se ne accorse. Non poteva bagnarsi più di così.

Jeremiah aveva avuto ragione, come al solito. La polizia non permise loro di tornare in casa. Willa e i suoi ospiti furono invece radunati a fianco della costruzione e trattenuti lì, separati da poliziotti in uniforme che fecero molte domande. Un agente avvolse il suo impermeabile attorno a Willa, che non riusciva a smettere di tremare.

Prima che la polizia li separasse, aveva adoperato il cellulare di Jeremiah per fare due telefonate. La prima a Isabel Rapaport. Grazie a Dio, Chloe dormiva ancora. Willa raccontò il minimo possibile: un terribile incidente, annegamento. Isabel aveva sussultato e poi, a suo enorme merito, non aveva fatto domande. "Terrò qui

Chloe per tutto il tempo necessario" disse. L'altra telefonata fu a Jovan. Tutti i suoi numeri di telefono erano dentro casa, e quello dell'abitazione di Jovan non era in elenco. Lasciò un messaggio sulla segreteria telefonica del suo ufficio. — Sono Willa. C'è stato un incidente; Vinny è morto. Vieni, se puoi.

Andarono a cercarla un paio di poliziotti in borghese. Uno era il sergente Meyerhoff. L'altro era un uomo più giovane con i capelli rossi. — Questo è l'agente Flynn, signora Durrell — lo presentò Meyerhoff. — Abbiamo bisogno che lei ritorni là con noi; se la sente?

Lei avrebbe preferito di no, ma li seguì. Vinny era sempre disteso dove lo avevano lasciato, sotto un riparo di fortuna. Indossava gli stessi abiti della sera prima, notò lei, ma aveva perso un mocassino. C'erano diverse persone sul posto, ma sembrava che succedesse ben poco. La squadra della scientifica stava prelevando campioni. Un uomo stava facendo delle fotografie al cadavere; un altro, inginocchiato vicino alla piscina, riempiva una provetta d'acqua; un terzo studiava attentamente la scatola dei comandi elettrici montata nel capanno. Il sergente la scortò fino alla piscina, continuando a guardare lei e il cadavere. — Voglio che mi mostri con esattezza dove si trovava il corpo quando l'ha trovato.

Lei indicò la sezione dove c'era l'acqua profonda e notò qualcosa di marrone in fondo alla piscina: la scarpa di Vinny.

— In che posizione era?

— Galleggiava a faccia in giù.

— Aveva qualcosa in mano?

— No.

— C'era qualcos'altro in piscina?

— Solo quel materassino.

— E dov'era?

— Dov'è adesso, nell'acqua bassa.

— Chi l'ha lasciato in piscina l'ultima volta che l'avete adoperato?

— Non ricordo.

— Sapeva nuotare il signor Delgaudio? — chiese l'altro detective.

Willa annuì.

— Si guardi in giro, signora Durrell. Manca qualcosa? C'è qualcosa fuori posto?

Lei si guardò attorno, cercando di evitare di posare lo sguardo su Vinny. Non potevano coprirlo? — No, — disse lei — niente.

— Avete avuto problemi con la piscina? Qualcosa con l'acqua o l'impianto elettrico?

— L'ho aperta solo la settimana scorsa — disse Willa. — L'abbiamo usata questo weekend. Era tutto a posto, non c'erano problemi.

I due detective si consultarono silenziosamente. — Per ora non c'è altro — disse quello giovane. — Continueremo alla stazione di polizia, all'asciutto.

La scortarono di nuovo sul vialetto.

Non c'era più traccia dei suoi amici, anche se le loro auto erano ancora lì.

Meyerhoff disse che erano stati accompagnati alla stazione di polizia, e che ci sarebbe dovuta andare anche lei.

Mentre si dirigeva verso una vettura priva di contrassegni, si sentì chiamare per nome. Alzò lo sguardo. C'era Jovan che le stava correndo incontro.

La afferrò per le spalle, e per la prima volta dal suo tuffo in piscina, lei si sentì fuori dall'acqua. — Sei tutta bagnata — disse lui. — Ti sei gettata in piscina?

— Sono stata io a trovarlo — stava di nuovo tremando.

Jovan si voltò verso Meyerhoff. — Che diamine ti ha preso? Non vedi che è inzuppata fino all'osso?

— Calma, tigre — rispose il sergente. — Sai benissimo che non possiamo lasciarla entrare.

— Falle almeno prendere dei vestiti di ricambio.

— Lei è d'accordo? — chiese Meyerhoff a Willa. Lei annuì. Fu mandata un'agente, a cui erano state date delle istruzioni.

Jovan guardò Willa. — Sarei dovuto rimanere. Me lo sentivo.

— Ha una moglie... — disse lei, e per la prima volta scoppiò a piangere — e due figli.

Willa trascorse il resto della mattinata alla stazione di polizia, interrogata, gentilmente ma con fermezza, da Flynn e da una detective che si chiamava Mary Lorenzo. A Jovan non fu consentito di rimanere con lei, e anche se riuscì qualche volta a vederli, Willa non ebbe neppure la possibilità di parlare con i suoi amici.

La maggior parte delle domande le furono rivolte da Flynn, che spaziò in lungo e in largo. Quando aveva visto Vinny per l'ultima volta? Perché alloggiava da lei? Chi altro c'era? Lei dovette parlare della riunione, del loro giuramento di rincontrarsi dopo vent'anni, qualsiasi cosa fosse successo. Come le sembrava stupido adesso, e infantile, considerando cosa ne era venuto fuori. Le venne chiesto di tracciare una pianta delle camere da letto e di indicare chi vi dormiva. Non appena ebbe finito, la Lorenzo la prese e la portò a qualcuno nell'altra stanza.

Continuarono, un lungo elenco di domande. Che farmaci teneva in casa? Aveva notato delle api o delle vespe attorno alla piscina? Vinny aveva mai reso noto di avere qualche allergia? Sembrava depresso, preoccupato per qualcosa? Beveva molto? C'erano delle droghe alla festa? Willa rispose con sincerità a tutte le domande, eccetto l'ultima. Cercò di indovinare cosa pensassero dalle domande, ma sembrava che procedessero alla cieca, indagando in tutte le direzioni.

Dimostrarono un forte interesse per le serrature e le chiavi. Aveva chiuso a chiave la casa sabato notte? (Sì.) Quando si era alzata, le porte erano ancora chiuse? (La porta d'ingresso principale e quella dello studio sì; non aveva controllato le altre.) Chi aveva le chiavi? (Solo Willa; Chloe aveva quella del portone, ma era rimasta via per tutto il fine settimana.) Ce n'erano di scorta e dove venivano tenute? Flynn sembrò interessato al fatto che lei tenesse una chiave di riserva della porta dello studio nel bar. Poco dopo, come se si dessero il cambio, Flynn uscì e venne sostituito da Meyerhoff. Adesso l'interrogatorio si spostò sugli avvenimenti del fine settimana, e Willa si fece diffidente. Voleva collaborare. Voleva sapere cosa era capitato a Vinny, e perché, e in quella ricerca la polizia era una potente alleata. Sentiva però di avere degli obblighi anche verso i suoi amici; dato che era stata lei a farli finire in quel casino.

La riunione era stata un successo, raccontò. Tutti erano stati bene.

Meyerhoff la guardò, con la delusione scritta in quegli occhi da *bassethound*. — Non è quello che mi ha raccontato Jovan. Lui mi ha riferito che gli ha detto che "era scoppiato l'inferno".

— Esagera, oppure ho esagerato io.

Lui consultò il suo taccuino. — C'è stata una lite a proposito di un'auto…?

— Non la definirei una lite — rispose lei. — Era solo una discussione su delle date.

— Chi aveva ragione?

— Non Vinny.

— Pensa che avesse un motivo per nascondere la data in cui hanno perso la vettura?

Willa esitò. Non ci aveva pensato. Insieme al tentativo, andato a monte, di Vinny di affermare che aveva avuto notizie da Angel dopo la sua scomparsa, la questione era preoccupante. Ma Meyerhoff di quello non sapeva niente, e finché non ci avesse pensato su, non si sentiva pronta a dirglielo.

Lui aspettava una risposta. Lei scrollò le spalle. — Vinny probabilmente se ne è semplicemente dimenticato.

— Mi parli di Vinny e Angel. In che rapporti erano?

— Erano amici.

— Intimi?

— No.

— Come fa a esserne sicura?

— Vinny non sarebbe mai andato con lei.

— Perché no? — disse Meyerhoff. — Tutti gli altri lo hanno fatto.

Willa sospirò. — Perché Vinny era un tipo leale, e Patrick era il suo migliore amico. Non posso provarlo, ma se chiede la mia opinione, assolutamente no.

— Patrick e Vinny erano molto amici, dice lei. Ma come mai, secondo lei, la loro amicizia non è sopravvissuta dopo il liceo?

— Be', Patrick se l'era presa molto per la macchina. E poi hanno scelto strade diverse.

Il sergente aveva un'aria inquieta. — In effetti, vi siete tutti persi di vista dopo il liceo, vero? Non è strano, se si considera quanto eravate amici, come dice lei? Non si è mai chiesta il perché?

Molto abile. Certo che se lo era chiesto. "Che cosa ci teneva insieme?" aveva chiesto a Beacon Hill, ma la domanda di Meyerhoff ne era il corollario: che cosa li aveva separati? Era stato semplicemente il passaggio del tempo, o si era trattato di qualcos'altro?

Lui aspettava una risposta.

— È solo una cosa naturale — disse lei. — La gente se ne va per la propria strada.

— Ma i membri del vostro gruppetto non è che se ne siano semplicemente andati per la loro strada, no? Sono schizzati via tutti, come se il gruppo fosse esploso.

— Penso che sia un'interpretazione un pochino fantasiosa — disse Willa.

— Certo, certo — disse lui, con uno sguardo che mostrava un lato finora in ombra della sua personalità. — E quel poveraccio nella piscina, anche quello è fantasioso?

Quando finalmente la fecero uscire, Jovan era lì che l'aspettava. Lei era pallida e triste, e ancora infreddolita.

— Stai bene? — chiese lui.

— Puoi accompagnarmi a casa?

— Ti hanno detto che non puoi ancora entrare?

Lei annuì. — Mi serve solo la macchina e la mia borsa.

Nell'automobile rimase silenziosa, e anche se sapeva che era esausta, scioccata e triste, Jovan prese il suo silenzio come un rimprovero. Ma non poteva biasimarlo più di quanto non facesse già lui stesso. C'erano delle vibrazioni negative in quella casa. Avrebbe dovuto fidarsi del suo istinto e rimanere.

Aveva smesso di piovere, e c'era qualche banco di nebbia. Guidò lentamente, dandole il tempo di riprendere a respirare. Quando furono a mezza strada Willa chiese: — Che ne è stato dei miei amici?

— Sono stati rilasciati prima e riportati a riprendersi i loro oggetti personali. Immagino che adesso se ne siano andati.

Un breve silenzio, poi: — La polizia cosa crede che sia successo?

— Non me lo direbbero nemmeno se lo sapessero, ma immagino che fino a questo momento non si siano ancora fatti un'idea. Molto dipende dall'autopsia. Cosa ti hanno chiesto?

— Le solite cose — rispose lei. Scherzare in quel modo le fece male al cuore. Poi la sua bocca si mise a tremare. — Di sicuro pensano che è stata colpa mia.

Lui la osservò con la coda dell'occhio. — Cosa te lo fa pensare?

— La mia piscina, la mia casa. La responsabilità è mia.

Al telefono l'aveva definito un incidente. Sembrava che non avesse mai pensato a delle alternative.

— Le cose non sono sempre quel che sembrano — disse lui. — La polizia non sta facendo nessuna ipotesi. E non dovremmo farne neppure noi.

— Meyerhoff si fida di te?

Lui scosse la testa. — Non quando c'è di mezzo un caso aperto. E specialmente questo.

— Perché specialmente?

— Si è messo in testa l'idea che abbia un debole per te. Il che, — si affrettò ad aggiungere — anche se fosse vero, a questo punto non avrebbe nessuna importanza.

Per arrivare a casa di Willa dovettero superare un anello di giornalisti. Jovan pensò che lei si sarebbe nascosta o che si sarebbe coperta il viso, ma Willa tirò dritto a testa alta, come se non si fosse accorta dei reporter che bussavano ai finestrini dell'automobile. Ormai ci aveva fatto il callo, ricordò.

— Posso invitarti a pranzo? — chiese lui, ma lei stava già azionando la maniglia della portiera.

— Devo andare a prendere mia figlia.

— E dopo?

Lei alzò le spalle e lo ringraziò per essere venuto. Sembrò un bacio di addio.

Lui le allungò un biglietto da visita con tutti i suoi numeri. — Mi farai almeno sapere dove sei?

Lei alla fine lo guardò in faccia, e provò a sorridere.

— Non hai dei problemi tuoi?

— Sì — rispose lui. — Ma i tuoi sono molto più interessanti.

Era un gruppo scoraggiato e triste quello che Willa trovò nella saletta privata del Sun Ming Lotus. Erano tutti lì, e la cosa la sorprese. Si era aspettata che almeno Caleb se la squagliasse.

— Finalmente — disse Patrick, quando lei entrò. — Ci preparavamo a dare l'assalto alla Bastiglia.

Lei prese posto su una sedia libera tra lui e Jeremiah, che, a dispetto della freddezza che aveva mostrato sul posto, sembrava piuttosto scosso.

— E ne rimasero sette — disse Travis. Non rise nessuno.

Avevano già ordinato, e il tavolo ovale era coperto di piatti da portata. Patrick ne riempì uno e la costrinse a mangiare. Con sua vergogna, Willa, una volta incominciato, scoprì di essere famelica.

Quando ebbe finito, confrontarono le loro osservazioni. Tutti quanti erano stati interrogati, non solo su Vinny e gli avvenimenti del weekend, ma anche sulla sparizione di Angel e specialmente sulla sua gravidanza. — Stanno cercando di fare dei collegamenti — disse Jeremiah — dove non è detto che ce ne siano.

— Non è detto? — esclamò Willa. — E che collegamento ci può essere?

Nessuno si affrettò a rispondere. Poi Travis, con una

voce agitata che faceva quasi ridere disse: — È quello che gli ho detto anch'io. "Lasciate perdere Vinny" ho detto. "Se volete scoprire chi è che ha messo incinta Angel dovete allargare i vostri orizzonti". Poi ho raccontato di O'Rourke, ma ho avuto l'impressione che sapessero già di lui.

— Chi? — chiese Shake.

— Il signor O'Rourke, il suo insegnante di matematica — sussurrò Nancy.

— È andata a letto con lui?

— Secondo Travis, sì — spiegò Patrick.

— E tutto questo — disse Jeremiah, scuotendo la testa — per rintracciare una che chiaramente non vuole essere trovata.

Willa era ancora perplessa per la sua affermazione di prima. — Cosa intendevi per "non è detto"? Non credi che sia stato un incidente?

— Certo che è stato un incidente — la rassicurò Jeremiah. — È quello che abbiamo raccontato tutti.

— E perché non avremmo dovuto? — Si guardò attorno. Nessuno la guardò negli occhi.

— La polizia sembra anche prendere in considerazione l'idea del suicidio — disse alla fine il candidato. — Hanno fatto parecchie domande sulle sue condizioni mentali, che, detto tra noi, erano alquanto precarie.

— È ridicolo — disse Willa. — Sapeva nuotare. Quelli che sanno nuotare non possono annegarsi da soli.

— Possono ubriacarsi e poi andarsi a fare una nuotata solitaria. Più o meno è lo stesso.

— Perché avrebbe dovuto?

Jeremiah le rivolse uno sguardo afflitto. — Perché avrebbe dovuto inventarsi quella storia della cartolina di Angel?

Ecco, adesso era lì sul tavolo, davanti a tutti, come gli involtini primavera, solo che nessuno lo voleva toccare.

Willa ripensò a Vinny sulla collina, lo sguardo che aveva negli occhi quando gli aveva chiesto cosa c'era che non andava. Lui era stato sul punto di dirglielo. Ma di cosa poteva trattarsi? All'improvviso non aveva più fame. Spinse il piatto da parte.

Due camerieri andarono a sgomberare il tavolo. Quando se ne furono andati, Patrick si sporse verso Jeremiah. — Dimentichi qualcosa — disse. — Stai scordando chi era Vinny. Non parlo di quello che era qui questo weekend; parlo del Vinny che conoscevamo. Pensa a quant'era protettivo con le ragazze. Non è possibile che abbia qualcosa a che fare con la scomparsa di Angel.

— C'era qualcosa che lo tormentava, nei giorni scorsi.

— Lo so. Ma qualsiasi cosa fosse, non si trattava di quello.

— Cosa pensi che sia successo?

Patrick scrollò le spalle. — Come ha detto Willa, un qualche incidente. Era ubriaco. Forse è uscito a prendere una boccata d'aria, è scivolato e ha battuto la testa sul bordo della piscina.

— Io non ho notato nessun taglio o escoriazione. Ma non voglio litigare con te, Patch. Vinny aveva una famiglia. È meglio per tutti che venga considerato un incidente, senza nessun rapporto con quanto è successo tra noi. La polizia deve pensare che la nostra riunione sia stata una bella festa piena di concordia. — Jeremiah si guardò attorno. — D'accordo?

— È un po' tardi — disse nervosamente Caleb. Era seduto davanti a Willa, ma, da quando era arrivata, non l'aveva mai guardata.

— Hai ragione — disse Nancy. — Uno di voi ha raccontato quella stronzata di Travis su di me che andavo a fare la spia al padre di Angel. Mi domando chi sia stato. — I suoi occhi erano fissi su Travis.

— Non sono stato io! — replicò lui, indignato. — Quello che ho detto era solo tra noi. Io non faccio la spia.

Nancy batté la mano sul tavolo. — E neanch'io, stronzo.

— Non è stato Travis — disse Caleb. Gli occhi di tutti erano puntati su di lui. — È stato l'amico di Willa.

— Chi? — chiese stupidamente Patrick.

— Non ricordi? — disse Caleb. — Tipo tranquillo, tutto orecchie, amicone della polizia? — Sollevò lo sguardo e scrutò Willa in faccia. — L'ho visto alla stazione di polizia.

Ecco perché si era fermato, pensò lei, abbattuta.

— Tutto quello che ha sentito, lo sanno anche loro — disse Caleb. — E ha sentito parecchio, grazie a Willa.

— Era lì per me — spiegò lei. — Gli ho telefonato io.

— Mi sembrava di sentire puzza di maiale, ieri sera. Dimmi che non era un poliziotto.

— Non lo è più.

Lui la guardò. La stavano osservando tutti, con uno sguardo carico di rimprovero. — Ci hai sistemati tutti — disse Caleb, schiumando.

— Pensate che sapessi quello che sarebbe successo? — chiese Willa.

— Lo capisci che ci hanno preso le impronte digitali? Perquisito i nostri effetti personali, fatto svuotare le tasche?

Che se ne andasse all'inferno, pensò lei, che andassero all'inferno tutti. — E tu lo capisci che Vinny è morto? Lo capisci che due ragazzi hanno perso il padre per colpa della nostra stupida riunione? Sono veramente spiacente che ti abbiano dato del disturbo, Caleb. Sono sicura che Vinny ne sarebbe rimasto affranto.

35

Anche se ne avesse avuta la possibilità, tornare a casa sarebbe stata l'ultima cosa che Willa avrebbe voluto. Chloe la pensava allo stesso modo. Isabel aveva provato a convincerle a stare da lei, ma Willa desiderava ardentemente l'anonimato e un po' di tempo da trascorrere da sola con sua figlia. Si nascosero nel lusso, solo loro due, in una stanza del Rye Marriott, e ordinarono una cena in camera. Mentre aspettavano, Chloe preparò il bagno alla madre, che ancora non era riuscita a scacciare il freddo che sentiva da quando si era gettata in piscina. Ma non appena vide la vasca piena, a Willa tornò in mente l'immagine di Vinny che galleggiava a faccia in giù e non riuscì a immergersi. Fece scorrere via l'acqua e si accovacciò sul pavimento a singhiozzare in silenzio, in modo che la figlia non la sentisse; ma Chloe se ne accorse lo stesso; entrò e le si sedette vicino. — Perché ti nascondi sempre? — chiese. — Credi di non avere il diritto di piangere?

Così, ottenuto il permesso, Willa sfogò tutto il suo dolore per qualche minuto, finché non si ricordò che c'era una donna che aveva un motivo molto più grave del suo per piangere, quella notte; allora si vergognò e smise.

Arrivò la cena, con un bicchiere di vino per Willa e un milk shake per Chloe. Mentre mangiavano, parlarono, e continuarono a farlo anche dopo aver finito. La figlia quella mattina si era terribilmente preoccupata. Aveva saputo che a casa era successo qualcosa di terribile e Isabel non era riuscita a convincerla che sua madre stava bene. E adesso l'unica cosa da fare per calmarla era raccontarle per filo e per segno quanto era successo.

Una cosa portava all'altra, e Willa si trovò a parlare di Angel e del mistero della sua scomparsa, e poi dell'ultima volta che l'aveva vista su Beacon Hill. — Era bellissima, Chloe. Magnifici capelli rossi, ondulati, e lei naturalmente li odiava perché la moda li voleva dritti e senza nerbo. Aveva addosso un vestito da ballerina di flamenco, e sembrava una fiamma incandescente.

— Perché si era vestita così? — chiese Chloe. Erano sdraiate su uno dei due letti gemelli, in pigiama, con un pacchetto di fazzoletti di carta e una scatola di cioccolatini nel mezzo.

— Era il giorno della consegna dei diplomi — spiegò. — E noi avevamo la nostra cerimonia privata in cima a Beacon Hill. Avevamo la musica e lo champagne. Shake suonava la sua armonica e Angel cantava. Mi ricordo ancora la canzone: *Frankie e Johnny*.

— La conosco — esclamò Chloe. — L'abbiamo imparata a scuola. — Ne cantò qualche strofa.

— Proprio quella. Angel aveva una bella voce, molto roca, ma intonata. Mi sarebbe piaciuto che tu la sentissi.

— Anche a me. — Chloe rimase in silenzio un attimo. — Mamma?

— Sì, tesoro?

— Non riuscirò mai più a nuotare in quella piscina. Willa rabbrividì. — Neanch'io.

— È già abbastanza duro abitare in una casa dove tutto mi ricorda papà. — Poi Choe si bloccò all'improvviso e si morse le labbra per non aggiungere altro.

Rimasero per un po' senza parlare. Poi Willa provò a dire: — Chloe, che ne pensi di vendere la casa e di comprarne un'altra?

La ragazza saltò su. — Dici sul serio?

— Solo se l'idea ti va.

— Dove?

— Qui in città — disse — così potresti continuare a frequentare la scuola. Qualcosa di più piccolo, ma simpatico, senza la piscina. Potremmo sceglierla insieme.

Chloe aveva le lacrime agli occhi. — Oddio, mi piacerebbe tanto.

Willa rimase stupefatta di fronte alla cecità delle sue stesse supposizioni. Perché non aveva chiesto a Chloe cosa provava? Perché aveva sempre dato per scontato di conoscere il cuore di sua figlia?

Il loro piano non poteva essere messo in pratica immediatamente, anche se le sarebbe piaciuto moltissimo. Ma la gioia che provava nel sapere che presto si sarebbe sbarazzata della sua ingombrante casa, la aiutò a superare le tribolazioni dei giorni che seguirono.

La polizia aveva lasciato il suo marchio in ogni stanza della villa. Non c'era uno scaffale o un cassetto che non fosse stato frugato e attentamente rimesso a posto. La camera in cui aveva dormito Vinny era stata riempita di polvere per le impronte, cosa che aveva un senso, ma era stato cosparso allo stesso modo anche il bagno di Willa, e quello non l'aveva proprio. Tutti i medicinali erano stati confiscati. Gli effetti personali dei suoi amici nelle loro camere erano stati raccolti, messi in valigia e riconsegnati quando erano venuti a riprendersi le auto, ma si erano lasciati dietro diversi oggetti sparsi per la casa: costumi da bagno, cassette, fotografie e altre cose. Willa sistemò tutto in una scatola in attesa di ulteriori disposizioni. Il vaso che le aveva regalato Travis era sulla mensola del camino dello studio, senza le canne. Poteva solo sperare che fosse stato lui a toglierle, e non la polizia.

La cosa che temeva di più era che le avessero sequestrato i diari. Il pensiero che un branco di detective grossolani posasse gli occhi sulle intime confessioni della sua gioventù, ridendo delle sue effusioni, la faceva fremere dalla vergogna. I diari però erano dove li aveva nascosti, nel cassetto della biancheria intima. Erano stati tirati fuori, maneggiati, e rimessi a posto nell'ordine sbagliato; ma erano ancora tutti lì.

La sua segreteria telefonica era piena. Molte delle chiamate erano di giornalisti, e le cancellò. Patrick aveva chiamato due volte per sapere come stava, Jovan e Jeremiah una ciascuno. Judy Trumpledore aveva lasciato un messaggio: POVERA WILLA, CHE FINALE TRAGICO PER LA TUA RIUNIONE. NON VORREI SEMBRARTI INDELICATA, MA IO, IN QUESTA STORIA, CI SENTO PUZZA DI UN LIBRO. CHIAMAMI.

C'erano delle chiamate da parte di vicini preoccupati e da vecchi amici. L'ultimo messaggio era del detective Flynn, che le chiedeva di richiamarlo.

Fu la prima telefonata a cui rispose. Lui era fuori, ma quando lei disse il suo nome le dissero di rimanere in linea; un momento dopo arrivò al telefono Meyerhoff. Avevano qualche altra domanda da farle, le dissero. Poteva passare alla stazione di polizia?

Willa acconsentì. Fissarono un appuntamento per le tre del pomeriggio. Poi chiamò Jovan.

— Verrò con te — disse lui.

— E a che scopo? Ti faranno aspettare fuori.

— Questa volta no.

Si incontrarono nel parcheggio un quarto d'ora prima. L'uomo indossava un abito formale e aveva l'aria cupa. — Ho intenzione di forzare un po' la mano — la avvisò. — Vienimi dietro.

C'erano ad aspettarla sia Flynn che Meyerhoff. Quando videro Jovan si inquietarono. — Aspetta qui — disse il sergente, indicandogli una fila di sedie.

— Niente affatto — affermò lui. — La signora Durrell desidera che assista all'interrogatorio. Altrimenti si rivolgerà a un avvocato.

Loro guardarono Willa. Lei incrociò le braccia e restituì lo sguardo.

Meyerhoff guardò male Jovan. — Perché vuoi intrometterti? Lo sai che non ce l'abbiamo con lei.

— Non mi voglio intromettere. Mi siedo e basta.

Lo fecero entrare. Questa volta era una stanza diversa, più ampia e più vuota dell'ultima. Niente quadri alle pareti, niente finestre, nessun mobile a eccezione di un tavolo e quattro sedie pieghevoli. Jovan e Willa si sedettero da una parte, i detective dall'altra.

Fu Meyerhoff a iniziare. — Ieri le ho chiesto in che rapporti erano Vinny e Angel. Lei mi ha risposto che erano soltanto amici. Ne è sicura?

Lei lo era stata. Ma la notte prima, mentre Chloe dormiva, era rimasta a pensare a Vinny, cercando di ricostruire quello che era successo nel weekend. C'era qualcosa che lo preoccupava; fin quasi dal principio era stato di cattivo umore e distante dagli altri. Che cosa c'era che lo infastidiva? E se si fosse trattato di Angel, dopo tutto? E perché si era inventato quella storia della cartolina?

— Signora Durrell? — la richiamò il sergente.

— Quando gliel'ho detto lo ero. Ma adesso ho come la sensazione di non saperlo più.

— Uno dei suoi amici sospetta che avessero avuto una relazione.

Chi poteva essere stato? Willa, come Nancy, pensò subito a Travis. Era ossessionato da Angel, aveva detto Patrick, era convinto che fosse andata a letto con tutti tranne che con lui.

— Questo non significa che sia vero — disse lei. — Perché non parlate con suo padre?

— L'abbiamo fatto — disse Meyerhoff. — Abbiamo perquisito la casa, scavato nel giardino, e non è saltato fuori niente.

— Siete riusciti a trovare la sua macchina? — chiese Jovan.

L'altro rispose senza guardarlo. — A dire il vero sì, l'abbiamo trovata. Un contadino dell'interno la teneva per le parti di ricambio.

— E...?

— E nada. — Meyerhoff si rivolse nuovamente a Willa e le chiese di ricostruire tutto il weekend. Lei lo fece, incominciando con l'arrivo di Vinny venerdì mattina. Il detective la fermò quando arrivò a Beacon Hill. — Come le sembrava Vinny lassù? — chiese.

Lei esitò. *"Una bella festa piena di concordia"* aveva detto Jeremiah, e quello che più aveva da perdere dirigeva la musica, era così che avevano sempre fatto. Ma quello che aveva perso tutto, allora? Come c'entrava lui?

Lei guardò Meyerhoff. — Era nervoso. Intrattabile.

— Intrattabile con chi?

— Con me, perché mi ero messa a rivangare il passato. Ma anche con tutti gli altri. Non era assolutamente a suo agio con noi.

Il sergente fece un cenno di incoraggiamento. — Quale pensa che fosse il motivo?

— Non lo so.

— Qualche volta può essere doloroso richiamare alla mente vecchie memorie. Pensa che possa essere successa una cosa del genere a Vinny?

Così Jeremiah aveva ragione. Stavano cercando di collegare la morte di Vinny alla scomparsa di Angel. — Capisco dove vuole arrivare — disse lei — ma mi creda, non ha senso. Vinny non ha ucciso Angel. Non aveva nessuna ragione per farlo. Erano amici, e Vinny era molto protettivo con i suoi amici. Ma anche se l'avesse fatto per qualche ragione inimmaginabile, dovremmo con cluderne che è vissuto in pace per vent'anni con quel pensiero, per poi crollare a pezzi all'improvviso?

— Succede — commentò Meyerhoff. — Vinny non era uno psicopatico, era un ragazzo simpatico con una coscienza. Sono proprio quelli che alla fine crollano. Per di più adesso aveva dei figli suoi, una ragazza dell'età di Angel. Poi c'è questa riunione, e improvvisamente tutto ritorna e lui ne sente il peso.

— Sciocchezze — esclamò lei. — Vinny non si è ucciso. Non avrebbe potuto. Quelli che sanno nuotare non annegano nelle piscine.

I detective si scambiarono uno sguardo, poi, senza che pronunciassero una parola, Meyerhoff si appoggiò allo schienale e lasciò che fosse Flynn a continuare. — Prende dei sonniferi? — chiese.

— No.

— C'era un flacone di Restoril nell'armadietto dei medicinali.

— Me l'ha prescritto il medico dopo la morte di mio marito. L'ho preso per qualche notte, poi ho smesso. Perché?

— Secondo lei quante pastiglie mancavano dal flacone?

Lei alzò le spalle. — Tre, quattro.

— Qualcuno le ha chiesto dei sonniferi, questo weekend?

— No.

— Qualcuno è entrato nel suo bagno?

— Solo io.

— Chi poteva accedervi?

— Tutti quanti, immagino. Perché?

Di nuovo Flynn evitò di rispondere. — Lei ha detto di essere andata a dormire verso mezzanotte. Ha visto qualcuno dopo di allora?

— Non fino al mattino.

Willa spalancò gli occhi. Rivedeva la maniglia, che si abbassava lentamente. — Qualcuno è venuto in camera mia la notte scorsa. Hanno provato ad aprire la porta, ma era chiusa a chiave. Non so chi fosse.

I due detective si scambiarono un'altra occhiata.

— Non ne ha mai parlato.

— Me n'ero dimenticata. Sono accadute tante cose.

— A che ora è successo?

— Verso le tre. — Le venne in mente qualcosa di terribile. E se fosse stato Vinny che la veniva a cercare, spinto dal bisogno di parlare con qualcuno?

Flynn continuò a farle domande, alle quali lei rispose automaticamente. Cosa beveva Vinny? Aveva litigato con qualcuno? Poi tutta una nuova tornata di interrogazioni sulle serrature e le chiavi. Sembrava che la chiave della porta-finestra che teneva dietro il bar fosse scomparsa. — Quando l'ha vista, l'ultima volta?

Willa ci pensò su. — Venerdì notte. L'ho presa quando siamo andati a farci una nuotata, nel caso qualcuno si fosse chiuso per sbaglio la porta alle spalle. Dopo l'ho rimessa dietro il bar.

— Chi l'ha vista?

— Tutti quelli che guardavano.

— Non l'ha usata per chiudere a chiave, sabato notte?

— Non c'è bisogno della chiave per chiudere, da dentro; basta girare la serratura.

Ancora poche domande e poi, all'improvviso, avevano finito. Flynn ringraziò Willa per l'aiuto e la accompagnò fuori. Jovan rimase dentro con Meyerhoff. Attese finché gli altri non furono nel corridoio, al sicuro da occhi e orecchie indiscrete. — Aspetta un attimo.

— Altrimenti cosa? — rispose il poliziotto, ma rimase.

— Cosa è risultato dall'esame tossicologico?

— Hai una bella faccia tosta a chiedermelo.

— Devo saperlo.

— Accidenti, quella donna ti ha fatto veramente perdere la testa, vero?

— Se è stato uno dei suoi compari a uccidere Vinny, è meglio che lei lo sappia — disse Jovan, cupo. — Era privo di sensi, quando è finito in acqua?

L'altro lottò con se stesso e perse. — Potrebbe essere

— Nessuna traccia di lotta?

— Nessun segno sul cadavere.

— E non ce ne dovevano essere, se l'avevano drogato prima.

— Senti, ti ho detto tutto quello che potevo — disse Meyerhoff. — Adesso perché non te ne vai a prendere la tua amichetta per mano e ci lasci lavorare?

36

Il tempo passava, e Willa lo avvertiva allo stesso modo in cui un ustionato avverte sulla pelle bruciata il soffio dell'aria: una sensazione che normalmente passa inosservata, ma che in quelle circostanze provocava un dolore tremendo. La spiacevolezza dell'attesa era acuita dal fatto che ancora una volta nessuno le diceva nulla. La polizia non la chiamava, e quando andò da Meyerhoff, tutto quello che ricavò furono banalità: le indagini continuavano; stavano seguendo diverse piste.

I giorni si susseguirono, finché non fu passata una settimana dal giorno dell'incidente (come lo definiva lei) senza che giungesse alcuna risposta. Chloe era spesso fuori, il che era un bene, data l'atmosfera che regnava in casa, ma lasciava a Willa parecchio tempo libero. In parte lo occupò leggendo i suoi diari, in cerca di un qualsiasi indizio su quello che pensava Angel, sui suoi piani e sulle relazioni che potevano esserle sfuggite, solo che ce n'erano troppe. Willa non riusciva a dormire e attribuiva la colpa al nervosismo che non la mollava mai. Parlare con qualcuno l'avrebbe aiutata, ma i suoi vecchi amici la tenevano a distanza. Ciò non avrebbe dovuto sorprenderla. Aveva notato la riprovazione nei loro occhi, e l'aveva capita, sotto certi punti di vista la condivideva pure: era stata lei a vibrare il colpo definitivo alla loro unione. Ma si consolò al pensiero che almeno la stampa non era riuscita a rintracciare i nomi dei suoi ospiti, e certo non li avrebbero avuti da lei.

Caleb e Nancy non erano grandi perdite; anche se non li avesse mai più rivisti, era poco male. Ma il silenzio di Patrick la colpiva, e anche quello di Jeremiah. Ciò la spingeva a ripensare più di quanto non volesse alla curiosa espressione di Meyerhoff: "Come se il gruppo fosse esploso". Avrebbe voluto parlarne con gli altri, se avessero chiamato... cosa che non fecero.

L'unica persona con cui poteva parlare dell'accaduto era Jovan, ma le sue risposte non le piacevano. Se lei era incerta tra l'incidente e il suicidio, lui lasciava intendere che c'era una terza possibilità. Anche se le sue allusioni erano penetranti come la punta del trapano di un dentista, lei si rifiutava di prenderle in considerazione. La morte di Vinny era già abbastanza tragica, gli aveva detto, anche senza fare ricorso al melodramma. Jovan, che si dichiarava preoccupato per la sua incolumità, si offrì di andare a stare qualche giorno da lei. Nonostante fosse stato ben attento a parlare di divano, Willa sospettò che fosse un piano per intrufolarsi nel suo letto. Anche per quello era riconoscente, ma non si sentiva ancora pronta.

La cosa peggiore erano le notti, la sua resistenza in quelle ore era al minimo. Continuava a sognare di Vinny e a svegliarsi di soprassalto. Dato che il suicidio le sembrava impossibile, continuava a rimproverarsi di aver creato le condizioni per l'incidente. Però i sonniferi scomparsi rendevano possibile immaginare un altro scenario: Vinny che ne buttava giù un po' con dell'alcol, per poi andare sul materassino e aspettare che la natura facesse il suo corso.

Ma perché fare una cosa del genere? E perché farlo proprio lì e in quel momento?

Ci doveva essere una ragione. Patrick le aveva parlato della riluttanza di Vinny a partecipare alla riunione, e Willa aveva visto con i suoi occhi come si sentiva infelice a Beacon Hill. Ricordò come era sembrato sulle spine per tutto il weekend, la sua stupida bugia sulla cartolina di Angel, e come si era arrabbiato quando Patrick aveva parlato della loro auto. Ricordava ancora la loro conversazione al club: Vinny si lamentava dei ragazzi che ronzavano attorno a sua figlia, e di come lei lo aveva preso in giro ricordandogli il suo movimentato passato

"Chi la fa la aspetti" gli aveva detto; "Dio non voglia", aveva risposto lui, facendosi il segno della croce.

Cosa aveva detto Meyerhoff? Quell'uomo aveva figli suoi, una ragazza dell'età di Angel... Ragazzi simpatici con una coscienza, sono loro che alla fine crollano. Lui faceva sembrare l'omicidio una cosa così normale... un momento di sbandamento che potrebbe capitare a chiunque nel mondo. E forse a volte succedeva proprio così. Forse Vinny aveva commesso un errore, un unico, irreparabile errore.

Ma erano meditazioni notturne. Di giorno le respingeva. A Vinny piacevano le ragazze e piaceva una bella scazzottata, ma non aveva mai mescolato le due cose. Per lui qualsiasi uomo che avesse colpito una donna era un vigliacco e un bastardo.

Era più facile pensare a Nancy che agiva spinta dalla rabbia, o Travis dalla sua frustrazione, che a Vinny che alzava le mani su Angel.

Naturalmente vi era una lunga lista di cose che Willa non si sarebbe mai immaginata e che si erano rivelate vere.

Lunedì mattina, otto giorni dopo la morte di Vinny, Willa stava facendo colazione quando le cadde l'occhio su un avviso del "Times": i funerali di Vincent Delgaudio si sarebbero tenuti il pomeriggio seguente nella chiesa di St. Anselm, nel Bronx. Prese subito il telefono.

Patrick rispose al primo squillo, come se fosse in attesa.

— I funerali di Vinny sono domani — disse lei senza preamboli. — Dovremmo andarci.

Lo sentì sussultare. — Non saprei, Willa.

— Come sarebbe a dire?

— Come farei a guardare in faccia sua moglie? E sono sicuro che lei non mi vuole.

— Ma non può dare la colpa a te, Patrick.

— Certo che può! Me la do persino io. Se non l'avessi costretto a venire... — La voce gli cedette.

307

— Gli incidenti possono capitare ovunque, in qualsiasi momento.

— Questo sembrava proprio capitato nel momento e nel posto giusto.

Willa non rispose. Sapeva bene che se c'era qualcuno da biasimare, quella era lei. Ubriachi com'erano tutti, avrebbe dovuto chiudere con il lucchetto quella dannata piscina.

— Cosa dice la polizia? — chiese Patrick.

— Non molto. Penso che stiano ancora cercando di trovare un collegamento tra la morte di Vinny e la scomparsa di Angel.

— E che collegamento ci può mai essere?

— Quando mi hanno chiamato la seconda volta, mi hanno detto che uno di noi ha raccontato che Angel e Vinny avevano una relazione.

— Deve essere stato Travis — disse subito Patrick. — Quando c'era di mezzo Angel, non capiva più un cazzo.

— La spiava sul serio?

— Vi spiava tutt'e due. Io e Caleb una volta l'abbiamo beccato che si nascondeva sull'albero fuori dalla sua camera.

— Ma pensi che ci possa essere qualcosa di vero?

— Ne dubito, ma chi può dirlo? In ogni modo, anche se così fosse, non crederò mai che Vinny le abbia fatto del male.

— Neanch'io — affermò Willa. Poi, con voce più bassa, aggiunse: — Qualche volta, però, di notte, mi vengono dei pensieri spaventosi.

— Che tipo di pensieri?

— Penso: e se Vinny e Angel fossero stati insieme, e fosse successo qualcosa, un incidente di qualche tipo, e lei fosse morta? E se Vinny si fosse spaventato e avesse seppellito il suo cadavere senza dirlo a nessuno, e avesse poi fatto sparire la macchina in modo che nessuno potesse trovarla?

— Oh, andiamo — disse Patrick. — Per poi venire sopraffatto dai rimorsi dopo vent'anni, al punto da riuscire ad annegarsi da solo in una piscina? — Ma lo disse troppo rapidamente, come se anche lui avesse avuto lo stesso pensiero.

— Era spaventato — continuò Willa. — La polizia aveva ripreso a occuparsene. Tutto quello che aveva costruito nel corso degli anni era in pericolo.

— Ne sei veramente convinta, Willa?

— No — ammise lei. — È solo che proprio non riesco a capire come sia successo l'incidente.

— È ubriaco. Non riesce a dormire. Va fuori a fare una passeggiata, cade nella piscina e annega: fine della storia.

— Va fuori a fare una passeggiata chiudendo a chiave la porta dietro di sé, così non può più rientrare. Prende dei sonniferi e va a fare quattro passi intorno alla piscina.

— Ha preso un sonnifero? — chiese Patrick. — Con tutto quello che aveva bevuto?

— Ne ha presi diversi, credo.

Dall'altro capo del telefono non provenne alcun suono. Dopo di che non ci fu altro da dire, così si salutarono e riattaccarono.

E così niente Patrick. A Willa non era mai venuto in mente che potesse saltare il funerale. A quel punto era difficile che ci andasse anche lei. Era già abbastanza doloroso immaginarsi la famiglia in lacrime anche senza assistere al loro dolore.

Però le sembrava che ci fosse solo una cosa più brutta dell'andare al funerale: non andarci.

Ma andarci da sola! Shake l'avrebbe accompagnata, ma era tornato a Baltimora. Travis, presunse, era a Santa Fe, Caleb solo Dio sapeva dove, e non l'avrebbe chiamato comunque.

Poi pensò a Jeremiah.

Patrick l'aveva delusa, ma Jeremiah era di una stoffa migliore.

Poteva coinvolgerlo ancora, anche se il suo nome non era apparso in connessione con la "morte misteriosa" di cui avevano parlato i giornali?

Se si fosse fatto vedere ai funerali, rischiava grosso.

Ci pensò su tutta la mattina, finché decise che alla fine dopo tutto non spettava a lei scegliere, ma a Jeremiah.

— Willa! — gridò lui, con tanto calore da far svanire tutti i timori di lei. — Ho pensato di chiamarti decine di volte e ogni volta mi bloccavo. Immaginavo che tu ne avessi già abbastanza di problemi. Come stai?

— Sopravvivo — rispose Willa.

— E tua figlia? — chiese lui. — Come l'ha presa?

— Non molto bene. Chloe ha paura di rimanere da sola in casa. Né io né lei andremo più in piscina.

Lui sospirò. — Avrei dovuto chiamare.

— Perché, per ringraziarmi del piacevole fine settimana?

— Per consolarti ed essere consolato. Sai, quando è successo, sono passato automaticamente alla modalità operativa delle crisi. Limitazione dei danni. Vedevo come mi guardava Patrick, come se fossi una specie di stronzo robotizzato, ma non posso farci niente; immagino che faccia parte della mia programmazione. L'impatto viene dopo. Non ho scrupoli a confessarti che la morte di Vinny mi ha buttato molto giù.

La sincerità nella sua voce era inconfondibile. E Willa non era immune alla sottile lusinga di un uomo come Jeremiah che si confidava con lei. Forse dalle ceneri poteva nascere una nuova amicizia.

— Ha buttato giù tutti — disse lei.

— Ma sei tu che hai affrontato l'urto, tra la polizia e la stampa. Stanno scoprendo qualcosa?

— Se anche fosse non lo verrebbero a dire a me. E io preferirei sapere il peggio piuttosto che brancolare nel buio.

— Il peggio?

Willa abbassò la voce. — Suicidio. Non che io ci creda.

— Willa — affermò Jeremiah — fidati del tuo istinto. L'hai detto anche tu che è stato un incidente. Il suicidio non ha senso. Vinny non era il tipo, e poi non aveva motivi.

— No... — disse lei. Poi, di botto: — Pensano che Vinny e Angel avessero una relazione.

— Stronzate. Non che Vinny non le sbavasse dietro. Però non avrebbe mai fatto una cosa del genere a Patrick. Patch era suo amico.

Willa sospirò. Per qualche strana ragione, più Jeremiah cercava di rassicurarla, più lei si sentiva inquieta.

— Continuo a girare a vuoto. Vorrei solo sapere la verità, in un modo o nell'altro.

— È questa la cosa peggiore, vero? — disse lui, con immediata partecipazione. — Il fatto che non lo sapremo mai.

— Non posso accettare una cosa del genere — disse lei, turbata. — Non voglio.

— Che altra scelta hai? Non c'è niente che puoi fare.

— Potrebbe esserci. Per esempio, sto vagliando tutti i miei vecchi diari. Magari Angel mi ha detto qualcosa, forse ho visto qualcosa che allora per me non aveva un senso, ma che adesso ne avrebbe.

— Cara vecchia Willa — disse Jeremiah con un risolino. — Non ti arrendi mai.

— Vale la pena di provarci. Non che questo possa cambiare nulla. — Poi cambiò discorso. — Senti, Jeremiah, ti ho chiamato per dirti che i funerali di Vinny sono domani. Pensavo di andarci.

— Pensi che sia saggio? — replicò, rapido come Patrick, ma con più tatto.

— Probabilmente no. Ma mi sembra doveroso.

— Sì. Mi chiedevo solo se è questo che vorrebbe la sua famiglia.

— Ho scritto a sua moglie — disse Willa. — È stata la lettera più difficile che mi sia capitata di scrivere. Ho inserito anche il mio numero di telefono, nel caso volesse sapere qualcosa della nostra riunione.

— E lei ha chiamato?

— No.

— Allora ci vai? — chiese. — Ho un'idea. Potrei mandare una corona con tutti i nostri nomi.

— Pensavo che dovessimo a Vinny qualcosa di più.

311

— Ah, — disse Jeremiah, sforzandosi di alleggerire il tono — ma abbiamo visto cosa succede quando si saldano i debiti. Io, da parte mia, non ho intenzione di farlo più.

— E allora la nostra riunione alla Casa Bianca? — chiese lei con un sorriso esangue. — Immagino che tu ne abbia abbastanza di noi per tutto il resto della tua vita.

— Solo della mia vita politica — rispose lui.

— Non ti preoccupare, Jeremiah. Vi rappresenterò tutti.

— E Patrick?

— Ci ha rinunciato.

— Non mi piace che tu ci vada da sola — disse lui. — Sarà sicuramente sgradevole.

Willa fu presa alla sprovvista dalla scelta delle parole, così tipica di Jeremiah. "Sgradevole" sì, molto probabile. — Andrà tutto bene — disse.

Una pausa, poi, bruscamente: — Dove e quando?

Lei glielo disse.

— Non posso far promesse — disse. — Ma se sei veramente determinata ad andarci, vedrò di farcela.

Il giorno dei funerali di Vinny, pioveva. Willa accompagnò Chloe dai Rapaport. — Ti passerò a prendere quando torno a casa, — disse — probabilmente verso le quattro, quattro e mezza.

— Non ti preoccupare — disse la figlia. — Andiamo a una festa.

— E questo quando è saltato fuori?

— Te ne ho parlato. È a casa di Jenna. Ci viene anche Lauren.

— Ci sarà anche Roy Bliss?

Chloe guardò in faccia la madre. — Lo spero.

Il tragitto da casa di Willa al Bronx non era lungo, ma la pioggia rallentò il traffico. Quando giunse in chiesa, il parcheggio era pieno. Un uomo con un vestito nero si avvicinò alla sua auto. — Può provare a parcheggiare in strada, ma se fossi in lei andrei subito al garage a tre isolati da qui — le consigliò.

Lei seguì l'indicazione e lasciò la vettura a un custo-
e. Erano già le due e dieci, e la pioggia si era fatta tor-
nziale. Willa aprì l'ombrello e si avviò verso la chiesa,
on tutta la velocità che i tacchi le permettevano. Quan-
o entrò, la funzione stava per iniziare, ma la gente con-
nuava a sciamare nel nartece. Willa, che si era messa
 coda per firmare il registro delle presenze, scorse la
ara ai piedi dell'altare. Chiusa e coperta da un drappo
anco, sembrava troppo piccola per contenere Vinny,
e aveva sempre occupato il posto di due persone. Il
ensiero di lui, inscatolato là dentro, le fece scaturire un
otto di lacrime, che cercò di trattenere; non era un luo-
o dove lei potesse piangere, quello.

La coda si mosse. Vicino al registro c'era un giovane
on gli occhiali scuri che salutava gli intervenuti. I ban-
i erano affollati. Willa cercò Jeremiah, non lo vide,
a scorse la famiglia di Vinny in prima fila. Una donna
 nero seduta in mezzo a due ragazzi, un maschio e
na femmina. I tre sedevano vicini, tutti soli, e anche vi-
i da dietro si notava quanto fossero affranti.

Venne il suo turno. "Con la mia più profonda parteci-
azione", scrisse, e firmò. Entrò nella navata e si sedette
 un banco in fondo. Dalla sagrestia uscì un sacerdote
e si fece il segno della croce. Non appena iniziò a pre-
are, Willa avvertì una mano che le scendeva sulla spal-
. Alzò lo sguardo con un sorriso di sollievo, aspettan-
osi Jeremiah. Invece era il giovanotto con gli occhiali
curi. Si piegò e le parlò piano all'orecchio. — Willa
urrell?

— Sì?

— Venga con me.

Le afferrò il braccio, mentre camminavano. Sarebbe
otuto sembrare un gesto cortese, ma le dava l'impres-
one che le stessero misurando la pressione. Non pio-
eva più, ma il cielo era ancora grigio. Si fermarono in
ima alla scalinata, dove le spose si facevano fotografa-
 con il loro seguito, e le lasciò il braccio.

— Se ne vada — disse. — Lei non è la benvenuta, qui.

Willa arrossì fino alle ossa. Perché era andata? — Mi

dispiace — balbettò. — Non volevo... Volevo solo porg
re le mie condoglianze.

— Lei dà solo sui nervi. Mia zia non vuole vederla.

Si era messo tra lei e la chiesa, con le braccia incr
ciate, e lei vide che stava facendo il possibile per cont
nere la rabbia. Non poteva vedere i suoi occhi dietro
lenti scure, ma c'era qualcosa di Vinny nel suo cipiglio
soprattutto nel corpo muscoloso. Improvvisamen
Willa lo riconobbe. Anche se l'ultima volta che l'avev
visto era solo un bambinetto. — Frankie!

Lui indietreggiò. — Non dica il mio nome come se n
conoscesse.

— Ma io ti conosco. Vinny ti portava sotto il bracc
come un sacco di patate. Andava pazzo per te. — Sorr
se, stupita. — Il piccolo Frankie, cresciuto.

Lui voleva starla a sentire, lei se ne accorse. E volev
anche spingerla giù dalla scalinata, cosa che non sarel
be stata affatto difficile, barcollante com'era con queg
stupidi tacchi. Rimasero per un momento in silenzi
poi la porta della chiesa si aprì, e ne uscì un uomo in d
visa da autista. Si udì il suono di molte voci riunite i
preghiera. *"Il signore è il mio pastore; nulla manca a og*
attesa, in verdissimi prati mi pasce, mi disseta a placi
acque." — Vinny era il nostro pastore — disse Will
— Era lui che si prendeva cura di noi. E gli volevamo b
ne. — Poi toccò la guancia di Frankie con una man
guantata, si voltò, e si allontanò con tutta la dignità ch
poté raccogliere.

Fece tutto il viaggio di ritorno fino a Chappaqua se
za la pioggia, poi si aprirono le cateratte. Willa guid
per tutti gli ultimi isolati a passo d'uomo, china sul v
lante, cercando di vedere più in là di qualche metro. Su
però i pilastri in fondo al vialetto di casa sua e qua
andò a sbattere contro un'auto posteggiata davanti a ca
sa, una berlina nera. Si vedeva troppo poco per riconc
scere il modello, ma non sembrava familiare. La pol
zia, forse? Lei guardò verso la casa. La veranda er

314

ota. Ma c'era una luce nella biblioteca, dove lei non
veva lasciato acceso niente.

Chloe? Ma cosa ci faceva là, e chi l'aveva accompa-
nata a casa? Poteva avercela portata Roy Bliss, aspet-
andosi che la casa fosse vuota?

Willa provò una sensazione sgradevole. Fermò la vet-
ura dov'era e aprì la portiera. Venne sferzata dalla
ioggia; afferrò l'ombrello e lo aprì prima di uscire.

Aprì il portone di ingresso, entrò e rimase in ascolto.
on si sentiva nulla, ma lei sapeva di non essere sola. La
orta della biblioteca era chiusa, e non trapelava la luce
a sotto. Willa chiuse l'ombrello ma lo tenne in mano.
i tolse le scarpe, attraversò il corridoio senza rumore
on solo le calze. Entrò nella biblioteca, chiuse delicata-
nente la porta dietro di sé, e accese la luce.

La stanza era un disastro. I cassetti della scrivania
rano stati tirati fuori e capovolti, tutti gli stipi erano
ati scassinati. I libri erano sparsi sul pavimento, le pa-
ine strappate e sparpagliate ovunque. L'aria era satura
i livore. Ciò che la raggelava era il sapere che chiunque
aveva fatto era ancora lì. Aveva commesso un tremen-
o sbaglio a entrare, adesso se ne accorgeva. Ma appena
nizió a tornare indietro, udì dei passi nel corridoio.

Cambió direzione. C'era un telefono sulla scrivania
ella biblioteca. Willa c'era quasi arrivata quando la
erratura della porta scattò dietro di lei.

Lei si voltò.

Sulla soglia c'era Jeremiah.

— Allontanati dalla scrivania — disse lui.

37

eremiah era vestito di nero da capo a piedi. Jeans, T-
hirt, una felpa con il cappuccio: uno scassinatore
hic, più una esibizione di eleganza che un travesti-
nento, eccetto che per le mani guantate di latex. Willa
ra così scioccata che si sentiva la testa svuotata. Quel-
o che vedeva non aveva senso.

Lui disse — Che ci fai qui?

— E sei tu che me lo chiedi?

— Dovresti essere al funerale.

— Mi hanno cacciato via. Come hai fatto a entrare?

— Allontanati dalla scrivania e te lo dirò.

Willa fu sul punto di obbedire. Era Jeremiah, dopo tutto, ed era calmo, quasi sorrideva. Avvertiva però una fitta allo stomaco e, nonostante la confusione, si rendeva conto che stava succedendo qualcosa di terribile, che quell'uomo che le aveva messo sottosopra la stanza la odiava. Si ritrasse da lui finché le sue anche non toccarono la scrivania, poi si voltò e si gettò sul telefono. Ce l'aveva già in mano quando Jeremiah la raggiunse. Willa alzò l'ombrello per colpirlo, ma lui le imprigionò il polso in una morsa di ferro. Con l'altra mano le strappò via il ricevitore e glielo sbatté sul viso.

Il mondo di Willa sprofondò in una voragine di dolore. Quando riemerse era sul pavimento e Jeremiah era sopra di lei, che la immobilizzava premendole un avambraccio sulla gola. Aveva il viso sfigurato dalla rabbia. Sentendo che stava aumentando la pressione, lei cercò di alzarsi, in preda al panico. Jeremiah la colpì altre due volte in faccia con la mano libera. — È tutta colpa tua, puttana!

Willa aveva il sangue negli occhi e in bocca. Sangue sui vestiti e sul parquet del pavimento. Il dolore e il sangue rendevano il tutto reale, irrevocabile. Le si schiarirono le idee. Il dolore venne rimpiazzato dalla paura, la sua vita era in pericolo, e lo sapeva.

— Fermati — boccheggiò. — Posso aiutarti.

Lentamente la pressione sulla gola si attenuò. Il viso di Jeremiah si ricompose. In breve fu di nuovo se stesso... chiunque fosse.

— Sì — disse lui — puoi. — Si alzò e la rimise in piedi. Il movimento accrebbe il dolore. Quando barcollò Jeremiah la spinse sulla sedia della scrivania e le si fermò davanti. — Puliscti — le disse, porgendole una scatola di fazzolettini di carta. — Questo non era previsto. Guarda cosa mi hai fatto fare.

— Cosa vuoi? — chiese lei con una voce irriconoscibile, ridotta a un doloroso gracchiare.

— Cosa pensi che voglia, stupida? Quei maledetti diari di cui sei così orgogliosa.

— Ce li ha la polizia.

Jeremiah le afferrò una manciata di capelli e le tirò la testa all'indietro. La mano destra gli scomparve dietro la schiena e quando riapparve teneva una pistola. Meno male che non l'aspettava, pensò Willa. Rivolse una preghiera di ringraziamento al cielo che Chloe non fosse lì.

Jeremiah le premette la pistola alla tempia. — Per il tuo bene spero che tu stia mentendo. Ultima possibilità, Willa: dove sono?

— Su in camera mia.

— Fammi vedere.

Lo precedette fuori dalla biblioteca, con il cervello che lavorava febbrilmente. Il perché ora non aveva importanza, lo mise da parte. I motivi li avrebbe cercati dopo, se ci sarebbe stato un dopo. Poteva persuaderlo a calmarsi? Era troppo in gamba per quello. Ma doveva entrare.

— Jeremiah, — disse lei — pensaci bene. Se succede qualcosa anche a me, dopo Vinny, la polizia lo saprà che è stato qualcuno di quelli della riunione. E la stampa, mio Dio! Ti sei rovinato con le tue mani.

— Gentile da parte tua preoccuparti — disse lui, spingendola verso le scale.

Lei incominciò a salire lentamente. — Non dirò niente. Non so perché lo stai facendo, e non voglio saperlo. Ma se mi fai del male, sei finito. Pensi che quei guanti ti possano proteggere? Adesso tutto quello di cui hanno bisogno è una sola cellula, un solo capello.

— E allora? — disse lui; lei poteva avvertire il compiacimento nella sua voce. — Ho appena passato un weekend in questa casa.

Lei si arrischiò a guardare dietro di sé. Il suo lungo viso pallido era concentrato, ma tutt'altro che inespressivo. Nei suoi occhi si scorgeva una punta di compiaciuta eccitazione.

— Calmati, Willa — disse. — Tutto quello che vogli
sono i diari. Dammeli e ti prometto che non ti farò de
male.

Mentiva. Lei lo sapeva, e lui sapeva che lei lo sapeva

Sulle scale lui si tenne a distanza di sicurezza. S
continuava a stare così, per lei c'era la possibilità di po
ter correre in camera e chiudersi a chiave prima che l
entrasse. Ma ce l'avrebbe fatta a chiamare il 911 prim
che lui facesse saltare la serratura? Dato che non avev
niente da perdere, Willa decise di provarci. Quand
però furono sul pianerottolo, Jeremiah si avvicinò.

Willa aprì la camera da letto. Lui la seguì dentro. Le
pensò a qualcosa che potesse usare come arma. Jere
miah le afferrò di nuovo i capelli e glieli strattonò.

— Stai pensando — disse. — Non pensare. Dove sono
Lei indicò il cassetto della biancheria.

Lui le lasciò andare i capelli.

— Tirali fuori.

Lei obbedì.

— Posali sul cassettone e vai a sederti sul letto. In
treccia le mani dietro il collo.

Fece come le aveva detto, osservando, aspettando. Je
remiah, tenendo la pistola puntata, diede un'occhiat
per appurare che fossero realmente i diari. Tastò ne
cassetto finché non si convinse che c'erano tutti, poi di
spiegò un sacchetto di plastica che teneva in tasca e ce l
infilò dentro. Adoperò solo la sinistra, mentre con la de
stra teneva sempre la pistola rivolta verso di lei.

Non appena ebbe i diari, Jeremiah si rilassò un poco
Sorrise a Willa, seduta sul letto con le mani dietro la testa

— Finalmente soli — disse. — A che ora torna tua fi
glia?

— Lasciala fuori da questa storia.

— Ci sto provando.

— Si ferma a casa di un'amica. Ma Jovan sta arrivan
do. Sarà qui da un momento all'altro.

— Non funziona — disse lui scuotendo la testa. — E
saresti una scrittrice? Qualche ultimo desiderio, Willa?

318

Il respiro le si mozzò in gola. — Avevi detto che non mi avresti fatto del male.

— Non te ne farò. Hai un ultimo desiderio? Perché se tu non ce l'hai, ce l'ho io. — Gli occhi di lui le correvano sui seni, e lei li sentiva come degli scarafaggi sulla pelle nuda. — Ho sempre avuto un debole per te, Willa. Non è il momento giusto, lo so, ma meglio tardi che mai.

— Stai scherzando — esclamò lei, anche se vedeva che non era così.

— Togliti i vestiti.

— Avanti, vieni qui e scopami — disse lei. Lui non l'avrebbe mai violentata. Avrebbe dovuto ucciderla prima.

Jeremiah alla fine sospirò. — Rivestiti — ordinò virtuosamente. — Non sono un violentatore.

Chloe era fradicia. La pioggia le sgocciolava dai capelli, e i vestiti zuppi le si erano incollati addosso. Le uniche parti asciutte erano quelle che erano rimaste premute contro la schiena di Roy Bliss. Lei però non se ne curava. Se fosse stato per lei avrebbero continuato a viaggiare in moto per sempre.

Lui girò nel vialetto e si fermò. C'erano due automobili posteggiate davanti alla casa, e lui ne riconobbe solo una. — Pensavo che avessi detto che tua madre era fuori.

— Doveva.

— Sembra che abbia compagnia. Caspita. Aspetta che ti veda. Sono un uomo morto.

— Come se fosse colpa tua! — disse Chloe. Se proprio bisognava darla a qualcuno, la colpa era sua. Era stata lei a pregare e implorare per fare un giro sulla nuova moto di Roy finché lui non aveva acconsentito. — In ogni modo, lei non deve mica saperlo. Torniamo alla festa.

— E così ti becchi una polmonite? — disse lui cupo. — Niente da fare. — Spense il motore, scese dalla moto, e la posò sul cavalletto. Anche Chloe dovette smontare; che altro poteva fare? Incominciarono ad avviarsi verso la casa. Poi lei si fermò.

— C'è qualcosa di strano — disse. — Perché la macchina è qui? Lei la mette sempre in garage.

— Aspetta un secondo — le disse lui. In biblioteca c'erano le luci accese. Roy si aprì la strada tra gli arbusti e sbirciò dalla finestra. Un attimo dopo si accucciò lungo il muro della casa.

— Che c'è? — sussurrò Chloe.

Lui tornò indietro tra i cespugli, le afferrò il braccio e incominciò a correre verso la strada. Chloe si liberò il braccio e si fermò. — Dimmi cosa sta succedendo!

— Sembra che lei sia entrata mentre svaligiavano la casa.

— L'hai vista?

— No, ma nella stanza c'era un casino dell'altro mondo. Andiamo, Chloe. Dobbiamo arrivare a un telefono.

Lei però si voltò e incominciò a correre verso la casa. Roy la raggiunse e la afferrò. Lei si dibatté. — Lasciami!

— Non puoi entrare là.

— Devo. Mia mamma potrebbe essere nei guai.

— E tu peggioreresti solo le cose. La cosa migliore che possiamo fare è chiamare la polizia.

— Vacci tu. Io rimarrò qui a fare la guardia.

— Guardami un po', Chloe. Pensi che qualcuno dei tuoi vicini mi aprirebbe la porta?

Lei si rese conto che aveva ragione e tornò indietro con lui. Erano appena risaliti in moto quando il portone si aprì e ne uscì un uomo che barcollava sotto il peso che portava. Sulla spalla sosteneva quella che aveva tutta l'aria di essere una donna che si agitava, avvolta in una coperta. Aprì la portiera posteriore della berlina scura e posò il suo fardello sul pavimento dell'auto.

Chloe aprì la bocca, ma prima che potesse gridare, Roy gliela tappò con la mano.

La spinse dietro un cespuglio e si avviò sul viale dietro l'intruso. A metà strada scivolò in una pozzanghera e cadde.

Quando si alzò, l'auto era già in moto. L'autista non si guardò dietro, e mentre faceva il giro del piazzale davanti alla casa non vide né Roy né la sua moto.

— Dove mi stai portando? — la voce di Willa era attutita dalla trapunta che l'avviluppava. Piegò i polsi e le caviglie, ma i lacci che la immobilizzavano erano troppo stretti.

— A vedere Angel — rispose lui. — Non era questo che volevi?

— Non in questo modo.

— Come dice sempre la mamma, bisogna stare attenti a quello che si desidera.

Erano sulla Taconic. Willa avrebbe riconosciuto ovunque le curve di quell'autostrada. A ogni sobbalzo sentiva come dei dardi che le perforavano il capo. La trapunta la avviluppava strettamente da tutte le parti, ed era ripiegata alle estremità. — Jeremiah, non riesco a respirare.

— Dovrai abituartici.

— Non è troppo tardi per tornare indietro.

— Oh, sì che lo è, grazie a te — disse lui. — Non potevi proprio lasciarla stare, vero? Dovevi insistere. Prima Angel e poi Vinny. Non avevo progettato tutto questo, Willa, io non volevo. Ma Dio mi è testimone, sei stata tu a provocarlo.

Sdraiata sulla schiena, lei sollevò le gambe il più possibile, poi cominciò a scalciare. A ogni colpo la coperta si allargava. Al quarto tentativo penetrò un poco di luce nel suo bozzolo buio, insieme a un filo d'aria che lei aspirò avidamente. — Cosa ti aveva fatto Angel? — chiese.

— Si era fatta mettere incinta e cercava di dare la colpa a me. Minacciava di dirlo a mia madre.

— E l'hai uccisa per quello?

— Non dirlo come se fosse una cosa da niente! Sai com'era mia madre. Mi avrebbe completamente rovinato l'esistenza. E non si trattava solo di me, lo sai. Non è mai stato quello. Io ho sempre saputo di avere un lavoro importante da compiere. Avrei dovuto perdere tutto per un bastardo di marmocchio che probabilmente non era neanche mio?

— Probabilmente? — disse Willa, lentamente. — Intendi dire che poteva anche esserlo?

321

Ci fu una lunga pausa. — Non lo sapevi? — chiese Jeremiah.

Willa era sbalordita. Lei e Angel avevano parlato tante volte di Jeremiah, e si erano trovate d'accordo nel definirlo un tipo dolce, con cui si poteva parlare, ma in qualche modo asessuato, troppo vessato dalla madre per essere preso in considerazione come amante. Quand'è che Angel aveva cambiato idea?

L'auto sobbalzò e lei batté la testa sul pavimento. Willa gemette e fu trascinata via da ondate di dolore. Era sul letto di Angel, e Angel era alla sua scrivania, a fare una lista. "Quello che mi serve è un vergine. I vergini ti sono così riconoscenti."

Poi fu di nuovo nell'auto. Jeremiah aveva ripreso a parlare, più a se stesso che a lei. — È un peccato — disse. — Ma non potevo saperlo. Continuavi a dire quanto eravate amiche voi due, e come vi raccontavate tutto. Pensavo che lo sapessi. Pensavo che mi stessi dicendo che lo sapevi.

— E Vinny? Quale è stata la sua colpa?

— Vinny è stata colpa tua — disse lui malignamente. — Un rimorso che ti devi portare nella tomba. Vinny era un debole. Ma sarebbe stato ancora vivo se tu non fossi corsa dagli sbirri, facendo venire quel detective del cazzo a spiarci.

— Cosa hai fatto?

— Quel che dovevo.

— L'hai chiamato fuori con qualche scusa. Un ultima bevuta e una tranquilla chiacchierata? Sapevi che contro di lui non ce la potevi fare, per quanto ubriaco fosse, così gli hai messo dei sonniferi nel bicchiere. E poi lo hai annegato.

Silenzio.

Ti sei gettato in piscina con lui, Jeremiah? Gli hai tenuto la testa sotto?

— Non hai idea di quanto sia stato doloroso. — La sua voce, un rancido miscuglio di autocommiserazione e trionfo, colò sotto la trapunta. — Davvero, Willa, hai molte cose di cui rendere conto.

322

— Povero Jeremiah, costretto a fare tutte quelle cose orribili.

— Sai, per una donna nella tua condizione, hai un bel sangue freddo.

Non aveva altro: quello e la rabbia. Le faceva male la testa. Sentiva un tremendo bisogno di dormire, ma non poteva permetterselo. Per il bene di Chloe, non poteva permetterselo.

In molti dei romanzi polizieschi che Jeremiah aveva letto (aveva un certo interesse per il genere), sbarazzarsi del cadavere era l'ultimo dei problemi dell'assassino. Le sepolture, e persino gli smembramenti, erano liquidati in una frase o due, o addirittura eliminati tra un capitolo e l'altro. Alcuni assassini non si prendevano nemmeno la briga di sbarazzarsi delle loro vittime, ma li lasciavano semplicemente dov'erano, in mezzo alle prove. Qualcuno la poteva definire licenza poetica; Jeremiah la considerava sciatteria. Secondo lui, secondo la sua esperienza, un adeguato smaltimento dei resti era la chiave del successo di tutta l'operazione.

Non che lui si considerasse un assassino; certo che no. Quando leggeva i suoi gialli, poteva anche nutrire un interesse professionale per le tecniche adoperate dai killer, ma si identificava sempre con i buoni. Gli atti che aveva commesso, per quanto incresciosi fossero, dovevano chiaramente venire considerati come autodifesa. Angel aveva minacciato di rovinargli la vita; era come se gli avesse puntato una pistola alla testa. Per quello non aveva avuto alcun rimorso. Uccidere Vinny gli era costato di più, dal punto di vista emozionale; ma anche lì che altra scelta aveva? Se non avesse agito, la debolezza e il panico di Vinny li avrebbero portati entrambi alla rovina. In quanto a Willa, Jeremiah non aveva progettato di ucciderla, la stimava troppo. Era stata lei a forzargli la mano, prima alludendo continuamente a quei diari, poi arrivandogli addosso all'improvviso.

Per colpa sua non solo doveva nuovamente sobbarcarsi la sgradevole incombenza di sopprimere una vita, ma anche quella, imbarazzante, di disfarsi di un cadavere.

La sua prima, folle idea era stata quella di ucciderla sul posto e di dare fuoco alla casa. Dopo un momento di riflessione si era reso conto che non avrebbe funzionato. Se l'avesse uccisa prima, l'esame necroscopico l'avrebbe rivelato. Se l'avesse legata, lasciando che fosse il fuoco a ucciderla, lei avrebbe anche potuto liberarsi o essere salvata. Inoltre bruciare viva una persona era una cosa orribile, e Jeremiah era un uomo civile: determinato, certo, spietato quando doveva esserlo, ma mai inutilmente crudele.

Seppellirla, allora, vicino all'amica che aveva tanto cercato di ritrovare, e sulla sua proprietà, dove nessuno avrebbe potuto minacciarlo. Grazie a Dio, Olivia era tornata a Washington. Tutto quello che gli rimaneva da fare era scavare una buca abbastanza profonda in maniera che gli animali o l'acqua non la potessero disseppellire. Quel lavoro, che i cattivi della televisione portavano a termine durante uno spot commerciale, nel mondo reale avrebbe richiesto diverse ore di lavoro a due uomini muniti di pala, sul duro suolo roccioso dell'entroterra di New York.

Solo che questa volta non c'era Vinny ad aiutarlo. Avrebbe dovuto dare una mano anche Willa. Se Jeremiah fosse riuscito a trovare il punto esatto dove avevano sepolto Angel, il lavoro avrebbe potuto essere facilitato. L'avevano seppellita nei boschi dietro la sua casa, in una radura contrassegnata da un giovane noce. Era stato un lavoro massacrante, farsi strada in mezzo all'intrico di radici, ma che altro avrebbero potuto fare: nasconderla nelle aiuole di sua madre? Era convinto di poter ritrovare il punto esatto. Nel corso degli anni aveva visitato diverse volte la tomba, sempre di giorno, e sempre con il dono propiziatorio di qualche fiore di campo o di una manciata di pigne. Gli sembrava giusto, dato che nessun altro sapeva dove era sepolta, tranne Vinny, ma lui non si sarebbe avvicinato a meno di dieci chilometri da quel luogo.

Quando si avvicinò all'uscita di Old Wickham, Jeremiah rallentò. Willa era rimasta tranquilla, risparmiando le forze per un'ultima resistenza. Lui controllò allo specchietto retrovisore. Sulla rampa di uscita c'era un'automobile che lo seguiva, ma girò a sinistra allo stop dove lui invece prese a destra. Era quasi a casa.

La pioggia si era trasformata in una fine acquerugiola. Quando svoltò nella stradina di campagna che portava alla sua villa, i fari illuminarono la figlia del suo vicino che portava a spasso il suo labrador. Lei lo salutò con un cenno e lui rispose. Jeremiah intratteneva eccellenti relazioni con i suoi vicini.

Prese il vialetto che conduceva all'edificio, si fermò per procurarsi una pala, e proseguì verso la radura ai margini del bosco. Avrebbe voluto prepararsi del caffè, ma non si fidava a lasciare Willa sola; e anche se gli sarebbe piaciuto mostrarle la sua casa, sarebbe stato tremendamente stupido a portarla là dentro.

— Eccoci arrivati — disse. Nessuna risposta, ma quando guardò dietro si accorse che ancora respirava dentro la trapunta. Grazie a Dio, altrimenti avrebbe dovuto scavare da solo tutta la notte. Anche se comunque non aveva dubbi che sarebbe stato lui a fare la maggior parte del lavoro. Spense le luci, afferrò la pala, e uscì dalla vettura. C'era una torcia, nello scomparto dei guanti, che avrebbe potuto essergli utile, ma una luce nei boschi attirava troppo l'attenzione. Si avvicinò un'automobile sul viale e Jeremiah si fermò di colpo, ma quella proseguì. Il sacchetto di plastica con i diari era sul sedile accanto a lui. Prese in considerazione l'idea di seppellirli insieme a Willa: non era stata lei a dire che se li sarebbe portati nella tomba? Ma era una cosa stupida, era molto più sicuro bruciarli.

Jeremiah aprì la portiera posteriore. — Avanti, alzati.

Nessuna risposta. Lui la sollevò afferrandola per le spalle e la lasciò cadere rudemente a terra. — Adesso ti tolgo la coperta — disse. — Se fai resistenza, se emetti un suono, ti riempio la bocca di terra. Non farmelo fare, Willa.

Si mise la pistola in tasca e la liberò della trapunta. Aveva il viso gonfio, là dove aveva dovuto colpirla, e gli occhi erano spalancati. Persino al chiarore della luna poteva scorgere la furia che vi aleggiava. Lei non faceva resistenza, ma lui non si lasciò ingannare. La Willa che aveva conosciuto e amato non era una che se ne andasse tranquillamente verso l'oscurità. Lui sperava che almeno per un istante lei potesse capire quale fosse il suo ruolo nella triste conclusione della loro amicizia, ma sapeva che lei non l'avrebbe fatto. La gente si assume così raramente la responsabilità dei propri atti; era sempre più facile dare la colpa agli altri.

Lui non l'aveva mai trovata attraente come in quel momento, mentre giaceva ai suoi piedi. Quando le toccò le gambe, poté sentire tutta l'energia accumulata, che aspettava solo di esplodere. Ma non c'era niente che lei potesse fare; era lui ad avere tutte le carte in mano. Jeremiah fece scorrere le mani tra le gambe di lei, per farle vedere che poteva farlo. Le sue mutandine erano lisce come la seta, e fu tentato di indugiare, ma lo sguardo negli occhi di lei lo dissuase. Tolse la mano.

— Ho intenzione di scioglierti le gambe — disse lui. — Poi andiamo a fare una passeggiata. — Gli occhi di lei si posarono sulla pala, e poi di nuovo sulla faccia di Jeremiah. Lui doveva ammetterlo: nel viso della sua vittima non c'era paura, solo odio.

Le allentò la corda attorno alle caviglie e quella che tratteneva i polsi contro il corpo. Adesso i polsi erano ancora legati, ma poteva muovere le braccia. La mise in piedi. — Ce la fai a camminare? — lei mosse a fatica qualche passo, facendo delle smorfie quando i sassi sul terreno le ferivano i piedi scalzi. Jeremiah si appoggiò la pala sulla spalla e tirò fuori di tasca la pistola. — Andiamo.

Il bosco era avvolto da una fitta nebbia. Camminarono in fila indiana, lei avanti, seguendo tutte le sue indicazioni. Di tanto in tanto, mentre camminavano, Jeremiah aveva l'impressione di sentire dei passi dietro di loro. Non era la prima volta che sentiva degli strani rumori in quei boschi. Una persona superstiziosa avrebbe detto che erano infestati. Lui l'attribuiva invece a qualche scherzo dell'udito... ma non gli piaceva comunque camminarci di notte.

— Dimmi di Angel — disse Willa.

Jeremiah non aveva niente in contrario, anzi, in un certo senso era un sollievo parlarne con una persona che non avrebbe potuto tradirlo. — Mi chiamò quella notte — raccontò. — Fino a quel momento non avevo fatto nulla, sperando per il bene di tutti che lasciasse perdere. Ma quella notte mi diede un ultimatum. Suo padre sapeva che era incinta, disse, e se non l'avesse uccisa per quello, l'avrebbe fatto per avergli sfasciato la macchina. Non poteva più tornare a casa, e quindi dovevo prenderla con me, dovevo essere io a occuparmi di lei. Non Patrick che se la scopava da anni, ma io.

Jeremiah sbuffò. Poteva arrivare da sé alle ovvie conclusioni.

— Come? — chiese lei, dopo un attimo.

— Diciamo solo che non è stata un'esperienza piacevole — disse lui, tetro. Si accorse che adesso Willa zoppicava. I piedi nudi erano stati un errore. Aveva pensato che le avrebbero impedito di fuggire, ma se era ferita non gli sarebbe servita a nulla.

— E come è rimasto coinvolto Vinny? — continuò lei.

— L'ho chiamato io, dopo.

Willa si voltò e lo guardò. — Perché?

Jeremiah la spinse avanti. — Mi serviva aiuto. Gli dissi che c'era stato un incidente, di prendere la Chevy e di venire da me. Non ha fatto domande. Sai com'era Vinny. Se un amico aveva bisogno di qualcosa, lui era lì.

— Ma quando ha visto cosa avevi fatto, quando ha visto che era Angel...?

— Era sconvolto. Diavolo! Lo eravamo tutti e due. Per un attimo ho pensato che fosse stato un errore chiamarlo, ma naturalmente non era così. Vinny era un tipo pratico. Angel ormai non si poteva più aiutare, io sì.

— E avete usato la macchina di Patrick per portarla qui?

— Era anche di Vinny. Che altro potevamo fare?
L'automobile andava fatta sparire, dopo. Non potevo
usare quella di mia madre. In ogni caso l'ho ripagato bene una volta che sono venuto in possesso del mio fondo
fiduciario.

— Vinny ha preso i soldi — disse lei.

Jeremiah poteva vedere che lei non gli credeva, e la
cosa lo irritò. Forse Vinny non li aveva chiesti, però non
li aveva neanche rifiutati. — Aveva adocchiato un'officina nel Bronx. Dove pensi che se li sia procurati i soldi
per comprarla?

Quello le tappò la bocca. Forse stava ripensando alle
vanterie di Vinny, l'uomo che si era fatto da sé. *"Nessuno mi ha mai regalato nulla."*

Alla fine raggiunsero la radura con il noce al centro.
Era piena di fiori selvatici: campanelle, mughetti, bocche di leone, qualcuno spuntava proprio sopra la tomba
di Angel. — Bel posto, vero? — disse. Willa si limitò a
fissarlo. Forse non era il caso di aspettarsi della gratitudine. Lui piantò la pala per terra, tirò fuori la pistola e
indietreggiò. — Incomincia a scavare — ordinò.

— Vaffanculo!

— Vaffanculo? — Jeremiah scoppiò a ridere. Non era
un suono piacevole neppure alle sue orecchie. — Posso
seppellirti morta, oppure posso seppellirti viva. Sta a te.

Willa lo guardò negli occhi. Prese la pala.

38

Non erano soli nei boschi. A meno di sei metri da sua
madre, accucciata dietro una grossa quercia, c'era Chloe. Al suo fianco c'era Roy Bliss. Quando Jeremiah era
filato via nell'auto con Willa, Roy era tornato alla sua
moto, ma Chloe aveva avuto un'idea migliore. Sua madre teneva una chiave di riserva della Beemer in una
scatolina magnetica dietro la targa.

Un attimo dopo erano per strada; Roy guidava, tenendosi a distanza ma senza perdere di vista i fanali posteriori dell'auto di Jeremiah.

Quando era uscito dall'autostrada, Roy l'aveva seguito sulla rampa, ma allo stop aveva girato a destra invece che a sinistra, nell'eventualità che l'altro lo stesse guardando. Poi aveva fatto inversione e aveva ripreso a seguirlo.

Lo avevano quasi perso di vista quando aveva imboccato la stradina che portava alla sua casa. Roy l'aveva oltrepassata, ma se ne era reso conto ed era tornato indietro proprio in tempo per vedere i fanali che sparivano in una strada sterrata. Avevano proseguito per un altro centinaio di metri superando un'altra casa. Roy aveva accostato e fermato la vettura, e aveva tirato fuori il cric dall'auto. Poi, più silenziosi che potevano, erano tornati dove avevano visto l'automobile svoltare.

Quando avevano trovato la vettura vuota ai margini del bosco erano rimasti di sasso. Poi però avevano udito delle voci in mezzo agli alberi, quella di Willa e quella di un uomo, e le avevano seguite. La nebbia era nello stesso tempo un aiuto e un impaccio, non lasciava scorgere il sentiero, ma permetteva loro di rimanere a portata di voce senza farsi vedere. Chloe aveva ascoltato abbastanza da rendersi conto che l'uomo che aveva rapito sua madre era un assassino a sangue freddo.

Quando Jeremiah si era fermato nel mezzo di una piccola radura, Chloe era così vicina che quasi si era fatta scorgere. Roy l'aveva tirata indietro, e si erano nascosti dietro una grossa quercia. Lei tremava. Nell'auto si erano asciugati, ma nei boschi si erano bagnati di nuovo. Jeremiah era solo a cinque metri e dava loro la schiena; potevano scorgere il riflesso della pistola nella sua mano tesa. Willa era a meno di due metri da lui, con il viso rivolto verso di loro.

"Incomincia a scavare" lo avevano sentito ordinare.

"Vaffanculo" era stata la risposta.

Chloe non avrebbe potuto essere più fiera di sua madre. — Cosa dobbiamo fare? — sussurrò.

Roy soppesò il cric e le fece segno di aspettare. Inco-

minciò ad avvicinarsi verso Jeremiah. Chloe gli afferrò
il braccio. — Non puoi — gli sussurrò all'orecchio. — Le
punta la pistola addosso. — All'improvviso le venne
un'idea.

Willa non sapeva quanto avrebbe potuto reggere ancora. La testa le faceva terribilmente male, i piedi erano
a brandelli. Continuava ad aspettare un'occasione per
colpire Jeremiah con la pala, ma lui non abbassò mai la
guardia, non le staccò mai gli occhi di dosso. Le possibilità di fare qualcosa stavano drasticamente scemando.
E anche se lui le avesse offerto un'opportunità, lei non
era più sicura di poterla cogliere. Si fermò per prendere
fiato, mollando la pala.

— Tutto lì? — esclamò lui, guardando insoddisfatto il
buco che aveva scavato. — Non sai fare altro?

— Mi sono fermata per respirare.

— Non ora, piccola. Avrai un sacco di tempo per ripo-
sare, dopo.

— Non chiamarmi "piccola". — Non appena ebbe ripreso la pala, Willa vide qualcosa che si muoveva nel
bosco. Era difficile da dirsi in quella debole luce, ma le
sembrava proprio di aver visto un paio di persone che si
muovevano tra gli alberi. Cercò di sopprimere un sus-
sulto.

Jeremiah fece una smorfia. — Il trucco più vecchio del
mondo — disse tutto compiaciuto. — Adesso mi volto per
vedere chi c'è dietro, e tu mi dai la vanga sulla testa.

Lei continuò a scavare, cercando di dare un'occhiata
di soppiatto ogni volta che svuotava la pala. Adesso non
aveva dubbi: c'erano due persone nel bosco, dietro a Jeremiah. Si muovevano separatamente, e non facevano
nessuno sforzo per nascondersi da lei, ma evitavano
con cura di farsi vedere da lui.

Si sentì un ramo che si spezzava. Jeremiah sobbalzò,
ma continuò a tenere la pistola puntata.

— Nervoso? — chiese subito Willa. — Non ti biasimo.
Lei è qui, sai.

— Chi è qui?

— Angel.

— Certo che c'è — disse lui. — Sei proprio sopra di lei.

— No, voglio dire che è qui con noi. L'ho sentita non appena ci siamo inoltrati nel bosco, ma qui è molto più forte.

Jeremiah divenne ancora più pallido. — Sta' zitta e scava.

Lei parlava solo per mantenere l'attenzione su di lei. Non avrebbe saputo spiegare come mai avesse scelto proprio quel discorso; ma quello che accadde sembrò proprio essere collegato alle sue parole. Una voce femminile, disincarnata, fioca eppure toccante, si alzò dal bosco. Anche se sembrava provenire dalla nebbia, la voce non era eterea ma roca, corrosa dal whisky e dalle sigarette: una voce da locale malfamato che cantava una vecchia, vecchissima canzone.

— *Frankie e Johnny erano amanti, oh Dio quanto si amavano...*

Willa si lasciò cadere a terra. Jeremiah si lasciò sfuggire un urlo e si voltò a destra, cercando di individuare da dove quella voce provenisse. Nel momento in cui si girò, un uomo sbucò fuori dal bosco e si scagliò contro di lui con una sbarra di metallo, colpendolo sulla parte posteriore del cranio.

Jeremiah si accasciò in avanti e giacque immobile, con il volto nella terra. La pistola cadde e atterrò ai piedi di Chloe, che era arrivata di corsa nella radura. Lei si fermò, la raccolse, e andò a guardare Jeremiah.

— Chloe? — chiese ansimando Willa. — Roy?

— È morto? — chiese Chloe a Roy.

— Non ancora.

Chloe porse la pistola al ragazzo, poi corse da sua madre e le si inginocchiò davanti. Willa le toccò il viso, le braccia. — Sei vera.

— Cosa pensavi? — chiese la figlia.

— Un sogno; il delirio. Mi ha colpita in faccia, sai, e non capivo come potessi essere proprio tu. E Roy...?

— È vero anche lui — disse Chloe.

— Ed eri tu che cantavi?

Spuntò un sorriso su quel viso sporco e rigato dalle

lacrime. — Io stavo per gridare — disse Chloe. — Volevo solo che si girasse verso di me, in modo da offrire una possibilità a Roy. Ma quando ho sentito quello che gli dicevi di Angel, mi sono ricordata ciò che mi avevi raccontato quella notte in albergo, e ho pensato che quella canzone lo avrebbe spaventato sul serio. Non sapevo se ci sarei riuscita, ma ci ho provato e ha funzionato.

— Oh mia brillante, coraggiosa ragazza — disse Willa, baciandola.

— E io che sono? — chiese Roy, che si aspettava la sua parte di lodi.

Willa alzò lo sguardo. — Tu, giovanotto, sei il prode cavaliere nella sua armatura scintillante.

Roy legò mani e piedi di Jeremiah con il cordone da tenda che lui aveva adoperato per Willa. Gli presero le chiavi, lo voltarono sulla schiena, in modo che non soffocasse, e lo lasciarono per terra vicino alla fossa dove intendeva seppellire Willa.

La madre insistette che poteva camminare, ma Chloe, alla vista dei suoi piedi scoppiò a piangere. Le prese un braccio e Roy le prese l'altro, e insieme la sostennero per tutta la strada. Adesso era tutto buio, e Willa e Chloe erano disorientate, ma Roy le guidò senza sbagliarsi fino all'auto di Jeremiah. Poi Willa non ce la fece più. Mentre Roy andava a chiedere aiuto, crollò sul ciglio erboso, appoggiò il capo sul grembo di Chloe e alla fine, grata, si arrese al sonno.

Si svegliò in un letto d'ospedale. La prima cosa che vide fu il viso della figlia, tirato e invecchiato. Tentò di sorriderle ma le faceva male la testa. Chloe le prese la mano. Qualcuno disse: — È rinvenuta — e nel suo campo visivo comparve un viso maschile.

— C'è qualcosa di grave? — sussurrò Willa.

— Lacerazioni, molte contusioni, e una bella commozione cerebrale. Niente fratture, per fortuna. Si riprenderà presto.

Willa guardò la figlia. — Roy?

— Sta bene — disse Chloe. — Sta parlando con la polizia.

— Jeremiah?

— Sopravviverà.

Il taglio sulla fronte era profondo, le disse il medico del Pronto soccorso, e poteva rimanerle una cicatrice. Dovevano chiamare un chirurgo plastico?

Lei rifiutò. Una cicatrice le sembrava appropriata, un posto dove si incontrassero il suo io interiore e quello esteriore.

Quando i medici ebbero finito con lei, arrivò lo sceriffo di Wickham. Lo sceriffo Stan Kuzak era un omone grande e grosso con delle vistose sopracciglia e delle maniere gentili. Con lui c'erano anche i detective Meyerhoff e Flynn. Il sergente quasi non riusciva a guardarla in faccia. Fu Kuzak a fare le domande, guidandola lento e metodico per gli avvenimenti di tutto il giorno. Willa ebbe l'impressione che conoscesse Jeremiah, cosa non sorprendente, dato che la casa di Old Wickam era di proprietà della famiglia Wright da prima che Jeremiah nascesse. Man mano che lei raccontava la storia, lo sceriffo si fece sempre più triste e cupo, ma non sembrò così sorpreso come si sarebbe aspettata.

— Sono molto spiacente per quanto le è successo — le disse Kuzak. — Voglio che sappia che Jeremiah è già in stato di arresto, e che intendiamo opporci alla cauzione.

— La otterrà?

— Questo sta al giudice, ma visto come l'ha aggredita, è assai improbabile.

— Dovete trovare Angel.

— Aspettiamo che faccia luce.

— Lo conosceva bene, sceriffo?

— Lo conoscevo da molto tempo — rispose Kuzak, con il tono di uno che intendeva fare una distinzione.

Willa annuì, facendo vedere che l'aveva notata.

Aveva i piedi fasciati e le avevano ordinato di non adoperarli, così aveva lasciato l'ospedale su una sedia a rotelle. Lei e Chloe stavano aspettando fuori dal Pronto soccorso che Roy venisse a prenderle in auto, quando la porta di vetro si aprì e ne uscì Jeremiah, con a fianco due poliziotti in uniforme. Aveva le mani ammanettate dietro la schiena e la testa avvolta in una fasciatura simile a un turbante. Quando vide Willa rabbrividì. Si fissarono, a tre metri di distanza. Jeremiah avvampò per l'ira, ma Willa non ne fu toccata. Doveva pagare per Angel. Doveva pagare per Vinny. Negli occhi di lei c'era un giudizio inesorabile. Alla fine fu lui che distolse lo sguardo.

Il corpo di Angel fu ritrovato il giorno dopo. Pochi giorni più tardi, Jeremiah fu incriminato per il suo omicidio e per quello di Vinny, oltre che per rapimento e aggressione. La cauzione gli venne negata.

Willa e Chloe trascorsero una settimana dai Rapaport per evitare i reporter e i cameraman che stazionavano davanti a casa loro. Si tennero occupate. Appena Willa fu in grado di camminare – in scarpe da ginnastica, niente tacchi per un po' – andarono a vedere delle case, e al sesto giorno di ricerche trovarono la loro nuova abitazione: una casetta di recente costruzione, con tre camere da letto, piena di vetrate, luce e spazio. Tasse e spese di manutenzione erano la metà di quanto pagavano, e soprattutto non c'era la piscina. La proprietà includeva una casetta per gli ospiti che Willa intendeva trasformare nel suo studio, e con gran gioia di Chloe, era molto vicina a quella dei Rapaport.

Willa si offrì di pagare tutta la cifra richiesta a condizione che l'atto si stipulasse nel giro di un mese. La sua offerta venne accettata. Quello stesso giorno concesse in esclusiva all'agente la vendita della sua vecchia villa. La sua recente notorietà, ben lungi dallo scoraggiare l'interesse, sembrò invece stimolarlo. Ansiosa di venderla in fretta, aveva proposto un buon prezzo. La cedette dopo tre giorni.

Incominciarono a preparare il trasloco. E c'erano anche altri progetti. Willa andò a trovare la madre di Roy Bliss. La signora Bliss viveva in un appartamento sopra una sartoria, con Roy e altri due figli minori. L'appartamento era piccolo ma pulito e in ordine. Presero il caffè in cucina, e la signora Bliss si illuminò dall'orgoglio, quando Willa le descrisse il coraggio e l'abilità dimostrati da Roy.

In seguito, quel giorno, Willa fece qualche telefonata e apprese che il college Juilliard aveva offerto al ragazzo una borsa di studio, che però copriva solo le spese dell'iscrizione, del vitto e dell'alloggio. Il resto sarebbe stato pagato con i risparmi della famiglia e con qualche prestito. Lei allora aveva chiamato l'economo dell'istituto, che una volta venuto a conoscenza di quanto aveva fatto Roy, si dimostrò molto disponibile. Fu quindi piuttosto semplice arrivare a un accordo. Venne istituita una borsa di studio di quattro anni, per il momento anonima, ma che in futuro si sarebbe chiamata borsa di studio Angelica Busky, e come primo beneficiato venne designato Roy Bliss.

Fu un grande piacere per lei fare quello per Roy e per Angelica. Ma per settimane, anche quando si fu ristabilita fisicamente, Willa soffrì di improvvise reminiscenze che la assalivano senza preavviso: ricordi della riunione, incidenti che sul momento erano passati inosservati ma che con il senno di poi sembravano pieni di significato; immagini del viso di Jeremiah mentre la minacciava di seppellirla viva, la malvagità nei suoi occhi che indicava che ne era capace. Dovette lottare con il pensiero che la gente che pensava di conoscere meglio al mondo, in realtà le era del tutto sconosciuta. Forse era impossibile conoscere completamente qualcuno, perché le persone non rimanevano uguali; erano come fiumi, pieni di correnti inaspettate e di secche infide, capaci di cambiare all'improvviso, forze con cui ci si doveva misurare.

Questa volta Willa non si tirò indietro. Ne parlò con sua figlia, con Isabel Rapaport, con Judy Trumpledore, che dopo essersi accertata che era sana e salva, non aveva perso tempo a cercare di convincerla a scrivere di

prima mano il resoconto di quello che la gente definiva
"Gli omicidi di Beacon Hill".

Willa pensò che prima o poi avrebbe finito con lo
scrivere qualcosa sui suoi vecchi amici. Scrivere era il
suo modo per rielaborare le cose, e adesso ne aveva parecchie da trattare. Ma non per il momento, e non il tipo
di libro che Judy aveva in mente, dato che un resoconto
veritiero avrebbe messo in luce il ruolo di Vinny nel coprire l'assassinio di Angel, e Willa non voleva fare una
cosa del genere alla sua famiglia. C'erano altri modi di
affrontare una storia; c'erano delle verità che era meglio
affrontare servendosi della fiction.

— Allora scrivi un romanzo — disse Judy — e io te lo
pubblico. Solo fallo presto, perché ho sentito che stanno scrivendo altri libri sull'argomento.

Willa sapeva che era vero. La caduta di Jeremiah dai
fasti della società di Washington agli abissi dei giornali
scandalistici era la notizia del giorno. Tra i messaggi a
cui non rispose ce n'erano molti di giornalisti e scrittori
che volevano parlarle.

— Dovrei trarre profitto dall'omicidio di due miei
amici e dalla colpevolezza del terzo? — chiese.

— Io non bado a queste cose — disse allegramente
Judy. — È così che si comportano gli editori. Ma se la
cosa ti disturba, puoi sempre devolvere i profitti in opere di beneficenza, o istituire un fondo per i figli di
Vinny.

Anche se aveva parlato per telefono con Patrick e Jovan, Willa si rifiutò fermamente di permettere che andassero a trovarla. Le sembrava di vitale importanza superare quel periodo travagliato senza la guida di nessun
uomo.

Patrick aveva preso la cosa molto male. Le malvagità
di Jeremiah avevano scosso il suo mondo fin dalle fondamenta. "Era sempre stato così spietato?" si era chiesto ad alta voce. "E noi ci siamo sempre lasciati ingannare, oppure è cambiato?"

Anche Willa si poneva la stessa domanda. "Credo che

andrebbe a finire male, per molti di noi, se fossimo messi di fronte a una forte tentazione", aveva detto la sua profetessa, Ivy Compton-Burnett, "e sospetto che per molti di noi è finita molto male." Jeremiah era caduto in tentazione e aveva ceduto, e quel cedimento aveva determinato le sue azioni successive.

"La teoria del domino del male," aveva detto Patrick "contrapposta a quella del male connaturato all'individuo. Il libero arbitrio la vince ogni volta sul determinismo." Ma quello non lo portava da nessuna parte nel caso di Vinny. Per male che avesse preso la storia di Jeremiah, quello che veramente lo straziava era che fosse coinvolto anche Vinny. L'idea di Vinny che arrivava sul luogo del delitto, trovava Angel morta e acconsentisse ad aiutare Jeremiah, era un tradimento che non poteva perdonare.

Willa, che ne sapeva qualcosa di quelle scoperte postume, non cercò di farlo uscire dalla sua amarezza, ma neanche la condivise. Era fin troppo facile, per lei, immaginare cosa doveva essere successo: l'orrore e il disgusto di Vinny; le lacrime di rimorso di Jeremiah, quella voce suadente. Ormai Angel non la può più aiutare nessuno, Vinny. Ma puoi aiutare me. La mia vita è nelle tue mani. Ed era anche facile immaginare l'angoscia di Vinny tutte le volte che Patrick ritornava a parlargli della loro Chevy. Oh, Jeremiah sapeva bene chi doveva chiamare. La cosa che stupiva era che Vinny non fosse finito anche lui nella fossa con Angel.

Domenica pomeriggio. Jovan stava dedicandosi alle scartoffie quando squillò il telefono.

— Ehilà — disse Willa.

— Ehilà a te. — Era sorpreso di sentirla. Si era rifiutata di vederlo per settimane. "Devo cavarmela da sola" continuava a dirgli. Cosa che era solo una maniera gentile per dirgli che ormai lui era inutile. O forse c'era qualcos'altro in ballo.

Lui non si era mai sentito così impotente in una relazione. Lei ti fa fare quello che vuole, gli aveva detto

Meyerhoff, ed era vero. Com'era doloroso e umiliante innamorarsi alla sua età. Jovan continuava a ripetersi di chiamare una delle donne che vedeva di tanto in tanto, ma ogni volta finiva per lasciar perdere. Adesso, improvvisamente, Willa gli telefonava e gli chiedeva se quella sera era occupato.

— Che hai in mente? — chiese lui. — Perché se è un altro caso di persona scomparsa, io lascio perdere.

Lei scoppiò a ridere. — Non si tratta di lavoro, te lo assicuro. Ti devo ancora una cena. — C'era qualcosa nella sua voce, sembrava civettuola, persino sexy. Ma Jovan non aveva più intenzione di fare giochetti con lei. Niente più passeggiate allo zoo.

— Cucinerò io. Bistecche a casa mia — disse, e rimase stupito quando lei accettò.

Lei indossava un abito estivo bianco e nero, abbottonato davanti e con delle minuscole spalline. La cosa più sexy che le avesse mai visto addosso. E aveva portato dello champagne. Jovan la condusse nel soggiorno parquet sul pavimento, pareti bianche, divano e poltrone di pelle, un grosso schermo televisivo: ordinato e comodo, ma senza fronzoli femminili. Willa si guardò attorno. — Simpatico. Ci abitate solo tu e tuo figlio?

— Solo noi, — disse Jovan — e lui è in Florida con degli amici. — La lasciò e andò in cucina a prendere un cavatappi e dei bicchieri. Niente flute da champagne, adoperarono bicchieri da vino. Quando tornò portava anche la fotografia incorniciata di Katie e Sean che teneva sulla mensola del camino.

— Tua moglie? — chiese.

Lui annuì. Prese la fotografia e la rimise a posto, poi le porse un bicchiere. — Alla vita.

Lei toccò il bicchiere con il suo. Quando alzò la testa per bere, lui notò una sottile cicatrice rossa che attraversava la parte sinistra della fronte, vicino all'attaccatura dei capelli. Lei si accorse che la guardava e se la toccò.

— Brutta, vero?

338

— È stato Jeremiah a fartela?

Lei annuì. — Sarebbe stato peggio se non avesse lasciato alcun segno.

Jovan la capì perfettamente. Per mesi, dopo la morte di Katie, non era stato in grado di sopportare la vista del suo viso inalterato nello specchio.

Lei scalciò via i sandali, ripiegò le gambe e si accomodò sulla soffice pelle del divano. Lui le si sedette a fianco, non troppo vicino. — Il mio editore pensa che dovrei scrivere un libro su quanto è successo — disse.

— Perché no? È una storia sensazionale, e chi potrebbe raccontarla meglio di te? Se non fosse stato per te, l'assassino di Angel sarebbe sfuggito alla giustizia.

— E Vinny sarebbe ancora vivo.

— Questo non si può sapere. Jeremiah era un tipo ambizioso. Prima o poi Vinny, con quel che sapeva, avrebbe rappresentato un rischio troppo grosso per lui.

— Ne sei rimasto sorpreso?

— Sapevo che doveva essere stato uno di loro a uccidere Vinny. Non immaginavo che fosse Jeremiah. Mi è sembrato l'unico adulto nel gruppo.

Willa bevve il suo champagne e lo guardò.

— Hai fame? — chiese lui, rammentandosi dei suoi doveri. — Metto su le bistecche?

— Non ancora. Berrò ancora un po' di champagne, però.

Jovan riempì entrambi i bicchieri, e alzò il suo. — Alla donna con più capacità di recupero che conosca.

— Sei gentile — disse lei. — La capacità di recupero è una dote alla quale aspiro.

Lui sorrise. — A quali altre virtù aspiri?

— All'audacia nel raggiungere le cose che mi prefiggo.

Jovan deglutì.

— Quel giorno, allo zoo — disse Willa — tu mi hai chiesto perché mi guardavo indietro quando avrei doluto andare avanti. Ho capito che avevi ragione. Ho venduto casa mia. Chloe ha ancora tre anni di liceo, dopo di che sarò libera di andare dove vorrò.

— Sicuro — disse lui. — Libera come l'aria.

— Esattamente. Una cosa che non mi è mai capitata, e ora che ho questa possibilità, intendo approfittarne. Lo sai a cosa pensavo quando stavo scavando la mia fossa?

— A Chloe?

— No. Non potevo permettermi di pensare a Chloe. E non mi è neanche sfilata davanti tutta la mia vita. Ho pensato a tutte le cose che non avevo fatto perché troppo spaventata o timida o compiacente. Così, quando Chloe e Roy mi hanno riportata in vita, ho giurato che la prossima volta che fossi morta, qualsiasi possano essere i rimorsi per quello che ho fatto, non mi sarei lasciata niente da fare alle spalle.

Cosa stava dicendo? Doveva ben sapere quello che provava per lei. Le donne come lei lo sanno sempre; trascorrono la loro vita a tenere lontano gli idioti come lui.

— Che tipo di cose avevi in mente? — chiese lui, cauto.

Lei aveva gli occhi che ridevano. — Un po' ottuso per essere un detective, vero?

Jovan la strinse. Lei si lasciò andare tra le sue braccia. La pelle di Willa era tiepida e liscia tra le sue dita. Profumava come un giorno d'estate, prima che scoppino i fulmini.

Questa volta nessuno li interruppe.

RINGRAZIAMENTI

Se mi dovesse mai capitare di commettere un omicidio, l'ultima persona in cui mi vorrei imbattere sarebbe il sergente investigativo Bob Doyle della polizia della contea di Suffolk. Fortunatamente ci siamo conosciuti in circostanze più felici. A lui devo molta gratitudine per l'aiuto che mi ha fornito per questo libro, così come la devo a Bob Baumann per averci presentato.

La mostra di Georgia O'Keeffe al MOMA è frutto di fantasia, ma le citazioni attribuite alla O'Keeffe no. Esse provengono dal libro *O'Keeffe*, di Britta Benke, edizioni Taschen Verlag, 1994.

Un grazie a Bill Strodthoff, che non solo mi ha insegnato tutto quello che so sulle officine per automobili, ma è anche riuscito a mantenere in funzione la mia vettura.

Rob Byrnes, operatore di sistema del forum politico di Compuserve, è stato di grande utilità, così come molte altre anime gentili che frequentano il forum degli scrittori.

Grazie a Joy Harris, Laurie Bernstein e Ben Kadishon per le loro osservazioni sulla prima stesura di questo libro, e a Marysue Rucci per il suo intelligente e sensibile lavoro di editing.

E, infine, sono grata alla mia famiglia per la loro costante pazienza, per il loro appoggio e la loro tolleranza per il fast food.

Barbara Rogan

Barbara Rogan è nata nel 1951 a New York City ed è autore di sei romanzi tra i quali *Suspicion* e *Rowing in Eden*. Vive con la sua famiglia a Long Island, New York. Il suo sito è www.barbararogan.com.

IL GIALLO MONDADORI 2001-2004

2001

2723 Elizabeth Ferrars UN PIEDE NELLA FOSSA *FOOT IN THE GRAVE*; 1973

2724 Jonnie Jacobs IL CUORE DEL MALE *EVIDENCE OF GUILT*; 1997

2725 Carlene Thompson IL SEI DI CUORI *IN THE EVENT OF MY DEATH*; 1999

2726 Steve Hamilton UN FREDDO GIORNO IN PARADISO *A COLD DAY IN PARADISE*; 1998

2727 Andrea H. Japp FATTORI DI MORTE *DANS L'OEIL DE L'ANGE*; 1998

2728 Dorothy L. Sayers IL DOSSIER HARRISON *THE DOCUMENTS IN THE CASE*; 1930

2729 Stuart Palmer HILDEGARDE HA L'ASSO NELLA MANICA *THE GREEN ACE*; 1950

2730 T. Jefferson Parker L'ORA BLU *THE BLUE HOUR*; 1999-2000

2731 Paul Harding FRATELLO ATHELSTAN E IL CAMPO DI SANGUE *THE FIELD OF BLOOD*; 1999

2732 Kate Wilhelm L'ARTE DEL DELITTO *SEVEN KINDS OF DEATH*; 1992

2733 James Lee Burke IL MIO NOME È MAE ROBICHEAUX *PURPLE CANE ROAD*; 2000

2734 Lilian Jackson Braun IL GATTO CHE SENTIVA PUZZA DI BRUCIATO *THE CAT WHO SMELLED A RAT*; 2001

2735 Bill Pronzini IN UNA TERRA STRANIERA *A WASTELAND OF STRANGERS*; 1997

2736 Leo Bruce IL PASSEGGERO DEL SARAGOSSA *DEAD MAN'S SHOES*; 1958

2737 Anne Perry IL MANIERO *ASHWORTH HALL*; 1997

2738 Andrea G. Pinketts IL CONTO DELL'ULTIMA CENA; 1998

2739 Agatha Christie POIROT A STYLES COURT - LA MORTE NEL VILLAGGIO *THE MYSTERIOUS AFFAIR AT STYLES - THE MURDER AT THE VICARAGE*; 1920 - 1930

2740 Pierre Souvestre & Marcel Allain FANTÔMAS *FANTÔMAS*

2741 Ed McBain NOCTURNE *NOCTURNE*; 1997

2742 Elizabeth Peters AMELIA PEABODY E IL SEGRETO DEL SARCOFAGO *THE MUMMY CASE*; 1985

2743 Pauline Bell EREDITÀ DI SANGUE *BLOOD TIES*; 1998

2744 Gillian Linscott UN FANTASMA PER NELL BRAY *ABSENT FRIENDS*; 1999

2745 Nino Filastò NELLA TERRA DI NESSUNO; 1989

2746 Rhys Bowen MORTE AD ALTA QUOTA *EVANS ABOVE*; 1997

2747 Paul Halter LA MORTE DIETRO LA TENDA ROSSA *LA MORT DERRIÈRE LES RIDEAUX*; 1989

2748 Dorothy L. Sayers GLI OCCHI VERDI DEL GATTO *CLOUDS OF WITNESS*; 1927

2749 Annamaria Fassio I DELITTI DELLA CASA ROSSA; 2001

2750 James Anderson IL MISTERO DELLA PELLICCIA MUTI-LATA *THE AFFAIR OF THE MUTILATED MINK*; 1981

2751 Anne Perry LA RADICE DEL DELITTO *THE TWISTED ROOT*; 1999

2752 Leo Bruce UN ROMPICAPO PER DEENE *OUR JUBILEE IS DEATH*; 1959

2753 Aaron Elkins LA DANZA DEGLI SCHELETRI *SKELETON DANCE*; 2000

2754 Agatha Christie LA TELA DEL RAGNO *SPIDER'S WEB*; 2000

2755 Beth Sherman IL PAESE DELLE TEMPESTE *DEATH'S A BEACH*; 2000

2756 Carlene Thompson C'È QUALCOSA DI STRANO *THE WAY YOU LOOK TONIGHT*; 1995

2757 Gianfranco Nerozzi CUORI PERDUTI; 2001

2758 Thomas Zigal SCOMPARSI *INTO THIN AIR*; 1995

2759 Thomas H. Cook IL PASSATO DI DORA MARCH *PLACES IN THE DARK*; 2000

2760 David Michie CONFLITTO D'INTERESSI *CONFLICT OF INTEREST*; 1995

2002

2761 Tim Wilson IN UNA PICCOLA CITTÀ *A SINGING GRAVE*; 1998

2762 Paul Harding I DELITTI DI ANUBI *THE ANUBIS SLAYINGS*; 2000

2763 Kate Wilhelm CONSTANCE & CHARLIE: DOLCE VELENO *SWEET, SWEET POISON*; 1990

2764 Paul Watkins IL FALSARIO DI HITLER *THE FORGER*; 2000

2765 Elisabeth Peters AMELIA PEABODY E I DELITTI DEL MUSEO EGIZIO *THE DEEDS OF THE DISTURBER*; 1985

2766 Leo Bruce CAROLUS DEENE E IL GIGLIO BIANCO *JACK ON THE GALLOWS TREE*; 1960

2767 Mary Roberts Rinehart IL ROSSETTO E ALTRI RACCONTI *ALIBI FOR ISABEL*; 1972

2768 Lucio Trevisan IL MOSTRO DI ROMA; 2002

2769 Rhys Bowen EVAN EVANS E LA MINIERA STREGATA *EVAN HELP US;* 1998

2770 Deryn Lake I DELITTI DEGLI SPEZIALI *DEATH AT APOTHECARIES' HALL;* 2000

2771 Carlene Thompson NON CHIUDERE GLI OCCHI *DON'T CLOSE YOUR EYES;* 2000

2772 Martin Edwards CORAGGIO, DEVLIN! *ALL THE LONELY PEOPLE;* 1991

2773 Peter Lovesey UN FANTASMA PER CRIBB *A CASE OF SPIRITS;* 1975

2774 Anne Perry I SEGRETI DI HALF MOON STREET *HALF MOON STREET;* 2000

2775 Giulio Leoni LA DONNA SULLA LUNA; 2002

2776 Hannah March SINFONIA MORTALE *DEATH BE MY THEME,* 2000

2777 Evan Marshall LA SCONOSCIUTA *HANGING HANNAH;* 2000

2778 T. Jefferson Parker LA LUCE ROSSA *RED LIGHT;* 2000

2779 Parnell Hall CRUCIVERBA PER UN TESTAMENTO *LAST PUZZLE & TESTAMENT;* 2000

2780 Gillian Linscott NELL BRAY E LA FIGLIA PERFETTA *THE PERFECT DAUGHTER;* 2000

2781 Leo Bruce ASCOLTAMI, CAROLUS! *DIE ALL, DIE MERRILY* 1961

2782 Joanne Dobson LE PIUME DEL CORVO *THE RAVEN AND THE NIGHTINGALE;* 1999

2783 James Anderson CASA, DOLCE CASA DEL MISTERO *THE AFFAIR OF THE BLOOD STAINED EGG COSY;* 1975

2784 Josephine Tey IL RITORNO DELL'EREDE *BRAT FARRAR;* 1950

2785 Joe R. Lansdale SOTTO GLI OCCHI DELL'ALLIGATORE *THE BOTTOMS;* 2000

2786 David Handler L'UOMO CHE VOLEVA ESSERE FRANCIS SCOTT FITZGERALD *THE MAN WHO WOULD BE F. SCOTT FITZGERALD* 1991

2787 Kate Wilhelm CONSTANCE & CHARLIE: OMICIDIO IN TRE ATTI *THE HAMLET TRAP;* 1987

2788 Ellery Queen UNA VOLTA C'ERA UNA VECCHIA; *THERE WAS AN OLD WOMAN;* 1943

2789 AA.VV. 14 COLPI AL CUORE; 2002

2790 Anne Perry L'OMBRA DELLA GHIGLIOTTINA *THE ONE THING MORE;* 2000

2791 Ed McBain GRANDE CITTÀ VIOLENTA *BIG BAD CITY;* 1999

2792 Liza Marklund DELITTO A STOCCOLMA *SPRÄNGAREN*; 1988

2793 Peter Lovesey LA STATUA DI CERA *WAXWORK;* 1978

2794 Elizabeth Peters AMELIA PEABODY E IL MAESTRO DEL CRIMINE *LION IN THE VALLEY;* 1985

2795 Martha Grimes LA MORTE HA I CAPELLI LUNGHI *I AM THE ONLY RUNNING FOOTMAN*; 1986

2796 Evan Marshall LA STELLA D'ORIENTE *STABBING STEPHANIE;* 2001

2797 Stephen Booth NOVE VERGINI DI PIETRA *DANCING WITH THE VIRGINS;* 2001

2798 Beth Sherman IL PAESE DEL DIAVOLO *THE DEVIL AND THE DEEP BLUE SEA*; 2001

2799 Hannah March SANGUE BLU *A DISTINCTION OF BLOOD*; 2000

2800 Paul Halter LA TELA DI PENELOPE *LA TOILE DE PÉNÉLOPE*; 2001

2801 Tim Green LO SPIRITO DELLA LEGGE *THE LETTER OF THE LAW;* 2000

2802 Carlene Thompson L'ANGELO CUSTODE *TONIGHT YOU'RE MINE*; 1998

2803 Deryn Lake L'OMBRA DELLO SCANDALO *DEATH IN THE WEST WIND*; 2001

2804 Annamaria Fassio BIGLIETTO DI SOLA ANDATA; 2002

2805 David Handler L'UOMO CHE ERA SOLO UN ATTORE *THE WOMAN WHO FELL FROM GRACE*; 1991

2806 Leo Bruce NOTTI DI HALLOWEEN *DEATH ON ALLHALLOWE'EN;* 1970

2807 Rhys Bowen MORTE DI UN TENORE *EVANLY CHOIRS;* 1999

2808 M.M. Kaye DELITTO A CIPRO *DEATH IN CYPRUS;* 1956

2809 Charlotte Armstrong GRAZIE PER LA CIOCCOLATA *THE CHOCOLATE COBWEB;* 1948

2810 Lilian Jackson Braun IL GATTO CHE ANNUSAVA LE STREGHE *THE CAT WHO WENT UP THE CREEK*; 2002

2811 Kate Ross IL VASO INFRANTO *A BROKEN VESSEL*; 1994

2812 Massimo Carloni-Antonio Perria IL CASO DEGORTES; 2002

2003

2813 Paul Eddy FLINT *FLINT;* 2000

2814 Thomas H. Cook L'INTERROGATORIO *THE INTERROGATION*; 2002

2815 Peter Lovesey UNA QUESTIONE PRIVATA *DIAMOND DUST*; 2002

2816 Loriano Macchiavelli I SOTTERRANEI DI BOLOGNA; 2002

2817 Henry Porter IL GIORNO DEL TRADIMENTO *REMEMBRANCE DAY*; 1999

2818 Richard Barre STRADA SENZA USCITA *BLACKHEART HIGH-WAY*; 1999

2819 Michael Ledwidge PRIMA CHE LO SAPPIA IL DIAVOLO *BEFORE THE DEVIL KNOWS YOU'RE DEAD*; 2003

2820 Stephen Booth IL PASSO DEL SERPENTE *BLOOD ON THE TONGUE*; 2002

2821 Howard Roughan L'ARRIVISTA *THE UP AND COMER*; 2001

2822 Serge Quadruppani LA BREVE ESTATE DEI COLCHICI *COLCHIQUES DANS LES PRÈS*; 2002

2823 Lynne Heitman NOTTE DI DECOLLO *HARD LANDING*; 2001

2824 James Siegel EPITAFFIO *EPITAPH*; 2001

2825 Steve Hamilton IL VENTO DEL CACCIATORE *THE HUNTING WIND*; 2001

2826 Thomas H. Cook LA CITTÀ QUANDO PIOVE *THE CITY WHEN IT RAINS*; 1991

2827 Daniel Silva OCTOBER *THE MARK OF THE ASSASSIN*; 1998

2828 Ed McBain L'ULTIMO BALLO *THE LAST DANCE*; 2000

2829 Carlene Thompson NERO COME IL RICORDO *BLACK FOR RE-MEMBRANCE*; 1991

2830 Henry Porter UNA VITA DA SPIA *A SPY'S LIFE*; 2002

2831 Joseph D. Pistone SOTTO STRETTA COPERTURA *MOBBED UP*; 2000

2832 Joseph Kanon LOS ALAMOS *LOS ALAMOS*; 1997

2833 Annamaria Fassio UNA CITTÀ IN GABBIA; 2003

2834 John Katzenbach CORTE MARZIALE *HART'S WAR*; 1999

2835 Carlene Thompson TUTTO HA UNA FINE *ALL FALL DOWN*; 1992

2836 Giuseppe Genna NEL NOME DI ISHMAEL; 2001

2837 Dan Simmons HARDCASE - UN CASO DIFFICILE *HARDCA-SE*; 2001

2838 Lorenzo Arruga SUITE ALGÉRIENNE; 2003

2004

2839 Bill Pronzini QUANDO UN UOMO UCCIDE *IN AN EVIL TIME*; 2001

2840 Daniel Silva IL BERSAGLIO *THE MARCHING SEASON*; 1999

2841 Harlan Coben NON DIRLO A NESSUNO *TELL NO ONE*; 2001

2842 Peter Lovesey MAREA *THE HOUSE SITTER*; 2003

2843 T. Jefferson Parker ACQUE NERE *BLACK WATER*; 2002

2844 David Baldacci SOTTO PRESSIONE *SAVING FAITH*; 1999

2845 Liza Marklund STUDIO SEX *STUDIO SEX*; 1999

2846 Boris Starling MESSIAH; 1999

2847 H. Thomas Cook SCRITTO COL SANGUE *EVIDENCE OF BLOOD*; 1991

2848 Ed McBain CANDYLAND; 2001

2849 Simon Kernick IL DOVERE DI UCCIDERE; *THE BUSINESS OF DYING*; 2001

Scuola dei Duri

Nel lontano ma non dimenticato 1993, in un bar di corso Garibaldi (fu ferito) che non c'è più, nacque la "Scuola dei Duri", un movimento in movimento finalizzato a raccontare attraverso storie "criminali" la metropoli Milano sulla sublime e atroce scia di Scerbanenco.

La "Scuola dei Duri", che prende il nome dalla traduzione di Oreste del Buono dell'*hard boiled*, aveva la priorità di raccontare Milano attraverso il crimine contrapponendosi al "Gruppo 13" di area bolognese. Una sfida per testimoniare il cambiamento epocale attraverso l'humus del delitto. Pur parlando di Milano, non esisteva un vincolo geografico. Piuttosto, temporale. Allora Andrea G. Pinketts (il capitano), Carlo Oliva (il critico), Sandro Ossola, Davide Pinardi, Alessandro Riva, scrittori con la consulenza preziosa di Tecla Dozio, fertilizzarono un terreno apparentemente arido, scoprendo nuovi scrittori affiancabili.

Qualcuno ha avuto successo, posto che il successo sia un titolo di merito. A distanza di dieci anni, sotto lo stesso indiscutibile capitanato, la sfida è quella di raccontare "duramente" gli anni 2000 partendo rigorosamente dal rapporto crimine-metropoli. Tutti i "nuovi duri" interessati dovranno far pervenire il loro racconto di minimo dieci cartelle massimo venti entro e non oltre il trenta giugno presso l'Emporio Isola Cafè, via Washington 56, sede degli incontri settimanali della Scuola dei Duri. Il racconto verrà giudicato idoneo o meno da Andrea Pinketts, e non saranno ammesse contestazioni (sennò che duri saremmo?). Gli autori prescelti riceveranno regolare contratto per un'edizione Arnoldo Mondadori Editore che celebrerà il decennale.

Si astengano emuli di Miss Marple e Philo Vance.

Per informazioni pinketts@yahoo.com

Andrea G. Pinketts

Edna Buchanan
COL CUORE IN GOLA

Se Daniel Alexander non si fosse suicidato, Frank Douglas ora non sarebbe vivo. Ma il cuore nuovo non gli ha restituito la pace e il senso di colpa lo spinge a scoprire tutto sull'uomo che lo ha salvato. La vedova di Alexander è nei guai e Frank inizia a temere di aver ricevuto una pesante eredità, ora che nel suo petto batte il cuore corrotto di Daniel...

Evan Marshall
L'HOTEL DEI DELITTI

Jane Stuart decide di trascorrere una vacanza in montagna col gatto Winky e l'amica Ivy. Purtroppo Ivy rovina tutto facendosi accompagnare dal suo spasimante, un affascinante dongiovanni. Quando una bufera di neve isola l'albergo e Ivy viene trovata accoltellata, il bel Johnny diventa subito il principale sospetto. Peccato che sia scomparso nel nulla....

Paul Sussman   ORO
L'ARMATA PERDUTA DI CAMBISE

Nel 523 a.C., l'imperatore Cambise spedì un esercito in Egitto per distruggere l'oracolo di Amon. Il reggimento fu però sepolto da una tempesta di sabbia. Nessuno è mai riuscito a ritrovare i resti dell'armata perduta, ma adesso l'assassinio di un noto archeologo potrebbe essere la chiave per aprire una porta chiusa da millenni...

Nora Roberts   ORO
QUELLA CALDA ESTATE

Tory torna nel South Carolina dopo anni di esilio volontario. Era stato il brutale omicidio di Hope, la sua migliore amica, a causare la sua fuga e ora, determinata a liberarsi dai ricordi che la assillano, riallaccia i vecchi rapporti tra cui quello con il fratello di Hope, Cade Lavelle. Ma l'assassino di Hope riprende a uccidere e Tory capisce di essere la sua prossima vittima...

I Classici del
GIALLO MONDADORI

GIUGNO

R. Austin Freeman
L'AFFARE D'ARBLAY

Julius D'Arblay, scultore, viene rinvenuto cadavere in uno stagno. A trovarlo è il dottor Gray, che s'imbatte in una ragazza disperata alla ricerca del padre scomparso. Purtroppo, il corpo senza vita è quello del suo genitore e l'autopsia dimostra che non è annegato, ma è stato avvelenato da una micidiale iniezione. Poco dopo, Gray viene convocato al capezzale di un ricco invalido...

C.L. Grace
IL SANTUARIO DEI DELITTI

1471. Kathryn ha sposato un ubriacone che l'ha lasciata per andare in guerra e la donna spera che non torni mai più. Una convocazione ufficiale da parte del consiglio comunale la distrae da queste preoccupazioni: un misterioso assassino ha iniziato ad avvelenare i pellegrini che giungono a Canterbury. Kathryn inizia così a indagare...

Parnell Hall
I DODICI ENIGMI

Cora Felton è ormai una celebrità e viene arruolata per recitare nella versione scenica della filastrocca de *I dodici giorni di Natale*. Ma qualcuno ha deciso di aggiungervi qualche sano omicidio. Un misterioso biglietto anonimo con un cruciverba è il preludio di una serie di delitti che solo il talento congiunto della Signora degli Enigmi e di sua nipote potrà risolvere.

Erle Stanley Gardner
PERRY MASON E LA BANCONOTA DA DIECIMILA DOLLARI

Perry Mason viene svegliato nella notte da una giovane donna mascherata che gli chiede di difenderla in tribunale in cambio di una mezza banconota da diecimila dollari. Il mattino dopo, una seconda donna gli rivolge una richiesta altrettanto strana: dovrà mettere alle strette il tutore di un'orfana. Quando l'uomo viene ritrovato morto, Perry capisce che i due casi sono collegati...

I Classici del
GIALLO MONDADORI
LUGLIO

ANNE PERRY
LA MEDIUM DI SOUTHAMPTON ROW

Il mortale nemico di Thomas Pitt, Charles Voisey, si candida alle elezioni. Se fosse eletto, potrebbe corrompere l'intero paese. L'assassinio di una medium dedita a ricatti politici, avvelena ancor di più la campagna elettorale. Pitt inizia a indagare, ma forse la scoperta dell'omicida potrebbe rappresentare per Voisey un formidabile asso nella manica...

MIGNON G. EBERHART
BREVE RITORNO

Il ricco Basil Hoult è morto, ma nessuno ha pianto la sua scomparsa, né la moglie Alice, che si è subito risposata, né gli altri membri della sua famiglia. Dopo un anno, però, Basil ricompare senza spiegare dove sia stato per tutto quel tempo. La sua ricomparsa crea più dolore della falsa notizia della sua morte, e qualcuno decide di farlo di nuovo sparire. Per sempre.

EDMUND CRISPIN
IL CANTO DEL CIGNO

In teatro si sta allestendo un'opera lirica quando lo strano suicidio del più odiato membro del cast, Edwin Shorthouse, innesca una catena di sospetti e di misteri. A quanto pare, l'uomo era da solo nel suo camerino quando si è impiccato. Ma la morte successiva di un giovane cantante fa subito temere all'investigatore Gervase Fen una ben più spiacevole verità!

ANTHONY BOUCHER
LA CHIAVE DEL DELITTO

O'Breen indaga su una compagnia teatrale per far luce sugli intrighi del losco regista Carruthers. Questi pare aver scoperto i più noti divi e sceneggiatori, ma in realtà è un uomo privo di scrupoli. Quando viene trovato col volto ustionato in seguito a un'esplosione durante degli esperimenti per gli effetti scenici ben pochi credono che si possa trattare di un incidente...

I Classici del
GIALLO MONDADORI

LUGLIO ORO

RITA MAE BROWN
IL GATTO FIUTA LA PISTA

Harry, i due mici Mrs Brown e Pewter e il cagnolino Tee Tucker indagano su un duplice mistero. Un pilota scompare e poco dopo viene ritrovato congelato in una cella frigorifera. Intanto qualcuno tenta di uccidere il ricco sir H. Vane-Tempest durante la ricostruzione di una battaglia. Harry e il suo mini zoo di piccoli detective mettono le grinfie su uno scandalo dai retroscena letali...

P. D. JAMES
MORTE IN SEMINARIO

Nella sua infanzia Adam ha passato molte estati felici nell'isolato seminario di St Anselm. Ma adesso è diventato il più brillante ufficiale di Scotland Yard e il suo ritorno a St Anselm per indagare sulla morte misteriosa di uno studente che stava per ricevere gli ordini sacerdotali non può che trasformare il pacifico collegio in un tempio di morte e di sospetti.

ELLERY QUEEN
LA POLTRONA N° 30

Al Roman Theatre è in scena una nuova commedia. Ma il vero spettacolo è in platea: un avvocato viene avvelenato. L'ispettore Richard Queen comincia a raccogliere indizi e per risolvere il caso non gli resta che un'unica soluzione: ricorrere all'aiuto di suo figlio Ellery, un giovane giallista che sta per diventare uno dei più grandi detective della storia del mystery.

PATRICK QUENTIN
VACANZE ALL'INFERNO

Mark torna a casa dopo un viaggio d'affari, ma nel letto, al posto della moglie Ellie, trova il cadavere del suo amico Corey. Mark non può credere che sia stata lei ad assassinarlo e decide di nasconderlo e di ritrovare Ellie. Una pista lo porta fino in Messico: la moglie è in un mare di guai. Ma la verità che scopre laggiù sarà più sconvolgente di quello che poteva immaginare...

IL GIALLO MONDADORI

Direttore responsabile: Stefano Magagnoli
Direttore editoriale: Sandrone Dazieri
Coordinamento: Fabiola Riboni
Collaborazione redazionale: Cristina Magagnoli
Segreteria di redazione: Lorenza Giacobbi

Periodico quattordicinale N. 2850 - 3 Giugno 2004
Pubblicazione registrata presso il Tribunale di Milano
N. 3669 del 5 marzo 1955
Redazione, amministrazione: Arnoldo Mondadori Editore S.p.A.
20090 Segrate, Milano
Sede legale: Arnoldo Mondadori Editore S.p.A.
via Bianca di Savoia 12 - 20122 Milano

ISSN 1120-5083

Il Giallo Mondadori - July 3, 2004 - Number 2850
Il Giallo Mondadori is published fortnightly
by Arnoldo Mondadori Editore - Segrate 20090, Milan, Italy

FIEG   **Questo periodico è iscritto alla FIEG
Federazione Italiana Editori Giornali**

Il Giallo Mondadori - NUMERI ARRETRATI: il triplo del prezzo di copertina.
Inviare l'importo a: «Arnoldo Mondadori Editore S.p.A. - Sezione Collezionisti»
(tel. 0292155353 - fax 0292109002 - e-mail: collez@mondadori.it) servendosi
preferibilmente del C.C.P. n. 925206. Corrispondenza: Casella Postale 1833 - Milano. ABBONAMENTI: Italia annuale 70,20 euro (sconto 25%). Estero annuale
115,05 euro. Per cambio indirizzo, informarci almeno 20 giorni prima del tra-
sferimento, allegando l'etichetta con la quale arriva la rivista. Non inviare franco-
bolli, né denaro: il servizio è gratuito. Per le richieste di abbonamento prove-
nienti dall'Oceania (Australia, Nuova Caledonia, Nuova Zelanda, Polinesia
Francese, Vanuatu, South Pacific): EUROPRESS DISTRIBUTORS, Unit 3, 123
McEvoy Street, Alexandria NSW 2015, AUSTRALIA - tel. 0061/2/6984922, fax
0061/2/6987675. Gli abbonamenti possono avere inizio in qualsiasi periodo del-
l'anno. Inviare l'importo a Arnoldo Mondadori Editore S.p.A., Segrate (Milano),
Ufficio Abbonamenti, servendosi preferibilmente del C.C.P. n. 39314224. Per co-
municazioni: Servizio Clienti Abbonati Casella Postale 100 - 20123 Milano Centro (tel. 199111999, costo massimo della chiamata da tutta Italia per telefoni fissi
€ 0,12 + IVA al minuto senza scatto alla risposta, per cellulari costo in funzione dell'operatore; per gli abbonati di Milano e provincia tel. 0266814363, fax
0303198202). Gli abbonamenti possono anche essere fatti presso gli Agenti Mondadori nelle principali città e inoltre presso le seguenti Librerie ELLEMME
MONDADORI: Como, 22100, Via Vitt. Emanuele, 36, tel. 031273424 - fax
031273314; Milano, 20122, Largo Corsia dei Servi, 11, tel. 0276005832 - fax
0276014902; Genova, 16100, Via XX Settembre, 210 R, tel. 010585743 - fax
0105704810; Roma, 00192, P.zza Cola di Rienzo, 81/83, tel. 063220188 - fax
063210323; Roma, 00183, Via Appia Nuova, 51, tel. 067003690 - fax 067003450.

Garanzia di riservatezza per gli abbonati
L'Editore garantisce la massima riservatezza dei dati forniti dagli abbonati e
la possibilità di richiedere gratuitamente la rettifica o la cancellazione scrivendo a: Mondadori - Responsabile Dati, via Mondadori, 20090 Segrate
(MI). Le informazioni custodite nell'archivio elettronico Mondadori verranno utilizzate al solo scopo di inviare agli abbonati vantaggiose proposte commerciali (legge 675/96 tutela dati personali).

5.000 cadaveri, 2.500 misteri, 1.000 investigatori, un solo abbonamento

ricevi a casa un anno di gialli mondadori a prezzo scontato

IL GIALLO MONDADORI

70 anni di romanzi, la più famosa collana di letteratura gialla